dtv

Die schöne Emma Watson, seit ihrem fünften Lebensjahr von einer wohlhabenden Tante erzogen, muß als 19-Jährige zu ihrer wenig begüterten Familie zurückkehren. Nachdem Emma auf einem Ball in der Nachbarschaft den jungen Peer Lord Osborne und dessen ehemaligen Erzieher, Mr. Howard, kennenlernt, folgen mancherlei Verwicklungen, ehe die Hochzeitsglocken läuten.
Nach dem Wasserzeichen ihres Schreibpapiers zu urteilen, schrieb Jane Austen dieses Werk 1804. Es sollte ihr erster großer Roman werden, blieb durch tragische Umstände jedoch unvollendet. Auf der Grundlage von Entwürfen und Überlieferungen der Familie wurde das Fragment von einem anonymen Jane-Austen-Leser einfühlsam zu Ende geführt.

Jane Austen (1775–1817) gilt als die große Dame der englischen Literatur, der es als erster gelang, die Komik des Alltäglichen zu gestalten. Nach außen hin führte sie ein ereignisloses Leben im elterlichen Pfarrhaus. Ihre Romane jedoch – neben ›Stolz und Vorurteil‹ (1813) sind dies vor allem ›Gefühl und Verstand‹ (1811), ›Mansfield Park‹ (1814) und ›Emma‹ (1816) – erfreuen sich heute weltweit einer millionenfachen Leserschaft; fast alle sind mehrfach erfolgreich verfilmt worden.

Von Jane Austen
sind im Deutschen Taschenbuch Verlag erschienen:
Stolz und Vorurteil (12350)
Sanditon (12666)
Verstand und Gefühl (12747)

Juli 1995
3. Auflage Juli 2000
Deutscher Taschenbuch Verlag GmbH & Co. KG, München
www.dtv.de

Umschlagkonzept: Balk & Brumshagen
Umschlagbild: ›Schreitendes Paar‹ (um 1827)
von Moritz Schwind
Gesamtherstellung: C. H. Beck'sche Buchdruckerei,
Nördlingen
Gedruckt auf säurefreiem, chlorfrei gebleichtem Papier
Printed in Germany · ISBN 3-423-12541-1

Jane Austen

Die Watsons

Ein anonym vollendeter Roman

Aus dem Englischen von
Elizabeth Gilbert

Deutscher Taschenbuch Verlag

1

Der erste Winterball in der Stadt Dorking in Surrey sollte am Dienstag, dem 13. Oktober, stattfinden, und man erwartete allgemein ein sehr gutes Gelingen. Eine lange Liste der bestimmt teilnehmenden Grafschaftsfamilien wurde sicherheitshalber überprüft, und man hegte die lebhafte Hoffnung, daß die Osbornes selbst anwesend sein würden. Die Einladung der Edwards an die Watsons erfolgte ganz selbstverständlich. Edwards waren vermögende Leute, die in der Stadt lebten und eine Kutsche hatten. Die Watsons lebten in einem ungefähr drei Meilen entfernten Dorf, waren arm und hatten keinen geschlossenen Wagen; und von jeher, seitdem es Bälle im Ort gab, hatten es sich die ersteren zur Gewohnheit gemacht, letztere den Winter hindurch anläßlich des einmal im Monat stattfindenden Ereignisses einzuladen, sich in ihrem Hause anzuziehen, zu speisen und zu übernachten. Da diesmal nur zwei von Mr. Watsons Kindern zu Hause waren und eins von ihnen notgedrungen immer um ihn sein mußte, weil er kränklich war und seine Frau verloren hatte, konnte nur eines die Güte ihrer Freunde in Anspruch nehmen. Miss Emma Watson, die erst kürzlich aus der Obhut einer Tante, die sie aufgezogen hatte, nach Hause entlassen worden war, sollte zum ersten Mal offiziell in der Nachbarschaft vorgestellt werden, und ihre älteste Schwester, deren Freude an einem Ball sich auch nach einem zehnjährigen Genuß nicht vermindert hatte, machte sich ein Vergnügen daraus, sie und ihre ganze Garderobe an diesem wichtigen Morgen freudigen Herzens in der alten Chaise nach Dorking zu fahren.

Während sie auf der schmutzigen Straße dahinplatschten, unterwies und warnte Miss Watson ihre unerfahrene Schwester folgendermaßen:

»Ich glaube wohl, daß es ein sehr schöner Ball werden wird, und unter so vielen Offizieren wird es dir an Tänzern kaum mangeln. Mrs. Edwards' Zofe wird dir bereitwilligst helfen, und ich würde dir raten, Mary Edwards um Rat zu fragen, wenn du ganz unsicher bist, denn sie hat einen sehr guten Geschmack. Sollte Mr. Edwards nicht sein ganzes Geld im Kartenspiel verloren haben, wirst du so lange dort bleiben, wie es dir gefällt, andernfalls wird er dich vielleicht sehr schnell mit nach Hause nehmen – aber einer gemütlichen Suppe kannst du sicher sein. Ich hoffe, du wirst gut aussehen. Es würde mich nicht wundern, wenn du eins der hübschesten Mädchen im Saal sein solltest. Etwas Neues hat immer seinen Reiz. Vielleicht wird Tom Musgrave dich bemerken – aber ich würde dir unbedingt raten, ihn in keiner Weise zu ermutigen. Er macht sich nämlich an jedes neue Mädchen heran, ist nur ein großer Flirt und meint niemals etwas ernst.«

»Ich glaube, du hast schon einmal von ihm gesprochen«, sagte Emma. »Wer ist er?«

»Ein sehr vermögender junger Mann, völlig unabhängig, bemerkenswert angenehm und überall beliebt, wohin er auch geht. Die meisten Mädchen hier herum sind oder waren in ihn verliebt. Ich bin, glaube ich, die einzige unter ihnen, die mit einem heilen Herzen davongekommen ist, und ich war immerhin die erste, der er seine Aufmerksamkeit geschenkt hat, als er vor sechs Jahren in dieses Land kam – und er hat mir wirklich sehr den Hof gemacht. Manche Leute behaupten, daß er seitdem kein Mädchen mehr so gern gehabt habe, obgleich er immer der einen oder anderen gegenüber besonders liebenswürdig ist.«

»Und wie kam es, daß dein Herz allein kalt blieb?« fragte Emma lächelnd.

»Es gab einen Grund dafür«, erwiderte Miss Watson und wechselte die Farbe. »Man hat mir nicht sehr gut mitgespielt, Emma. Ich hoffe, daß du mehr Glück hast.«

»Liebe Schwester, verzeih mir, wenn ich dir unwissentlich weh getan habe.«

»Im Anfang, als wir Tom Musgrave kennenlernten«, fuhr Miss Watson fort, ohne sie anscheinend gehört zu haben, »war ich einem jungen Mann namens Purvis, einem Freund von Robert, sehr zugetan, der sehr viel bei uns zu sein pflegte. Jeder glaubte, wir wären ein gutes Paar gewesen.«

Ein Seufzer begleitete diese Worte, den Emma schweigend respektierte. Doch ihre Schwester fuhr nach einer kurzen Pause fort –

»Du wirst natürlich fragen, weshalb es nicht dazu kam, weshalb er eine andere Frau geheiratet hat, während ich noch immer ledig bin. Doch das mußt du ihn fragen – nicht mich – das mußt du Penelope fragen. Ja, Emma, Penelope ist die Ursache von allem. Ihr ist jeder als Gatte recht. Ich habe ihr vertraut – sie hat ihn gegen mich aufgehetzt, in der Absicht, ihn für sich selbst zu gewinnen, und es endete damit, daß er seine Besuche bei uns einstellte und bald darauf eine andere heiratete. Penelope macht sich nicht das geringste Gewissen wegen ihres Benehmens, ich aber finde eine solche Hinterhältigkeit sehr häßlich. Es war der Ruin meines Glücks. Ich werde nie mehr einen Mann so lieben, wie ich Purvis geliebt habe. Und Tom Musgrave sollte meiner Meinung nach nicht in einem Atem mit ihm genannt werden.«

»Deine Äußerung über Penelope erschreckt mich sehr«, sagte Emma. »Könnte denn eine Schwester so etwas tun? Rivalität und Hinterhältigkeit zwischen Schwestern! Ich habe Angst, ihr zu begegnen. Ich kann nur hoffen, daß es nicht so war, und daß der Schein gegen sie sprach.«

»Du kennst Penelope nicht. Es gibt nichts, was sie nicht tun würde, nur um zu heiraten. Sie würde dir das selbst auch ganz offen zugeben. Vertraue ihr niemals ein persönliches Geheimnis an – laß dich von mir warnen, traue ihr nicht. Sie hat ihre guten Eigenschaften, aber wenn es gilt, ihren eigenen Vorteil zu wahren, kennt sie keine Treue, keine Ehre und keine Skrupel. Ich wünschte von ganzem Herzen, sie wäre gut verheiratet. Ich erkläre dir, ich würde lieber sie als mich gut verheiratet sehen.«

»Lieber als dich! Ja, ich kann mir das vorstellen. Ein Herz, das so verwundet wurde wie deins, kann wenig Neigung zur Ehe verspüren.«

»Allerdings nicht viel – aber du weißt, wir müssen heiraten. Ich meinerseits könnte sehr gut allein leben; ein wenig Geselligkeit, hin und wieder ein netter Ball würden mir genügen, wenn man nur ewig jung bleiben könnte. Doch unser Vater kann uns ja nicht erhalten, und es ist sehr bitter, alt zu werden und arm zu sein und verlacht zu werden. Ich habe Purvis verloren, das ist wahr, aber sehr wenige Menschen heiraten ihre erste Liebe. Ich würde keinen Mann zurückweisen, weil er nicht Purvis ist. Noch daß ich Penelope je ganz verzeihen könnte.«

Emma nickte verständnisvoll.

»Penelope jedoch hatte auch ihre Schwierigkeiten«, fuhr Miss Watson fort. »Sie war bitter enttäuscht von Tom Musgrave, der dann seine Aufmerksamkeit von mir auf sie übertragen hatte, und den sie sehr gern mochte. Doch er meint niemals etwas ernst, und als er lange genug mit ihr herumgetändelt hatte, begann er sie Margarets wegen zu vernachlässigen, und die arme Penelope war todunglücklich. Und seitdem versucht sie nun in Chichester ihr Glück zu finden – mit wem will sie uns nicht sagen; aber ich glaube, es ist ein gewisser reicher alter Dr. Harding, ein Onkel der Freundin, bei der sie zu Besuch ist, um den sie sich schon unendlich bemüht und dem sie viel Zeit geopfert hat – bis jetzt noch vergeblich. Als sie neulich wegfuhr, sagte sie, es sollte das letzte Mal sein. Ich nehme an, daß du nicht wußtest, was sie so besonders Wichtiges in Chichester zu tun habe, noch den Grund ahntest, der sie von Stanton wegbringen konnte, gerade, als du nach so vielen Jahren Abwesenheit heimkamst.«

»Nein, davon hatte ich tatsächlich nicht die geringste Ahnung. Ich empfinde ihren Besuch bei Mrs. Shaw gerade in diesen Tagen als sehr betrüblich für mich, da ich gehofft hatte, alle meine Schwestern zu Hause vorzufinden, um sogleich mit jeder von ihnen Freundschaft zu schließen.«

»Ich habe den Verdacht, daß der Doktor einen Asthmaanfall hatte und sie aus diesem Grunde so in Eile war, wegzukommen. Die Shaws sind ganz auf ihrer Seite – so glaube ich jedenfalls; doch sie erzählt mir ja nichts. Sie ist dafür, ihre Pläne für sich zu behalten, denn sie sagt – und zu Recht – ›zu viele Köche verdürben den Brei‹.«

»Wegen ihrer Ängste tut sie mir leid«, sagte Emma, »aber ihre Pläne oder ihre Einstellung gefallen mir nicht. Ich werde sie fürchten. Sie muß ein unweibliches und draufgängerisches Naturell haben. Derartig darauf versessen zu sein, zu heiraten – einem Mann nur seiner Vermögenslage wegen nachzustellen – ist etwas, das mich schockiert; ich verstehe es nicht. Armut ist ein großes Unglück, aber für eine gebildete und warmherzige Frau sollte und kann es nicht das größte sein. Ich wäre lieber Lehrerin an einer Schule (und etwas Schlimmeres kann ich mir kaum vorstellen), als einen Mann zu heiraten, den ich nicht gern habe.«

»Ich würde eher alles andere tun, als Lehrerin an einer Schule zu sein«, sagte ihre Schwester. »Ich war an einer Schule, Emma, und weiß, wie sie ihr Leben fristen, du warst es noch nie. Ich würde genauso wenig wie du gern einen unangenehmen Mann heiraten – aber ich glaube auch gar nicht, daß es viele sehr unangenehme Männer gibt. Ich glaube, ich könnte jeden gutartigen Mann mit ausreichendem Einkommen gern haben. Mir scheint, unsere Tante hat dich dazu erzogen, sehr vornehm zu sein.«

»Das weiß ich wirklich nicht. Mein Benehmen müßte dir verraten, wie ich erzogen worden bin. Ich selbst kann das nicht beurteilen. Ich kann die Erziehungsmethode unserer Tante nicht vergleichen, da ich keine andere kenne.«

»Aber ich kann an sehr vielen Dingen erkennen, daß

du sehr kultiviert bist, und ich fürchte, es wird nicht zu deinem Glücklichsein beitragen. Penelope wird dich sehr oft auslachen.«

»Das wird mich bestimmt nicht glücklich machen. Wenn meine Ansichten falsch sind, muß ich sie korrigieren; sollten sie meinem Stande nicht entsprechen, muß ich versuchen, sie für mich zu behalten. Doch ich frage mich, ob Spott – hat Penelope viel Humor?«

»Ja, sie ist sehr übermütig und legt ihre Worte nicht auf die Waagschale.«

»Margaret ist wohl sanfter?«

»Ja, besonders in Gesellschaft. Sie ist ganz Sanftmut und Milde, wenn jemand in der Nähe ist. Aber mit uns ist sie ein wenig gereizt und unleidlich. Das arme Geschöpf! Sie hat die fixe Idee, daß Tom Musgrave ernsthafter in sie verliebt sei, als er es je in eine andere war, und erwartet ständig von ihm, daß er sich erklärt. Das ist nun schon das zweitemal in diesem Jahr, daß sie für einen Monat zu Robert und Jane gefahren ist, mit der Absicht, ihn durch ihre Abwesenheit dazu zu bringen. Aber ich bin überzeugt, daß sie sich irrt, und daß er ihr diesmal genauso wenig nach Croyden folgen wird wie im vergangenen März. Er wird nie heiraten, wenn er nicht jemand sehr Vornehmen heiraten kann – Miss Osborne vielleicht oder eine andere dieses Stils.«

»Deine Schilderung dieses Tom Musgrave macht mir sehr wenig Lust, seine Bekanntschaft zu machen, Elizabeth.«

»Du hast Angst vor ihm – das wundert mich bei dir nicht weiter.«

»Nein, keineswegs – ich mag ihn nicht und verachte ihn.«

»Tom Musgrave nicht mögen und verachten! Nein, das wirst du niemals fertig bringen. Ich möchte dich sehen, ob du nicht entzückt von ihm bist, wenn er Interesse für dich zeigt. Ich hoffe, er wird mit dir tanzen, und ich wage zu behaupten, daß er es tun wird, falls die Osbornes nicht mit einer großen Gesellschaft kommen, denn dann wird er mit niemand anderem sprechen.«

»Er scheint ja die liebenswürdigsten Eigenschaften zu haben!« meinte Emma. »Nun, wir werden ja sehen, wie unwiderstehlich Tom Musgrave und ich einander finden. Ich nehme an, ich werde ihn sofort erkennen, sobald ich den Ballsaal betrete. Etwas von seinem Charme muß er doch in seinem Gesicht tragen.«

»Im Ballsaal wirst du ihn nicht finden, das kann ich dir verraten. Ihr werdet früh dort sein, damit Mrs. Edwards einen guten Platz beim Feuer bekommt, und er erscheint immer sehr spät. Falls die Osbornes kommen, wird er im Gang auf sie warten und mit ihnen hereinkommen. Am liebsten würde ich einen Sprung zu dir hineinschauen, Emma. Hätte der Vater einen guten Tag gehabt, würde ich mich anziehen, und sobald ich Tee für ihn gemacht hätte, könnte James mich hinüberfahren, und ich könnte bei dir sein, wenn der Tanz beginnt.«

»Was denn! Würdest du noch spät abends in dieser Chaise kommen?«

»Und ob ich kommen würde. Da siehst du's – ich sagte doch, du seist so vornehm, und das ist ein Beispiel dafür.« Emma antwortete nicht gleich. Schließlich sagte sie:

»Elizabeth, ich wünschte, du hättest nicht darauf bestanden, daß ich zu diesem Ball gehe. Ich wünschte, du gingest statt meiner. Dir würde es viel mehr Freude machen als mir. Deshalb muß mein Vergnügen auch noch sehr fraglich sein, während du deines Vergnügens im Kreise aller deiner Freunde sicher wärest. Es ist noch nicht zu spät zu tauschen. Es bedürfte kaum einer Entschuldigung den Edwards gegenüber, denen deine Gesellschaft bestimmt lieber sein muß als meine. Ich würde dann unverzüglich zu unserem Vater zurückkehren, und ich hätte auch gar keine Angst, diesen ruhigen alten Klepper nach Hause zu lenken. Mittel und Wege, dir deine Kleider zu schicken, würde ich bestimmt finden.«

»Meine geliebte Emma«, rief Elizabeth gerührt aus,

»glaubst du, ich würde so etwas tun? Nicht um alles in der Welt! Aber deine Güte, es mir anzubieten, werde ich nie vergessen. Du mußt einen wahrhaft gütigen Charakter haben! Etwas Derartiges ist mir noch nie begegnet! Und du würdest tatsächlich auf den Ball verzichten, nur damit ich ihn mitmachen kann? Glaube mir, Emma, ich bin nicht so egoistisch, was das angeht. Nein, wenn ich auch neun Jahre älter bin als du, würde ich mir nicht anmaßen, zu verhindern, daß man dich sieht. Du bist sehr hübsch, und es wäre sehr ungerecht, solltest du nicht auch eine ebenso gute Chance haben, dein Glück zu machen, wie wir alle sie hatten. Nein, Emma, wer auch immer diesen Winter daheim bleiben muß – du wirst es nicht sein. Ich weiß genau, daß ich der Person, die mich mit neunzehn von einem Ball zurückgehalten hätte, nie hätte verzeihen können.«

Emma bekundete ihre Dankbarkeit, und einige Minuten lang trotteten sie schweigend dahin. Elizabeth sprach als erste wieder:

»Du wirst auch aufpassen, mit wem Mary Edwards tanzt?«

»Ich werde mir ihre Tänzer merken, wenn ich kann; aber es werden ja alles Fremde für mich sein, wie du weißt.«

»Dann paß nur auf, ob sie mit Hauptmann Hunter öfter als einmal tanzt – ich habe gewisse Befürchtungen, was das betrifft. Nicht, daß ihr Vater oder ihre Mutter Offiziere besonders schätzten – aber, wenn sie es täte, wäre mit dem armen Sam nämlich alles zu Ende. Und ich habe versprochen, ihm zu schreiben, mit wem sie tanzt.«

»Hängt denn Sam so an Mary Edwards?«

»Das wußtest du nicht?«

»Wie sollte ich das wissen? Wie sollte ich in Shropshire wissen, was in dieser Hinsicht in Surrey vorgeht? Angelegenheiten so delikater Natur dürften kaum einen Teil unserer spärlichen Korrespondenz ausgemacht haben, die während der letzten vierzehn Jahre zwischen dir und mir stattgefunden hat.«

»Ich bin erstaunt, daß ich es nie erwähnt habe, wenn ich schrieb. Und seit du zu Hause bist, war ich so mit unserem armen Vater und der großen Wäsche beschäftigt, daß ich keine Muße hatte, dir auch nur etwas zu erzählen – außerdem war ich wirklich der Meinung, du wüßtest das alles schon. Er liebt sie seit zwei Jahren sehr, und es bereitet ihm großen Kummer, daß er nicht zu allen unseren Bällen kommen kann. Aber Mr. Curtis will ihn nicht so oft entbehren, und zudem gibt es gerade jetzt in Guildford viele Krankheitsfälle.«

»Meinst du, daß Miss Edwards geneigt ist, ihn zu lieben?«

»Ich fürchte, nein; sie ist doch das einzige Kind und wird mindestens zehntausend Pfund mitbekommen.«

»Aber sie könnte ja unseren Bruder dennoch lieben.«

»O nein! Die Edwards sind sehr ambitiös. Ihr Vater und ihre Mutter würden nie ihre Einwilligung geben. Sam ist nur ein einfacher Wundarzt, verstehst du. Manchmal glaube ich, sie habe ihn gern. Aber Mary Edwards ist sehr formell und reserviert – ich weiß nicht immer, woran ich bei ihr bin.«

»Wenn Sam sich seiner Sache bei der Dame selbst nicht sicher ist, sollte man ihn nicht ermutigen, auch nur an sie zu denken.«

»Ein junger Mann muß an irgend jemanden denken«, sagte Elizabeth, »und warum sollte er nicht auch soviel Glück haben wie Robert, der eine gute Frau und sechstausend Pfund Mitgift bekommen hat?«

»Es kann doch nicht jeder von uns erwarten, Glück zu haben«, erwiderte Emma. »Das Glück auch nur *eines* Mitgliedes einer Familie bedeutet doch schon Glück für alle.«

»Meins wird noch kommen – ich bin fest überzeugt«, sagte Elizabeth und stieß in der Erinnerung an Purvis einen neuen Seufzer aus. »Ich war unglücklich genug –

und dir kann ich auch nicht viel Hoffnung machen, da unsere Tante törichterweise wieder geheiratet hat. Nun, wenigstens wird es ein schöner Ball für dich werden, das kann ich dir versprechen. Die nächste Biegung wird uns zum Schlagbaum bringen. Über die Barriere hinweg kannst du den Kirchturm sehen, und der Weiße Hirsch ist dicht daneben. Ich bin sehr gespannt zu hören, was du von Tom Musgrave hältst.«

Das waren die letzten noch zu verstehenden Laute aus Miss Watsons Munde, ehe sie den Schlagbaum passierten und auf dem Steinpflaster der Stadt ankamen, wo das Rütteln und Geratter jede weitere Unterhaltung völlig sinnlos machte. Die alte Mähre trottete schwerfällig weiter, weigerte sich, dem Anziehen der Zügel, rechts einzubiegen, zu folgen und machte noch die Dummheit, unbedingt vor dem Hutgeschäft halten zu wollen, ehe sie auf Mr. Edwards' Tür zusteuerte. Mr. Edwards bewohnte das feinste Haus in der Straße und das feinste am Platz, wenn Mr. Tomlinson, der Bankier, sich auch erlaubte, sein neuerrichtetes Haus am Stadtrand, mit Ziersträuchern und Auffahrt, als das feinste im Land zu bezeichnen.

Mr. Edwards' Haus war hoher als die meisten seiner Nachbarn und hatte vier Fenster zu beiden Seiten der Tür, die durch Gitter und Ketten gesichert waren, und zur Tür hinauf führte eine Steintreppe.

»Da wären wir«, sagte Elizabeth, als das Gefährt hielt. »Gut angekommen, und nach der Marktplatzuhr haben wir nur fünfunddreißig Minuten gebraucht, was doch erstaunlich ist, wenn es auch für Penelope nichts wäre. *Ist das* nicht eine hübsche Stadt? Wie du siehst, haben die Edwards ein nobles Haus und leben auch in diesem Stil. Die Tür wird von einem livrierten Diener mit gepuderten Haaren geöffnet, kann ich dir verraten.«

Emma hatte die Edwards nur an einem Morgen in Stanton gesehen, und sie waren deshalb auch sozusagen Fremde für sie. Und obgleich sie den zu erwartenden Freuden des Abends in einer keinesfalls gleichgültigen

Stimmung entgegensah, fühlte sie sich jedoch bei dem Gedanken an all das, was diesen noch vorausging, etwas unbehaglich. Auch hatte das Gespräch mit Elizabeth, das einige recht unerfreuliche Gefühle hinsichtlich ihrer eigenen Familie in ihr geweckt hatte, sie für andere unangenehme Eindrücke empfänglicher gemacht und das Gefühl für die Peinlichkeit dieser so plötzlichen Intimität, bei einer nur so flüchtigen Bekanntschaft, in ihr verstärkt.

Es gab im Verhalten von Mrs. und Miss Edwards aber auch nichts, das dieses Gefühl hätte ändern können. Die Mutter, im Grunde eine freundliche Frau, trug eine reservierte Miene zur Schau und war von einer äußerst formellen Höflichkeit. Und die Tochter, ein fein aussehendes Mädchen von zweiundzwanzig Jahren, mit Papierlockenwicklern im Haar, schien, begreiflicherweise, etwas vom Stil ihrer Mutter angenommen zu haben, die es erzogen hatte. Da Elizabeth genötigt war, schnellstens die Rückfahrt anzutreten, sollte Emma, allein zurückgeblieben, bald merken, wie sie sein konnten, und nur einige äußerst blasierte Bemerkungen über den voraussichtlich glänzenden Ball waren alles, was das halbstündige Schweigen in Abständen unterbrach, bevor der Hausherr sich zu ihnen gesellte. Mr. Edwards hatte eine viel natürlichere und gesprächigere Art als die Damen der Familie. Er war frisch von der Straße hereingekommen, mit der Bereitschaft, alles zu berichten, was sie möglicherweise interessieren könnte. Nach einer freundlichen Begrüßung Emmas wandte er sich an seine Tochter:

»Also, Mary, ich habe erfreuliche Nachrichten für dich: die Osbornes werden heute abend ganz bestimmt auf den Ball kommen. Pferde für zwei Kutschen sind vom Weißen Hirsch für neun Uhr vor Schloß Osborne beordert worden.«

»Das freut mich«, bemerkte Mrs. Edwards, »weil es unserem Ball Ehre macht. Da die Osbornes bekanntlich auch auf unserem ersten Ball waren, werden sie viele Leute dadurch anregen, den zweiten mitzumachen. Das ist mehr Anerkennung, als sie verdienen, denn in Wirklichkeit tragen sie nichts zum Vergnügen des Abends bei – sie kommen so spät und gehen so früh –, aber hochgestellte Persönlichkeiten haben immer ihren Reiz.«

Mr. Edwards berichtete noch viele andere kleine Neuigkeiten, die sein Morgenspaziergang ihm eingetragen hatte, und sie unterhielten sich mit größerer Lebhaftigkeit, bis Mrs. Edwards daran denken mußte, sich umzuziehen, und die jungen Damen wurden fürsorglich ermahnt, keine Zeit zu verlieren. Emma wurde in ein gemütliches Zimmer geführt, und sobald Mrs. Edwards' Höflichkeit es erlaubte, sie sich selbst zu überlassen, begann das Ankleiden, der erste beseligende Auftakt eines Balles. Die Mädchen, die sich praktisch gemeinsam ankleideten, lernten sich unvermeidlich besser kennen. Emma entdeckte in Miss Edwards die Zeichen gesunden Menschenverstands, einen unaufdringlichen, lauteren Charakter und ein großes Bestreben, behilflich zu sein, und als sie ins Wohnzimmer zurückkamen, wo Mrs. Edwards bereits saß – schicklich angetan mit einem ihrer beiden Atlaskleider, die für die Wintersaison gedacht waren, und einer neuen Haube –, betraten sie es mit leichteren Gefühlen und einem natürlicheren Lächeln, als sie mit sich hinausgenommen hatten. Ihre Ballkleider mußten sich jetzt einer Prüfung unterziehen, bei der Mrs. Edwards sich offen als zu altmodisch bekannte, um jede modische Extravaganz gutzuheißen, und sei sie noch so *en vogue;* und obgleich sie die Schönheit ihrer Tochter wohlgefällig betrachtete, ließ sie sich nur zu einer gemäßigten Bewunderung herab. Mr. Edwards, von Mary nicht weniger entzückt, machte Emma, angesichts seiner Tochter, einige gutgelaunte, galante Komplimente. Die Diskussion führte zu vertraulicheren Äußerungen, und Miss Edwards fragte Emma, ob man nicht schon oft der Meinung gewesen sei, sie sähe ihrem jüngsten Bruder sehr ähnlich. Emma glaubte zu bemerken, daß diese Frage von einem sanften Erröten begleitet wurde, und etwas noch Verdächtigeres schien in der Art zu liegen, mit der Mr. Edwards diese Bemerkung aufgriff. »Ich glaube, du machst Miss Emma damit kein großes Kompliment, Mary«, sagte er impulsiv. »Mr. Sam Watson ist ein sehr ehrenhafter junger Mann, und ich muß zugeben, auch ein sehr guter Wundarzt; aber sein Teint ist viel zu sehr jeder Witterung ausgesetzt gewesen, als daß eine Ähnlichkeit mit ihm sehr schmeichelhaft wäre.«

Mary entschuldigte sich einigermaßen verwirrt. Sie hatte eine starke Ähnlichkeit gar nicht mit sehr unterschiedlichen Graden von Schönheit für unvereinbar gehalten. Es konnte doch eine Ähnlichkeit im Gesichtsausdruck bestehen, und der Teint und sogar der Gesichtsausdruck konnten sehr unähnlich sein.

»Da ich meinen Bruder seit seinem siebenten Lebensjahr nicht mehr gesehen habe«, sagte Emma, »weiß ich nichts von seiner Schönheit, doch mein Vater meint, wir glichen uns.«

»Mr. Watson?« rief Mr. Edwards aus, »ich muß sagen, Sie erstaunen mich. Es besteht aber auch nicht die geringste Ähnlichkeit auf der Welt! Ihr Bruder hat graue Augen, Sie haben braune, er hat ein längliches Gesicht und einen großen Mund. Bemerken Sie, meine Liebe, auch nur die geringste Ähnlichkeit?«

»Nicht die mindeste – Miss Emma Watson erinnert mich viel mehr sehr an ihre älteste Schwester, und manchmal hat sie einen Ausdruck wie Miss Penelope – ein paarmal zeigte sich auch eine flüchtige Ähnlichkeit mit Mr. Robert, aber ich kann keinerlei Ähnlichkeit mit Mr. Samuel entdecken!«

»Ich sehe die Ähnlichkeit zwischen ihr und Miss Watson sehr stark«, erwiderte Mr. Edwards, »aber die andern sehe ich nicht. Wie mir scheint, gleicht sie überhaupt niemandem in der Familie, sondern nur Miss Watson, aber ganz bestimmt besteht keinerlei Ähnlichkeit zwischen ihr und Sam.«

Dieses Thema war erledigt, und sie gingen essen.

»Ihr Vater ist einer meiner ältesten Freunde, Miss Emma«, sagte Mr. Edwards, als er ihr Wein einschenkte, während sie um das Kaminfeuer saßen, um ihren Nachtisch zu genießen. »Wir müssen auf Ihren Vater und eine bessere Gesundheit für ihn trinken. Glauben Sie mir, es trifft mich tief, daß er so leidend ist. Ich kenne niemanden, der ein geselliges Kartenspiel so gern hat und besser spielt als er, und wenige Leute, die einen faireren Robber spielen. Es ist ein ganz großer Jammer, daß er auf dieses Vergnügen verzichten muß. Wir haben jetzt einen ruhigen kleinen Whistklub, der sich dreimal in der Woche im Weißen Hirsch trifft. Wieviel Spaß ihm das machen würde – wenn er doch nur gesund wäre!«

»Das will ich glauben, Sir. Und ich wünschte von ganzem Herzen, er wäre dem gewachsen.«

»Ihr Klub würde für einen Invaliden besser geeignet sein, wenn Sie nicht so spät Schluß machen würden«, sagte Mrs. Edwards. Das war ein alter Streitpunkt.

»So spät, meine Liebe! Wovon reden Sie eigentlich?« rief der Gatte mannhaft heiter, »wir sind doch immer vor Mitternacht daheim. Auf Schloß Osborne würden sie schön lachen, wenn sie hören würden, daß Sie *das* spät nennen – die stehen um Mitternacht gerade vom Abendessen auf.«

»Das hat nichts damit zu tun«, entgegnete die Dame ruhig. »Die Osbornes sind kein Maßstab für uns. Es wäre besser, Sie träfen sich jeden Abend und machten zwei Stunden früher Schluß.«

Soweit wurde das Thema sehr oft vorangetrieben, aber Mr. und Mrs. Edwards waren klug genug, nie über diesen Punkt hinauszugehen, und Mr. Edwards wandte sich jetzt einem anderen Thema zu. Er hatte lange genug in der Eintönigkeit einer Stadt gelebt, um sich nicht ein wenig für Klatsch zu interessieren, und da es ihn trieb, mehr Einzelheiten über seinen jungen Gast zu erfahren, als bis jetzt zu ihm gedrungen waren, begann er:

»Ich glaube, Miss Emma, ich kann mich noch sehr gut

an Ihre Tante vor dreißig Jahren erinnern. Ich bin ziemlich sicher, daß ich ein Jahr vor meiner Heirat in den alten Räumen in Bath mit ihr getanzt habe. Sie war damals eine sehr schöne Frau, aber sie dürfte wohl seit jener Zeit, wie andere Leute auch, etwas älter geworden sein. Ich hoffe sehr, daß ihre zweite Wahl eine glückliche war.«

»Ich hoffe und glaube es, Sir«, sagte Emma etwas beunruhigt.

»Mr. Turner ist noch nicht sehr lange tot, meine ich?«

»Ungefähr zwei Jahre, Sir.«

»Ich habe vergessen, wie sie jetzt heißt.«

»O'Brien.«

»Irisch! Ach ja! Ich erinnere mich – und sie wird sich in Irland niederlassen. Es wundert mich gar nicht, daß Sie nicht den Wunsch haben, sie in *dieses* Land zu begleiten, Miss Emma – das muß ein schwerer Verlust für die arme Dame sein! Nachdem sie Sie doch wie ihr eigenes Kind aufgezogen hat.«

»Ich war nicht so undankbar, Sir, den Wunsch zu haben, anderswo zu sein als bei ihr«, sagte Emma erregt. »Es hat Hauptmann O'Brien nicht gepaßt, daß ich mitgehe.«

»Hauptmann!« wiederholte Mrs. Edwards. »Dann ist der Herr also in der Armee?«

»Ja, Ma'am.«

»Ich sage es ja, es geht nichts über eure Offiziere, wenn es darum geht, die Damen zu bezaubern – ob jung oder alt. Eine Kokarde hat eben etwas Unwiderstehliches, meine Liebe.«

»Ich hoffe doch«, entgegnete Mrs. Edwards ernsthaft, mit einem kurzen Seitenblick auf ihre Tochter. Und Emma hatte sich gerade soweit von ihrer eigenen Verwirrung erholt, um das Erröten auf Miss Edwards' Wangen wahrzunehmen und, in Erinnerung an das, was Elizabeth über Hauptmann Hunter gesagt hatte, neugierig seine Chance und die ihres Bruders gegeneinander abzuwägen.

»Ältere Damen sollten vorsichtig sein, wie sie ihre zweite Wahl treffen«, bemerkte Mr. Edwards.

»Vorsicht und Besonnenheit sollten sich nicht nur auf ältere Damen und eine zweite Wahl beschränken«, fügte seine Frau hinzu. »Sie sind für junge Damen bei ihrer ersten mindestens so notwendig.«

»Eher noch mehr, meine Liebe«, erwiderte er, »weil junge Damen die Folgen wahrscheinlich länger spüren. Wenn eine alte Dame eine Torheit begeht, liegt es nicht im natürlichen Verlauf der Dinge, daß sie viele Jahre darunter leiden muß.«

Emma fuhr sich mit der Hand über die Augen, und Mrs. Edwards, die es bemerkte, wechselte auf ein anderes, für alle weniger peinliches Thema über.

Mit nichts beschäftigt, außer auf die für den Aufbruch festgesetzte Stunde zu warten, war der Nachmittag für die beiden jungen Damen lang; und obgleich Miss Edwards über die frühe Aufbruchszeit, die ihre Mutter immer festsetzte, ziemlich außer sich war, sah man sogar dieser erwartungsvoll entgegen. Das Servieren des Tees um sieben Uhr war eine gewisse Erlösung; und da Mr. und Mrs. Edwards glücklicherweise immer, wenn sie lange aufbleiben mußten, eine zusätzliche Tasse Tee und ein Extramuffin* zu sich nahmen, dehnte sich die Teezeremonie fast bis zu dem ersehnten Moment aus.

Kurz vor acht hörte man die Tomlinson-Kutsche vorbeifahren, das notorische Signal für Mrs. Edwards, die ihre vorfahren zu lassen, und in wenigen Minuten wurde die Gesellschaft aus der Stille und Wärme eines gemütlichen Wohnzimmers in das Getümmel, den Lärm und den Durchzug einer breiten Gasthofseinfahrt versetzt. Mrs. Edwards, die ihr eigenes Kleid sorgfältig in acht nahm, während sie mit noch größerem Eifer um die angemessene Bedeckung von Hals und Schultern ihrer jungen Schützlinge besorgt war, führte sie die breite Treppe hinauf. Außer dem Kratzen einer Violine war von dem be-

* Ein flaches, rundes Brötchen aus Weizen- oder Maismehl, das getoastet und heiß, gewöhnlich mit Butter und Orangenkonfitüre, gegessen wird.

vorstehenden Ball noch nichts zu hören. Und als Miss Edwards die besorgte Frage wagte, ob schon viele Leute gekommen scien, hörte sie vom Kellner, wie nicht anders zu erwarten, daß ›Mr. Tomlinsons Familie im Saal sei‹.

Während sie durch einen kurzen Gang auf den strahlend erleuchteten Ballsaal zuschritten, wurden sie von einem jungen Mann in Morgenrock und Stiefeln angesprochen, der in der Tür eines Schlafzimmers stand, anscheinend mit der Absicht, sie vorbeigehen zu sehen.

»Ah! Guten Abend, Mrs. Edwards. Guten Abend, Miss Edwards«, rief er unbefangen. »Sie bleiben Ihrer Gewohnheit treu, frühzeitig zu kommen, wie ich sehe. Die Kerzen sind erst in diesem Moment angezündet worden.«

»Sie wissen ja, Mr. Musgrave, ich möchte gern einen guten Platz beim Kamin erwischen«, erwiderte Mrs. Edwards.

»Ich bin soeben im Begriff, mich anzukleiden«, sagte er. »Ich warte nur auf meinen dummen Diener. Es wird ein prachtvoller Ball werden. Die Osbornes kommen ganz bestimmt, darauf können Sie sich verlassen, denn ich war heute morgen mit Lord Osborne zusammen.«

Die Gesellschaft ging weiter. Mrs. Edwards' Atlasrobe schleppte über den sauberen Fußboden des Ballsaals auf den Kamin am oberen Ende zu, wo nur eine Gesellschaft zeremoniös Platz genommen hatte, während drei oder vier Offiziere zu sehen waren, die das angrenzende Spielzimmer aufsuchten oder verließen. Die Nachbarn begrüßten sich steif, und sobald alle ihre Plätze wieder eingenommen hatten, sagte Emma im leisen Flüsterton, der sich der ernsten Szene anpaßte, zu Miss Edwards:

»Der Herr, an dem wir im Durchgang vorbeikamen, war also Mr. Musgrave? Er soll außerordentlich angenehm sein, wie ich gehört habe.«

Miss Edwards antwortete nur zögernd. »Ja, er ist bei vielen Leuten sehr beliebt, aber wir sind nicht sehr intim mit ihm.«

»Er ist reich, nicht wahr?«

»Er hat ungefähr acht- oder neunhundert pro Jahr, glaube ich. Er kam in deren Genuß, als er noch sehr jung war, und meine Eltern sind der Meinung, das habe einen unbeständigen Charakter aus ihm gemacht. Sie mögen ihn nicht.«

2

Der kalte und menschenleere Zustand des Saales und das gezierte Getue der Gruppe weiblicher Wesen an dessen einem Ende löste sich allmählich. Das verheißende Geräusch weiterer Kutschen war zu hören, und ständig wurden neue Scharen würdevoller Anstandsdamen und junger Mädchen begrüßt, unter denen hier und da auch ein versprengter Jüngling auftauchte, der, falls er nicht verliebt genug war, sich neben einer Schönen zu postieren, froh zu sein schien, in das Spielzimmer zu entkommen.

Aus der zunehmenden Zahl von Offizieren steuerte jetzt einer mit solch betonter Vertraulichkeit auf Miss Edwards zu, die ihrer Begleiterin eindeutig verriet, ›Ich bin Hauptmann Hunter‹; und Emma, die sie notgedrungen in einem solchen Moment beobachten mußte, sah, daß es ihr zwar etwas peinlich, aber keineswegs unangenehm war, und hörte, wie eine Verabredung für die beiden ersten Tänze getroffen wurde, was ihr den Fall ihres Bruders Sam als hoffnungslos erscheinen ließ.

Mittlerweile war Emma nicht unbeobachtet und unbewundert geblieben. Ein neues und noch dazu hübsches Gesicht war nicht zu übersehen. Ihr Name wurde flüsternd von Gruppe zu Gruppe weitergegeben, und kaum hatte das Orchester mit dem Intonieren einer beliebten Melodie das Signal gegeben, das die Jugend aufzurufen schien, ihrer Pflicht nachzukommen, als sie sich von einem Kameraden Hauptmann Hunters, der ihr vorgestellt worden war, zum Tanz aufgefordert sah.

Emma Watson war nur mittelgroß, gut gewachsen und vollschlank, mit der Ausstrahlung einer gesunden Vitalität. Ihre Haut war sehr dunkel, aber zart und weich und von blühender Frische, was ihr, mit ihrem lebhaften Blick, einem reizenden Lächeln und offenen Wesen eine Schönheit verlieh, die fesselte, eine Wirkung, die sich bei näherer Bekanntschaft noch steigerte. Da sie keinen Grund hatte, sich über ihren Partner zu beklagen, begann der Abend für sie sehr erfreulich; und ihr Gefühl stimmte vollkommen mit der wiederholten Feststellung anderer überein, daß es ein ausgezeichneter Ball sei. Noch waren die ersten beiden Tänze nicht vorüber, als, nach einer längeren Unterbrechung, erneutes Wagengeräusch die allgemeine Aufmerksamkeit erregte, und der Ruf, ›Die Osbornes kommen, die Osbornes kommen!‹ verbreitete sich im ganzen Saal. Nach einigen Minuten außergewöhnlicher äußerer Aufregung und gespannter innerer Neugier erschien die hohe Gesellschaft – angeführt von dem beflissenen Besitzer des Gasthofs, der eine Tür öffnete, die gar nicht geschlossen gewesen war –, bestehend aus Lady Osborne, ihrem Sohn, Lord Osborne, ihrer Tochter, Miss Osborne, deren Freundin, Miss Carr, Mr. Howard, dem früheren Erzieher von Lord Osborne und jetzt Pfarrer des Kirchspiels, in dem das Schloß lag, Mrs. Blake, seiner verwitweten Schwester, die bei ihm lebte, ihrem Sohn, einem hübschen, zehnjährigen Jungen, und Mr. Tom Musgrave, der, als freiwilliger Gefangener in seinem eigenen Zimmer, wahrscheinlich die letzte halbe Stunde mit schmerzlicher Ungeduld den Klängen der Musik gelauscht hatte. Auf ihrem Wege durch den Saal blieben sie fast unmittelbar hinter Emma stehen, um die ehrerbietige Begrüßung irgendeines Bekannten entgegenzunehmen, und sie hörte Lady Osbornes Bemerkung, daß sie ausschließlich Mrs. Blakes kleinem Jungen zuliebe so früh gekommen seien, der leidenschaftlich gern tanzte. Emma betrachtete alle, als sie vorbeigingen, doch in der Hauptsache und mit dem größten Interesse Tom Musgrave, der wirklich ein eleganter, schöner junger Mann war. Von den Damen war Lady Osborne die bei weitem vornehmste Erscheinung; und obgleich annähernd fünfzig, war sie sehr schön und verkörperte die ganze Würde ihres Standes.

Lord Osborne war ein sehr stattlicher junger Mann; aber er hatte eine Art von Kälte, Uninteressiertheit, ja sogar Schroffheit an sich, die ihm seine Tauglichkeit in einem Ballsaal abzusprechen schien. Tatsächlich war er auch nur gekommen, weil man es in seinem Interesse für tunlich erachtete, den Wahlbezirk zufriedenzustellen. Die Gesellschaft von Frauen schätzte er nicht, und er tanzte nie. Mr. Howard war ein sehr sympathisch aussehender Mann und etwas über dreißig.

Am Schluß der beiden Tänze fand Emma sich – sie wußte gar nicht wie – im Osborne-Kreise sitzend und war sofort von den feinen Zügen und den lebhaften Bewegungen des kleinen Jungen gefesselt, als er vor seiner Mutter stand und wissen wollte, wann sie anfangen würden.

»Charles' Ungeduld wird Sie gar nicht überraschen«, sagte Mrs. Blake, eine lebhafte, reizend aussehende kleine Frau von fünf-/sechsunddreißig zu einer neben ihr stehenden Dame, »wenn Sie erfahren, wen er als Partnerin hat. Miss Osborne hat ihm liebenswürdigerweise versprochen, die ersten beiden Tänze mit ihm zu tanzen.«

»O ja! Wir haben uns diese Woche verlobt«, rief der Kleine, »und wir werden alle Paare ausstechen.«

Auf der andern Seite neben Emma standen Miss Osborne, Miss Carr und eine Gruppe junger Leute in sehr lebhafter Unterhaltung; und bald darauf sah sie den elegantesten Offizier der Gruppe zum Orchester hinübergehen und den Tanz bestellen, während Miss Osborne an ihr vorbei zu ihrem erwartungsvollen kleinen Partner ging und eifrig zu ihm sagte: »Charles – bitte, entschuldige vielmals, daß ich mein Versprechen nicht halte, aber ich werde diese beiden Tänze mit Oberst Beresford tanzen. Ich weiß, du wirst mir verzeihen – ich tanze dann auch ganz bestimmt nach dem Tee mit dir.« Und ohne eine Antwort abzuwarten, wendete sie sich wieder Miss Carr zu und wurde gleich darauf von Oberst Beresford entführt, um sich zur Quadrille aufzustellen. Wenn das Gesicht des armen kleinen Jungen Emma schon in seinem Glück gefesselt hatte, faszinierte es sie unter diesem plötzlichen Rückschlag noch unendlich viel mehr. Mit dunkelroten Wangen, zitternden Lippen und zu Boden starrenden Augen stand er da – die verkörperte Enttäuschung. Seine Mutter, ihre eigene Verletztheit unterdrükkend, versuchte, die seine durch Miss Osbornes zweites Versprechen zu besänftigen. Doch wenngleich er es auch mit knabenhafter Tapferkeit mühsam fertigbrachte, hervorzustoßen: »Oh, es macht mir nichts aus!«, war es dem unablässigen Aufruhr in seinen Zügen deutlich anzusehen, daß es ihm nur allzuviel ausmachte.

Emma überlegte nicht lange. Ihr Gefühl sprach, und sie handelte.

»Es wäre mir ein großes Vergnügen, Sir, mit Ihnen zu tanzen, wenn Sie wollen«, sagte sie und streckte ihm mit der unbefangensten fröhlichen Miene die Hand entgegen. Augenblicklich wieder in seinen früheren Glückszustand zurückversetzt, schaute er seine Mutter ganz selig an, trat mit einem ehrlichen, einfachen »Vielen Dank, Ma'am« vor und war sogleich bereit, seiner neuen Bekannten zu folgen. Mrs. Blakes Dankbarkeit äußerte sich wortreicher. Mit einem Blick, der ihre unerwartete Freude und lebhafteste Dankbarkeit bezeugte, versicherte sie Emma immer wieder mit bewegten Worten ihrer Dankbarkeit für ihre so großmütige und hochherzige Güte ihrem Jungen gegenüber. Emma konnte ihr nur vollkommen aufrichtig beteuern, daß sie ihrerseits wohl kaum eine größere Freude bereiten könne als sie selbst empfinde, und nachdem Charles mit seinen Handschuhen versorgt und ermahnt worden war, sie anzubehalten, schlossen sie sich, beide mit fast der gleichen Befriedigung, der Gruppe der Tanzpaare an, die sich jetzt schnell zu formieren begannen. Sie waren ein Paar, das man nicht ohne Überraschung betrachten konnte. Es trug ihr ein langes Starren von Miss Osborne und Miss Carr ein, als sie an ihr vorübertanzten. »Mein Ehrenwort, Charles, du hast wirklich Glück«, sagte die erstere, als sie auf ihn zutanzte, »du hast eine bessere Partnerin bekommen als mich«, was der glückliche Charles mit »Ja!« beantwortete.

Tom Musgrave, der mit Miss Carr tanzte, warf ihr viele neugierige Blicke zu. Und nach einer Weile kam auch Lord Osborne herüber, der, unter dem Vorwand, mit Charles zu sprechen, stehenblieb, um dessen Partnerin in Augenschein zu nehmen. Obgleich Emma ein solches Aufsehen als höchst peinlich empfand, konnte sie ihre Handlung trotzdem nicht bereuen, so glücklich hatte es den Jungen und die Mutter gemacht; und letztere fand auch immer wieder Gelegenheiten, mit der herzlichsten Liebenswürdigkeit das Wort an sie zu richten. Emma hatte herausgefunden, daß ihr kleiner Tänzer, wenn auch in erster Linie aufs Tanzen erpicht, nicht abgeneigt war, zu reden, wenn ihre Fragen und Äußerungen ihn dazu anregten, etwas zu sagen; und so hatte sie denn auch zwangsläufig erfahren, daß er noch zwei Brüder und eine Schwester hatte und daß sie alle mit ihrer Mama bei seinem Onkel in Wickstead lebten, daß sein Onkel ihn in Latein unterrichtete, daß er sehr gerne ritt und auch ein eigenes Pferd besaß, das ihm von Lord Osborne geschenkt worden war, und daß er mit Lord Osborne sogar schon einmal eine Parforcejagd mitgemacht hatte.

Am Schluß dieser Tänze stellte Emma fest, daß die Zeit für den Tee gekommen war. Miss Edwards gab ihr ein warnendes Zeichen, sich in der Nähe zu halten, das ihr eindeutig zu verstehen gab, für wie wichtig Mrs. Edwards es erachtete, sie beide dicht neben sich zu haben, wenn sie in den Teesalon gingen, und Emma beeilte sich entsprechend, dem Wink zu folgen. Ein wenig Aufregung und Gedrängel machte der Gesellschaft immer Spaß, wenn sie sich auf eine Erfrischung zurückzog. Der Teesalon war ein kleiner Raum, der sich an das Spielzimmer anschloß, und beim Passieren des letzteren, der durch Tische eingeengt war, blieben Mrs. Edwards und ihre Gesellschaft einige Sekunden stecken. Es geschah dicht bei Lady Osbornes Spieltisch; Mr. Howard, der mit am Tisch saß, sprach mit seinem Neffen, und als Emma merkte, daß sie das Ziel der Aufmerksamkeit sowohl für Lady Osborne als auch für ihn war, hatte sie sich eben noch rechtzeitig abgewandt, um den lauten entzückten Ausruf ihres jungen Begleiters scheinbar nicht zu hören: »Oh, Onkel! Schau dir doch nur meine Tanzpartnerin an. Sie ist so hübsch!« Da sie sich jedoch gleich wieder in Bewegung setzten, wurde Charles eilig mit weggezogen, ohne Gelegenheit zu haben, seines Onkels Zustimmung zu hören. Beim Eintritt in den Teesalon, wo zwei lange Tafeln vorbereitet waren, erblickten sie Lord Osborne ganz allein am Ende der einen, als hätte er sich vom Ball, so weit es nur ging, zurückgezogen, um seinen Gedanken nachzuhängen und hemmungslos in die Luft zu starren. Charles machte Emma sogleich auf ihn aufmerksam: »Da ist Lord Osborne, geh'n wir doch hin, Sie und ich, und setzen uns zu ihm.«

»Nein, nein«, sagte Emma lachend, »du mußt bei meinen Freunden sitzen.«

Charles war jetzt so weit aufgetaut, um seinerseits einige Fragen zu riskieren. Wieviel Uhr es sei?

»Elf.«

»Elf! Und ich bin überhaupt nicht müde. Mama hat gemeint, ich würde wahrscheinlich schon vor zehn einschlafen. Glauben Sie, daß Miss Osborne nach dem Tee ihr Wort halten wird?«

»O ja, ich glaube schon«; obgleich sie gar keinen Grund zu dieser Annahme hatte, da Miss Osborne es vorher nicht gehalten hatte.

»Wann kommen Sie nach Schloß Osborne?«

»Wahrscheinlich nie. Ich kenne ja die Familie nicht.«

»Aber Sie können doch nach Wickstead kommen und Mama besuchen, und sie kann Sie dann aufs Schloß mitnehmen. Da gibt es nämlich einen riesigen, komisch ausgestopften Fuchs und einen Dachs – jeder würde glauben, sie seien lebendig. Es wäre ein Jammer, wenn Sie die nicht sehen sollten.«

Als man vom Tee aufstand, gab es wieder ein Gedrängel, um des Vergnügens willen, als erster draußen zu sein, das sich unverhofft noch dadurch verstärkte, daß eine oder zwei Kartenpartien soeben abgebrochen worden waren, und die Spieler genau in die entgegengesetzte Richtung strebten. Unter diesen befand sich auch Mr. Howard, mit seiner Schwester am Arm. Und kaum, daß sie in Emmas Reichweite gekommen waren, machte Mrs. Blake sich durch eine freundliche Berührung bei ihr bemerkbar und sagte: »Meine liebe Miss Watson, Ihre Güte gegen Charles führt Ihnen seine ganze Familie zu. Gestatten Sie mir, Ihnen meinen Bruder, Mr. Howard, vorzustellen.«

Emma verneigte sich, der Herr verbeugte sich und bat sie beflissen um die Ehre der nächsten beiden Tänze, was ebenso beflissen zugestanden wurde, und schon wurden sie in entgegengesetzte Richtungen abgedrängt. Emma war vom Lauf der Dinge sehr befriedigt. Mr. Howard hatte eine gewisse ruhig-fröhliche, vornehme Art, die ihr gefiel, und wenige Minuten später erhöhte sich der Wert ihrer Verabredung noch, als sie im Spielzimmer, irgendwie durch eine Tür abgeschirmt, saß und hörte, wie Lord Osborne, der lässig an einem leeren Tisch in ihrer Nähe lehnte, Tom Musgrave herbeizitierte und sagte: »Weshalb tanzen Sie eigentlich nicht mit dieser schönen Emma Watson? Ich wünsche, daß Sie mit ihr tanzen, und ich komme dann und stelle mich neben Sie.«

»Gerade in diesem Moment war ich dazu entschlossen, Mylord. Nachdem ich ihr vorgestellt worden bin, tanze ich sofort mit ihr.«

»Ja, tun Sie das. Und wenn Sie merken, daß sie nicht viel reden will, stellen Sie mich ihr gelegentlich vor.«

»Sehr wohl, Mylord. Wenn sie ihren Schwestern gleicht, wird sie nur wollen, daß man ihr zuhört. Ich gehe jetzt. Ich werde sie im Teesalon finden. Diese steife alte Mrs. Edwards wird nie mit ihrem Tee fertig.«

Er eilte davon – Lord Osborne folgte ihm; und Emma verlor keine Zeit, schnellstens aus ihrer Ecke in entgegengesetzter Richtung zu verschwinden, und vergaß in ihrer Eile, daß sie Mrs. Edwards zurückgelassen hatte.

»Wir hatten Sie völlig aus den Augen verloren«, sagte Mrs. Edwards, die ihr keine fünf Minuten später mit Mary gefolgt war. »Wenn Ihnen dieser Raum lieber ist als der andere, sehe ich keinen Grund, warum wir nicht hierbleiben sollten – aber wir bleiben besser alle beieinander.«

Die Mühe, sich zu entschuldigen, blieb Emma dadurch erspart, daß Tom Musgrave in diesem Augenblick zu ihnen stieß, der Mrs. Edwards mit lauter Stimme um die Ehre bat, Miss Emma Watson vorgestellt zu werden, was der guten Dame keine andere Wahl ließ als die, ihm durch die Kälte ihres Verhaltens zu verstehen zu geben, daß sie es nur widerwillig tat. Die Ehre, mit ihr zu tanzen, wurde ohne Zeitverlust gewährt, und wenngleich es Emma auch vielleicht gefiel, von Lord und Bürger für ein schönes Mädchen gehalten zu werden, war sie so wenig geneigt, Tom Musgrave den Vorzug zu geben, daß sie eine beträchtliche Genugtuung empfand, sich zu ihrer früheren Verabredung zu bekennen. Er war offensichtlich überrascht und völlig fassungslos. Der Typ ihres letzten Tänzers hatte ihn wahrscheinlich zu der Annahme verleitet, daß sie von Bewerbungen nicht gerade überhäuft sei.

»Mein kleiner Freund, Charles Blake, soll sich nur nicht einreden, daß er Sie den ganzen Abend mit Beschlag belegen kann«, rief er aus. »Das können wir nicht dulden. Es verstößt gegen die Ballregeln, und ich bin sicher, daß es niemals von unserer guten Freundin hier, Mrs. Edwards, unterstützt werden wird. Sie ist eine viel zu feine Kennerin des Dekorums, um eine solche Abweisung durchgehen zu lassen.«

»Ich tanze nicht mit Master Blake, Sir.«

Der etwas verwirrte Gentleman konnte nur hoffen, ein anderes Mal mehr Glück zu haben, und da er nicht willens schien, wegzugehen, obwohl sein Freund Lord Osborne in der Tür auf das Resultat wartete, wie Emma mit einiger Belustigung bemerkte, begann er sich höflich nach ihrer Familie zu erkundigen.

»Wie kommt es nur, daß wir nicht das Vergnügen haben, Ihre Schwestern heute abend hier zu sehen? Unsere Bälle haben sonst immer großen Anklang bei ihnen gefunden, so daß wir nicht wissen, wie wir dieses Fernbleiben auffassen sollen.«

»Meine älteste Schwester ist die einzige, die zu Hause ist, und sie konnte meinen Vater nicht allein lassen.«

»Miss Watson als einzige zu Hause! Sie überraschen mich! Mir kommt es vor, als hätte ich erst vorgestern noch alle drei hier in dieser Stadt gesehen. Ich fürchte allerdings, ich war in der letzten Zeit aber auch ein ganz unmöglicher Nachbar. Überall, wo ich hinkomme, höre ich schreckliche Klagen über meine Treulosigkeit, und ich muß gestehen, es ist schändlich lange her, seit ich in Stanton war. Aber jetzt werde ich mich bemühen, mich für das Versäumte schadlos zu halten.«

Der ruhige, höfliche Ton in Emmas Antwort mußte ihn, im Vergleich zu der entgegenkommenden Wärme, wie sie ihm von ihren Schwestern zuteil wurde, verblüfft haben und weckte wahrscheinlich das ganz neuartige Gefühl des Zweifels an seiner eigenen Unwiderstehlichkeit in ihm und den Wunsch nach mehr Aufmerksamkeit, als ihm zuteil wurde. Die Tänze begannen jetzt wieder; und da Miss Carr ungeduldig darauf wartete, anzusagen, wurden alle aufgefordert, Aufstellung zu nehmen, und Tom Musgraves Neugier wurde befriedigt, als er Mr. Howard herankommen sah, um Emma zum Tanz aufzufordern.

»Das geht auch mich an«, war Lord Osbornes Kommentar, als sein Freund ihm Bericht erstattete; und während der beiden Tänze tauchte er fortgesetzt neben Mr. Howard auf.

Die Häufigkeit seines Erscheinens dort war das einzig Unangenehme an ihrer Partnerschaft, das Einzige, über das sie sich bei Mr. Howard beschweren konnte. Ihn selbst fand sie genauso sympathisch wie er aussah, und selbst wenn er über ganz alltägliche Dinge sprach, hatte er eine kluge, ungekünstelte Art, sich auszudrücken, so daß es sich lohnte, zuzuhören; und sie bedauerte nur, daß es ihm nicht gelungen war, seinem Schüler auch seine eigenen tadellosen Manieren beizubringen. Die beiden Tänze kamen ihr sehr kurz vor, und sie fand die Zustimmung ihres Tanzpartners. Als sie zu Ende waren, brachen die Osbornes und ihre Gesellschaft auf.

»Endlich gehen wir«, sagte seine Lordschaft zu Tom. »Wie lange gedenken denn Sie sich noch in diesen himmlischen Gefilden aufzuhalten? – bis Sonnenaufgang?«

»Nein – Gnade! Mylord. Ich hatte durchaus genug. Ich versichere Ihnen, daß ich mich nicht wieder hier sehen lasse, nachdem ich die Ehre hatte, Lady Osborne zu ihrem Wagen zu begleiten. Ich werde mich so diskret wie möglich in den abgelegensten Winkel dieses Hauses zurückziehen, wo ich mir einen ganzen Berg Austern bestellen und es mir wunderbar gemütlich machen werde.«

»Lassen Sie sich bald im Schloß sehen und berichten Sie mir, wie sie bei Tageslicht aussieht.«

Emma und Mrs. Blake schieden wie alte Bekannte, und Charles schüttelte ihr die Hand und sagte mindestens ein dutzendmal Auf Wiedersehen. Von Miss Osborne und Miss Carr empfing sie so etwas wie ein ruckartiges Kopfnicken, als sie an ihr vorbeigingen; sogar Lady Osborne bedachte sie mit einem gnädigen Blick, und seine Lordschaft kam doch tatsächlich zurück, nachdem die andern den Saal verlassen hatten, um nach einem »Verzeihen Sie« im Fenstersitz hinter ihr nach seinen Handschuhen zu suchen, die er zusammengepreßt sichtbar in der Hand hatte. Da Tom Musgrave sich nicht mehr sehen ließ, können wir wohl annehmen, daß er seinen Plan ausgeführt hat, und ihn uns vorstellen, wie er sich in trübseliger Abgeschiedenheit mit seinem Berg Austern abplagt – vielleicht aber auch vergnügt der Wirtin in ihrer Bar bei der Zubereitung frischer Glühweine für die Tänzer oben hilft. Emma mußte gestehen, daß sie die Gesellschaft, in der sie sich befunden hatte, vermißte, obgleich sie in gewisser Hinsicht beklemmend vornehm gewesen war, und die beiden Tänze, die jetzt folgten und den Ball beschlossen, waren auch sehr flau im Vergleich zu den andern. Da Mr. Edwards mit viel Glück gespielt hatte, waren sie einige der letzten im Saal.

»Da wären wir nun wieder«, sagte Emma klagend, als sie ins Speisezimmer trat, wo der Tisch gedeckt war und das nette Dienstmädchen eben die Kerzen anzündete. »Wie schnell es doch zu Ende ist, meine liebe Mrs. Edwards! Ich wünschte, alles könnte noch einmal von vorn anfangen.«

Sehr viel warmherzige Freude wurde geäußert, daß sie den Abend so genossen hatte, und Mr. Edwards war genauso enthusiastisch über die rege Beteiligung, den Lichterglanz und die gute Stimmung wie sie, obgleich er doch – bis auf einen einzigen Stuhlwechsel –, ohne sich wegzurühren, den ganzen Abend an dem gleichen Tisch, im gleichen Raum gesessen hatte und das Ganze kaum wahrgenommen haben dürfte. Aber er hatte von fünf Robbers vier gewonnen, und alles war in bester Ordnung. Seine Tochter bekam den Vorteil dieses glücklichen Gemütszustandes im Verlaufe der Bemerkungen und rückblickenden Betrachtungen zu spüren, die jetzt über der Willkommenssuppe folgten.

»Wie kam es, daß du mit keinem der beiden Mr. Tomlinsons getanzt hast, Mary?« fragte ihre Mutter.

»Ich war immer schon vergeben, wenn sie mich aufforderten.«

»Ich habe gemeint, du hättest die beiden letzten Tänze mit Mr. James tanzen sollen; Mrs. Tomlinson hat mir gesagt, er sei auf dem Wege gewesen, dich zu holen – dabei hatte ich dich zwei Minuten vorher noch sagen hören, du seist nicht vergeben.«

»Ja schon – aber das war ein Irrtum – ich hatte falsch verstanden. Ich wußte nicht, daß ich schon vergeben war. Ich hatte geglaubt, das gelte für zwei darauffolgende Tänze, falls wir noch so lange dablieben. Doch Hauptmann Hunter hatte mir versichert, daß es für *diese* beiden gelte.«

»Dann hast du also den Abend mit Hauptmann Hunter beschlossen, nicht wahr, Mary?« sagte ihr Vater. »Und mit wem hast du ihn begonnen?«

»Hauptmann Hunter«, wurde mit sehr kleinlauter Stimme wiederholt.

»Hm! Das ist immerhin ausdauernd. Aber mit wem hast du sonst noch getanzt?«

»Mr. Norton und Mr. Styles.«

»Und wer ist das?«

»Mr. Norton ist ein Vetter von Hauptmann Hunter.«

»Und wer ist Mr. Styles?«

»Einer seiner engsten Freunde.«

»Alle im selben Regiment«, fügte Mrs. Edwards hinzu. »Mary war den ganzen Abend von Rotröcken umgeben. Es hätte mir besser gefallen, sie mit einigen unserer alten Nachbarn tanzen zu sehen, muß ich gestehen.«

»Ja, ja – wir dürfen unsere alten Nachbarn nicht vernachlässigen. Aber was sollen junge Damen schon tun, wenn die Soldaten in einem Ballsaal schneller sind als andere Leute?«

»Ich finde, es ist kein Grund vorhanden, sich für so viele Tänze im voraus engagieren zu lassen, Mr. Edwards.«

»Nein, vielleicht nicht. Aber ich erinnere mich noch, meine Liebe, als Sie und ich es auch so gemacht haben.«

Mrs. Edwards sagte nichts weiter, und Mary atmete erleichtert auf. Es folgten noch eine Menge scherzhafter

Bemerkungen, und Emma ging fröhlichen Herzens zu Bett, den Kopf voll von Osbornes, Blakes und Howards.

3

Der nächste Morgen brachte viele Besucher. Es war Sitte in der Stadt, immer am Morgen nach einem Ball Mrs. Edwards seine Aufwartung zu machen; und dieses nachbarliche Bedürfnis wurde in der augenblicklichen Situation Emmas wegen noch durch ein Gefühl allgemeiner Neugier gesteigert, weil jeder die junge Dame sehen wollte, die am gestrigen Abend von Lord Osborne bewundert worden war. Einige sahen keinen Makel, einige keine Schönheit. Für einige bedeutete ihr dunkler Teint die Vernichtung jeglichen Liebreizes, und andere waren nicht zu überzeugen, daß sie nur halb so schön war, wie Elizabeth Watson vor zehn Jahren gewesen sei. Der Vormittag verging schnell mit Diskussionen über den ausgezeichneten Ball mit den ununterbrochen eintreffenden Besuchern, und Emma war zugleich erstaunt, daß es schon zwei Uhr war, und daß sie, in Anbetracht dessen, noch nichts von ihres Vaters Chaise* gehört hatte. Nach dieser Feststellung war sie ans Fenster gegangen, um die Straße hinunterzuschauen, und war schon im Begriff, um die Erlaubnis zu bitten, den Klingelzug betätigen zu dürfen, als das leichte Geräusch eines vorfahrenden Wagens sie erleichtert aufatmen ließ. Sie trat wieder ans Fenster, doch statt des bequemen, aber auch sehr uneleganten Familiengefährts fiel ihr Blick auf eine elegante Karriole**. Kurz darauf wurde Mr. Musgrave gemeldet, und Mrs. Edwards setzte bei dieser Ankündigung ihre abweisend-

* Niedriger, vierrädriger, offener Ausflugs- oder Reisewagen, mit einem oder zwei Ponies.

** Eine zweirädrige Kutsche (mit zwei Pferden).

ste Miene auf. Durch ihre frostige Art keineswegs abgeschreckt, erwies er jeder Dame, mit einer nicht ungünstig wirkenden Ungezwungenheit, seine Reverenz, und als er zu Emma gelangte, übergab er ihr ein Briefchen, das er ihr von ihrer Schwester zu überbringen die Ehre habe, wobei er allerdings bemerken müsse, daß ein mündliches Postskriptum seinerseits dazu unerläßlich sei.

Das Briefchen, das Emma schon zu lesen begann, bevor Mrs. Edwards sie dringend gebeten hatte, sich nur ja keinen Zwang anzutun, enthielt einige Zeilen von Elizabeth, die besagten, daß ihr Vater, da es ihm so ungewöhnlich gut gehe, sich plötzlich entschlossen habe, der an diesem Tage stattfindenden Visitation* beizuwohnen, daß aber sein Weg dorthin ziemlich weit von Dorking entfernt sei und sie deshalb unmöglich vor morgen früh nach Hause kommen könne, es sei denn, die Edwards würden sie bringen – was man kaum erwarten könne –, oder sie fände ein anderes Beförderungsmittel oder hätte nichts dagegen, die Strecke zu Fuß zurückzulegen. Sie hatte das Ganze kaum überflogen, als sie sich genötigt sah, sich Tom Musgraves Bericht anzuhören.

»Ich habe dieses Briefchen erst vor zehn Minuten aus Miss Watsons zarten Händen empfangen«, sagte er. »Ich traf sie zufällig in der Dorfgemeinde Stanton, wohin mein guter Stern mich meine Pferde zu lenken hieß. Sie war in diesem Augenblick gerade auf der Suche nach einer Person, die sie mit diesem Auftrag betrauen konnte, und es gelang mir glücklicherweise, sie zu überzeugen, daß sie keinen bereitwilligeren und schnelleren Boten finden könne als mich. Wohlgemerkt spreche ich nicht von meiner Uneigennützigkeit – meine Belohnung soll in der Gunst bestehen, Sie in meiner Karriole nach Stanton zu führen. Es geschieht ausdrücklich im Auftrage Ihrer Schwester, wenn ich es auch nicht schriftlich habe.«

* Offizielle Inspektionsvisite, besonders eines Bischofs zur Prüfung der Kirchen seiner Diözese.

Emma war unglücklich. Der Vorschlag war ihr zuwider. Sie wollte dem Überbringer nicht verpflichtet sein – und doch war sie im Zweifel, inwieweit sie sein Angebot ablehnen sollte, da sie fürchtete, den Edwards zur Last zu fallen und auch selbst gern wieder nach Hause wollte. Mrs. Edwards schwieg noch immer. Entweder verstand sie nicht, was da vorging, oder sie wartete ab, wie die junge Dame den Vorschlag aufnahm. Emma dankte ihm, erklärte aber, ›daß sie absolut nicht gewillt sei, ihm derartige Umstände zu machen‹. ›Die Umstände wären selbstverständlich nur eine Ehre, eine Freude und ein Vergnügen – was hätten er und seine Pferde denn sonst anderes zu tun?‹ Sie war unschlüssig. ›Sie glaube, seine Hilfe zurückweisen zu müssen – vor dieser Art von Wagen habe sie Angst – außerdem sei die Entfernung nicht mehr als ein Spaziergang‹. Jetzt schwieg Mrs. Edwards nicht länger. »Wir werden uns ganz besonders freuen, Miss Emma, wenn Sie uns das Vergnügen Ihrer Gesellschaft noch bis morgen machen können. Doch falls Ihnen dies nicht möglich sein sollte, steht Ihnen unser Wagen jederzeit zu Diensten, und Mary wird sehr froh sein, Gelegenheit zu haben, Ihre Schwester zu sehen.«

Das war genau das, was Emma herbeigesehnt hatte, und sie nahm das Angebot mit größtem Dank an und bemerkte noch, daß Elizabeth ganz allein sei, weshalb sie den Wunsch habe, zum Dinner zu Hause zu sein. Bei ihrem Besucher erregte der Plan heftigen Widerspruch.

»Das kann ich wirklich nicht dulden. Man darf mich nicht des Glücks berauben, Sie zu begleiten. Ich kann Ihnen versichern, daß Sie mit meinen Pferden nicht die geringste Angst zu haben brauchen. Sie mögen sie selbst lenken. Alle Ihre Schwestern wissen, wie ruhig sie gehen. Keine von ihnen hat auch nur die geringsten Bedenken, sich mir anzuvertrauen, nicht mal auf einer Rennbahn. Glauben Sie mir«, fügte er hinzu und senkte seine Stimme, »Sie sind ganz sicher – in Gefahr bin nur ich.«

Nach all dem war Emma noch viel weniger geneigt, ihm den Gefallen zu tun.

»Außerdem wäre es völlig gegen die Gepflogenheiten, Mrs. Edwards' Wagen am Tage nach einem Ball zu benutzen. Ich versichere Ihnen – das hat es noch nie gegeben; der alte Kutscher wird genauso düster dreinschauen wie seine Pferde – meinen Sie nicht auch, Miss Edwards?«

Man nahm keine Notiz. Die Damen schwiegen und blieben fest, und der Gentleman war wohl oder übel gezwungen, sich zu fügen.

»Was war das auch für ein famoser Ball gestern abend!« rief er nach einer kurzen Pause. »Wie lange sind Sie noch geblieben, nachdem die Osbornes und ich gegangen waren?«

»Noch zwei Tänze lang.«

»Es wird zu ermüdend, wenn man zu lange bleibt, finde ich. Ich nehme an, es sind nicht alle von Ihrer Gesellschaft dageblieben.«

»Doch, außer den Osbornes alle. Es schien keiner zu fehlen, und alle haben in besonders fröhlicher Stimmung bis zum Schluß getanzt.«

Es war Emma, die das gegen ihr besseres Wissen sagte.

»Tatsächlich! Vielleicht hätte ich noch einmal zu Ihnen hereingeschaut, wenn ich das gewußt hätte, denn ich tanze lieber als alles andere. Ist nicht Miss Osborne ein reizendes Mädchen?«

»Ich finde sie nicht schön«, erwiderte Emma, an die das alles hauptsächlich gerichtet war.

»Vielleicht ist sie nicht unvoreingenommen schön, aber ihre ganze Art ist entzückend. Und Fanny Carr ist ein höchst interessantes kleines Geschöpf. Sie können sich nichts Naiveres oder Pikanteres vorstellen – und was halten Sie von Lord Osborne, Miss Watson?«

»Daß er auch schön wäre, ohne ein Lord zu sein – und vielleicht besser erzogen, und mehr danach trachten würde, Freude zu machen und selbst Freude zu zeigen, wo eine Gelegenheit ist.«

»Mein Gott, Sie sind aber streng mit meinem Freund! Ich kann Ihnen versichern, Lord Osborne ist ein sehr guter Kerl.«

»Ich zweifle nicht an seinen Tugenden, aber ich mag seine gleichgültige Art nicht.«

»Wenn es kein Vertrauensbruch wäre«, erwiderte Tom mit einem bedeutsamen Blick, »könnte ich dem armen Osborne vielleicht zu einer besseren Note verhelfen.«

Doch Emma unterließ es, ihn zu ermutigen, und so war er gezwungen, seines Freundes Geheimnis zu wahren. Er war auch gezwungen, seinen Besuch zu beenden, denn da Mrs. Edwards' Wagen bestellt worden war, durfte Emma keine Zeit verlieren, um sich fertig zu machen. Miss Edwards begleitete sie heim, aber da es Dinnerzeit war, blieb sie nur ein paar Minuten in Stanton.

»Aber nun, meine liebe Emma«, sagte Miss Watson, sobald sie allein waren, »mußt du mir für den Rest des Tages ohne Unterbrechung alles erzählen, sonst werde ich nicht zufrieden sein. Doch erst soll Nanny noch das Essen hereinbringen. Armes Ding! Du wirst nicht so speisen wie gestern, denn wir haben nichts, außer etwas gebratenem Rindfleisch. Wie reizend Mary Edwards in ihrem neuen pelzverbrämten Mantel aussieht! Und jetzt erzähl mir, wie dir alle gefallen haben und was ich Sam berichten soll. Ich habe meinen Brief schon angefangen; Jack Stokes wird ihn morgen abholen, denn sein Onkel fährt übermorgen bis auf eine Meile in die Nähe von Guilford.«

Nanny brachte das Essen herein.

»Wir werden uns selbst bedienen«, fuhr Elizabeth fort, »dann verlieren wir keine Zeit. Und du wolltest also nicht mit Tom Musgrave heimkommen?«

»Nein. Du hattest zuviel Ungünstiges über ihn gesagt, als daß ich den Wunsch nach der Verpflichtung oder der Vertraulichkeit hätte haben können, welche die Benutzung seines Wagens unweigerlich mit sich gebracht hätte. Es hätte mir sogar schon mißfallen, überhaupt mit ihm gesehen zu werden.«

»Du hast ganz recht daran getan, obwohl ich deine Ablehnung bewundere; und ich glaube auch nicht, daß ich es hätte tun können. Es schien ihm so viel daran zu liegen, dich abzuholen, daß ich nicht nein sagen konnte, obgleich es mir im Grunde widerstrebte, euch so zusammenzukoppeln, um so mehr, als ich ja seine Tricks kenne; aber ich wollte dich doch auch so gern wieder hier haben, und das war eine günstige Gelegenheit, dich nach Hause zu bringen. Übrigens ist es gar nicht gut, zu nett zu sein. Niemand hätte von den Edwards erwarten können, daß sie dir ihren Wagen zur Verfügung stellen, nachdem die Pferde noch so spät draußen waren. Aber was soll ich Sam sagen?«

»Wenn du mir folgst, wirst du ihn nicht ermutigen, an Miss Edwards zu denken. Der Vater ist zweifellos gegen ihn, die Mutter scheint ihm nicht gewogen zu sein, und ich zweifle an Marys Interesse für ihn. Sie hat zweimal mit Hauptmann Hunter getanzt und zeigt ihm, wie mir scheint, im allgemeinen so viel Entgegenkommen, wie es ihre Wesensart und die Verhältnisse, in denen sie lebt, zulassen. Sie hat Sam auch einmal erwähnt und war dabei bestimmt etwas verlegen – aber das war vielleicht nur auf das Wissen zurückzuführen, daß er sie gern hat, was ihr doch sehr wahrscheinlich zu Ohren gekommen sein muß.«

»Mein Gott, ja! – darüber hat sie von uns allen genug gehört. Armer Sam! Er hat kein Glück, wie andere Leute auch. So wahr ich lebe, Emma, mir tun einfach alle diejenigen leid, die Unglück in der Liebe haben. Aber jetzt fang an und berichte mir genau der Reihe nach, wie alles vor sich gegangen ist.«

Emma erzählte, und Elizabeth hörte mit wenig Unterbrechung zu, bis sie von Mr. Howard als Tanzpartner vernahm.

»Tanzen mit Mr. Howard, großer Gott! Das kann nicht dein Ernst sein! Er ist doch einer der geistig ganz Hochstehenden. Hast du ihn nicht sehr überlegen gefunden?«

»Sein Benehmen ist von einer Art, die mir mehr Sicherheit und Vertrauen einflößt als Tom Musgraves.«

»Nun gut, erzähl weiter. Ich wäre zu Tode erschrokken, wenn ich auch nur das geringste mit der Osbornegesellschaft hätte zu tun haben müssen.«

Emma beendete ihre Erzählung.

»Und du hast also tatsächlich mit Tom Musgrave überhaupt nicht getanzt? Aber er muß dir doch gefallen haben – du mußt doch von ihm vollkommen fasziniert gewesen sein.«

»Ich kann ihn nicht leiden, Elizabeth. Ich konzediere, daß sein Äußeres und sein Auftreten vorteilhaft sind und daß sein Benehmen – besonders seine Redeweise – gefällig ist; aber sonst sehe ich nichts, was ich an ihm bewundern könnte. Im Gegenteil, er scheint sehr eitel, sehr eingebildet, lächerlich ehrgeizig nach gesellschaftlicher Anerkennung und absolut ruchlos in seinen Mitteln zu sein, um das zu erreichen. Er ist von einer Lächerlichkeit, die mich amüsiert, aber sonst habe ich in seiner Gesellschaft kein angenehmes Gefühl.«

»Meine teuerste Emma! Du bist wie sonst niemand auf der Welt. Nur gut, daß Margaret nicht dabei ist. Mich kränkst du nicht, wenngleich ich dir kaum glauben kann; aber Margaret würde dir solche Worte nie verzeihen.«

»Ich wünschte, Margaret hätte hören können, wie er seine Unkenntnis zugegeben hat, daß sie außer Landes ist. Er erklärte, es komme ihm vor, als habe er sie erst vor zwei Tagen noch gesehen.«

»Ach, das sieht ihm ähnlich; und doch ist gerade das der Mann, der, wie sie sich durchaus einreden will, so sterblich in sie verliebt sei. Daß er nicht gerade mein besonderer Liebling ist, weißt du ja, Emma, aber interessant mußt du ihn doch finden. Kannst du die Hand auf dein Herz legen und nein sagen?«

»Und ob ich kann – sogar beide Hände; und noch ausgebreitet, so weit es geht.«

»Dann wüßte ich gern, welchen Mann du interessant findest.«

»Sein Name ist Howard.«

»Howard! Du meine Güte! Ihn kann ich mir überhaupt nur mit Lady Osborne Karten spielend und überlegen dreinschauend vorstellen. Jedoch muß ich gestehen, daß ich ganz erleichtert bin, dich in dieser Weise von Tom Musgrave sprechen zu hören. Ich hatte nämlich im stillen gefürchtet, er würde dir zu gut gefallen. Du hast schon im vorhinein so selbstsicher gesprochen, daß ich bekümmert befürchtete, dein stolzes Gerede würde noch bestraft werden. Ich hoffe nur, daß es so bleiben wird und daß er es nicht darauf anlegt, dir zuviel Aufmerksamkeit zu schenken. Es ist schwer für eine Frau, der schmeichlerischen Art eines Mannes zu widerstehen, wenn er darauf aus ist, ihr zu gefallen.«

Als ihr geselliges Mahl zu Ende war, konnte Miss Watson nicht umhin, zu bemerken, wie gemütlich es verlaufen sei.

»Es ist ein solches Vergnügen für mich, wenn alles in Frieden und guter Laune vor sich geht. Ich kann dir gar nicht sagen, wie sehr ich Streit hasse. Wie gut jetzt alles schien, obgleich wir doch nichts als gebratenes Rindfleisch hatten. Ich wünschte, alle waren so leicht zufriedenzustellen wie du; aber die arme Margaret ist sehr boshaft, und Penelope gibt offen zu, daß sie lieber Streit habe, als wenn gar nichts geschehe.«

Mr. Watson kehrte am Abend heim, ohne daß ihm die Anstrengungen des Tages geschadet hätten, und war demzufolge befriedigt von dem, was er unternommen hatte, und froh, am häuslichen Kaminfeuer davon zu erzählen. Emma hatte nicht von sich erwartet, besonders an den Vorgängen einer Kirchenvisitation interessiert zu sein; doch als von Mr. Howard als dem Geistlichen gesprochen wurde, der eine so ausgezeichnete Kanzelrede gehalten habe, hörte sie unwillkürlich aufmerksamer zu.

»Ich kann mich an keine Predigt erinnern, die mehr in meinem Sinne war, noch an eine, die besser gesprochen worden wäre«, fuhr Mr. Watson fort. »Er liest vorzüglich, mit großer Würde und in einer sehr beeindruckenden Weise, und doch ohne jede Theatralik oder wilde Gebärden. Ich gebe zu, daß ich zuviel Schauspielerei auf der Kanzel nicht mag; ich kann diese einstudierte Mimik und den gekünstelten salbungsvollen Ton nicht vertragen, wie ihn eure beliebtesten und geschätztesten Geistlichen meistens an sich haben. Eine schlichte Predigt ist viel eher dazu angetan, Frömmigkeit zu wecken, und zeugt von einem viel edleren Geschmack.«

»Und was hatten Sie zum Dinner, Sir?« fragte seine älteste Tochter.

Er zählte die Gänge auf und berichtete, was er selbst gegessen hatte. »Alles in allem habe ich einen sehr angenehmen Tag verbracht«, fügte er noch hinzu. »Meine alten Freunde waren ganz überrascht, mich in ihrer Mitte zu sehen, und ich muß sagen, daß alle sehr aufmerksam zu mir waren und mit mir, als Behindertem, Mitleid zu haben schienen. Sie bestanden darauf, daß ich beim Feuer sitze, und als die Rebhühner einen ziemlich starken Hautgout hatten, ließ Dr. Richards sie an das andere Ende der Tafel bringen, ›damit sie Mr. Watson nicht intimidieren‹, was ich sehr rücksichtsvoll von ihm fand. Aber was mir ganz besonders wohlgetan hat, war Mr. Howards Interesse. Es gibt dort eine ziemlich steile Treppe zu dem Saal, in dem wir speisten, die meinem Gichtbein nicht sehr zuträglich ist, und Mr. Howard ging die ganze Treppe hinauf neben mir und bestand darauf, mich auf seinen Arm zu stützen. Ich fand, daß ich gar keine Ursache hatte, das zu erwarten, denn ich war ihm nie zuvor im Leben begegnet. Übrigens hat er sich nach einer meiner Töchter erkundigt, aber ich weiß nicht mehr, nach welcher. Ich nehme an, ihr werdet's schon wissen.«

4

Am dritten Tag nach dem Ball, als Nanny, fünf Minuten vor drei, geschäftig mit dem Tablett und dem Besteckkasten ins Wohnzimmer lief, wurde sie plötzlich durch ein hartes Klopfen, wie es nur der Griff einer Reitpeitsche auslösen konnte, zur Haustür zitiert und erschien – obgleich von Miss Watson dringend ermahnt, niemanden einzulassen – eine halbe Minute später wieder, um mit einem Ausdruck ratloser Bestürzung die Wohnzimmertür für Lord Osborne und Tom Musgrave offenzuhalten. Man kann sich die Überraschung der jungen Damen wohl vorstellen. Keine Besucher wären in einem solchen Moment willkommen gewesen; aber Besucher wie diese – zumindest einer wie Lord Osborne, ein Edelmann und ein Fremder – waren wirklich unglaublich.

Er sah selbst ein wenig verlegen aus, als er, von seinem unbekümmerten, redegewandten Freund vorgestellt, etwas von ›sich die Ehre geben, Mr. Watson seine Aufwartung zu machen‹, murmelte. Obgleich Emma nicht anders konnte, als das Schmeichelhafte dieses Besuches auf sich zu beziehen, war sie doch weit davon entfernt, sich dessen zu freuen. Sie fühlte die ganze Unvereinbarkeit einer solchen Bekanntschaft mit dem sehr einfachen Lebensstil, zu dem sie gezwungen waren. Und wenn sie sich auch im Hause ihrer Tante an vielerlei Luxus des Lebens gewöhnt hatte, war sie sich doch all dessen bewußt, was reicheren Leuten, in ihrer jetzigen Umgebung, Anlaß zum Spott bieten mußte. Von der Pein solcher Gefühle wußte Elizabeth sehr wenig. Ihre einfache Art oder richtigere Einstellung bewahrte sie vor solcher Verletzlichkeit. Und wenngleich sie auch ein allgemeines Gefühl der Minderwertigkeit quälte, empfand sie ihre Lage nicht als besondere Schande. Wie der Herr bereits von Nanny vernommen hatte, fühlte Mr. Watson sich nicht wohl genug, um herunterzukommen. Unter vielen Beteuerungen der

Besorgnis nahmen sie ihre Plätze ein: Lord Osborne neben Emma und der anpassungsfähige Mr. Musgrave, in Hochstimmung über seine eigene Wichtigkeit, auf der anderen Seite des Kamins neben Elizabeth. Er war um Worte nicht verlegen. Doch nachdem Lord Osborne gehofft hatte, daß Emma sich auf dem Ball nicht erkältet habe, hatte er nichts mehr zu sagen und konnte nur seine Augen durch gelegentliche Blicke auf seine schöne Nachbarin entschädigen. Emma war nicht geneigt, große Anstrengungen zu machen, ihn zu unterhalten, und nach schwerer geistiger Arbeit produzierte er eine Bemerkung, daß es doch ein sehr schöner Tag gewesen sei, der er die Frage folgen ließ: »Sind Sie heute morgen spazieren gegangen?«

»Nein, Mylord. Wir fanden es zu schmutzig.«

»Sie sollten Stiefel tragen.« Nach einer weiteren Pause –

»Nichts bringt eine schöne Fessel so zur Geltung wie ein Stiefel – Nanking, mit Schwarz abgesetzt*, sieht sehr gut aus. Haben Sie Stiefel gern?«

»O doch – aber wenn sie nicht so derb sind, daß es ihre Schönheit beeinträchtigt, eignen sie sich nicht für Landspaziergänge.«

»Bei schlechtem Wetter sollten Damen reiten. Reiten Sie?«

»Nein, Mylord.«

»Mich wundert, daß nicht jede Dame reitet. Nie sieht eine Frau schöner aus als im Sattel.«

»Vielleicht hat auch nicht jede Frau Lust dazu – oder nicht die Mittel.«

»Wenn sie wüßten, wie gut es ihnen steht, hätten sie alle Lust dazu; und ich denke mir, Miss Watson, wenn Sie erst einmal die Lust dazu hätten, würden die Mittel bald folgen.«

»Eure Lordschaft glaubt, wir erreichen immer alles, was wir wollen. Das ist ein Punkt, über den die Damen

* Stiefel aus gelbem Stoff; oberhalb der Sohle, rund um den unteren Teil, mit schwarzem Leder abgesetzt.

und Herren sich schon seit langem uneinig sind; aber ohne mir eine Entscheidung anmaßen zu wollen, möchte ich doch sagen, daß es gewisse Umstände gibt, die selbst Frauen nicht zu meistern vermögen. Weibliche Sparsamkeit ist sicher sehr wichtig, aber sie kann doch ein kleines Einkommen nicht in ein großes verwandeln.«

Lord Osborne schwieg betroffen. Ihre Art war weder schulmeisterlich noch sarkastisch gewesen, aber es lag ein gewisses Etwas in dem freundlichen Ernst und den Worten selbst, das seine Lordschaft zum Nachdenken zwang; und als er sich wieder an sie wandte, geschah es, im Gegensatz zu seiner früheren halb plumpen, halb überheblichen Redeweise, mit äußerstem Takt. Es war eine ganz neue Erfahrung für ihn, einer Frau gefallen zu wollen, und das erste Mal, daß ihm überhaupt bewußt wurde, was einer Frau in Emmas Lage ziemte. Doch da es ihm weder an Verstand, noch an guten Charaktereigenschaften mangelte, blieb dieses Bewußtwerden nicht ohne Wirkung.

»Sie sind noch nicht lange hier im Lande, wie ich höre«, sagte er in überaus höflichem Ton. »Ich hoffe, es gefällt Ihnen.«

Er wurde durch eine liebenswürdige Antwort und einen freieren, umfassenden Blick in ihr Gesicht belohnt, den sie bis dahin nicht gewährt hatte. Nicht gewohnt, sich zu bemühen, und glücklich über ihren Anblick, saß er dann noch ein Weilchen länger still da, während Tom Musgrave mit Elizabeth schwatzte, bis sie durch das Nahen von Nanny unterbrochen wurden. Die Tür halb öffnend, steckte sie den Kopf herein und sagte:

»Bitte, Ma'am, Master wünschen zu wissen, warum er sein Dinner nicht bekommt.«

Die Herren, die bis dahin keins der so untrüglichen Symptome beachtet hatten, daß man bereits darauf wartete, sprangen jetzt mit vielen Entschuldigungen auf, während Elizabeth Nanny noch rasch nachrief: »Sag Betsy, sie soll die Hühner versorgen.«

»Es tut mir leid, daß es sich gerade so trifft«, sagte sie noch und wandte sich dann vergnügt zu Tom Musgrave um, »aber Sie wissen ja, wie zeitig wir immer zu Bett gehen.«

Tom hatte seinerseits nichts dazu zu sagen, denn er wußte das sehr gut, und ein so offenes Eingeständnis, eine so rückhaltlose Ehrlichkeit berührten ihn eher peinlich. Lord Osbornes Verabschiedung nahm einige Zeit in Anspruch, da sein Bedürfnis zu reden sich, dem Entgegenkommen entsprechend, zu steigern schien. Er empfahl, trotz Schmutz spazieren zu gehen, sang nochmals ein Loblied auf Stiefel, bat Emma, seiner Schwester zu erlauben, ihr die Adresse ihres Schusters zusenden zu dürfen, und schloß mit den Worten: »Meine Hunde werden nächste Woche in dieser Gegend jagen. Ich glaube, die Jagd beginnt am Mittwoch morgen um neun Uhr bei Stanton Wood. Ich erwähne das nur in der Hoffnung, daß es Sie herauslockt, um zu sehen, was da vor sich geht. Und sollte der Morgen erträglich sein, erweisen Sie uns doch bitte die Ehre, uns persönlich Waidmannsheil zu wünschen.«

Als ihre beiden Besucher fort waren, sahen sich beide Schwestern fassungslos an.

»Das ist ja eine unerklärliche Ehre!« rief Elizabeth schließlich aus. »Wer hätte gedacht, daß Lord Osborne nach Stanton kommt? Er sieht ja sehr gut aus – aber Tom Musgrave wirkt eindeutig noch gescheiter und eleganter. Ich bin nur froh, daß er nichts zu mir gesagt hat – mit einem so vornehmen Mann hätte ich nicht um alles in der Welt sprechen mögen. Tom war doch sehr nett, nicht? Aber hast du gehört, wie er sich als erstes nach Penelope und Margaret erkundigt hat, als er hereinkam? Das hat mich verstimmt. Gott sei Dank, daß Nanny den Tisch noch nicht gedeckt hatte – das wäre sehr dumm gewesen; das Tablett allein brauchte noch nichts zu bedeuten.«

Zu sagen, daß Emma sich durch Lord Osbornes Besuch nicht geschmeichelt fühlte, hieße, etwas sehr Unwahrscheinliches behaupten und eine sehr merkwürdige junge Dame schildern; doch war ihre Genugtuung keineswegs ungetrübt. Sein Erscheinen zeugte von einer Art Interesse, das zwar ihrer Eitelkeit schmeicheln mochte, aber ihren Stolz verletzte; und sie hätte lieber vorher von seinem Wunsch gewußt, sie zu besuchen – ohne daß er sich erdreistet hätte, diesen Besuch einfach zu machen –, als ihn in Stanton sehen zu müssen. Mr. Watson war alles andere als entzückt, als er hörte, was geschehen war; durch augenblickliche Schmerzen ein wenig gereizt und zu schlecht gelaunt, um auch nur etwas angenehm zu finden, erwiderte er nur:

»Dummes Zeug! Aus welchem Anlaß sollte Lord Osborne schon herkommen? Ich habe vierzehn Jahre hier gelebt, ohne daß ein Mitglied dieser Familie auch nur Notiz von mir genommen hätte. Ich kann diesen Besuch nicht erwidern, und wenn ich's könnte, würde ich's nicht tun!«

Und als man Tom Musgrave das nächste Mal sah, wurde er beauftragt, auf Schloß Osborne eine Botschaft mit dem durchaus glaubwürdigen Vorwand zu übermitteln, daß Mr. Watson sich seines schlechten Gesundheitszustandes wegen entschuldigen ließe.

5

Eine Woche oder zehn Tage gingen friedlich dahin, ehe eine neue Aufregung entstand, die, wenngleich auch nur für einen halben Tag, das heitere und herzliche Zusammensein der beiden Schwestern unterbrach, deren gegenseitige Zuneigung durch die Vertrautheit miteinander wuchs, die sich durch ein so enges Zusammenleben ergab. Der erste Einbruch in ihre friedliche Geborgenheit war das Eintreffen eines Briefes aus Croydon, der die umgehende Rückkehr Margarets und einen zwei- bis dreitägigen Besuch von Mr. und Mrs. Robert Watson ankündigte, die sie heimbrachten und ihre Schwester Emma zu sehen wünschten.

Das war eine Aussicht, welche die Gedanken der Schwestern in Stanton völlig in Anspruch nahm und die Stunden – der einen zumindest – mit Arbeit ausfüllte; denn da Jane aus einem vermögenden Hause stammte, waren die Vorbereitungen für ihre Unterbringung beträchtlich; und da Elizabeth von jeher mehr guten Willen als Methode in der Führung des Haushalts bekundet hatte, konnte sie auch keine Änderung ohne Aufregung vornehmen.

Durch ihre vierzehnjährige Abwesenheit waren Emma ihre Schwestern und Brüder entfremdet; doch nicht die Befangenheit einer solchen Entfremdung, sondern das, was sie über Margaret gehört hatte, ließ sie deren Rückkehr fürchten.

Robert Watson war Rechtsanwalt in Croydon, mit einer gutgehenden Praxis, auf die er sich eine Menge zugute hielt; und auch darauf, die einzige Tochter des Anwalts geheiratet zu haben, bei dem er angestellt gewesen war, und die ein Vermögen von sechstausend Pfund mitbrachte. Nicht weniger zufrieden mit sich selbst war Mrs. Robert wegen dieser Mitgift von sechstausend Pfund und darüber, jetzt Besitzerin eines sehr eleganten Hauses in Croydon zu sein, wo sie vornehme Parties gab und elegante Kleider trug. An ihrer Person war nichts Bemerkenswertes; ihr Benehmen war selbstsicher und überheblich. Margaret mangelte es nicht an Schönheit; sie hatte eine schlanke, reizende Figur und eher gewinnende als geprägte Züge; doch ihr harter und gespannter Gesichtsausdruck machte ihre Schönheit im allgemeinen nur wenig spürbar. Bei der Begegnung mit ihrer so lange abwesenden Schwester war ihr Verhalten, wie bei jedem öffentlichen Anlaß, nichts als Zärtlichkeit und ihre Stimme die Sanftmut selbst, und fortgesetztes Lächeln und eine sehr langsame Sprechweise waren ihre ständigen Hilfsquellen, wenn sie es darauf anlegte, zu gefallen.

So war sie denn auch jetzt »so entzückt, die liebe, liebe Emma zu sehen«, daß sie kaum ein Wort in der Minute herausbrachte.

»Wir werden bestimmt ganz große Freundinnen werden«, bemerkte sie sehr gefühlvoll, als sie zusammensaßen. Emma wußte kaum, wie sie auf eine solche Anregung reagieren sollte, und den gleichen Tonfall, in dem sie geäußert wurde, konnte sie nicht finden. Mrs. Robert Watson musterte sie mit familiärer Neugier und triumphierendem Mitleid – der vorherrschende Gedanke im Augenblick ihrer Begegnung war für sie der Vermögensverlust der Tante, und das Gefühl überkam sie, wieviel besser es doch sei, die Tochter eines wohlhabenden Mannes zu sein als die Nichte einer alten Frau, die sich an einen irischen Hauptmann wegwarf. Robert war oberflächlich freundlich, wie es einem erfolgreichen Mann und einem Bruder anstand, der persönlich mehr interessiert war, sich mit einem Postillion anzulegen und über die exorbitante Erhöhung des Fahrpreises zu schimpfen und über den Verbleib eines Zweieinhalbschillingsstücks nachzugrübeln, als eine Schwester willkommen zu heißen, die wohl kaum noch irgendwelche Mittel hatte, deren Verwaltung er hätte übernehmen können.

»Euer Fahrweg durch das Dorf ist einfach schändlich, Elizabeth«, sagte er, »er ist ja schlimmer denn je. Bei Gott! Ich würde Klage dagegen erheben, wenn ich hier in deiner Nähe lebte. Wer ist eigentlich der jetzige Inspektor?«

In Croydon gab es eine kleine Nichte, nach der die gutherzige Elizabeth sich erkundigte, die es sehr bedauerte, daß sie nicht mitgekommen war.

»Sie sind sehr gütig«, erwiderte ihre Mutter, »und ich kann Ihnen nur sagen, daß wir große Schwierigkeiten mit Augusta hatten, ohne sie abzufahren. Ich war gezwungen, ihr zu sagen, daß wir nur zur Kirche führen, und ihr zu versprechen, sie gleich danach abzuholen. Aber sie ohne ihr Kindermädchen hierher mitzubringen, wäre unmöglich gewesen, wissen Sie; und ich bin noch immer vornehmlich darauf bedacht, daß sie ihre richtige Betreuung hat.«

»Der süße kleine Liebling«, rief Margaret. »Es hat mir fast das Herz gebrochen, mich von ihr zu trennen.«

»Und weshalb hatten Sie es dann so eilig, von ihr fortzukommen?« ließ Mrs. Robert sich hören. »Sie sind doch ein schlimmes, nichtsnutziges Geschöpf. Habe ich mich nicht den ganzen Weg hierher mit Ihnen gestritten? Ein solcher Besuch wie dieser ist mir noch nie vorgekommen! Sie wissen, wie wir uns freuen, jederzeit eine von Ihnen bei uns zu haben, auch wenn es für Monate ist, und es tut mir nur leid« (mit einem ironischen Lächeln), »daß es uns in diesem Herbst nicht gelungen ist, Croydon zu einem befriedigenden Aufenthalt zu machen.«

»Meine teuerste Jane, vernichten Sie mich nicht mit Ihrem Gestichel. Sie wissen, welche Beweggründe ich hatte, nach Hause zu kommen. Ich flehe Sie an, schonen Sie mich. Ich bin Ihren spöttischen Ausfällen nicht gewachsen.«

»Nun gut – ich bitte Sie nur, Ihren Mitmenschen den Ort nicht zu verleiden. Emma wäre vielleicht geneigt, mit uns zurückzufahren und bis Weihnachten zu bleiben, wenn Sie sich nicht dagegen aussprechen.«

Emma bedankte sich vielmals. »Wir haben eine ausgezeichnete Gesellschaft in Croydon. An den Ballen nehme ich nicht oft teil – sie sind mir zu gemischt; doch unsere Parties sind sehr erlesen und fein. Vorige Woche hatte ich sieben Tische in meinem Salon. Mögen Sie das Land? Wie gefällt Ihnen Stanton?«

»Ganz besonders«, erwiderte Emma, die eine erschöpfende Antwort für das Sinnvollste hielt. Sie sah sogleich, daß ihre Schwägerin sie deswegen gering einschätzte. Mrs. Robert überlegte tatsächlich, welche Art von Heim Emma gewöhnt gewesen war, und setzte es als gewiß voraus, daß die Tante keine sechstausend Pfund gehabt haben konnte.

»Wie bezaubernd Emma ist«, flüsterte Margaret Mrs. Robert in ihrem schwärmerischsten Tonfall zu. Emma war ganz unglücklich über ein derartiges Benehmen, und es machte sie nicht glücklicher, als sie Margaret fünf Minuten später in scharfem, ungehaltenem, dem vorherigen völlig unähnlichen Ton sagen hörte: »Hast du etwas von Pen gehört, seit sie in Chichester ist? Ich hatte vorgestern einen Brief von ihr. Ich habe nicht den Eindruck, daß sie dort irgend etwas erreicht. Ich nehme an, sie wird als ›Miss Penelope‹ zurückkommen, so, wie sie hingefahren ist.«

Das, fürchtete Emma, würde Margarets normale Stimme sein, wenn die Neuheit ihres Erscheinens hier vorüber war; mit einem Tonfall geheuchelten Zartgefühls war bei diesem Gedanken nicht zu rechnen.

Die Damen wurden gebeten, sich für das Dinner zurechtzumachen. »Ich hoffe, Sie werden alles einigermaßen komfortabel finden, Jane«, sagte Elizabeth, als sie die Tür zum Gästezimmer öffnete.

»Meine Güte«, erwiderte Jane, »ich bitte Sie inständig, sich meinetwegen keine Umstände zu machen. Ich gehöre zu denen, die die Dinge immer nehmen, wie sie sind. Ich hoffe, ich kann ohne weiteres für zwei oder drei Nächte mit einem kleinen Raum auskommen. Ich mochte immer gern ganz *en famille* behandelt werden, wenn ich Sie besuchen komme. Und jetzt hoffe ich nur, daß Sie kein großes Dinner für uns vorbereitet haben. Wie Sie ja wissen, essen wir niemals zu Abend.«

»Ich nehme an, du und ich wir teilen uns das Zimmer«, sagte Margaret eilig zu Emma. »Elizabeth sorgt immer dafür, daß sie ein Zimmer für sich allein hat.«

»Nein – Elizabeth überläßt mir die Hälfte von ihrem.«

»Ach!« (mit sanfterer Stimme und ziemlich gekränkt, sich nicht schlecht behandelt zu sehen), »es tut mir leid, daß ich um das Vergnügen deiner Gesellschaft komme, besonders, da es mich nervös macht, viel allein zu sein.«

Emma war die erste der Damen, die ins Wohnzimmer zurückkam. Als sie eintrat, fand sie ihren Bruder allein vor.

»Nun, Emma«, sagte er, »du bist ja eine ganz Fremde daheim. Es muß dir doch komisch vorkommen, hier zu sein. Ein hübsches Stückchen hat deine Tante Turner sich da geleistet! Bei Gott! Einer Frau sollte man nie Geld anvertrauen. Ich habe immer gesagt, sie hätte etwas auf dich überschreiben sollen, sobald ihr Mann gestorben war.«

»Aber das hätte doch bedeutet, mir Geld anzuvertrauen«, entgegnete Emma, »und ich bin doch auch eine Frau.«

»Es hätte ja für deine Zukunft sichergestellt werden können, ohne die Erlaubnis für dich, jetzt schon darüber zu verfügen. Das muß ein schwerer Schlag für dich gewesen sein! Dich plötzlich statt als Erbin von acht- bis neuntausend Pfund ohne einen roten Heller als eine Belastung für deine Familie wieder nach Hause geschickt zu sehen. Ich hoffe, die alte Dame wird dafür büßen.«

»Sprich nicht so respektlos von ihr – sie ist sehr gut zu mir gewesen. Und wenn sie eine unkluge Wahl getroffen hat, wird sie mehr darunter leiden, als ich darunter leiden könnte.«

»Ich will dir bestimmt nicht wehtun, aber du weißt doch, daß jeder sie für eine törichte alte Närrin halten muß. Ich dachte, Turner galt als ein außergewöhnlich vernünftiger, kluger Mann. Welcher Teufel hat ihn geritten, ein solches Testament zu machen?«

»Meines Onkels Vernunft ist meiner Meinung nach wegen seiner Liebe zu meiner Tante in keiner Weise anzuzweifeln. Sie war ihm eine vortreffliche Gattin. Die freiheitlichsten und vorurteilslosesten Geister sind immer die vertrauensvollsten. Das Geschehnis ist zu bedauern, aber das Andenken an meinen Onkel wird mir, wenn möglich, durch einen solchen Beweis zärtlichen Respekts für meine Tante noch liebenswerter.«

»Das ist dann eine sonderbare Art zu reden. Er hätte seine Witwe auch geziemend versorgen können, ohne alles und jedes, über das er verfügte, ihrer Willkür zu überlassen.«

»Meine Tante mag gefehlt haben«, sagte Emma leidenschaftlich. »Sie hat gefehlt, aber meines Onkels Verhalten war makellos. Ich war ihre Nichte, und er überließ ihr die Vollmacht und die Freude, für mich zu sorgen.«

»Aber unglücklicherweise hat sie die Freude, für dich zu sorgen, deinem Vater überlassen – und ohne die Vollmacht; und das ist des Pudels Kern. Nachdem sie dich von deiner Familie für eine so lange Zeit ferngehalten hat, die jede natürliche Zuneigung zwischen uns auslöschen mußte, und dich in einem (wie ich annehme) überdurchschnittlichen Lebensstil hat aufwachsen lassen, wirst du dieser Familie kurzerhand ohne einen roten Heller wieder zurückgegeben.«

»Du weißt von meines Onkels jammervollem Gesundheitszustand«, entgegnete Emma, die mit den Tränen kämpfte. »Er war ein Invalide, schlimmer dran als unser Vater. Er konnte das Haus nicht mehr verlassen.«

»Ich will dich doch nicht zum Weinen bringen«, sagte er fast weich – und fügte nach einem kurzen Schweigen, das Thema wechselnd, hinzu: »Ich bin gerade aus dem Zimmer unseres Vaters gekommen. Er kommt mir sehr apathisch vor. Wenn er stirbt, gibt es einen traurigen Zusammenbruch. Ein Jammer, daß keine von euch heiraten kann! Du mußt dann nach Croydon kommen, genau wie die andern, und sehen, was du dort machen kannst. Ich glaube, wenn Margaret tausend oder fünfzehnhundert Pfund gehabt hätte, wäre dort ein junger Mann gewesen, der sich für sie interessiert hätte.«

Emma war froh, als die anderen wieder zu ihnen stießen – es war immer noch besser, die Garderobe ihrer Schwägerin zu bewundern, als Robert zuzuhören, der sie zugleich erzürnt und gekränkt hatte. Mrs. Robert, genauso elegant gekleidet wie für ihre eigenen Parties, kam mit Entschuldigungen für ihr Kleid herein.

»Ich wollte Sie nicht warten lassen«, sagte sie, »und habe das erstbeste angezogen, das mir in die Finger kam. Ich fürchte, ich mache eine traurige Figur. Mein lieber Mr. W. (zu ihrem Gatten), Sie haben Ihr Haar nicht frisch gepudert.«

»Nein, ich denke nicht daran. Ich finde, für meine Frau und meine Schwestern habe ich genügend Puder im Haar.«

»Sie sollten in der Tat vor dem Dinner einen gewissen Kleiderwechsel vornehmen, wenn Sie irgendwo zu Besuch sind, auch wenn Sie es zu Hause nicht tun.«

»Unsinn.«

»Es ist doch sehr merkwürdig, daß Sie durchaus nicht zu tun belieben, was andere Herren tun. Mr. Marshall und Mr. Hemmings ziehen sich jeden Tag in ihrem Leben vor dem Dinner um. Und wozu habe ich Ihnen Ihren letzten neuen Rock machen lassen, wenn Sie ihn nie tragen?«

»Geben Sie sich doch damit zufrieden, selbst fein zu sein und lassen Sie Ihren Gatten in Ruhe.«

Um diesem Wortwechsel ein Ende zu machen und die offensichtliche Verärgerung ihrer Schwägerin zu besänftigen, begann Emma (obgleich keineswegs in der Stimmung, ihr eine solche Albernheit leicht zu machen), ihr Kleid zu bewundern, was eine augenblickliche Entspannung hervorrief.

»Gefällt es Ihnen?« sagte sie. »Ich bin sehr glücklich darüber. Es ist oft ungemein bewundert worden, doch manchmal finde ich das Muster zu groß. Morgen werde ich eins anziehen, das Sie diesem hier bestimmt vorziehen werden. Haben Sie das gesehen, was ich Margaret geschenkt habe?«

Das Dinner kam, und außer, wenn Mrs. Robert den Kopf ihres Mannes anschaute, fuhr sie ausgelassen und ungeniert fort, Elizabeth wegen des Überflusses auf dem

Tisch zu schelten und ganz energisch gegen das Hereinbringen des Putenbratens zu protestieren, was die einzige Ausnahme zu »Da sehen Sie nur Ihr Dinner!« bildete. »Ich bitte Sie wirklich und flehe Sie an, heute keine Pute mehr zu servieren. Mir jagt schon das, was wir bereits haben, einen Totenschreck ein. Also keine Pute, ich flehe Sie an.«

»Meine Liebe«, antwortete Elizabeth, »die Pute ist gebraten und mag gerade so gut hereingebracht werden, als in der Küche zu bleiben. Außerdem hege ich die leise Hoffnung, daß mein Vater Lust bekommt, ein Stückchen davon zu essen, wenn sie aufgeschnitten ist, denn Pute ist ein Lieblingsgericht von ihm.«

»Sie können sie ja hereinbringen, meine Liebe, aber ich versichere Ihnen, ich werde sie nicht anrühren.«

Mr. Watson hatte sich nicht wohl genug gefühlt, um an ihrem Essen teilzunehmen, war aber überredet worden, herunterzukommen und den Tee mit ihnen zu trinken.

»Ich wünschte, mein Vater könnte heute abend noch ein wenig Karten spielen«, sagte Elizabeth zu Mrs. Robert, nachdem sie sich vergewissert hatte, daß er bequem in seinem Lehnstuhl saß.

»Bitte nicht mit mir, meine Liebe. Sie wissen, ich bin keine Kartenspielerin. Ein gemütlicher Plausch ist mir unendlich lieber. Ich sage immer, Karten sind manchmal sehr gut, um die Steifheit einer Gesellschaft aufzulockern, aber niemals im Kreise von Freunden.«

»Ich habe es auch nur insofern gemeint, als es meinem Vater vielleicht Spaß machen würde«, sagte Elizabeth, »falls es Ihnen nicht unangenehm wäre. Für Whist wäre sein Kopf schon zu schwach, sagt er, aber wenn wir ein gemeinsames Kartenspiel spielten, bekäme er vielleicht Lust, mitzuspielen.«

»Wenn es nur das ist, meine Teure, stehe ich ganz zu Diensten; nur verlangen Sie nicht von mir, daß ich das Spiel wähle, das ist alles. In Croydon spielt man im Augenblick als einziges Gesellschaftsspiel nur noch *Specula-*

*tion**, aber ich kann auch jedes andere spielen. Es muß recht schwierig für Sie sein, ihn zu zerstreuen, wenn nur eine oder zwei von Ihnen zu Hause sind. Warum bringen Sie ihn nicht dazu, *Cribbage*** zu spielen? Margaret und ich haben fast an allen Abenden Karten gespielt, an denen wir nichts vorhatten.«

In diesem Augenblick wurde ein Geräusch wie von einer Kutsche in der Ferne hörbar. Alle horchten – es wurde deutlicher – es kam zweifellos näher. Das war für Stanton zu jeder Tageszeit ein ungewohntes Geräusch, denn das Dorf lag an keiner öffentlichen Verkehrsstraße und beherbergte keine andere herrschaftliche Familie außer der des Rektors. Die Räder näherten sich schnell, und zwei Minuten später wurde die allgemeine Erwartung befriedigt, sie hielten ganz ohne Zweifel vor dem Gartentor der Pfarrei. Wer konnte es sein? Es war bestimmt eine Postkutsche. Penelope war der einzige Mensch, an den man dachte. Vielleicht hatte sich ihr eine unerwartete Heimkehrgelegenheit geboten. Eine Pause voller Spannung trat ein. Man hörte deutlich Schritte – erst auf dem gepflasterten Fußweg, der unterhalb des Fensters zur Haustür führte, und dann im Hausflur. Es waren Männerschritte. Penelope konnte es also nicht sein. Dann mußte es Samuel sein. Die Tür öffnete sich, und es erschien Tom Musgrave im Reisemantel. Er war in London gewesen und jetzt auf dem Heimweg, und er hatte einen Umweg von einer halben Meile gemacht, nur um für zehn Minuten in Stanton vorzusprechen. Er liebte es, Menschen durch plötzliche Besuche zu ungewöhnlichen Zeiten zu überraschen, und hatte im gegenwärtigen Moment den zusätzlichen Beweggrund, den Damen Watson, die er still, nach dem Tee mit einer Handarbeit beschäftigt, vorzufinden erwartete, persönlich mitteilen zu können, daß er zu einem Achtuhrdinner nach Hause fahre.

* Ein Kartenspiel, das in den letzten drei Jahrzehnten des achtzehnten Jahrhunderts populär wurde.

** Ein Kartenspiel für zwei, drei oder vier Personen.

Wie es nun manchmal so geht, war die Überraschung, die er verursachte, nicht größer als seine eigene, als er, statt in das gewöhnliche kleine Wohnzimmer geführt zu werden, sah, daß die Tür zum großen Salon (der nach jeder Seite um dreißig Zentimeter größer war als das Wohnzimmer) offenstand, und er gewahrte einen Kreis eleganter Leute, die er nicht sofort erkennen konnte und die mit allen Zeichen der Ehrfurcht, die Gästen gebührt, um den Kamin gruppiert waren, und Miss Watson vor dem besten Pembroketisch*, mit dem besten Teeservice vor sich. Ein paar Sekunden verharrte er in stillem Staunen. »Musgrave!« stieß Margaret in zärtlichem Tonfall hervor. Er faßte sich und trat ein, entzückt, einen solchen Kreis von Freunden vorzufinden, und dankte seinem gütigen Schicksal für den unerwarteten Genuß. Er schüttelte Robert die Hand, verneigte sich mit einem Lächeln vor den Damen und tat das alles sehr charmant; doch von einer speziell für Margaret bestimmten Huldigung oder Gefühlsäußerung nahm Emma, die ihn genau beobachtete, nichts wahr, was Elizabeths Meinung nicht gerechtfertigt hätte, obgleich Margarets züchtiges Gelächel besagte, daß sie diesen Besuch auf sich zu beziehen gewillt war. Es fiel nicht schwer, ihn zu überreden, seinen Mantel abzulegen und mit ihnen Tee zu trinken. Denn ›ob er sein Dinner um acht oder um neun bekäme, spiele für ihn‹, wie er bemerkte, ›gar keine Rolle‹. Und scheinbar ohne sich weiter umzusehen, blieb er bei dem Stuhl dicht neben Margaret stehen, den sie so hartnäckig für ihn bereithielt. Auf diese Weise hatte sie ihn ihren Schwestern entzogen, doch lag es nicht gleich in ihrer Macht, ihn auch den Ansprüchen ihres Bruders zu entziehen. Denn da er eingestandenermaßen aus London kam und es erst vor vier Stunden verlassen hatte, mußte der letzte aktuelle Bericht über die neuesten Nachrichten und die Volksmeinung des Tages erst gehört werden, ehe Robert gestatten konnte, daß Musgraves Aufmerksamkeit

* Ein Klapptisch mit zwei halbrunden Platten an den Längsseiten.

sich den weniger nationalen und wichtigen Ansprüchen der Damen zuwenden konnte. Endlich jedoch war es ihm gestattet, Margarets mitfühlendes Geflüster anzuhören, in dem sie ihrer Befürchtung Ausdruck verlieh, daß er wohl eine ganz entsetzlich kalte, dunkle, schreckliche Reise hinter sich habe – »Sie hätten doch wirklich nicht noch so spät abfahren sollen.«

»Es ging nicht früher«, erwiderte er. »Ich wurde in Bedford durch das Gespräch mit einem Freund aufgehalten. Mir ist jede Abfahrtszeit recht. Wie lange sind Sie denn schon wieder hier, Miss Margaret?«

»Wir sind erst heute morgen angekommen. Mein netter Bruder und meine Schwägerin haben mich gerade heute früh nach Hause gebracht. Doch einzigartig – finden Sie nicht auch?«

»Sie sind doch sehr lange fortgewesen? Vierzehn Tage, wie mir scheint?«

»Sie mögen vierzehn Tage sehr lange nennen, Mr. Musgrave« , sagte Mrs. Robert scharf, »für uns ist ein Monat eine kurze Zeit. Seien Sie versichert, daß wir sie ganz gegen unsern Willen am Ende eines Monats nach Hause bringen.«

»Einen Monat? Waren Sie wirklich einen Monat fort? Erstaunlich, wie die Zeit verfliegt.«

»Sie können sich wohl vorstellen, mit welchen Gefühlen ich mich hier in Stanton wiederfinde«, sagte Margaret in einer Art Flüsterton. »Sie wissen ja, was für ein trauriger Gast ich bin. Und dabei war ich so überaus ungeduldig, Emma zu sehen – ich fürchtete die Begegnung und sehnte sie doch gleichzeitig herbei. Können Sie diese Art von Gefühl nicht begreifen?«

»Überhaupt nicht«, rief er laut; »ich könnte eine Begegnung mit Miss Emma Watson – oder einer ihrer Schwestern – niemals fürchten.«

Es war ein Glück, daß er den Zusatz eingefügt hatte.

»Sagten Sie etwas zu mir?« fragte Emma, die ihren Namen gehört hatte.

»Eigentlich nicht«, antwortete er, »aber ich dachte an Sie – was wahrscheinlich viele, weiter weg von hier, in diesem Augenblick auch tun. Schönes klares Wetter, Miss Emma! Wunderbares Jagdwetter.«

»Ist Emma nicht bezaubernd? Sie hat meine lebhaftesten Erwartungen noch übertroffen, fand ich. Haben Sie je eine vollkommenere Schönheit gesehen? Ich denke, sogar Sie müssen sich zu einem dunklen Teint bekennen.«

Er zögerte. Margaret selbst war hellhäutig, und es lag ihm nicht sonderlich daran, ihr ein Kompliment zu machen; doch Miss Osborne und Miss Carr waren gleichfalls hellhäutig, und seine Verehrung für sie trug den Sieg davon.

»Der Teint Ihrer Schwester ist so schön, wie ein dunkler Teint nur sein kann«, sagte er schließlich, »und doch gestehe ich meine Vorliebe für eine weiße Haut. Sie haben doch Miss Osborne gesehen? Sie ist für mich das Beispiel für einen wahrhaft weiblichen Teint, und ihre Haut ist sehr hell.«

»Ist sie heller als meine?«

Tom gab keine Antwort. »Auf mein Wort, meine Damen«, sagte er mit einem kurzen Blick an sich herunter, »ich bin Ihrer Nachsicht überaus zu Dank verpflichtet, mir in einem solchen *déshabillé* den Eintritt in Ihren Salon zu gestatten. Ich habe wirklich gar nicht überlegt, wie unschicklich es von mir war, hierzubleiben, sonst hätte ich mich wohl entfernt. Wenn Lady Osborne mich in dieser Gewandung sehen könnte, würde sie mich schelten, daß ich langsam so nachlässig werde wie ihr Sohn.«

Die Damen sparten nicht mit höflichem Widerspruch, und als Robert Watson zufällig seinen Kopf im Spiegel ihm gegenüber sah, äußerte er mit der gleichen Höflichkeit:

»Sie können kaum mehr *déshabillé* sein als ich. Wir sind so spät hier angekommen, daß ich nicht einmal Zeit hatte, mein Haar frisch zu pudern.«

Emma konnte nicht umhin, sich in die Lage ihrer

Schwägerin zu versetzen, und was sie in diesem Augenblick empfinden mußte.

Als das Teegeschirr abgeräumt war, begann Tom von seinem Wagen zu sprechen, doch als der alte Spieltisch mit Rechen und Jetons und einem einigermaßen sauberen Spiel Karten hergerichtet wurde, das Miss Watson aus dem Büfett hervorholte, war die allgemeine Bitte, doch mitzuspielen, so inständig, daß er einwilligte, sich noch eine weitere Viertelstunde zuzugeben. Sogar Emma war froh, daß er noch dablieb, denn sie merkte allmählich, daß eine Familienparty vielleicht die schlimmste aller Parties sein könnte, und die andern waren entzückt.

»Welches Spiel wollen Sie denn spielen?« rief er, als sie um den Tisch herumstanden.

»Ich glaube, Speculation«, sagte Elizabeth. »Meine Schwägerin hat es vorgeschlagen, und ich schätze, wir alle mögen es. Ich weiß, Sie mögen es, Tom.«

»Es ist das einzige Gesellschaftsspiel, das augenblicklich in Croydon gespielt wird«, sagte Mrs. Robert, »an ein anderes denken wir schon gar nicht mehr. Ich bin froh, daß es ein Lieblingsspiel von Ihnen ist.«

»Oh! Für mich«, sagte Tom, »wird jedes Spiel, für das Sie sich entscheiden, ein Lieblingsspiel sein! Zu meiner Zeit haben wir viele heitere Stunden mit Speculation verbracht, aber ich habe schon seit langem keine Gelegenheit mehr dazu gehabt. Auf Schloß Osborne spielt man Vingt-et-un. Ich habe in letzter Zeit nichts als Vingt-et-un gespielt. Sie würden sich wundern, wenn Sie den Krach hören würden, den wir dabei machen – der schöne, alte, hohe Salon hallt davon wider. Lady Osborne erklärt manchmal, sie könne ihr eigenes Wort nicht verstehen. Lord Osborne macht es ganz besonderen Spaß – er ist weitaus der beste Geber, der mir je begegnet ist –, mit einer solchen Schnelligkeit und einem solchen Elan! Er läßt keinen über seinen Karten träumen. Ich wünschte, Sie könnten zuschauen, wie er sich mit beiden Karten überkauft – das ist wirklich sehenswert!«

»Mein Gott!« rief Margaret, »warum sollten denn nicht auch wir Vingt-et-un spielen? Ich finde, es ist ein viel amüsanteres Spiel als Speculation. Ich kann nicht sagen, daß ich Speculation besonders gern hätte.«

Mrs. Robert äußerte kein weiteres Wort mehr zugunsten des Spiels. Sie war völlig geschlagen, und die Gepflogenheiten von Schloß Osborne obsiegten über die Gepflogenheiten von Croydon.

»Sehen Sie die Pfarrersfamilie oft im Schloß, Mr. Musgrave?« fragte Emma, während sie ihre Plätze einnahmen.

»O ja! Sie sind fast immer dort. Mrs. Blake ist eine hübsche, humorvolle kleine Frau, und sie und ich sind verschworene Freunde; und Howard ist ein sehr gebildeter, feiner Bursche! Ich kann Ihnen versichern, Sie wurden von keinem dieser Gesellschaft vergessen. Eigentlich müßten Ihnen ab und zu die Ohren klingen, Miss Emma. Haben Sie Ihnen nicht am letzten Samstag so gegen neun oder zehn Uhr mächtig geklungen? Ich werde Ihnen verraten, wie es war – ich sehe, Sie sterben vor Neugier. Sagt doch Howard zu Lord Osborne –«

In diesem interessanten Moment wurde er von den andern aufgefordert, die Spielregeln zu erklären und einen gewissen strittigen Punkt zu entscheiden; und seine Aufmerksamkeit wurde von dieser Tätigkeit und danach vom Verlauf des Spiels so in Anspruch genommen, daß er nicht mehr auf das zuvor Gesagte zurückkam. Und Emma wagte ihn nicht daran zu erinnern, obgleich die Neugier sie ziemlich plagte.

Er erwies sich als ein sehr nützlicher Zuwachs an ihrem Tisch. Ohne ihn wäre es nur eine Party von nahen Verwandten gewesen, die nur noch wenig Interesse füreinander aufbringen konnten und vielleicht auch ihre Höflichkeit gegeneinander nicht beibehalten hätten; doch seine Anwesenheit sorgte für Abwechslung und gewährleistete gutes Benehmen. Er war tatsächlich vortrefflich geeignet, bei einem Gesellschaftsspiel zu glänzen; und einige Fakten ließen ihn als einen noch größeren Gewinn erscheinen. Er spielte mit Elan und war sehr wortgewandt, und obgleich er selbst nicht witzig war, konnte er doch manchmal den Witz eines abwesenden Freundes anbringen und hatte eine lebendige Art, eine Binsenwahrheit weiterzugeben oder eine ausgesprochene Banalität zu sagen, die an einem Spieltisch großen Erfolg hatte. Die Anekdoten und guten Witze von Schloß Osborne wurden nun seinem gewöhnlichen Unterhaltungsrepertoire hinzugefügt. Er wiederholte die klugen Aussprüche einer Dame, gab die Schnitzer einer anderen in allen Einzelheiten wieder und ging sogar so weit, Lord Osborne für sie nachzuahmen, wie er sich auf beide Karten überkaufte.

Während er so angenehm beschäftigt war, schlug die Uhr neun; und als Nanny mit der Schüssel Haferschleim für ihren Herrn hereinkam, besaß er die Artigkeit, sich an Mr. Watson zu wenden, daß er ihn jetzt seinem Abendessen überlassen werde, während er selbst zum Dinner nach Hause fahre. Der Wagen wurde vor die Tür beordert, und jetzt halfen auch keine Aufforderungen, doch noch länger zu bleiben, mehr, denn er wußte genau, daß er sich, wenn er bliebe, in weniger als zehn Minuten zur Abendmahlzeit niedersetzen müßte, was für einen Mann, dessen Sinn schon seit langem darauf gerichtet war, seine nächste Mahlzeit mit Dinner zu bezeichnen, ganz unerträglich war. Als Margaret merkte, daß er entschlossen war zu gehen, begann sie, Elizabeth zuzuwinken und mit dem Kopf Zeichen zu machen, ihn doch für den morgigen Tag zum Dinner einzuladen. Und Elizabeth, die solchen Winken, die ihrer eigenen gastfreundlichen, geselligen Natur halb entgegenkamen, nicht widerstehen konnte, sprach schließlich die Einladung aus: Wenn er morgen Robert zu Ehren zum Dinner kommen könne, würden sie sich sehr freuen.

»Mit dem größten Vergnügen«, antwortete er im ersten Augenblick. Eine Sekunde später aber: »Das heißt, falls ich zur Zeit hier sein kann. Ich gehe nämlich mit Lord Osborne auf die Jagd und sollte mich daher nicht festlegen. Zählen Sie nicht auf mich, bevor Sie mich nicht sehen.« Und damit fuhr er ab, entzückt von der Ungewißheit, die er hinterlassen hatte.

In der Freude ihres Herzens hätte Margaret, angesichts der Lage, die sie für besonders günstig zu halten beliebte, Emma nur allzugern zu ihrer Vertrauten gemacht, als sie am nächsten Morgen für kurze Zeit allein waren, und war gerade so weit gekommen, zu sagen: »Der junge Mann, meine liebe Emma, der gestern abend hier war und heute wiederkommt, interessiert mich mehr als dir aufgefallen sein mag« – Doch Emma, die nichts Außergewöhnliches an diesen Worten zu finden vortäuschte, gab eine völlig abwegige Antwort, sprang auf und lief vor einem Gesprächsthema davon, das ihr widerlich war. Da Margaret nicht gestattete, daß Zweifel an Musgraves Kommen geäußert wurden, begannen die Vorbereitungen zu seiner Unterhaltung, die bei weitem das überstiegen, was am Vortage für angemessen erachtet worden war. Und da sie ihrer Schwester das Amt der Überwachung gänzlich aus den Händen genommen hatte, war sie den halben Vormittag selbst in der Küche, dirigierte und schimpfte herum.

Nach sehr viel zuwartendem Heißhalten und ängstlicher Erwartung jedoch waren sie schließlich gezwungen, ohne ihren Gast zu Tisch zu gehen. Tom Musgrave kam nicht mehr; und Margaret bemühte sich keineswegs, ihre Erbitterung unter der Enttäuschung zu verbergen oder die Übellaunigkeit ihres Charakters zu unterdrücken. Für den Rest des Tages und noch den ganzen nächsten Tag – mit dem auch Roberts und Janes Besuch endete – wurde die Eintracht der Gesellschaft ständig durch ihre mürrische Gereiztheit und ihre zänkischen Ausfälle, deren Ziel, wie gewöhnlich, Elizabeth war, gestört. Margaret hatte gerade noch genug Respekt vor dem Urteil ihres Bruders und ihrer Schwägerin, um sich wenigstens ihnen gegenüber gesittet zu benehmen, doch Elizabeth und die Mädchen konnten es ihr nie recht machen. Und Emma, an die sie gar nicht mehr zu denken schien, fand die sanfte Tonart über alles Erwarten kurz. Darauf bedacht, so wenig wie möglich mit ihr zusammen zu sein, war sie über die Lösung, oben bei ihrem Vater zu sitzen, begeistert und schlug lebhaft vor, ihm jeden Abend Gesellschaft leisten zu wollen. Und da Elizabeth jegliche Art von Geselligkeit zu sehr liebte, um nicht auf jede Gefahr hin lieber unten zu sein – ja, sogar lieber noch mit Jane über Croydon zu sprechen und auch alle Unterbrechungen durch Margarets Launenhaftigkeit in Kauf zu nehmen –, statt allein bei ihrem Vater zu sitzen, der oft das Sprechen überhaupt unerträglich fand, wurde die Angelegenheit in dieser Weise geregelt, sobald sie sich hatte überzeugen lassen, daß es kein Opfer seitens ihrer Schwester war. Emma empfand diesen Wechsel als höchst angenehm und erfreulich. Ging es ihrem Vater schlecht, brauchte er nicht mehr als Verständnis und Ruhe; doch wenn es ihm gut ging und er sich unterhalten konnte, war er, als kluger und gebildeter Mann, ein erfreulicher Gesellschafter. In seinem Zimmer fühlte sie sich sicher vor den gräßlichen Demütigungen unebenbürtiger Gesellschaft und dem Familiengezänk, vor dem unmittelbaren Zugriff hartherzigen Wohlstands, gemeinen Dünkels und törichter Verbohrtheit in einem unglücklich veranlagten Individuum. Bei dem Gedanken an dessen Existenz, in der Erinnerung daran, und was ihr noch bevorstand, litt sie noch darunter, doch hatte sie im Augenblick aufgehört, davon gequält zu werden. Sie hatte Muße, sie konnte lesen und nachdenken – obgleich ihre Lage kaum dazu angetan war, dieses Nachdenken sehr tröstlich zu gestalten. Das Ungemach, das der Verlust ihres Onkels verursacht hatte, war weder geringfügig, noch war zu erwarten, daß es sich verminderte; und nachdem sie ihren Gedanken freien Lauf gelassen hatte, die Vergangenheit mit der Gegenwart zu vergleichen, ließ sie das Bedürfnis nach geistiger Beschäftigung und der Vertreibung unangenehmer Gedanken, das nur durch Lesen zu befriedigen war, dankbar nach einem Buche greifen.

Die Veränderung in ihrer häuslichen Umgebung und ihrem Lebensstil, infolge des Todes eines Freundes und der Unklugheit einer Freundin, war allerdings erschrekkend gewesen. Vormals der Gegenstand schöner Hoffnungen und der Fürsorge und wichtig für einen Onkel, der ihren Geist mit der Sorgfalt eines Vaters geformt hatte, und für die zärtliche Liebe einer Tante, deren gütiges Wesen Freude daran hatte, ihr jeden Wunsch zu erfüllen, vormals der Sonnenschein eines Hauses, wo alles Behaglichkeit und Eleganz gewesen war, und die zukünftige Erbin eines ansehnlichen Vermögens, war sie jetzt für niemanden mehr von Wichtigkeit – nur eine Last für jene, auf deren Liebe sie nicht mehr zählen konnte; eine zusätzliche Person in einem bereits überfüllten Haus, umgeben von kleinlicher Gesinnung, mit wenig Aussicht auf häusliche Behaglichkeit und ebensowenig Hoffnung auf zukünftige Hilfe. Es war ein Glück für sie, daß sie fröhlicher Natur war, denn eine derartige Veränderung hätte schwache Charaktere vielleicht verzweifeln lassen.

Sie wurde von Robert und Jane sehr gedrängt, doch mit ihnen nach Croydon zurückzufahren, und hatte einige Schwierigkeit, bis sie eine Ablehnung akzeptierten, da sie ihre persönliche Liebenswürdigkeit und gesellschaftliche Stellung zu hoch einschätzten, um anzunehmen, einem andern könnte ihre Einladung in einem weniger vorteilhaften Licht erscheinen. Elizabeth setzte sich, wenn auch offensichtlich gegen ihr eigenes Interesse, für sie ein, indem sie Emma unter vier Augen dringend empfahl, mitzufahren.

»Du weißt nicht, was du ablehnst, Emma«, sagte sie, »und auch nicht, was du hier zu Hause zu gewärtigen hast. Ich würde dir auf alle Falle raten, die Einladung anzunehmen. In Croydon geschieht immer etwas; du wirst jeden Tag Gesellschaft haben, und Robert und Jane werden sehr lieb zu dir sein. Was mich betrifft, werde ich ohne dich nicht schlimmer dran sein, als ich gewöhnt bin. Doch für dich ist die abscheuliche Art der armen Margaret etwas Neues und würde dich mehr kränken als du meinst, wenn du daheim bleibst.«

Emma war durch solche Vorstellungen in ihrer Ablehnung natürlich nicht zu beeinflussen, außer daß sie Elizabeth dafür noch mehr schätzte, und die Gäste fuhren ohne sie ab.

6

»Was tust du denn heute vormittag, Elizabeth?« erkundigte Margaret sich in einem halb leidenden, halb angriffigen Tonfall.

»Oh, ich habe eine Menge zu tun«, rief Miss Watson, während sie vom Fenster wegtrat, wo sie ihren Bruder und seine Frau hatte abfahren sehen. »Ich muß mich darum kümmern, Nanny beim Wegräumen des guten Geschirrs und der Gläser zu helfen, und ich muß die Vorhänge im Gästezimmer aufstecken und alles wegräumen, was wir für Jane herausgenommen hatten, und ich will das Puddingrezept ausprobieren, das sie mir für den Vater gegeben hat – und noch vieles andere mehr.«

»Was ist mit dir, Emma? Du wirst wohl nicht spazierengehen wollen, wie ich annehme?«

»Ich weiß nicht recht – ist es nicht sehr schmutzig?«

»Du meine Güte, Emma!« rief Margaret spitz. »Du wirst doch hoffentlich keine so feine Dame sein, die sich scheut spazieren zu gehen, wenn es ein bißchen matschig ist. Oder ich weiß sonst nicht, was ich machen soll – ich hasse es, allein spazieren zu gehen, und Elizabeth sorgt schon dafür, daß sie beschäftigt ist, wenn ich will, daß sie mich begleitet.«

»Wie wär's, wenn wir Elizabeth helfen würden? Dann wäre sie vielleicht zur Zeit fertig, um mit dir spazierenzugehen und das schöne Wetter zu genießen«, sagte Emma freundlich und doch ziemlich ängstlich, sie mit ihrem eigentlich selbstverständlichen Vorschlag zu verärgern.

»Meiner Meinung nach will sie überhaupt nichts von uns wissen.«

»Danke, Emma«, erwiderte ihre älteste Schwester, ohne auf Margaret zu hören, »aber schieb deinen Spaziergang meinetwegen nicht auf; ich bin diese Dinge gewöhnt, und die Arbeit macht mir nicht mehr aus als dir, wenn du eine Nadel einfädelst oder die Stelle in einem Buch aufschlägst, wo du stehen geblieben bist.«

»Da hast du's – ich hab's dir gleich gesagt«, bemerkte Margaret, als ihre Schwester aus dem Zimmer ging. »Ich weiß doch, daß sie jede Hilfe ablehnt und es haßt, wenn man sich in ihren Haushalt einmischt: ich glaube, sie würde lieber alles allein machen, als uns zu erlauben, ihr auch nur eine halbe Stunde dabei zu helfen. Jetzt mach aber schnell, hörst du, und zieh deinen Mantel an; ich gehe gern zur schönsten Tageszeit.«

Emma zögerte noch –

»Ich bin nicht sicher, ob ich mit dir gehen kann – vielleicht braucht mich der Vater.«

»Der Vater braucht dich!« wiederholte Margaret mit erstaunter Stimme. »Wozu, in aller Welt, sollte er *dich* wohl brauchen?«

»Ich lese ihm sehr oft vor«, antwortete Emma leicht errötend.

»Das muß ja entsetzlich langweilig sein«, fuhr Margaret fort – »und das willst du jetzt als Vorwand gebrauchen, nicht mit mir spazieren zu gehen. Wenn du nicht mitkommen willst, kannst du das ja genauso gut gleich sagen.«

»Ich wurde mich wirklich sehr freuen, mit dir spazierenzugehen«, sagte Emma in begütigendem Ton, »wenn der Vater mich nicht braucht. Ich laufe schnell nach oben und schaue, und wenn es so ist, können wir gleich gehen.«

Mr. Watson war gerade mit Geschäftsbriefen beschäftigt, bei denen er Emmas Hilfe nicht brauchte, und demzufolge machten die Schwestern sich auf den Weg. Sie schlugen den Weg zur Stadt ein, ohne daß Margaret etwas über ihr Ziel gesagt hatte, und Emma stellte keine Fragen. Es kam ihr auch tatsächlich gar nicht in den Sinn, daß Margaret einen anderen Grund haben könnte spazierenzugehen, als den Wunsch nach Luft und Bewegung.

»Ich hatte ja noch gar keine Zeit, mit dir zu reden, Emma, seit du heimgekommen bist; aber der Grund ist, Jane hat mich so gern, daß, wenn wir zusammen sind, sie mich selten auch nur für zehn Minuten entbehren kann. Sie ist eine erstaunlich kluge Frau, kann ich dir versichern, und kann Charakter und Manieren beurteilen wie sonst keine, die ich je sah.«

Wenn Emma diese Versicherung auch für echt hielt, erweckte sie bei ihr keineswegs die Vorstellung, die Margaret erwartete. Sie überzeugte sie eher davon, in welchem engen Zirkel ihre Schwester sich von jeher bewegt hatte, als von Mrs. Roberts durchdringendem Verstand oder dem Ausmaß von Margarets eigenen Tugenden. Doch sie stellte dieses Lob nicht in Frage, und Margaret fuhr befriedigt fort – »Ich bin überzeugt, Emma, daß du Tom Musgraves Manieren bewundert haben mußt – ist er nicht bezaubernd?«

»Ich kann nicht behaupten, daß ich ihn wegen irgend etwas bewundere«, entgegnete Emma entschieden.

»Ihn nicht bewundern!« rief Margaret, im Augenblick völlig fassungslos über eine solche Äußerung, und fügte dann, sich zusammenreißend, hinzu: »Ach, ich nehme an, du meinst, er hat dich nicht bewundert – er hat auf dem Ball überhaupt nicht mit dir getanzt, wie ich weiß. Ich wage sogar zu sagen, daß er nicht in Stimmung war – wenn *ich* dagewesen wäre, wäre es anders gewesen. Wenn du ihn so gut kennen würdest wie ich, und er dir so den Hof gemacht hätte wie mir, würdest du ihn mit ganz anderen Augen sehen. «

»Ich werde ganz zufrieden sein, wenn ich ihn immer

mit soviel Gleichgültigkeit sehe wie jetzt«, sagte Emma, »und ich glaube bestimmt, auch wenn sein Benehmen sich bessern und mein Geschmack sich ändern sollte, werde ich noch imstande sein, ihn anzuschauen, ohne dich durch übermäßige Bewunderung für ihn in Unruhe zu versetzen. Elizabeth hat mir erzählt, daß er Angriffe auf den Seelenfrieden der meisten jungen Damen in der Umgebung gemacht habe, und ich hoffe nur, daß er mich verschonen wird, wenngleich ich annehme, daß ich mir nicht schmeicheln darf, klüger oder standhafter zu sein als andere Mädchen.«

»Das sagt Elizabeth doch nur aus Eifersucht«, rief Margaret indigniert aus; »ihr hat er nie den Hof gemacht und deshalb – aber mein Gott, Emma!« – sie unterbrach sich und schaute sich um – »da kommt er ja, und einige andere sind auch dabei. Wer sie wohl sein mögen? Nur einer trägt einen roten Rock – ich habe sie gar nicht so schnell erwartet.«

»Hast du ihn denn überhaupt erwartet?« fragte Emma ganz verblüfft. »Ist es möglich, daß du hierher gekommen bist, um ihn zu treffen?«

»Na, und wenn es so wäre, wem schadet es schon? – es wäre mir lieber, du würdest die beiden anderen Herren anschau'n und mir sagen, ob du weißt, wer sie sind!«

»Also wirklich«, erwiderte Emma ärgerlich und peinlich berührt, »ich liebe es nicht, mich in dieser Weise umzuschauen, ich finde es nicht – wenigstens hat man mich gelehrt, daß es sich für eine Dame nicht schickt, sich umzudrehen und Leute anzustarren. Aber Margaret, verhält es sich tatsächlich so, daß du schon mit dieser Absicht hergekommen bist?«

»Papperlapapp! Wie kannst du nur so zimperlich sein. Hast du nicht genauso gut gewußt wie ich, daß die Hunde sich bei Ashley Lodge sammeln? Ich hielt es für höchstwahrscheinlich, daß Tom Musgrave diesen Weg benutzen würde – es ist ja sein direkter Weg; aber ich wünschte, ich könnte erkennen, wer bei ihm ist – sie setzen soeben die Pferde in Trab – ich sage nur so viel: ich glaube, es ist Lord Osborne und Mr. Howard – wie ärgerlich – denn Tom wird doch jetzt nicht anhalten, wenn Lord Osborne dabei ist – eine große Gemeinheit!«

»Wenn ich das gewußt hätte«, sagte Emma, »wäre ich durch nichts zu bewegen gewesen, diesen Weg einzuschlagen. Sie werden doch denken, wir sind nur gekommen, um sie zu treffen.«

Die Herren waren jetzt so dicht herangekommen, daß Emmas letzte Worte sich im scharfen Trab mehrerer daherkommender Pferde verloren. Es war ihr äußerst peinlich, was Mr. Howard denken könnte, und ob er nicht vielleicht sogar auf den Gedanken käme, daß sie ausgegangen sei, um Lord Osborne einzufangen, als die Herren plötzlich ihre Pferde oben neben dem schmalen Fußweg zum Stehen brachten, wo die Damen spazierengingen.

»Miss Emma Watson«, rief Lord Osborne, während er vom Pferd sprang, das er schnellstens dem Reitknecht übergab. »Donnerwetter! Bin ich glücklich, daß ich diesen Weg gewählt habe – also sind Sie doch herausgekommen, um zuzuschauen, wenn die Meute losgelassen wird? Ich bin ja so froh.«

Dem Beispiel seines vornehmen Freundes folgend, saß auch Tom Musgrave ab; aber da der Pfad nur zwei Personen zuließ, war er genötigt, zurückzubleiben – und während Lord Osborne an der Seite Emmas ging, war Tom wehrlos den flehenden Blicken und dem schwärmerischen Geflüster Margarets ausgeliefert. Emma bemerkte mit einer gewissen Unruhe, daß Mr. Howard im Sattel blieb und seine vormalige Partnerin nur mit einer Verbeugung grüßte. Wahrend sie sich noch über das veränderte Verhalten wunderte, war ihr Begleiter bemüht, sich ihr so angenehm zu präsentieren, wie seine Natur es ihm gestattete; und sie hätte fast laut herauslachen können, mit welchem Ausdruck der Ehrfurcht und Aufmerksamkeit der flotte Tom Musgrave den Bemerkungen seiner

Lordschaft lauschte und jede seiner Behauptungen bestätigte, die Bekräftigung brauchte. So waren sie mehr als fünf Minuten spaziert, als eine Abzweigung des Weges sich vor ihnen auftat, die, wie Emma wußte, fast geradenwegs nach Hause führte.

»Margaret«, sagte sie, sich ihrer Schwester zuwendend, »ich denke, wir sollten lieber diesen Heimweg wählen; wir werden wahrscheinlich schon zu Hause gebraucht, noch bevor wir dort sein können.«

»Nur allzu gern«, antwortete Margaret, die anscheinend in Tränen auszubrechen drohte, als sie merkte, daß ihre Versuche, Toms Aufmerksamkeit auf sich zu lenken, fehlschlugen.

»Ich glaubte, Sie seien mit der Absicht gekommen, das Loslassen der Hunde zu sehen«, sagte Lord Osborne zu Emma, »und warum sollten Sie nach Hause gehen, bevor Sie mit zum Jagdhaus gekommen sind?«

»Sie haben sich in der Tat geirrt, Mylord«, entgegnete Emma ruhig, aber bestimmt, »denn bevor wir Sie sahen, war mir gar nicht bewußt, daß die Jagd hier in der Nachbarschaft beginnt.«

»Das mag wohl so sein, aber bitte kommen Sie doch jetzt, Sie sind ja ganz in der Nähe – meine Schwester und Miss Carr werden bereits dort sein, und ich möchte Sie ihnen vorstellen.«

»Es muß Eurer Lordschaft doch vollkommen klar sein, daß das, was Sie vorschlagen, unmöglich ist«, erwiderte Emma. »Ich habe kein Recht, Miss Osborne meine Bekanntschaft aufzudrängen, und sie wäre über ein so ungewöhnliches Unterfangen wahrscheinlich mehr überrascht als erfreut.«

»Nein, wirklich, bei meiner Ehre – meine Schwester wünscht Ihre Bekanntschaft zu machen. Tom Musgrave weiß, was sie gestern darüber gesagt hat – ich glaube, ich habe mich falsch ausgedrückt, was Sie wahrscheinlich gemeint haben: ich möchte Ihnen meine Schwester vorstellen – ist es so richtig? (Emma konnte ein Lächeln nicht ganz unterdrücken.) Also wollen Sie nun jetzt nicht einfach mit uns kommen, ohne sich länger hier aufzuhalten?«

»Ich bin Ihnen sehr verbunden, Mylord, aber ich kann Ihrem Wunsch wirklich nicht nachkommen. Und da Miss Osborne nicht erwarten würde, uns heute kennenzulernen, wird sie auch nicht enttäuscht sein.«

Nur sehr zögernd ließ der junge Pair sich darauf ein, seinen Vorschlag aufzugeben, und als sie fortritten, wandte er sich plötzlich nach einigen Minuten Schweigens an Tom Musgrave und stieß hervor:

»Sagen Sie mal, Musgrave, wie machen Sie das bloß mit den Frauen, daß sie so für Sie schwärmen? – Miss Emma Watson ist das einzige Mädchen, dem ich je zu gefallen überhaupt versucht habe, und sie scheint sich ein Vergnügen daraus zu machen, alles abzulehnen, was ich vorschlage. Ich komme bei ihr nicht weiter.«

Toms Eigendünkel war sehr nahe daran, ihn bei dieser Rede zu einer schweren Taktlosigkeit zu verleiten: er war schon im Begriff, darauf einzugehen und sich zu rühmen, daß er eben erfolgreicher sei als Lord Osborne, junge Damen an der Nase herumzuführen. Glücklicherweise fiel ihm noch rechtzeitig ein, daß, so angenehm eine lebhafte Bekräftigung der Meinungsäußerungen seiner Lordschaft unter normalen Umständen auch sein mochte, es doch Fälle gab, in denen eine geschickt formulierte, negative Reaktion weitaus schmeichelhafter war. Darum erwiderte Mr. Musgrave wohlüberlegt, daß Miss Emma Watson ihn in akkurat der gleichen Weise behandelt habe, woraus er schließe, daß das ihr normales Verhalten sei.

Die Schwestern befanden sich indessen auf dem Heimweg, wo Margaret Emma mit Fragen überschüttete, die sich um den Beginn und die Fortsetzung ihrer Bekanntschaft mit Lord Osborne drehten – eine Begebenheit, die sie ungeheuer zu überraschen schien, aber mehr noch die kühle und gelassene Art, mit der Emma die Angelegenheit behandelt hatte.

Tom Musgraves enge Beziehung zu Schloß Osborne

hatte seinen Wert in ihren Augen immer wesentlich erhöht; und hier war plötzlich ihre eigene Schwester, die nicht nur Seite an Seite mit dem Pair persönlich spaziert war, sondern es doch tatsächlich, trotz seiner inständigen Bitten, abgelehnt hatte, ihn noch weiter zu begleiten; und zu guter Letzt erklärte sie jetzt auch noch unverblümt, daß sie Lord Osborne für keinen sympathischen jungen Mann halte und ihn nicht mehr zu sehen wünsche. Schweigend grübelte sie über diese außergewöhnliche Sachlage nach, als sie durch das wütende Gebell eines bösartigen Hundes aufgeschreckt wurde, der vom Bauernhof her auf sie zuraste, sich ihnen in den Weg stellte und entschlossen schien, ihnen den Durchlaß streitig zu machen. Margaret, die laut schrie, machte kehrt, um wegzulaufen, und Emmas erster Impuls war, ihrem Beispiel zu folgen; doch ein kurzer Moment der Überlegung ließ sie stehen bleiben, um zu versuchen, das Tier zu beruhigen oder seiner durch sanftes Zureden und scharfes Fixieren Herr zu werden. Sie hatte wenigstens insofern Erfolg, als sein Gebell in ein tiefes, bedrohliches Knurren überging, und Emma benutzte die verhältnismäßige Stille, sich an einen Mann auf dem Gehöft zu wenden und ihn zu bitten, den Hund zurückzurufen.

»Der tut Ihnen schon nix, Missus«, war die Antwort des Bauern, den die Angst der jungen Damen eher zu amüsieren schien.

»Aber meine Schwester fürchtet sich, an ihm vorbeizugehen«, sagte Emma flehend und sich nach Margaret umschauend, die hundert Meter weiter weg stand und offensichtlich bereit war, bei der geringsten aggressiven Bewegung des Feindes die Flucht zu ergreifen.

»Ihre Schwester muß sich eben entschließen, vorbeizugehn, wie andre Leut auch – wenn Ihr nicht da hinten übers Feld gehen wollt, um ihm auszuweichen.«

Hinten über das Feld mußten sie also wohl oder übel gehen, wie Emma folgerte, nachdem Margaret sich weigerte, vorwärts zu gehen; und sie war eben zögernd im

Begriff, den Rückweg anzutreten, als das Geräusch von Pferdehufen hörbar wurde und kurz darauf Mr. Howard auftauchte, der auf sie zugeritten kam. Ein kurzer Blick zeigte ihm das Dilemma, in das die Damen geraten waren, und so schnell er ihre Schwierigkeiten erkannt hatte, so schnell war er auch dabei, ihnen zu Leibe zu rücken. Ein wohlgezielter Hieb mit seiner Reitpeitsche sandte den Angreifer jaulend in seine Hütte zurück, und ein scharfer Tadel an die Adresse seines Herrn folgte, daß er der Damen wegen nicht eingegriffen hatte, mit dem Hinweis auf die Notwendigkeit, den Hund einzusperren, wenn er ihn nicht abgetan haben wollte.

Mr. Howard war zu gut bekannt, um sein Wort anzuzweifeln oder seine Rüge übelzunehmen, und der Bauer versprach, daß es nicht wieder vorkommen solle. Der Friede war wieder hergestellt, und unter Mr. Howards Schutz wagte sogar Margaret weiterzugehen.

»Ich dachte, Sie wollten auf die Jagd gehen«, sagte Emma in Erwiderung seines Angebots, sie sicher aus der Reichweite ihres schrecklichen Feindes zu geleiten. Mr. Howard erklärte, er sei nur zum Vergnügen ausgeritten und nicht einer so wichtigen und zwingenden Angelegenheit wie einer Fuchsjagd wegen. Indessen war es offensichtlich, daß ihm der Spaziergang mit den Misses Watson ebensoviel Spaß machte wie das Reiten, und daß er es gar nicht eilig hatte, wieder aufzusitzen.

»Würden Sie meiner Schwester erlauben, sich die Ehre zu geben, Sie zu besuchen?« fragte er nach kurzer Zeit. »Ihre Freundlichkeit ihrem kleinen Jungen gegenüber hat sie ganz bezaubert, und Charles ist genauso sehr darauf aus wie sie, die Bekanntschaft zu pflegen, die so glücklich begonnen hat. Sie ist seit dem Ball ziemlich krank gewesen, sonst wäre die Bitte schon früher vorgebracht worden.«

Emma erklärte prompt, daß es ihr große Freude machen würde, beide, Charles und seine Mutter, besser kennenzulernen.

»Ich hatte fast Angst, es vorzuschlagen«, sagte Mr. Howard, »nachdem ich die Ablehnung von Lord Osbornes ähnlichem Ansuchen gehört hatte. Ich versichere Ihnen, der Wunsch wurde wirklich von Miss Osborne ausgesprochen; und wenn mein Schüler bei seiner Übermittlung auch im Ton danebengegriffen hat, geschah es bestimmt einzig und allein aus mangelnder Selbstbeherrschung, aber gewiß nicht aus Mangel an Respekt.«

Emma antwortete nicht; sie versuchte herauszufinden, ob das freudige Gefühl, das sie im Augenblick erfüllte, auf den von Miss Osborne geäußerten Wunsch zurückzuführen sei oder auf Mr. Howards ängstliches Bemühen, diese Wünsche in das rechte Licht zu rükken.

Als bald darauf eine Pause in der Unterhaltung eintrat, ergriff Margaret die Gelegenheit, sich vor ihrer Schwester zu Mr. Howard hinüberzuneigen und ihn allen Ernstes und ganz aufgeregt zu fragen:

»Stimmt es wirklich, Mr. Howard, daß Miss Carr einen so besonders schönen hellen Teint hat?«

»Sie ist allerdings sehr hellhäutig«, erwiderte er, einigermaßen erstaunt über diese Frage, »ich wüßte nicht, daß ich je eine weißere Haut gesehen hätte; aber ist es denn möglich, daß ihr Teint in Ihrem Dorf ein Gegenstand der Diskussion oder des Interesses sein kann?«

»Ich weiß es nicht«, sagte Margaret darauf, die ihn überhaupt nicht begriff. »Mr. Musgrave ist sehr viel im Schloß, nicht wahr?«

»Ja, oft, glaube ich«, antwortete Mr. Howard ruhig.

»Das wundert mich nicht – er muß ohne Zweifel ein großer Liebling der Damen sein«, fuhr sie fort; »seine Manieren müssen ihn ja auch überall sehr begehrenswert machen, sollte ich meinen.«

»Ich glaube, seine enge Beziehung zum Schloß beruht mehr auf Lord Osbornes Vorliebe für ihn als auf der seiner Mutter oder seiner Schwester«, sagte er in einem noch immer sehr reservierten Ton, um anzudeuten, daß er über das Familienleben auf dem Schloß nicht zu sprechen wünsche.

Mr. Howard verließ die Mädchen nicht, bis sie vor ihrer eigenen Gartentür standen, und mit der ruhigen, aber bestimmten Versicherung, daß er seine Schwester bald herbringen werde, bestieg er sein Pferd und ritt heimwärts.

»Weiß du, Emma«, sagte Margaret, als sie zusammen ins Wohnzimmer traten, »ich wünschte, jeder hätte soviel Glück wie du. Ich kann nicht verstehen, weshalb ich nicht so vornehme Freunde haben sollte – dabei muß ich gestehen, daß ich bestimmt schon auf fünfzig Bällen war, und nie wäre es mir auch nur annähernd geglückt, Lord Osborne oder jemanden aus seinem Kreise kennenzulernen – wie du das fertiggebracht hast, ist mir völlig unerfindlich.«

»Das kommt nur daher, weil Emma hilfsbereit und hübsch ist«, sagte Elizabeth, von dem Sofaüberzug aufschauend, den sie gerade sorgfältig stopfte.

»Emma ist nicht das erste hübsche Mädchen, das man in diesen Räumen gesehen hat, glaube ich«, sagte Margaret erbittert, »und ich würde gern wissen, was hilfsbereit damit zu tun hat!«

»Das war die Veranlassung, daß sie sich erbot, mit dem kleinen Charles Blake zu tanzen – und dadurch seinem Onkel und seiner Mutter Freude zu machen; das hat ihre Güte und Hilfsbereitschaft bewirkt.«

»Nein, das war es nicht; es kam dadurch, daß sie das Glück hatte, neben dem Buben zu sitzen. Hätte sie am anderen Ende des Saales gesessen, hätte alle Güte der Welt nichts genützt – sie hatte nur Glück.«

»Und wenn du den ganzen Abend neben ihm gesessen hättest, wärst du dann auch auf den Gedanken gekommen, dich als seine Partnerin anzubieten, Margaret?« fragte Elizabeth.

»Höchstwahrscheinlich nicht – ich hasse es, mit Buben

zu tanzen. Aber ich verstehe nicht, wie Emma Lord Osbornes Bekanntschaft gemacht hat.«

»Und ich kann einfach nicht verstehen, warum dir heute die Osbornes so im Kopf herumgeh'n«, entgegnete Elizabeth.

Margaret fing an zu erklären, aber ihr Bericht war derartig von Eifersucht gefärbt, daß Elizabeth, neugierig und unzufrieden, hinaufrannte, Emma nach, die bei Beginn dieser Diskussion das Zimmer verlassen hatte, um von ihr die Wahrheit zu erfahren.

Doch auch als Emma ihrer Schwester alles genau berichtet hatte, schien es fast unglaublich – daß Lord Osborne eine solche Begegnung vorgeschlagen und Mr. Howard einen Besuch seiner Schwester versprochen haben sollte, schienen eher Begebenheiten in einem Märchen zu sein als in der prosaischen Realität ihres Alltagslebens.

»Aber warum hast du denn diese Begegnung abgelehnt, Emma?«

»Was, mit Miss Osborne? Weil ich der Meinung bin, daß solche unebenbürtigen Bekanntschaften sehr unerwünscht sind, und daß die Schwierigkeiten, die damit einhergehen, kaum durch die Annehmlichkeiten, die sie bieten mögen, wettzumachen sind.«

»Im Grunde glaube ich, du bist sehr stolz, Emma«, sagte Elizabeth in einem unsicheren, bestürzten Ton, der ihre Schwester fast zum Lachen brachte.

»Zu stolz, um ein Anhängsel von Miss Osborne zu werden, allerdings«, antwortete sie; »viel zu stolz, um gedemütigt und unterstützt oder gönnerhaft oder sonstwie behandelt zu werden.«

»Also, wenn ich du gewesen wäre, hätte ich doch erst mal abgewartet, was seine Lordschaft vorhätte – nimm mal an, sie hätten dich aufs Schloß eingeladen, hätte dich das nicht gefreut?«

»Nein«, sagte Emma. »Ich würde nur einen Luxus genießen, der mir mein Zuhause durch den Kontrast unleidlich macht oder mich neidisch machen würde, wenn ich ihren Lebensstandard mit meinem vergleichen müßte. Aber ich kann mir nicht vorstellen, daß mir Gelegenheit dazu gegeben wird. Wenn Miss Osborne mich nicht aufsucht, werden wir uns nicht kennenlernen, denn ich werde ihr bestimmt nicht nachlaufen.«

»Also ich bin weniger stolz und weniger philosophisch als du, Emma, und ich gestehe, ich würde ein solches Angebot annehmen, wenn man es mir machte. Aber wie kommt es dann, daß du dich von Mrs. Blake besuchen läßt – wo bleibt da dein Stolz?«

»Aber hör mal, Elizabeth, du mußt doch den Unterschied sehen. Mr. Howard und seine Schwester sind unseresgleichen, wenn ihnen auch ihre enge Beziehung zum Schloß eine irreführende Wichtigkeit verleiht. Von ihrer Seite gäbe es keine Herablassung, und mir würden keinerlei Verpflichtungen erwachsen, die ein Gegenbesuch nicht vollends wettmachen würde.«

»Mein Gott, ich wünschte, ich wüßte den Tag, an dem sie kommen wollen«, sagte Miss Watson, »denn wir könnten dann im Salon sitzen und die Schutzdecken von Sofa und Teppich nehmen.«

»Bitte, tue nichts dergleichen«, sagte Emma beunruhigt; »es wird hoffentlich nicht ihr einziger Besuch sein – wir können doch nicht immer eine Riesengeschichte machen, um sie zu empfangen.«

Elizabeth schüttelte den Kopf.

»Du bist schon sehr komisch, Emma – was du für Vorstellungen hast. Ich verstehe dich überhaupt nicht mehr.«

7

Das Resultat bewies deutlich, daß Mr. Howard nicht übertrieben hatte, als er die Dringlichkeit des Wunsches seiner Schwester betonte, ihre Bekanntschaft mit Emma auf eine Basis zu stellen, welche deren Dauer sichern und eine wachsende Vertrautheit rechtfertigen würde; denn schon am nächsten Montag, nachdem der Wunsch überbracht worden war, erschienen die Besucher. Elizabeth und Margaret saßen zusammen, als sie angemeldet wurden; aber die erstere ging augenblicklich aus dem Zimmer, um Emma zu holen – obwohl sie sehr froh gewesen wäre, wenn Margaret ihr das abgenommen hätte. Margaret jedoch war entschlossen, soviel von diesen Fremden aus einer unbekannten Welt zu sehen, wie sie nur konnte, und rührte sich demzufolge nicht von der Stelle. Sie war sehr begierig, die günstige Gelegenheit zu benutzen, indem sie sofort eine Unterhaltung mit Mr. Howard anfing, dann aber nichts mehr zu sagen wußte und deshalb unbewußt irgendwie dankbar war für die vornehme Art, in der Mrs. Blake die Unterhaltung begann.

»Mein Bruder hat mir von ihrem Abenteuer mit dem Hund erzählt. Ich hoffe, Sie haben weiter keinen Schaden davongetragen.«

»Oh, ich habe mich schrecklich gefürchtet«, sagte Margaret. »Ich glaube, wenn Mr. Howard nicht eingegriffen hätte, wäre ich ohnmächtig geworden; ich bin sehr nervös, und ich versichere Ihnen, ich wäre eher die ganze Nacht dort geblieben, als mich an dem entsetzlichen Tier vorbeizuwagen.«

»Mein Eintreffen dort muß als großer Glücksfall angesehen werden«, sagte er, »doch ich muß sagen, ich bin erstaunt über die Rücksichtslosigkeit des Mannes auf dem Gehöft, der nichts tat, sondern zuschaute.«

»Oh, er war ein Unmensch«, rief Margaret, »nicht besser als der Hund – aber was kann man von Bauern wie ihm schon andres erwarten. Sie haben weder Empfinden noch Gefühl.«

»Ich stimme nicht mit Ihnen überein«, erwiderte Mr. Howard. »Ich versichere Ihnen, ich bin oft von Beispielen der Uneigennützigkeit und Großzügigkeit bei den unteren Klassen überrascht gewesen, die sie als mit ausgezeichneten Gefühlen begabt ausweisen.«

»Sie haben weder Feinheit noch Empfinden«, sagte Margaret. »Ich habe eine Vorliebe für das Vornehme und Elegante im Benehmen, das Aristokratische in Herkunft und Lebensart.«

»Dennoch glaube ich, daß Sie unseren Bauern Unrecht tun, wenn Sie ihnen jedes Gefühl absprechen, weil sie nicht die kultivierte Art haben, ihre Gedanken in Worten auszudrücken«, antwortete Mr. Howard. »Natürlich sind ihre Manieren ungehobelt, und ihre Lebensgewohnheiten – wie Sie es nennen würden – unfein, aber es würde doch auch niemand wünschen, sie sollten mit dem Wunsch nach Luxus belastet sein.«

»Das ist allerdings sehr wahr«, stimmte Margaret zu, »und doch finde ich sie sehr grob und tölpelhaft; ab und zu sieht man mal ein hübsch aussehendes Mädchen, doch die Männer sind alle abscheulich.«

»Aber ich versichere Ihnen, ich habe unter den Arbeitern poetische, wenn auch unkultivierte Geister getroffen.«

»Das muß denn schon eine sehr komische Poesie sein, die in einer so barbarischen Sprache ausgedrückt wird«, sagte Margaret lachend – da sie selbst nicht das leiseste poetische Gefühl hatte, konnte sie auch nicht erfassen, was er damit meinte, als er davon sprach, und schloß daraus, daß die Bauernschaft in Reimen oder doch in Blankversen spreche.

In diesem Augenblick wurde die Diskussion durch das Eintreten der anderen jungen Damen abgekürzt und durch ein neues Thema ersetzt. Charles, der, angelegentlich auf seinen Hut hinunterstarrend, neben seiner Mutter gestanden und mit dem Finger Muster auf seine Ohrenklappen gezeichnet hatte, schaute jetzt begeistert auf, als Emma ihn als ›ihren ersten Tänzer auf ihrem ersten Ball‹ begrüßte. Bei ihrer liebenswürdigen Erwähnung strahlten die Augen seiner Mutter genauso wie die des Kleinen. Kurz darauf betrat Mr. Watson das Zimmer; seine Gicht beschwerte ihn gerade weniger und gestattete ihm, herunterzukommen.

Emma war es, die seinen Lehnstuhl an die richtige Stelle rollte, Emma war es, die seine Fußbank zurechtrückte, die den Vorhang zuzog, um die blendenden Strahlen der Wintersonne abzuhalten, Emma stellte den Wandschirm auf, um den Zug von der Tür her abzuwehren, und legte seine Brille, seine Schnupftabaksdose und seine Schreibmappe in einer ganz speziellen Weise auf den speziellen Tisch neben ihm.

Für Mr. Watsons Bequemlichkeit war bald gesorgt, und nachdem er seine Brille umständlich aufgesetzt und sich im Zimmer umgesehen hatte, wandte er sich an Mr. Howard und erkundigte sich, wer die reizende junge Dame sei, die mit Elizabeth spreche.

Auf dessen Antwort, daß es seine Schwester sei, entschuldigte er sich höflich, sie nicht erkannt zu haben, was ja, bemerkte er, kein Wunder sei, da er sie nie gesehen habe; doch hätte Elizabeth ihn vorstellen sollen, bevor er sich setzte, da die Gicht es wirklich äußerst beschwerlich für ihn mache, durch das Zimmer zu gehen.

Mrs. Blake jedoch tröstete ihn und beschwichtigte sein Unbehagen über diesen Bruch der Etikette durch die gütige und respektvolle Art, in der sie mit ihm sprach.

Während sie sich in angenehmer Unterhaltung befanden, tauchte auch Tom Musgrave wieder in ihrer Mitte auf. Emma begann ihn, Margarets wegen, wirklich zu hassen, weil sie das Benehmen ihrer Schwester in seiner Gegenwart oft vor Scham erröten ließ; und ihre erhöhte Reizbarkeit, nachdem er gegangen war, rief allgemeines Unbehagen hervor.

Es war eine gewisse Genugtuung, aus Mr. Watsons Benehmen zu schließen, daß er sehr weit davon entfernt war, in Tom Musgrave den liebenswürdigen und eleganten Gentleman zu sehen, für den dieser sich hielt.

»Nun, Master Tom«, begann er, »welche Dummheiten haben Sie in letzter Zeit wieder angestellt – wieder mehrere Pferdeknie oder Dinnerverabredungen gebrochen? Ihr Genie kann doch nicht untätig gewesen sein, seit ich Sie zuletzt gesehen habe – lassen Sie mal hören.«

»Nun, in der Tat, Sir, habe ich nichts getan, was verdiente, aufgezeichnet zu werden«, entgegnete Tom, »für einen Richter wie Sie zumindest. Ich hatte meine persönlichen kleinen Amüsements, doch es lohnt sich nicht, sie im einzelnen zu schildern. Übrigens, Howard, Osborne hat Ihnen wohl nicht erzählt, daß ich ihn vorgestern im Fives* haushoch geschlagen habe?«

»Lord Osborne langweilt mich selten mit den Resultaten seiner sportlichen Aktivitäten, ob erfolglos oder siegreich«, erwiderte Howard kühl.

»Wenn Sie mal die Gicht in Ihrem Fuß haben«, bemerkte Mr. Watson, »wird es tröstlich für Sie sein, sich zu erinnern, daß Sie Lord Osborne einstmals im Fives schlagen konnten.«

»Freilich, Sir, sehr wahrscheinlich werde ich sie gelegentlich auch bekommen, ich schätze, sehr früh sogar – Osborne hat mir erzählt, sein Vater habe sie mit fünfundzwanzig schon gehabt. Es ist ein aristokratisches Leiden.«

»Sofern Sie nicht Grund haben, anzunehmen, daß der verblichene Lord Osborne auch Ihr Vater war«, schloß Mr. Watson trocken, »sehe ich nicht, was seine Gicht noch sein Adel mit Ihnen zu tun haben.«

»Fühlen Sie schon irgendwelche Symptome?« flüsterte Margaret; »Sie sollten wirklich auf sich achten – wer wür-

* Ein Ballspiel, das mit den Händen oder einem Schläger in einem Hof mit zwei, drei oder vier Mauern gespielt wird.

de so vermißt, wenn Sie infolge dieser schrecklichen Krankheit bettlägrig wären! Und wer würde Sie in den Stunden Ihres Leidens pflegen.«

»Oh, ich helfe mir schon selbst, Miss Margaret; die Gicht macht einen zum Gefangenen, was häßlich ist. Ich hasse jegliche Gefangenschaft und Bindungen jeder Art, speziell häusliche. – Übrigens wußte ich schon, als ich hereinkam, daß Sie hier sind, Howard, als ich das komische Transportmittel vor der Tür stehen sah«, fuhr er fort und unterbrach dadurch ein sehr angenehmes Gespräch, das dieser Gentleman neben ihm mit Emma führte. »Das muß bestimmt schon Ihrem Urgroßvater gehört haben – kein moderner Mensch hätte ein solches Vehikel bauen können.«

»Eine Sache ist sicher«, sagte Mr. Watson, »Mr. Howard hatte einen Urgroßvater, dem es gehört haben könnte – das ist mehr als mancher von sich sagen kann.«

»Vielleicht ist es nicht das eleganteste Transportmittel der Welt«, erwiderte sein Besitzer gutmütig, »aber es trägt uns sehr sicher, und die modernste Karriole würde auch nicht mehr tun. Lord Osborne hat versprochen, mir einen neuen Wagen zu schenken, wenn entweder er oder ich heiraten, und ich beabsichtige, meinen bis zu diesem Ereignis zu behalten.«

»Und sind Sie jetzt hier, um persönlich zu werben oder in Vertretung?« flüsterte Tom laut genug, daß Emma es hören mußte.

»Mr. Musgrave«, sagte Howard in seiner betont ruhigen, aber bestimmten Art, »es steht Ihnen frei, über meinen Wagen zu lachen, aber vergessen Sie nicht, es gibt Dinge, über die sich lustig zu machen, taktlos und Orte, wo es beleidigend ist.« Dann wandte er sich Mr. Watson zu, um Emmas Wangen Zeit zu lassen, sich von der Röte zu erholen, die verriet, daß sie mehr gehört hatte, als angenehm für sie war.

Tom schaute etwas dumm drein und wendete sich dann nach kurzem Zögern mit der Frage an Emma, ob sie am Vormittag spazierengegangen sei. Er erhielt nur ein einsilbiges Wort als Antwort. Und dann zog Emma den kleinen Charles zu sich heran und begann ein vertrauliches Gespräch mit ihm, über Themen wie sein Garten, seine Schulkameraden und die vergleichsweisen Vorzüge von Stoolball* und Kricket. Tom war abgeblitzt, und so rief er Elizabeth kurzerhand zu –

»Also, ich muß jetzt gehen, Miss Watson, denn ich habe eine Verabredung. Ich habe versprochen, mich gleich mit Fred Russel und Beauclerc und einem anderen Bekannten zu treffen – darum muß ich mich beeilen. Sie wollen meine Meinung über einige Windhunde hören, die Beauclerc sehr gefallen, die er aber nicht kaufen wollte, bevor ich Zeit hatte, sie anzuschaun. Sie sind ungeheuer gute Kameraden, die man nicht warten lassen darf – sehr befreundet mit Osborne, versichere ich Ihnen.«

Keiner opponierte gegen sein Vorhaben, und als das Geräusch seiner Karriolenräder sich in der Ferne verlor, bemerkte Mr. Watson:

»Da fährt nun ein junger Mann, der vielleicht ein nützliches Mitglied der menschlichen Gesellschaft geworden wäre, wenn er für sein tägliches Brot hätte arbeiten müssen. Aber unglücklicherweise hat der Vater ein Vermögen gemacht, so daß der Sohn sich nur noch zum Narren machen kann.«

8

»Ich nehme an, einige von euch Mädchen werden dafür sein, zu Mrs. Blake hinüberzufahren, um ihren Besuch zu erwidern«, sagte Mr. Watson am nächsten Tag zu seinen Töchtern. »Ich habe nichts dagegen, daß ihr sie besucht, aber wenn ihr diese Woche noch gehen wollt,

* Ein altes, kricketähnliches Ballspiel.

müßt ihr morgen gehen, denn ab übermorgen kann ich das Pferd nicht entbehren. «

»Also gut, Emma«, sagte Margaret sofort, »ich werde dich morgen hinfahren, wenn du willst – ich nehme an, du selbst fährst nicht.«

»Ich finde, daß Elizabeth hingehen sollte«, wendete Emma ein, »weil es der erste Besuch und sie die Älteste ist – es erscheint höflicher.«

»Ganz bestimmt«, rief Elizabeth, die gleichermaßen erpicht darauf war wie Margaret, den Besuch zu machen, »du und ich, Emma, müssen unter allen Umständen gehen.«

»Aber dann kann ich doch nicht mitgehen«, beklagte Margaret sich laut, »und warum muß ich übergangen werden? Wenn Elizabeth geht, weil sie die Älteste ist, ist es mein gutes Recht, auch zu gehen, wenn Pen nicht da ist, denn ich bin auf alle Fälle älter als Emma.«

»Aber da der Besuch hauptsächlich Emma galt«, widersprach Elizabeth, »ist es ganz unmöglich für sie, einverstanden zu sein, daß du statt ihrer gehst. Sie muß gehen!«

»Ja, natürlich – alle müssen gehen, nur ich nicht; es ist immer dasselbe – das ist sehr bitter.«

»Würden nicht auch drei in den Wagen passen?« schlug Emma vor, die bemüht war, einen Kompromiß zu finden. »Margaret ist doch so schmal, und ich bin auch nicht dick, so könnten wir bestimmt bequem sitzen.«

»Das könntet ihr wohl«, erwiderte ihr Vater, »aber soviel kann ich euch sagen – ihr müßtet dann im Stallhof sitzen bleiben, weil der alte Gaul euch nicht ziehen kann und auch nicht den Versuch machen sollte. Nein, nein, wenn Margaret gern gehen möchte, soll sie warten bis zum nächstenmal – wenn ihr schon Besuche macht, sollt ihr sie machen, wie's sich gehört.«

Als Folge dieser Entscheidung steigerte sich Margarets Reizbarkeit für den Rest des Tages so sehr, daß Emma zu der Einstellung neigte, die Zusammenkunft mit ihrer neuen Bekannten sei um den Preis einer solchen Strafe schwer erkauft worden. Elizabeth ertrug sie mit der Gleichgültigkeit, die eine lange Gewohnheit hervorruft.

»Es ist sinnlos, ihr nachzugeben«, sagte sie zu Emma, als sie sich bereitmachten, zu Bett zu gehen. »Es ist immer dasselbe mit ihr: gibst du in einer Sache nach, wird sie sich über eine andere beklagen: du kannst ihr nicht gerecht werden, indem du alles ihren Wünschen opferst; und du tätest besser daran, nur an dich zu denken und dich so wenig wie möglich um ihre schlechte Laune zu kümmern.«

Margarets schlechte Laune war auch am nächsten Morgen noch sichtbar, aber es war ein gewisser Trost für sie, daß der Tag außergewöhnlich kalt war, mit einer schweren Wolkendecke am Himmel und gelegentlichen kurzen Schneegestöbern, was diese Fahrt für ihre Schwestern alles andere als vergnüglich zu machen versprach.

So warm angezogen, wie sie nur konnten, fuhren sie los. Doch ehe sie noch in Sicht von Schloß Osborne gelangten – denn das Pfarrhaus lag innerhalb des Parks –, wurden sie von heftigem Schneetreiben überrascht.

Sie fanden Mrs. Blake allein vor und wurden herzlich und ungezwungen von ihr empfangen.

»Es ist wirklich sehr lieb von Ihnen, uns bei so einem Wetter zu besuchen. Sie müssen doch halb erfroren sein – was kann ich Ihnen anbieten, um Sie zu erwärmen?«

Elizabeth sah sich mit Überraschung und Bewunderung im Zimmer um. Es war nicht größer und nicht besser als ihr eigenes – und das Mobiliar war anscheinend auch nicht teurer und auch nicht reichhaltiger – doch hier herrschte eine Atmosphäre von Behaglichkeit und Gepflegtheit, wie sie in ihrem Wohnzimmer niemals herrschte.

Sie hatten erst ein paar Minuten dort gesessen, als Mr. Howard aus seinem kleinen Arbeitszimmer herüberkam, das sich dem Hauseingang gegenüber befand. Er hatte sie ankommen sehen, wollte aber seinem Wunsch, sich auch gleich dort einzufinden, nicht nachgeben, ehe er sich vergewissert hatte, daß ihr Pferd ordentlich untergebracht und ihr Wagen zugedeckt sei, um ihn vor dem jetzt dicht fallenden Schnee zu schützen.

Eine halbe Stunde war schnell vergangen; doch als die Schwestern, die sich durch Blicke wegen ihres Aufbruchs verständigt hatten, etwas ängstlich nach dem Wetter sahen, fanden sie, daß es sich seit ihrer Ankunft entschieden verschlechtert hatte, was sie jedoch nicht früher bemerkt hatten, weil ihre Aufmerksamkeit zu sehr in Anspruch genommen war.

»Was können wir tun?« fragte Emma, als sie mit einiger Besorgnis hinaussah. »Glaubst du, daß du in einem solchen Sturm fahren kannst, Elizabeth?«

»Oh, ich hätte nichts dagegen, es zu versuchen«, sagte Miss Watson, »ich sorge mich nur deinetwegen; du warst doch heute früh etwas erkältet, und dich einem solchen Sturm auszusetzen, würde es nur schlimmer machen.«

Ein Sich-dem-Sturm-Aussetzen wurde augenblicklich als unmöglich abgelehnt; es sei überflüssig, es überhaupt noch zu erwägen oder gar daran zu denken, es in die Tat umsetzen zu wollen – sie müßten noch ein Weilchen warten, falls ihnen sehr darum zu tun sei, nach Hause zu fahren. Sollte es nicht besser werden und sie besorgt sein, daß Mr. Watson sich vielleicht ängstigte, könnten sie ihm eine Botschaft schicken – doch Mr. Howard halte es in der Tat für besser, den Gedanken, gleich heimzufahren, ganz fallenzulassen und ihm zu erlauben, sofort jemanden mit der Botschaft zu ihres Vaters Haus zu senden, daß sie in Sicherheit seien.

Mit der liebenswürdigsten Herzlichkeit wurde ihnen jeder erdenkliche Komfort zur Verfügung gestellt und jeder Einwand, kaum geäußert, auch schon zurückgewiesen; jede Schwierigkeit stellte sich als reine Einbildung ihrer Urheber heraus. Die Aussicht auf zusätzliche Gäste an ihrem Eßtisch schien Mrs. Blake in keiner Weise aus der Fassung zu bringen, und die kleineren Vorbereitungen, die zu treffen waren, und das Leihen der Sachen, die ihnen zum Gebrauch und zu ihrer Bequemlichkeit überlassen wurden, schienen ihr ausgesprochen Freude zu bereiten. In kurzer Zeit fühlten die jungen Damen sich bereits ganz zu Hause. Ihrer Umhänge und Hauben ledig, das Haar gekämmt, ihre dicken, hohen Stiefel gegen bequeme Hausschuhe ihrer neuen Freundin ausgetauscht, saßen sie jetzt wieder bequem in dem hübschen Wohnzimmer, emsig dabei, Mrs. Blake bei ihrer netten Beschäftigung zu helfen, kleine bunte Seidenbeutel zu nähen, die Mr. Howard und Charles danach aus einer großen Porzellandose in der Ecke des Zimmers mit köstlich duftenden, getrockneten Blütenblättern füllten. Was sie jetzt, außer ihrer Sorge, zuviel Mühe zu machen, nur noch bedrängte, war die Befürchtung, daß das Wohlbefinden ihres Vaters während ihrer Abwesenheit gefährdet sein konnte, da sie ja nur zu genau wußten, wie wenig Margaret zu seiner Unterhaltung beitrug oder ihm Schmerzen zu ersparen suchte.

Die Essenszeit kam, und Elizabeth stellte überrascht fest, daß hier nicht später gegessen wurde, als sie gewöhnt war, obgleich sie in nächster Nähe des Schlosses lebten; und noch überraschter war sie, daß das einfache Mahl – nur der eine Gang und der einfache, wenn auch zweifellos sehr gute Pudding, der folgte – als durchaus genügend betrachtet wurde und keinerlei Entschuldigungen bedurfte. Nicht, daß sie etwas Feineres oder Ausgefalleneres erwartete, durchaus nicht, aber es war ihr klar, daß sie, wäre sie die Gastgeberin gewesen, das Fehlen zusätzlicher Delikatessen bestimmt bedauert hätte. Die Dämmerstunde, die dem Dinner folgte, wurde besonders gemütlich, als sie ihre Stühle rings um das behagliche Feuer gruppierten und in der ungezwungenen, liebenswürdigen Art miteinander plauderten, wie sie sich in einer solchen Situation und aus einer solchen Gleichartigkeit von Charakteren ganz von selbst ergibt.

Charles ließ seiner Begeisterung über die Wendung, welche die Dinge genommen hatten, freien Lauf – und appellierte an seinen Onkel, seiner Äußerung zuzustimmen, daß doch nichts Schöneres habe passieren können, als daß die beiden Misses Watson gezwungenermaßen im Hause bleiben müßten, und sich seiner Hoffnung anzuschließen, daß der Schnee sie noch eine ganze Woche gefangen halten möge. Mr. Howard war auch durchaus seiner Meinung und gab nur zu bedenken, ob die jungen Damen einen solchen erzwungenen Aufenthalt nicht als schwere Strafe empfinden würden – und sollte das der Fall sein, sei er überzeugt, daß selbst Charles nicht den Wunsch haben könnte, ihnen eine solche nur aus Egoismus aufzuerlegen.

»O nein, bestimmt nicht, wenn sie es nicht mögen«, rief Charles aus, »nur glaube ich bestimmt, Miss Emma, daß Sie zu gütig sind, um sich gegen etwas zu sträuben, was uns allen so viel Freude machen würde.«

»Wenn mein Dafürhalten und meine Wünsche in Bezug auf den Schnee etwas ändern oder die Straßen schneefrei machen könnten, Charles, hätte es einen Sinn, eine bestimmte Entscheidung zu treffen«, meinte Emma, »aber zunächst hätte ich gern, daß du dieses Rätsel rätst«, und sie lenkte ihn ab, indem sie ihm einige Scharaden und Rätsel aufgab.

Die Ablenkung beschäftigte bald die ganze Gesellschaft, als plötzlich für Mr. Howard eine Botschaft abgegeben wurde, die er, nachdem er sie längere Zeit bei Licht betrachtet hatte, auf den Tisch warf und sagte:

»Da, meine Damen! Da haben Sie ein Rätsel, das ich Sie beinah zu lesen auffordern möchte – schau'n Sie es an!«

Seine Schwester nahm es.

»Ach, ich sehe schon – bitte, Miss Watson, können Sie diesen Namen entziffern?« Und sie hielt Elizabeth das Blatt hin, die es, gemeinsam mit Emma, äußerst gespannt betrachtete.

»Ist das eine Schrift!« rief Emma, »und wie kann jemand erwarten, daß man die lesen kann, außer den ersten drei, kann ich kein Wort entziffern.«

»Ja«, sagte Elizabeth, »man kann lesen ›Lieber Mr. Howard‹, aber das übrige sieht aus, als hätte der Schreiber einen Stock in das Tintenfaß getaucht und wahllos auf dem Papier herumgekritzelt. Sie wollen doch nicht sagen, daß Sie es lesen konnten, Mr. Howard?«

»Ich habe den Sinn verstanden«, antwortete er, während er von einem kleinen Schreibtisch in nächster Nähe aufschaute, »und ich bin soeben dabei, es zu beantworten. Es geht nur darum, mich heute abend aufs Schloß zu bitten, um ihren Spieltisch komplett zu machen, was ich abgelehnt habe.«

»Ach, wie bin ich froh«, rief seine Schwester aus. »Dich an einem solchen Abend hinauszujagen, wenn es auch nur durch den Park ist! Der Besuch der Misses Watson dürfte selbst für Lady Osborne als Entschuldigung genügen, denke ich.«

»Mir genügt sie durchaus«, sagte Mr. Howard. »Lady Osborne dürfte kaum in der Lage sein, zu ermessen, was ich durch diese Ablehnung gewinne – ich aber weiß, daß ich einer angenehmen Gesellschaft sicher bin und einem scheußlichen Weg entgehe, von dem langweiligen Spieltisch ganz zu schweigen. Sie sehen also, Miss Watson, wie sehr ich Ihnen durch Ihre Anwesenheit zu Dank verpflichtet bin.«

»Man sagt immer, ›Tugend trägt ihren Lohn in sich selbst‹, und Ihre Gastfreundschaft uns gegenüber wird nun auf diese Art belohnt; da Sie uns nicht erlauben wollten, dem Schnee zu trotzen, wäre es unfair gewesen, daß Sie sich ihm hätten aussetzen sollen.«

Das Wetter am nächsten Morgen bot den jungen Damen keine Aussicht, wegzukommen, und, um bei der Wahrheit zu bleiben: sie ertrugen die unfreiwillige Abwesenheit von zu Hause, ohne besonders heftig darunter zu leiden, falls ihre zufriedenen Mienen und ihre lebhafte Unterhaltung Rückschlüsse auf ihre Stimmung zuließen. Das Frühstück verlief angenehm, und die Damen saßen danach friedlich beieinander, als die Tür geöffnet wurde und Lord Osbornes Kopf erschien.

»Darf ich hereinkommen?« fragte er, während er, die Hand am Türgriff, dastand. »Sie schauen sehr zufrieden aus.«

»Sofern Sie keinen Hund bei sich haben, stören Sie uns nicht, Mylord«, sagte Mrs. Blake zurückhaltend, aber freundlich.

Er trat näher und begrüßte die Damen sehr ehrerbietig; dann ging er zum Kamin.

»Das ist schön«, sagte er, »Sie wissen gar nicht, wie wohl das nach der Kälte tut.« Während er sich setzte und die Füße hob, um sie am Feuer zu trocknen, sagte er zu Emma: »Sie sind gestern hier eingeschneit, wie ich gehört habe.«

»Haben Sie, Mylord?« entgegnete sie sehr kühl.

»Ja. Meine Mutter sollte wohl wissen, wer bei Howard zu Besuch ist, und auf diese Weise habe ich davon erfahren, und ich soll Ihnen Grüße von meiner Schwester ausrichten, oder etwas Ähnliches, und sobald der Weg gefegt ist, wird sie herunterkommen, um Sie zu begrüßen.«

»Es geht sich gar nicht so schlecht, wie Sie vielleicht denken«, fuhr Lord Osborne fort, »und der Weg hier herunter liegt windgeschützt; aber Sie würden erstaunt sein, wie hoch die Schneeverwehungen an manchen Stellen sind – heute durchzukommen, ist ganz unmöglich für Sie, Miss Watson.«

»Wir haben auch nicht die Absicht, sie den Versuch machen zu lassen«, bemerkte ihre Gastgeberin. »Bevor wir uns nicht vergewissert haben, daß die Wege passierbar sind, wäre es unmenschlich, sie fortzulassen.«

Ein kurzes Schweigen trat ein. Lord Osborne saß am Feuer und schaute Emma an, die ruhig weiterarbeitete, und Mrs. Blake begann oder nahm vielmehr eine Unterhaltung mit Elizabeth über die besten Methoden einheimischer Geflügelzucht wieder auf.

Als Miss Watson sich allmählich mit dem Gedanken abfand, daß Lord Osborne ihr zuhörte, kehrte auch ihre Unbefangenheit zurück; und obgleich sie bei seinem unverhofften Erscheinen nicht hätte sagen können, womit junge Hühner zu füttern seien, war sie vor Ablauf einer halben Stunde durchaus imstande, ihre neue Freundin in die tiefsten Geheimnisse der Geflügelzucht einzuweihen.

Während sie so saßen, kam Charles Blake plötzlich ins Zimmer gelaufen und stellte sich dicht neben Emmas Arbeitstisch.

»Nanu, Charles«, sagte Lord Osborne, »siehst du mich denn nicht – sprichst du heute früh gar nicht mit mir?« und packte ihn, während er zu ihm sprach, mit festem Griff beim Mantelkragen.

»Verzeihen Sie, Mylord, ich habe Sie wirklich nicht gesehen«, erwiderte Charles und wand sich, in dem hoffnungslosen Bemühen, sich dem Griff seiner Lordschaft zu entziehen.

»Sag mal, Charles, wie kommt es eigentlich, daß der Unterricht heute früh so schnell zu Ende war – ein Feiertag – oder geschwänzt? – ich dachte, du kämst nie vor zwölf heraus?«

»O nein, wir waren beide sehr fleißig«, antwortete Charles. »Wir haben uns beide mächtig angestrengt, um schnell mit den Aufgaben fertig zu werden, weil doch die Misses Watson hier sind und wir früh wieder im Wohnzimmer sein wollten.«

Als Mr. Howard ins Zimmer trat, schien der federnde Schritt und der glückliche Ausdruck beim Anblick des Besuchers einem unerwarteten Schock zu unterliegen. Mit betretener Miene begrüßte er ihn, und nachdem er einen Moment lang, wie unschlüssig, dagestanden hatte, zog er einen Stuhl heran und setzte sich neben Miss Watson und ihre Schwester auf der den andern gegenüberliegenden Tischseite.

»Es entspricht so gar nicht Eurer Lordschafts gewöhnlicher Abneigung gegen Kälte, sich an einem solchen Vormittag zu Fuß hinauszuwagen«, sagte er schließlich. »Ich habe immer geglaubt, nichts könnte Sie zu einem solchen Versuch verführen.«

»Man ändert sich auch manchmal«, entgegnete Lord Osborne, »und wenn der Beweggrund stark genug ist, kann man alles tun – ich habe die Absicht, eine neue Seite aufzuschlagen, wie meine Kindermädchen zu sagen pflegten –, und Sie werden mich kaum wiedererkennen.«

Erneutes Schweigen, während seine Lordschaft wiederholt die Beine übereinanderschlug und wieder lockerte; dann griff er nach dem Feuerhaken und schürte das Feuer. Emma wünschte ihn aus tiefster Seele aufs Schloß zurück; seine ständig auf sie gerichteten Blicke waren ihr unangenehm, und sie hoffte, daß sein Weggang Mr. Howard von dem Bann befreien würde, der ihn zu lähmen schien.

Es war jedoch ganz offensichtlich, daß das Wohnzimmer des Pfarrhauses für den jungen Pair eine stärkere Anziehungskraft hatte als die Schloßhallen, und er saß auch noch immer in stiller Bewunderung für Emma da, nachdem Mr. Howard ganz verzweifelt aufgestanden und aus dem Zimmer gegangen war.

Gegen Mittag ließ das Läuten der Türglocke eine gewisse Aussicht auf einen Szenenwechsel zu, das Mrs. Blake einen Ausruf des Erstaunens und Lord Osborne einen Zwischenruf entlockte:

»Ich gehe jede Wette ein, daß das meine Schwester ist.«

Er hatte recht. In einen pelzgefütterten Umhang gehüllt, der es fast mit dem sibirischen Winter hätte aufnehmen können, trat Miss Osborne herein, mit der Absicht, Miss Emma Watson aufzusuchen, wie sie sofort erklärte. Emma betrachtete sie mit einer gewissen Neugier. Sie war eine kleine, junge Person, mit lebhaften Bewegungen, scharfsinnigen dunklen Augen und einem gutmütigen Gesichtsausdruck. Sie war hübsch genug, um in ihren Kreisen als schön zu gelten, obwohl man sich, ohne die Vorteile von Stand, Lebensstil und Kleidung – angenommen, sie wäre in Wirklichkeit nur eine Miss Watson und nicht eine Miss Osborne gewesen – wahrscheinlich nicht ein zweitesmal nach ihr umgeschaut hätte. Sie war außerordentlich höflich und angenehm in ihren Manieren, plauderte ungezwungen und angeregt, als sei es eine Erlösung für sie, aus dem Hause ihrer Mutter in die rückhaltlose Herzlichkeit und Behaglichkeit des Pfarrhauses zu flüchten.

»Wo ist Ihr Bruder heute, Mrs. Blake?« fragte sie sogleich. »Ist er vor mir davongelaufen – glaubt er, wir sind beauftragt, ihm wegen seines Fernbleibens gestern abend aus unserem Salon die Leviten zu lesen? Er braucht keine Angst zu haben. Ich finde, er war durchaus zu entschuldigen.«

»Er war soeben noch hier. Ich habe nicht das Gefühl, daß ihn sein Gewissen sehr zu plagen scheint – wahrscheinlich hat er im Augenblick etwas Wichtiges zu tun – ich werde ihm Bescheid sagen, daß Sie hier sind.«

»O nein – bitte stören Sie ihn nicht, ich habe zuviel Respekt vor seinem Glauben und dem Wohlbefinden seiner Gemeinde. Lassen Sie ihn in Ruhe seine Predigt schreiben.«

Mrs. Blake stimmte zu. Wahrscheinlich hatte Miss Osborne das nicht erwartet, denn sie fügte gleich noch hinzu:

»Und dennoch, ich weiß nicht genau – aber wenn ich's recht bedenke, rufen Sie ihn doch lieber, weil er uns dann gleich sagen kann, was er von der Einladung hält, die ich zu überbringen beauftragt bin, nämlich nichts weniger, als daß Sie alle heute abend zum Dinner aufs Schloß kommen sollen.«

Miss Osbornes Einladung folgte ein kurzes, unschlüssiges Schweigen derjenigen, an die sie gerichtet war.

»Vielleicht würden Sie es sich gern einen Moment überlegen«, sagte sie, als sie es bemerkte. »Ich möchte Sie mit Ihrer Antwort nicht drängen. Bitte, Mrs. Blake, beraten Sie in aller Ruhe darüber, nur sehen Sie zu, daß Sie Ihre Freundinnen dazu bewegen können, Ihre Beratungen zu unseren Gunsten abzuschließen.«

»Ich fürchte«, sagte Elizabeth, durch die verzweifelte

Natur ihrer Gefühle zu einer wohlüberlegten Antwort getrieben, »ich fürchte, wir können nicht das Vergnügen haben – uns nicht die Ehre geben, sollte ich wohl besser sagen –, doch wir waren in der Tat nicht darauf vorbereitet – und wir haben kein Kleid, das dieser Gelegenheit angemessen wäre.« Aus Angst, vielleicht falsch gehandelt zu haben, als sie die Dinge beim Namen nannte, hielt sie inne.

Miss Osborne schaute ganz überrascht, als sei ihr der Gedanke, keinen genügend großen Kleidervorrat zu haben, bisher noch nie gekommen.

»Ich bedaure, wenn das eine Schwierigkeit darstellen sollte«, rief sie, »aber Kleider, die gut genug für Mrs. Blake und Mr. Howard sind, müssen ganz bestimmt auch gut genug für uns sein. Wir werden nicht den geringsten Einspruch dagegen erheben, daß Sie kommen, wie Sie sind. Sie werden uns damit eine ganz große Gunst erweisen. Sie können sich gar nicht vorstellen, wie entsetzlich langweilig wir uns bei solchem Wetter gegenseitig finden. Mama döst hinter dem Ofenschirm, und Miss Carr und ich starren uns an und sehnen uns nach einem Szenenwechsel. Schnee ist immer etwas Abscheuliches, aber auf Schloß Osborne übertrifft er alles, weil er den Geist tötet und auf die Stimmung drückt. Überlegen Sie nicht lange, stimmen Sie meiner Bitte zu – wie kann ich es wagen, Lady Osborne mit einer zweiten Absage gegenüberzutreten?«

»Ich hoffe, ihre Ladyschaft war über die Absage meines Bruders gestern abend nicht ärgerlich?« sagte Mrs. Blake ein wenig besorgt.

»Ich will nicht sagen, daß sie nicht enttäuscht war«, erwiderte Miss Osborne heiter, »wir sind ja so schrecklich langweilig und trist; doch ich vergebe ihm seine Untreue voll und ganz, unter der Bedingung, daß er heute abend kommt und Sie alle mitbringt.«

Lord Osborne war mit seinem Stuhl näher zu Emma herangerückt und beschwor sie mit leiser Stimme, doch ja die Einladung anzunehmen, die seine Schwester soeben überbracht hatte.

»Kommen Sie doch, Sie sehen zu gutherzig aus, um nein zu sagen – ich bin überzeugt, daß Sie ungeheuer hilfsbereit sein müssen.« Emma schüttelte nur den Kopf und versuchte, nicht zu lächeln. »Und was Ihre Schwester wegen der Kleider gesagt hat, ist Unsinn – womit ich aber nicht sagen will, daß sie Unsinn redet, aber es ist doch unsinnig, sich wegen der Kleidung Gedanken zu machen – Sie sehen doch reizend aus – Sie sehen immer reizend aus –, und wir haben doch nicht das mindeste gegen Ihr Kleid. Meine Mutter und meine Schwester haben selbst derartig viele elegante Kleider, daß sie nicht das geringste Interesse daran haben werden, mehr davon zu sehen, das versichere ich Ihnen.«

Emma hielt das für durchaus glaubhaft, aber auf ihren Fall schien es dennoch nicht ganz zuzutreffen. Wie konnte man aber auch von einer jungen Dame erwarten, den Gedanken als tröstlich zu empfinden, daß ihr Aussehen für ihre Gesellschaft völlig nebensächlich sein könnte. Miss Osborne sah deutlich, daß die Damen diese Frage unter sich zu besprechen wünschten. Sie ließ deshalb das Thema fallen, mit der Zusicherung, daß ein Wagen sie abholen würde, falls sie sich zu Gunsten des Schlosses entschieden hätten.

Kaum war die Haustür hinter Bruder und Schwester geschlossen, als Elizabeth nach einem langen Aufatmen ausrief –

»Liebe Mrs. Blake, sagen Sie mir doch bloß, was wir am besten tun sollen. Ich würde bestimmt lieber ablehnen, wenn wir könnten, aber das würde vielleicht falsch aufgefaßt werden – und ich muß offen gestehen, wenn ich nicht solche Angst hätte, wurde ich das Innere des Schlosses schon sehr gerne sehen.«

»Ich glaube, Sie brauchen gar nicht so ängstlich zu sein«, sagte Mrs. Blake lächelnd. »Sie werden ganz bestimmt überleben, falls Sie sich entschließen sollten, zu gehen. Gewiß, Lady Osborne ist schon etwas schwierig, aber wenn sie auch nichts tut, um sich beliebt zu machen, ist sie doch nicht unangenehm. Und ich glaube wirklich, daß es dort lustiger für Sie wäre als in unserem kleinen Wohnzimmer hier.«

»Aber wir sind doch nicht für eine Gesellschaft angezogen«, monierte Elizabeth von neuem.

»Sie kennen die Umstände, unter denen Sie gekommen sind und müssen demzufolge auch wissen, daß Sie unvorbereitet sind. Deshalb meine ich, das brauchte kein unüberwindliches Hindernis zu sein. Sie müssen nur wissen, ob Sie Lust haben zu gehen.«

In diesem Augenblick kam auch Mr. Howard wieder ins Zimmer. Seine Schwester begann sofort, ihm von dem Besuch und der Einladung zu erzählen, doch er unterbrach sie, indem er sagte, das wisse er bereits. Er sei Miss Osborne und ihrem Bruder begegnet, als sie das Haus verließen, und habe sie auf ihrem Heimweg ein Stück begleitet. Seine Augen waren auf Emma gerichtet, während er sprach, und ein Gedanke, der ihr plötzlich durch den Kopf schoß, versetzte sie in eine Erregung, die ihr das Blut in die Wangen trieb. Warum sie bei der Vermutung, daß er vielleicht ein besonderes Interesse für Miss Osborne hege, erröten und ihr heiß werden sollte, war ihr nicht ganz klar. Sie hatte große Angst, er könnte ihren Gedankengang erraten.

Das war eine gänzlich unbegründete Angst, denn da er nicht erriet, was sie wirklich dachte, bewegte Mr. Howards Phantasie sich in einer völlig anderen Richtung. Er führte ihr Erröten auf Gefühle zurück, die mit dem Bruder zusammenhingen, nicht mit der Schwester, und nahm an, das Bewußtsein, daß diese Aufmerksamkeiten ihr galten, freue sie. Er selbst war außerordentlich überrascht, daß Miss Osborne ihren Bruder in seiner Bewunderung so unumwunden und entschieden unterstützte. Ihm war beides wohlbekannt: sowohl der Osborne-Stolz wie die selbstgefällige Indifferenz seines früheren Schülers; aber er wußte nicht, daß Lord Osbornes heftiges Bemühen, Emmas Bekanntschaft zu machen, bereits das Gesprächsthema zwischen Miss Osborne und Miss Carr war. Die beiden Freundinnen waren zu dem Schluß gekommen, daß diese eine sehr passive Bewunderung sei, die kaum irgendwelche positiven Resultate zeitigen werde. Lady Osborne hatte gegen den Vorschlag ihrer Tochter nichts einzuwenden gehabt. Auf diese Weise wäre ihr Spieltisch komplett, und Mr. Howard hätte keine Entschuldigung, nicht zu kommen. Das war ein Punkt, dem sie eine größere Wichtigkeit beimaß, wie ihre Tochter jetzt langsam mit einiger Besorgnis zu bemerken begann.

Elizabeth wandte sich plötzlich mit dem Ausruf an ihre Schwester:

»Emma! Du hast dich überhaupt noch nicht zu dem Thema geäußert – es geht dich doch genausoviel an wie uns alle. Was hältst du davon – würdest du gerne gehen?«

»Ich glaube, ja«, antwortete Emma ehrlich und frei heraus. »Was ich von Miss Osborne gesehen habe, hat mir besser gefallen, als ich erwartet hatte, und ich bin, ehrlich gestanden, voller Neugier, das Innere des Schlosses zu sehen.«

»Ach, Emma, bin ich froh, daß du deine stolze Indifferenz aufgegeben hast und dich herabläßt, genauso neugierig zu sein wie wir alle.«

»Hast du gemeint, ich hätte nur so getan, Elizabeth?«

»Ich hatte den Verdacht. Ich selbst habe keine Vorbehalte, meine Wünsche einzugestehen, und es würde mir einen Riesenspaß machen, Tom Musgrave mit meiner Kenntnis der auf Schloß Osborne vorherrschenden Sitten, Vergnügungen und Meinungen zu überraschen, wovon er soviel erzählt.«

»Dann darf ich wohl daraus schließen, daß die Sache abgemacht ist«, bemerkte Mrs. Blake, »und Charles wird sogleich mit der Nachricht zum Schloß hinauflaufen. Das soll sein Anteil an dem Vergnügen sein.«

9

Um sechs Uhr brach die Gesellschaft auf, Elizabeth in einer Aufregung zwischen Neugier und Angst, was ihr Vergnügen an dem Unternehmen recht zweifelhaft für sie machte. Emma hätte mehr daran gedacht, wäre sie nicht in Erwägungen über Mr. Howards verändertes Benehmen vertieft gewesen, das sie irgendwie stutzig machte. Wenn er mit ihr sprach, lag eine Kälte in seiner Stimme, ganz im Gegensatz zu seiner früheren Herzlichkeit und Geradheit. Sie bildete sich dauernd ein, daß sie etwas getan oder gesagt haben mußte, was sie in seiner Achtung herabsetzte, konnte sich aber nicht vorstellen, was. Mit diesen Gedanken beschäftigt, achtete sie, während sie nähertraten, kaum weder auf die herrliche Halle noch die prachtvolle Treppe noch auf die Eleganz der Vorzimmer und wurde erst durch die überwältigende, blendende Helle im Salon aus ihren Grübeleien aufgeschreckt. Lady Osborne war allein dort und saß auf einem Sofa, von dem sie sich nicht erhob, um sie zu begrüßen, sondern Mrs. Blake nur gnädig ihre dünne, reichberingte Hand entgegenstreckte und sich zu den andern hin nur höflich verneigte.

Überwältigt von ihrer nahen Berührung mit soviel Pracht, zog Elizabeth sich hastig zurück und sank in einen Sessel, der am wenigsten im Blickfeld zu sein schien.

Lady Osborne bat die anderen Damen, Platz zu nehmen, und als sie bemerkte, daß auch Mr. Howard beabsichtigte, sich an eines der Fenster zurückzuziehen, richtete sie ein paar freundliche Worte an Mrs. Blake und sagte dann:

»Sie haben ja kein Fußbänkchen, Mrs. Blake, nehmen Sie meins – Mr. Howard wird dann schon die Güte haben, mir ein anderes zu bringen.«

So angesprochen, blieb dem Herrn gar nichts anderes übrig, als näherzutreten, und sofort wurde ihm mit zuvorkommender Höflichkeit ein Platz neben ihr auf dem Sofa angeboten.

Emma stellte inzwischen, teils mit Interesse, aber mehr noch mit Verwunderung, Betrachtungen über ihre Gastgeberin an. Lady Osborne war eine gefeierte Schönheit gewesen, und ihr Kleid bewies, daß sie keineswegs alle Ansprüche auf ihre früheren Rechte aufgegeben hatte. Juwelen und Blumen waren in ihrem Haar verteilt, das noch immer erstaunlich üppig war; Hals und Schultern waren größtenteils entblößt, und ihre Arme und Hände über und über mit Schmuck bedeckt. Ihre Hand, mit der sie über ihr kostbares Kleid strich, war zwar dünn, aber noch immer weiß und makellos. In ihrer Art Mr. Howard gegenüber lag etwas, das Emma besonders staunen machte – ein Bestreben, ihm zu gefallen und ihn zu fesseln, das durchaus im Widerspruch zu ihrem Alter und ihrem gesellschaftlichen Rang schien. Nicht, daß sie eine alte Frau war – aber als Mutter eines erwachsenen Sohnes und einer erwachsenen Tochter und als Witwe eines Pairs hätte ihr in Emmas Augen eine ernste und vornehme Haltung besser angestanden.

Miss Osborne stellte durch die betonte Einfachheit ihres Kleides einen bemerkenswerten Gegensatz zu ihrer Mutter dar. Außer ein paar schönen Blumen trug sie gar keinen Schmuck und hatte anscheinend versucht, ihr Aussehen soweit wie möglich dem anzupassen, was ihre Gäste, wie sie wußte, zu tragen gezwungen waren. Sie nahm zwischen den beiden Fremden Platz und ließ sich auch gleich in eine Unterhaltung mit Emma ein; doch ehe noch einige Sätze gewechselt worden waren, wurde ihre Party durch das Erscheinen von Miss Carr an einer Tür und dem jungen Herrn des Hauses an einer andern ergänzt.

Er begrüßte sie alle mit einer kurzen Verbeugung und einem gemurmelten ›Erfreut, Sie zu sehen‹, ging dann auf das Sofa seiner Mutter zu und setzte sich an das Ende, dicht bei Emma; hier konnte er, auf seinen Ellbogen gestützt, sein offensichtliches Lieblingsvergnügen wieder aufnehmen, ihr ins Gesicht zu starren. Miss Carr war indessen auf den Kaminvorsetzer zugegangen und hatte sich einige Minuten fröstelnd über das Feuer geneigt, trat dann näher zu Lady Osborne heran und stellte ihr eine belanglose Frage, die ihre Aufmerksamkeit – zu seiner offensichtlichen Erleichterung – von Mr. Howard ablenkte. Er stand sofort auf und überließ ihr seinen Platz. Lady Osborne sah mißgestimmt aus, doch Miss Carr nahm keine Notiz davon; sie hatte sich einen Platz neben Lord Osborne ergattert, genau, wie es ihre Absicht gewesen war, und eine Unterhaltung unterbrochen, was ihre Freundin freuen würde, wie sie wußte.

Doch so günstig ihr Platz auch war, zu halten war er nicht lange. Noch ehe sie Zeit hatte, eine zweite Bemerkung bei Lord Osborne anzubringen, wurde zum Essen gebeten, was seine Antwort noch abkürzte, obgleich sie schon so kurz war – wie seine Antworten überhaupt.

Lady Osborne erhob sich hoheitsvoll, reichte Mr. Howard ihre Hand und begab sich durch eine lange Flucht von Vorzimmern – wo die großen Wandspiegel nur zu dem Zweck zu hängen schienen, das Feuer ihrer Diamanten widerzuspiegeln – zum Speisesaal.

»Wie schäbig wir aussehen, verglichen mit ihrer Ladyschaft und Miss Carr«, flüsterte Elizabeth ihrer Schwester zu. »Wirklich, fast schäme ich mich meiner.«

»Ich hoffe nur, ich werde jetzt ein wenig vor seinen Blicken geschützt sein«, entgegnete Emma im gleichen Tonfall, »sein Starren ist einfach empörend – warum schaut er dich nicht manchmal an?«

»Ich danke schön – danach hab' ich kein Verlangen – Allmächtiger – sechs Diener – was sollen denn die bloß alles zu servieren haben?«

Während des Essens wurde nicht viel gesprochen, und von dem Wenigen fiel Emma nur ein verhaltnismäßig kleiner Teil zu.

Schließlich war es vorüber, und als sie in den Salon

kamen, zu dem sie in fast der gleichen feierlichen Art zurückgeleitet wurden, wie sie ihn verlassen hatten, hoffte Emma, sich ein wenig von dem geschmacklosen Anstarren erholen zu können, und sie war auch gar nicht enttäuscht, daß, während Lady Osborne sich mit Mrs. Blake unterhielt, ihre Tochter die jüngeren Gäste in einen kleineren Raum zog, der, wie sie betonte, ihre eigene, private Domäne sei. Nachdem sie es sich rings um das riesige Feuer bequem gemacht hatten, begannen sie lebhaft und angeregt miteinander zu plaudern – wie man es wahrscheinlich überall auf der Welt von vier jungen Mädchen nicht anders erwarten würde.

»Ich glaube kaum, daß die Herren sehr lange sitzen bleiben werden«, sagte Miss Osborne; »und wenn sie kommen, müssen wir uns alle wieder in den Salon begeben, denn Mama wird sicher Karten spielen wollen. Hoffentlich spielen Sie Karten?«

Ihr Besuch bejahte, und Elizabeth gestand, daß sie sogar sehr gerne spiele.

»Und Sie, Miss Emma Watson«, rief Miss Carr, »Ihnen macht wohl das Kartenspielen kein Vergnügen – Sie antworten mit einem Grad von Kälte, der eine ziemliche Interessenlosigkeit an der Sache bekundet.«

»Ich kann schon spielen, wenn es sein muß«, erwiderte Emma, »aber es gibt viele Beschäftigungen, die ich vorziehe.«

»Sie sollen ja auch nicht gezwungen werden, einen Märtyrer aus sich zu machen«, sagte Miss Osborne gutmütig. »Wenn es Ihnen lieber ist, können Sie gerne hierbleiben, allein, oder auch Sie beide – aber wir spielen nicht hoch.«

Für den Rest des Abends ereignete sich nichts Bemerkenswertes mehr; man spielte Karten, aber ein Zustand bleierner Langeweile schien alles zu durchdringen, und beide Misses Watson verspürten ein dringendes Bedürfnis, zu gähnen, das sie aber in Lady Osbornes illustrer Gegenwart unterdrücken mußten. Sie waren sehr froh, als die Zeit gekommen war, sich zu verabschieden, und die belebende Geschäftigkeit, Mäntel und Pelzstiefel anzuziehen, munterte sie wieder auf. Lord Osborne sah mit einer Aufmerksamkeit zu, wie Mr. Howard Emma in ihren Umhang hüllte, welche die schöne Hoffnung zuließ, daß er diese Aufgabe bald auswendig konnte.

»Ich werde morgen herunterkommen, um Sie zu sehen«, sagte er.

»Heute nacht scheint es wärmer zu sein«, bemerkte Emma, »glauben Sie nicht, daß es tauen wird? Vielleicht fahren wir morgen nach Hause.«

»Ich hoffe, Sie sind unserer nicht überdrüssig«, sagte Mr. Howard in herzlichem Ton, »falls das Wetter sich nicht ändert, wie wir es uns wünschen, werden wir Sie noch einige Tage hier gefangen halten.«

»Vielen Dank«, sagte Emma – sie hätte gern noch etwas mehr gesagt, wußte aber nicht genau, was, und bis ihr etwas einfiel, waren sie schon beim Wagen angekommen.

Das helle Feuer, das in dem behaglichen Wohnzimmer des Pfarrhauses brannte, lud sie unwiderstehlich zum Eintreten und Herumsitzen ein, bevor sie sich für die Nacht trennten. Die Fahrt hatte ihre Müdigkeit vertrieben, und alle vier waren guter Stimmung.

»Nun, Miss Watson, ist Ihre Neugier befriedigt?« fragte Mrs. Blake. »Wie gefällt Ihnen das Schloß? Beneiden Sie sie um ihren Lebensstil?«

»Nein, ich glaube nicht«, antwortete Elizabeth nachdenklich, »einiges würde mir gefallen, aber vieles wäre mir unangenehm. Um den Haushalt braucht Lady Osborne sich nicht zu kümmern, das muß ich zugeben, aber mich würde die Verantwortung bedrücken, so viele Menschen von mir abhängig zu wissen.«

»Und welchen Teil von den Reichtümern ihrer Ladyschaft würde Sie wählen?« fragte Mr. Howard, »ihren Schmuck vielleicht – oder ihre Lakaien?«

»Keins von beiden«, erwiderte Elizabeth, kurz auflachend. »Ich bin gewohnt, mich selbst zu bedienen, und genötigt zu sein, darauf zu warten, bis andere mich bedienen, würde ich als eine große Unfreiheit empfinden. Als Lady Osbornes Zofe so lange brauchte, um ihr einen Schal zu bringen, mußte ich unwillkürlich an meinen Vater denken, der immer zu sagen pflegt, ›Wenn du bedient werden willst, ruf, wenn du schnell bedient werden willst, geh selbst.‹ Das ist sein Leitspruch – und obgleich er nie danach gehandelt hat, bin ich der Meinung, ich tu's – und würde lieber drei Treppen hinauflaufen, bevor ein anderer es tut.«

»Ich bewundere Ihre geistige Aktivität und Unabhängigkeit, Miss Watson«, entgegnete Mr. Howard. »Aber Sie haben mir noch immer nicht gesagt, was Sie ihr neiden.«

»Nein, und ich beabsichtige es auch nicht«, erwiderte sie, »begnügen Sie sich mit Ihren eigenen Mutmaßungen.«

»Das muß ich wohl, wenn Sie nichts mehr sagen wollen. Und Sie, Miss Emma? Waren Sie mit Ihrem Abend zufrieden?«

»Sehr – ich bin viel klüger zurückgekommen als ich hinging: ich bin zu der Überzeugung gelangt, je gehobener die gesellschaftliche Stellung, desto unerfreulicher wird sie, es sei denn, man wäre dazu erzogen worden.«

»Dann würden Sie also mit Lady Osborne nicht tauschen?« fragte er, indem er ein durchdringendes Augenpaar auf sie richtete.

»Das scheint mir kaum eine vernünftige Frage zu sein. Könnten Sie sich denken, daß ich mit einer Frau tauschen möchte, die alt genug ist, um meine Mutter zu sein – und fünfundzwanzig Jahre meines Lebens hergäbe, um eine reiche, mittelalterliche Witwe in bordeaurotem Atlas, mit Diamanten geschmückt, zu sein?«

Mr. Howard lächelte.

»Vergessen Sie nicht, daß ich ja nicht die Absicht habe, Ihre Freundin schlechtzumachen, die zweifellos eine ausgezeichnete und liebenswerte Frau sein muß«, fuhr Emma fort, als wollte sie etwas zurücknehmen, »aber ich sprach von ihr, wie sie mir heute vorkam.«

»Es hat junge Lady Osbornes gegeben«, sagte er, fast im Flüsterton, und als sei er im Zweifel, ob er diesen Satz überhaupt aussprechen sollte.

»Das nehme ich wohl an«, erwiderte Emma kühl, ohne die geringste Verlegenheit, aber mit einer leisen Spur von Reserviertheit in ihrem Wesen. Er merkte es sofort und wechselte das Thema.

»Was, glauben Sie, hätten Sie denn nötig, um Sie glücklich zu machen?« fragte er.

»Eine sehr verständliche Frage – ich wüßte gern, ob Sie eine ernsthafte Antwort darauf erwarten.«

»Eine ehrliche, bitte.«

»Bei denen zu sein, die ich liebe, und Geld in meinem Beutel zu haben – das dürfte meiner Meinung nach genügen – nein, doch nicht – ich glaube, ich hätte auch gern ein Haus –«

»Sehr vernünftig und bescheiden.«

»Aber man bewahre mich vor der Sklaverei, *en grande dame* leben zu müssen – ich wurde nicht so erzogen, und nichts als Brauchtum kann solche Ketten leicht und elegant erscheinen lassen.«

»Da haben Sie, glaube ich, recht, und Sie müssen bestimmt sehr klug sein.«

Er sah sie mit unmißverständlicher Bewunderung an; sie konnte seinem Blick nicht begegnen, sondern errötete und schaute starr auf den Kaminvorsetzer hinunter. Trotz ihrer Verlegenheit freute sie sich über seinen freundlichen Ton und hoffte von Herzen, daß der Morgen ihn nicht wieder kalt und formell sehen möge.

»Emma«, sagte Elizabeth, nachdem sie sich für die Nacht zurückgezogen hatten, »ich bin überzeugt, daß Lord Osborne dich sehr bewundert.«

Emmas Antwort war nur ein Lächeln.

»Was hältst du davon?« fuhr Miss Watson fort.

»Daß ich wünschte, er fände eine angenehmere Art,

seine Bewunderung zum Ausdruck zu bringen«, sagte Emma. »Ich weiß nicht, ob er der einzige Mann ist, der mich je bewundert hat, aber er ist bestimmt der einzige, der mich je so angestarrt hat.«

»Oh, wir dürfen nicht erwarten, daß alles sich nach unserem Geschmack richtet«, entgegnete Elizabeth; »und da du dich seiner Aufmerksamkeit in einem solchen Maße erfreust, darfst du dich nicht beklagen, wenn er nicht der geistreichste der Bewunderer ist – die Ehre allein sollte dir schon genügen. Sein Rang ist höher, wenn er auch nicht so gescheit ist wie Mr. Howard.«

»Die beiden in einem Atem zu nennen!« räsonierte Emma, »sie sind doch ausgesprochene Antipoden – so verschieden im Geist wie im Rang – zu schade, daß ihr Status nicht ausgetauscht werden kann!«

»Ach, dann richtet sich also dein Einwand, Lady Osborne zu werden, gar nicht gegen den Rang, sondern gegen den Mann«, lachte Elizabeth, »und du bist weniger gleichmütig, als du vorgetäuscht hast. Aber wenn Mr. Howard ein Pair gewesen wäre, hättest du ihn vielleicht niemals kennengelernt.«

»Sehr wahrscheinlich nicht«, sagte Emma ruhig, »aber ich sehe nicht, was das damit zu tun hat.«

»Also, Emma, tu doch nicht so, als warst du so einfältig und naiv – du weißt genauso gut wie ich, daß diese beiden Männer in dich verliebt sind.«

»Wie kannst du nur einen solchen Unsinn reden, Elizabeth«, sagte Emma errötend.

»Nicht ich, du bist töricht – ich spreche nur Tatsachen aus.«

Emma schwieg, und nach einer Minute begann ihre Schwester von neuem:

»Ich bin gespannt, was Tom Musgrave sagen wird, wenn er hört, daß wir auf dem Schloß zum Dinner waren.«

»Irgendeinen Unsinn natürlich; mir scheint, seine Prahlereien waren der eigentliche Grund deiner Neugier, dort hinzugehen – du wolltest ihn schockieren.«

»Ja, ich glaube schon – aber war es so, wie du erwartet hast? Alles war so vornehm und formell, daß ich mich ziemlich unbehaglich gefühlt habe. Ich bin froh, dagewesen zu sein, war aber noch froher, wieder fortzukommen.«

»Mich hat gar nichts überrascht, was ich sah, außer daß Lady Osborne sich hat angelegen sein lassen, soviel Schmuck und ein Kleid in einem so betont jugendlichen Stil zu tragen.«

»Miss Osborne gefällt mir«, sagte Elizabeth nach einer kurzen Pause.

»Mir auch«, erwiderte ihre Schwester.

»Besser als Miss Carr«, fuhr Miss Watson fort, »vor Miss Carr hab' ich ein bißchen Angst – aber Emma, wie mag wohl unser Vater mit Margaret auskommen? Ich fürchte, er wird sich sehr langweilen, nachdem sie Halma und Vorlesen nicht ausstehen kann – und Zeitungen kann er bei diesem Schnee auch nicht bekommen, oder jemanden sehen, der ihn freut.«

»Ja, das fürchte ich auch«, seufzte Emma; »hier ist es zwar sehr schön, aber ich wünschte, wir wären wieder daheim.«.

»Ich wünschte, daheim wäre es so wie hier«, fuhr Miss Watson fort, »auch so luftig und freundlich und gepflegt – was für ein schönes Zimmer das doch ist – in unserem Haus haben wir nicht einen solchen Raum – und auch unsere Möbel sehen nie so gut aus, auch wenn ich sie noch so pflege. Du solltest dir dieses Zimmer vorbehalten, wenn du Mrs. Howard bist.«

»Wirklich, Elizabeth, ich wünschte, du würdest nicht so reden«, protestierte Emma, »es kann nur schaden, und mich macht es unsicher.«

»Verzeihung, ich werde es versuchen«, sagte ihre Schwester lachend.

Noch lange, nachdem ihre Schwester schon schlief, dachte Emma über die Ereignisse des Vormittags nach und rief sich jeden Tonfall, jedes Wort und jeden Blick Mr. Howards ins Gedächtnis zurück.

10

Während der Nacht war noch mehr Schnee gefallen, und der schneidende Wind, der in seinem Gefolge aufgekommen war, ließ sie mit Sicherheit annehmen, daß die Straßen noch unpassierbarer sein mußten als zuvor. Der Mittag brachte ein Briefchen von Miss Osborne, in dem sie Emma an einen Wunsch erinnerte, den diese am vergangenen Abend geäußert hatte, die Gemäldegalerie im Schloß zu besuchen, und erbot sich, falls Mr. Howard sie zur Lunchzeit hinaufbegleiten würde, sie nachher herumzuführen.

»Glauben Sie, daß Ihr Bruder Zeit hätte, mich zu begleiten?« fragte Emma Mrs. Blake, nachdem sie ihr den Inhalt des Schreibens mitgeteilt hatte. »Ich wäre ihm außerordentlich dankbar, wenn er es möglich machen könnte – weil –«, fügte sie etwas zögernd hinzu, »weil ich nicht gern allein gehen möchte, da die Gefahr besteht, daß ich dem jungen Lord begegne.«

»Und Sie mögen ihn nicht, meine Liebe?« fragte Mrs. Blake strahlend.

»Ich habe nichts gegen ihn«, sagte Emma, »aber ich möchte es lieber vermeiden, ihm in die Arme zu laufen – und wenn ich allein ginge, hieße das fast, seine Begleitung herausfordern. Würden Sie Ihren Bruder fragen?«

»Ich werde sofort zu ihm gehen – aber ich zweifle nicht an seiner Bereitwilligkeit, und ich kann Sie insofern beruhigen, als ich Ihnen verspreche, daß Edward Sie durch die Galerie begleiten wird – Miss Osborne vermittelt Ihnen da ein sehr großes Vergnügen.«

»Das, fürchte ich, würde zuviel von Mr. Howards Zeit beanspruchen«, erwiderte Emma, »die auf seine liebenswürdige Betätigung als Cicerone beschränkt bleiben sollte. Miss Osborne hat mir versprochen, mich selber durch die Galerie zu führen.«

»Miss Osborne bricht zuweilen ihr Wort«, sagte Mrs.

Blake kühl; »und da sie gewöhnlich eine ganze Menge Verabredungen hat, sollten Sie sich vielleicht doch lieber meinem Bruder anvertrauen, nachdem Sie ihrer nicht ganz sicher zu sein scheinen.«

»Von Lord Osbornes Gesellschaft oder seinen Bemerkungen über Malerei hätte ich wohl auch kaum einen großen geistigen Genuß zu erwarten«, meinte Emma, die bei dieser Vorstellung beinah laut auflachte.

Mrs. Blake ging hinaus, um mit ihrem Bruder zu sprechen. Sie fand ihn, wie erwartet, in seinem Arbeitszimmer, aus dem Charles gerade entlassen worden war. »Bist du sehr beschäftigt, Edward?«

»Nein, Anne, was wolltest du denn? Ich wollte gerade ins Wohnzimmer kommen.«

»Nicht ich wollte etwas von dir, sondern Emma Watson.«

Mr. Howard drehte sich um und sah seine Schwester mit einem halb erfreuten, halb ungläubigen Ausdruck an.

»Ja, wirklich, du brauchst mich also gar nicht so anzustarren. Miss Osborne hat hergeschickt und gebeten, daß du Emma zum Lunch aufs Schloß begleitest und nachher mit ihr durch die Gemäldegalerie gehst – das heißt, eigentlich hat sie versprochen, mit ihr zu gehen, aber du mußt sie unbedingt begleiten.«

Mr. Howard beugte sich noch einmal schweigend kurz über seine Papiere.

»Warum antwortest du nicht, Edward? Es gibt doch nichts, was dich abhalten könnte zu gehen, oder doch? – und es kann dir doch auch bestimmt nicht unangenehm sein.«

»O nein – aber Emma? – Was hat sie denn dazu gesagt?«

»Sie hat mich gebeten, zu kommen und dich zu fragen, ob du sie begleiten würdest, um Lord Osbornes Begleitung zu entgehen, der, wie sie zu befürchten schien, irgendwo auf sie lauere. Elizabeth Watson interessiert sich nicht besonders für Malerei und möchte mit mir hierbleiben.«

»Ich tu's mit dem größten Vergnügen«, sagte Mr. Howard, während er aufstand und seine Bücher und Papiere wegzupacken begann. »Jetzt, oder zu jeder anderen Zeit, die sie angibt, stehe ich ihr ganz zu Diensten. Wann möchte sie aufbrechen?«

»Sofort, würde ich meinen – sobald sie sich fertig gemacht hat. Ich werde gleich zurückgehen und ihr deinen Bescheid unverzüglich mitteilen.«

Sie machten sich bald auf den Weg. Die Luft war frisch und belebend – und es wäre auch sehr angenehm gewesen zu gehen, wäre nicht der Boden so überaus schlüpfrig gewesen. Es wäre allerdings fraglich, ob Mr. Howard das für ein solches Unglück hielt, nachdem es seine Begleiterin nötigte, sich bei dem steilen Anstieg, der auf das Schloß zuführte, fest auf ihn zu stützen. Selbst mit der Unterstützung seines Armes war sie gezwungen, an einer Stelle, zu der er sie geführt hatte und die eine bezaubernde Aussicht erlaubte, stehen zu bleiben und zu verschnaufen. Das Pfarrhaus und die Kirche lagen eingebettet zu ihren Füßen, und dahinter breitete sich das schneebedeckte Land aus, belebt durch dichte Buchenwälder an den Seitenhängen der Berge und Buschwerk unten im Tal. Emma bekundete ihr bewunderndes Entzücken, und Mr. Howard versicherte ihr, daß sie ein noch viel prächtigeres Panorama genießen würde, wenn sie bereit wäre, noch eine kurze Strecke dem Pfad zu folgen, der links abbog. Der Schnee war vom Kies weggefegt worden, und Emma konnte der Versuchung nicht widerstehen, obgleich es sie von ihrem Ziel abbrachte. Doch sie hatten noch sehr viel Zeit, da sie nicht vor ein Uhr im Schloß zu sein brauchten – und es war jetzt erst etwas nach halb eins. Also bogen sie in den Pfad ein und kamen auch bald zu dem Fleck, von dem er gesprochen hatte. Jetzt war auch das Schloß schon in Sicht, wenngleich noch etwas über ihnen, und als sie dort standen, bemerkte Mr. Howard –

»Da kommt ja Lord Osborne gerade aus der Seitentür, neben seinen Privaträumen – sehen Sie ihn?« Emma sah und beobachtete ihn.

»Ich glaube, er ist auf dem Wege zu Ihrem Haus – wenn ich nicht irre?«

»Ja, und wir werden ihm auch gleich begegnen, wenn wir kehrtmachen und unseren Weg hinauf fortsetzen.«

»Ach, dann lassen Sie uns doch bitte hierbleiben, bis er vorbeigegangen ist«, bat Emma schnell. »Ich habe nicht den leisesten Wunsch, ihm zu begegnen.«

Mr. Howard bestand nicht auf dem Vorschlag, Lord Osborne zu treffen. Im Gegenteil, er kam ihrem Wunsch bereitwilligst nach, unbemerkt zu bleiben, bis jegliche Gefahr, ihm zu begegnen, vorüber war. Sobald die Biegung des Pfades ihn völlig ihrer Sicht entzog, setzten sie ihren Aufstieg fort und erreichten das Schloß ohne Zwischenfall, nur, daß sie eine halbe Stunde für einen Weg gebraucht hatten, den sie leicht in einem Drittel der Zeit hätten schaffen können. Doch Emma fand das Gehen nicht ermüdend, und Mr. Howard beachtete die Zeit gar nicht, die sie gebraucht hatten.

Sie wurden zu Miss Osbornes privatem Wohnzimmer geführt, wo sie sie Harfe übend vorfanden. Miss Carr lehnte in den weichen Kissen eines bequemen Fauteuils – von dem sie sich kaum erhob, um die Gäste zu grüßen. Ihre Freundin war äußerst freundlich und zuvorkommend. Sie drückte Emma herzlich die Hand, erkundigte sich liebenswürdig, wie es ihr gehe, und betonte, wie außerordentlich sie ihren Besuch schätze.

»Der Lunch ist bereit«, fügte sie hinzu. »Mama werden Sie nicht antreffen – vormittags erscheint sie nie –, aber haben Sie denn meinen Bruder nicht getroffen?«

Emma antwortete nicht gleich, und Mr. Howard erwiderte:

»Wir sahen ihn von ferne – aber zu uns gestoßen ist er nicht.«

»Das wundert mich«, sagte Miss Carr, »da er mit der

Absicht fortgegangen ist, Miss Emma Watson hier hinaufzubegleiten. Welchen Weg sind Sie denn gekommen, daß Sie ihn verpaßt haben?«

»Das ist leicht erklärt«, sagte Emma ganz ruhig darauf. »Mr. Howard hatte mich über einen Umweg geführt, um mir einen schönen Blick auf das Schloß zu zeigen – und während wir es anschauten, ging Lord Osborne hinunter.«

»Es ist bedauerlich, daß Sie ihn nicht aufgehalten haben«, fuhr Miss Carr hartnäckig fort, »dann hätte er den Weg nicht umsonst machen müssen.«

Emma antwortete nicht. Sie hielt es nicht für nötig, Miss Carr zu informieren, daß Lord Osbornes Gesellschaft nicht etwas war, nach dem sie sich sehnte.

Als ihr Lunch vorüber war, wiederholte Miss Osborne ihr Anerbieten, Emma durch die Gemäldegalerie zu führen – und sie schlug vor, lieber keine Zeit zu verlieren, da es an Winternachmittagen nicht so lange hell bleibe.

»Aber Sie müssen auch mitkommen«, fuhr sie, sich an Mr. Howard wendend, fort. »Ich weiß genau, Sie wissen mehr über Malerei als ich, und Sie – wenigstens über dieses Thema – reden zu hören, hat einen viel größeren Wert.«

»Ihre Bescheidenheit, Miss Osborne, ist höchst anerkennenswert«, sagte er mit einer scherzhaften Verbeugung.

»O ja, ich bin das bescheidenste Wesen der Welt – es gibt einige Gebiete, auf denen Sie und ein paar andere gebildeter sind als ich, Griechisch und Mathematik zum Beispiel.«

Die Sammlung war wirklich sehr gut, und Emma war entzückt. Miss Osborne betrachtete ein, zwei oder drei Bilder, schlenderte dann umher – schaute aus dem Fenster – und kam schließlich zu ihnen zurück und sagte:

»Gerade ist mir eine Verabredung eingefallen – deshalb muß ich Sie verlassen – ich werde zurück sein, sobald ich kann. Beeilen Sie sich nicht, und bitte, warten Sie nicht auf mich. Sie werden es hier ganz angenehm finden, niemand wird Sie stören.«

Emma und ihr Führer gingen zusammen weiter durch die Galerie. Sie reagierte auf alle seine Kommentare zu den Bildern und zeigte ein reges Interesse an allem, was er über sie zu sagen hatte. So war fast eine Stunde vergangen, ehe Emma eine leichte Müdigkeit verspürte und sich dann plötzlich unverhofft neben Mr. Howard auf einem Sofa in einem der Erker sitzend fand.

»Sie müssen aber bestimmt schon daran gewöhnt gewesen sein, gute Bilder anzuschauen«, bemerkte er.

»Ich erhebe keineswegs den Anspruch, eine Kennerin zu sein«, sagte Emma darauf, »aber mein Onkel ist mit mir in jede gute Sammlung und Ausstellung gegangen, die für uns erreichbar war. Er war so außerordentlich darum bemüht, meinen Geschmack zu formen und zu korrigieren, daß ich mich eher schämen sollte, so wenig davon zu verstehen, als Komplimente dafür zu erhalten!«

»Von welchem Onkel sprechen Sie?« fragte Mr. Howard. »Sie vergessen, daß ich fast nichts über Ihre Familie weiß«.

»Der Onkel, der mich erzogen hat – Dr. Turner.«

»Dann sind Sie also nicht in Stanton aufgewachsen?«

»Ich – o nein – mein Heim war vorher meines Onkels Haus; in der Familie meines Vaters lebe ich erst seit annähernd zwei Monaten.«

»Sie müssen mich wahrscheinlich für einen ganz großen Dummkopf halten, daß ich das nicht gemerkt habe; doch obgleich Sie mir immer so ganz anders vorkamen als Ihre Schwestern – und in der Tat auch die meisten jungen Damen der Umgebung –, war mir der Grund dafür nie klar.«

»Sie haben wohl so eine Art Aschenbrödel in mir vermutet, das eine gütige Fee anläßlich eines bestimmten Balles hinausgeschickt hat«, sagte Emma lachend.

»Nein, aber ich bin nicht im Hause Ihres Vaters gewesen und konnte Sie deswegen auch nicht gut der Küche zuordnen, statt vorzugsweise dem Salon. Doch ich gestehe, Ihr plötzliches Erscheinen hat mich überrascht, da ich nie, weder auf der Straße, noch im Ort, noch in der Nachbarschaft von mehr als drei Misses Watson etwas gehört oder gesehen hatte.«

»Das glaube ich gern – meine Abwesenheit ist von so langer Dauer gewesen.«

»Darf ich fragen, ob Sie zu Ihrem Onkel zurückkehren?«

»Ach, leider nicht – mein lieber, guter Onkel ist vor ungefähr zwei Jahren gestorben –, meine Tante hat England verlassen, um in Irland zu leben, und ich wohne jetzt im Hause meines Vaters.«

»Begegnen Sie Ihren nächsten Angehörigen nicht mit einer gewissen Fremdheit – sie müssen Ihnen doch fast unbekannt sein?«

»Bisher habe ich einen Bruder und zwei Schwestern kennengelernt«, antwortete Emma fast mit einem Seufzer. »Aber einen anderen Bruder und eine Schwester muß ich noch kennenlernen.«

»Es scheint mir doch irgendwie traurig«, sagte Mr. Howard nachdenklich, »ein Kind von den andern getrennt und anders aufwachsen zu lassen als die übrigen Familienmitglieder, wenn sie dann zum Schluß doch wieder vereint werden sollen. In meinem eigenen Fall fühle ich zumindest, wieviel mir verloren gegangen wäre, wenn man Anne in der Kindheit von mir getrennt hätte. Allerdings kommt es auch selten vor, daß ein Bruder und eine Schwester so viel zusammen sind, wie wir es waren – aber wir waren Waisen und einander alles, bis zu ihrer Heirat.«

»Es hat keinen Sinn, Mr. Howard, sich retrospektiven Betrachtungen hinzugeben, wenn sie dazu angetan sind, einen zu verstimmen«, sagte Emma, mit dem Versuch, eine Träne zurückzuhalten oder hinter einem Lächeln zu verbergen. »Meine Familie hat nur das Beste gewollt, und wenn das Ergebnis ihren Absichten nicht gerecht wurde, kann man ihnen keinen Vorwurf daraus machen. Aber ich weiß nicht, ob ich mich bereitfinden würde, das Experiment mit jemandem in meiner Obhut zu wiederholen.«

Eine Pause trat ein, bis Emma plötzlich aus ihrer Träumerei aufschreckte.

»Es ist schon fast dunkel – wir müssen wirklich nach Hause gehen.«

»Gewiß – wir können ja an einem anderen Tag wiederkommen. Ich bin überzeugt, Sie dürfen kommen, wann immer Sie Lust haben – ich begleite Sie mit dem größten Vergnügen.«

In diesem Moment wurde die Tür aufgerissen und Lord Osborne erschien. Nach der Begrüßung hielt er kurz inne und bemerkte dann:

»Sie müssen ja eine ganz besonders starke Vorliebe für Bilder haben, Miss Watson, daß Sie sogar noch in der Galerie bleiben, wenn es schon zu dunkel ist, um etwas zu sehen.«

»Wir sind länger geblieben, als wir beabsichtigten, Mylord«, sagte Emma.

»Es ist eine großartige Sache, eine solche Menge großartiger Bilder, mit all den großartigen Namen dran, zu haben. Eins oder zwei gefallen mir sogar – auf dem einen sind etliche Pferde – von jemand Berühmtem – und ein Holländer, mit totem Wild, so naturgetreu, man könnte wirklich meinen, es lebe. Howard weiß alles über sie – er kennt die Namen und Daten und hat sie immer parat. Finden Sie es nicht teuflisch langweilig, dem zuzuhören?«

»Im Gegenteil – ich bin Mr. Howard sehr dankbar für die Belehrung.«

»Fein – nur hätte ich meinerseits auch gern eine kleine Belehrung: wie, zum – Verzeihung – ich wollte sagen, wie habe ich es fertiggebracht, Sie zu verfehlen, als ich den direkten Weg zum Pfarrhaus hinunterging?«

»Weil wir nicht den direkten Weg hinaufgegangen sind, Mylord.«

»Also, ich kann Ihnen nur sagen, ich war überrascht zu hören, daß Sie bereits gegangen waren, als ich dort ankam – sich faktisch fortgestohlen hatten. ›Nanu!‹ sagte ich, ›wie kann das sein! Ich bin ihnen doch nicht begegnet – nein, tatsächlich nicht.‹ ›Nein?‹ rief Mrs. Blake aus. ›Also, hol's doch der Teufel, das ist unerhört.‹«

»Hat sie das wirklich so gesagt?«, fragte Emma, mit besonderem Ernst.

»Ich will nicht behaupten, daß sie genau diese Worte gebraucht hat – aber sie hat sie bestimmt gedacht, das hat man ihr angesehen.«

»Doch jetzt, Mylord, müssen wir Ihnen einen Guten Abend wünschen, sonst wird Mrs. Blake mit dem Essen auf uns warten – und wenn ich auch keine Angst davor habe, daß sie auf uns fluchen wird, möchte ich sie doch auch nicht verärgern.«

»Ah ja, Mrs. Blake ist der Herr im Hause – ich weiß –, der Pfarrer dort steht, genau wie ich, unter dem Pantoffel – nichts kommt einer Mutter oder Schwester gleich, wenn sie einen herumkommandieren. Eine Frau ist bestimmt gar nichts dagegen. Einer Schwester kann man nicht entrinnen, und man kann sie nicht zum Schweigen und zum Gehorsam zwingen – ich sehe ein, sie hat ein solches Versprechen auch nie gemacht, wie es, soviel ich weiß, die Frauen tun, wenn man sie heiratet.«

»Ich habe aber auch schon gehört, Mylord, daß sie gelegentlich ihr Wort brechen und sich widersetzen«, sagte Emma mit einem Seitenblick zu Mr. Howard hinüber.

»Ah, aber das muß dann der Fehler des Ehemanns sein, er läßt die Zügel zu locker – ›halte sie in strenger Zucht‹, das ist meine Devise.«

»Dann rate ich Ihnen aber, das für sich zu behalten, wenn Sie eine Frau finden wollen – keine Frau würde Sie heiraten wollen, wenn sie Ihre Auffassung kennen würde, das kann ich Ihnen versichern.«

»Im Ernst – also dann tut es mir leid, daß ich so gesprochen habe.«

»Ach, schon gut – es macht ja nichts; und jetzt müssen wir uns noch von Miss Osborne verabschieden.«

Emma war ärgerlich, als sie merkte, daß der junge Pair darauf bestand, sie nach Hause zu begleiten. Obgleich die Unterhaltung mit ihm viel kürzer gewesen war als die mit Mr. Howard, hatte sie sie weit mehr ermüdet. Ihren Gang zu beschleunigen war die Rettung, und die starke Kälte war eine glaubhafte Entschuldigung dafür. Die Strecke, die beim Aufstieg fast eine halbe Stunde in Anspruch genommen hatte, wurde jetzt in fünf Minuten zurückgelegt, und atemlos, aber strahlend, kam die Gesellschaft vor der Tür des Pfarrhauses an. Hier war Lord Osborne nun wirklich gezwungen, sie zu verlassen, und Emma eilte in ihr Zimmer, um sich fürs Dinner herzurichten.

»Emma, was hast du bloß so lange gemacht, möcht' ich wissen«, sagte Elizabeth, »du warst ja eine Ewigkeit fort!«

»Bilder angeschaut, Elizabeth – du weißt ja, weshalb ich fortgegangen bin.«

»Weshalb du fortgegangen bist, weiß ich allerdings, aber weiß ich, warum du geblieben bist?«

Emma lachte.

»Wessen verdächtigst du mich, Elizabeth?«

»Mit wem hast du geflirtet?« fragte Elizabeth, während sie die Hand ihrer Schwester ergriff und ihr forschend ins Gesicht sah. »Den Pair oder den Pfarrer – welchen deiner beiden Verehrer ziehst du vor?«

»Wie kannst du fragen?« erwiderte Emma lachend und versuchte sich freizumachen. »Wärst du nicht auch unschlüssig – ist nicht Lord Osborne der bezauberndste, eleganteste, aufregendste, faszinierendste junge Adlige, der je diesen Stand reizvoll und erstrebenswert machte? Würdest du ihn nicht auch ohne Bedenken akzeptieren?«

»Aber ja, ich glaube schon – das wäre doch etwas, Lady

Osborne zu sein – Herrin dieser Räume, der Dienerschaft, Kutschen und Pferde. Ich glaube, das würde mir gefallen aber mich wird man ja vor diese Wahl nie stellen!«

»Sollte er dir einen Antrag machen, lehne ihn nicht etwa meinetwegen ab.«

»Einverstanden – und wenn ich dann Lady Osborne bin, werde ich zu Mrs. Howard sehr freundlich sein – ich werde nach ihr senden und sie bitten, an den meisten Sonntagen mit mir zu speisen, und an einigen Wochentagen auch.«

»Ich hoffe, es wird sie freuen.«

»Jede Ostern werde ich ihr ein neues Kleid schenken und zu Weihnachten einen neuen Mantel oder Hut.«

»Ihre Großzügigkeit ist geradezu vorbildlich, aber über Ihre Güte gegen Mrs. Howard, fürchte ich, vergessen Sie Mrs. Blake und ihr Dinner. Wenn Sie sich jetzt nicht schnell fertig anziehen, werden Sie sie warten lassen.«

Der Abend wurde in stiller Behaglichkeit zugebracht, weit entfernt von der vornehmen Pracht der Szenerie des gestrigen Abends – sie saßen rund um das Feuer, plauderten und lachten und knackten Nüsse und aßen selbstgebackenen Kuchen, mit einem Genuß, mit dem der von Schloß Osborne und seinen prächtigen Räumen gar nicht zu wetteifern vermochte. Sie sprachen über das Schmelzen des Schnees, und Charles, wie auch sein Onkel, verharrten, was das betraf, in größtem Skeptizismus. Über hundert andere Dinge wurde diskutiert, was durch die Ruhe und die Friedfertigkeit, mit denen man darüber sprach, zu einem reinen Vergnügen wurde; und dann brachte man ein Buch herbei. Shakespeare wurde Mr. Howards Händen übergeben, und er las mit einem solchen Gefühl und Geschmack, daß es ein Genuß für seine Zuhörer war. Auf diese Weise verging der Abend friedlich und schnell, und als sie einander Gute Nacht sagten, trennten sie sich mit ausgesprochener Herzlichkeit und Zuneigung.

11

Der nächste Morgen brachte keine Änderung des Wetters mit sich, hingegen eine sehr entscheidende Veränderung für die Misses Watson. Gegen elf Uhr, als die Damen zusammen arbeiteten, erregte das Geräusch von Wagenrädern auf dem Fahrweg zum Haus ihre Aufmerksamkeit. Gleich darauf wurde Miss Watson eine Depesche ausgehändigt, mit dem Bemerken, daß die Kutsche warte. Äußerst überrascht, öffnete Elizabeth die Depesche. Sie war von ihrem Vater, des Inhalts, daß er, bedrückt durch ihre lange Abwesenheit und die Nachricht, daß die Straßen noch unpassierbar seien, ihren Hausknecht zur nächsten Poststation nach einer Kutsche geschickt hatte, in der sie nach Hause zurückkehren konnten, indem sie die große Straße benutzten, die, wenn auch ein großer Umweg, doch die sicherste und schnellste Route sei, die sie nehmen könnten. Er bat sie, unverzüglich mit der Postkutsche zurückzukommen, und Robert konnte dann später in ihrem eigenen kleinen Vehikel folgen.

Jetzt gab es viele ernste Vorstellungen hinsichtlich der Gefährlichkeit dieser Fahrt, die sie zu unternehmen gedachten. Charles versicherte ihnen wiederholt, daß sie bestimmt umkippen würden, bis Emma die Vermutung äußerte, seine Vorahnung könne nur daher kommen, daß er den Postillion bestochen habe, eine solche Katastrophe herbeizuführen. Mrs. Blakes Hauptsorge schien es zu sein, sie über und über mit Mänteln, Pelzen, Schals und allem zu versorgen, was ihr in den Sinn kam, um die Kälte abzuhalten, und Mr. Howard räumte jede Schwierigkeit, die Sachen zurückzuschicken, aus dem Wege, indem er sich bereiterklärte, hinüberzufahren, sobald das Wetter es erlaube, und alles wieder abzuholen. Hoffnungen auf eine dauernde Freundschaft beschlossen den Besuch, und sie trennten sich im allerbesten Einvernehmen.

Ihre Heimfahrt verlief ohne jeden Zwischenfall. Überaus herzlich war der Empfang, der ihnen von Mr. Watson zuteil wurde.

»Ich werde euch junge Damen keine schnellen Besuche mehr machen lassen«, sagte er. »Ich kam schon auf den Gedanken, eine von euch sei mit Lord Osborne und die andere mit Mr. Howard durchgegangen. Ich kann euch versichern, wir haben uns ohne euch sehr gelangweilt.«

Margarets Begrüßung folgte:

»Na, ich hoffe nur, ihr habt euch ausgiebig amüsiert – und daß ihr ein paar Neuigkeiten mitbringt, die uns aufmuntern. Ich sage euch, ich bin schon halb tot vor lauter Eintönigkeit und Langeweile. Keine Menschenseele haben wir gesehen – niemand hat sich blicken lassen. Manche Leute verstehen es, alle Vergnügungen für sich in Anspruch zu nehmen.«

Als sie im einzelnen hörte, was alles geschehen war, kannte ihre Überraschung keine Grenzen, und wenn sie daran dachte, wie gut ihre Schwestern sich unterhalten hatten, hätte sie vor Ärger und Neid in Tränen ausbrechen können. Sie bestand darauf, jede Einzelheit zu erfahren, anscheinend, um sich bis aufs Äußerste zu quälen, und sich so elend und schlecht behandelt zu fühlen, wie nur möglich.

Jedes Gericht beim Dinner, jeder Stein in Lady Osbornes Halsschmuck, jedes Wort, das die Damen auf dem Schloß gesprochen hatten, und jeder von den Bewohnern des Pfarrhauses vorgeschlagene Zeitvertreib versetzte ihrer Seele einen neuen Stich; und sie war mehr denn je davon überzeugt, daß sie das Opfer einer Handlungsweise von barbarischer Ungerechtigkeit sei.

Sobald die Straßen einigermaßen passierbar wurden, begann Emma sich dabei zu ertappen, daß sie sich fragte, wann Mr. Howard wohl sein Versprechen einlösen würde und die Sachen abholen käme, mit denen seine Schwester ihnen ausgeholfen hatte. Ebenso ertappte sie sich auf einer anderen Entgleisung, wie sie es nannte, die darin bestand, daß sie sich im Hause ihres Vaters in den unordentlichen Zimmern, mit ihren schmuddeligen Teppichen, den verblaßten Vorhängen, fleckigen Tapeten und den schadhaften, abgeschrammten Tischen umsah und sie mit dem sauberen und freundlichen Eindruck der Räume verglich, wo Mrs. Blake die Hausfrau war. Die Pracht von Schloß Osborne hatte in ihren Augen nichts von dem Charme, den Mrs. Blakes kleines Wohnzimmer ausstrahlte, und sie kam zu dem Schluß, daß es das größte Glück auf der Welt sein müßte, einen solchen Haushalt zu führen. Über diese Gefühle sprach sie jedoch nicht. Vielmehr war es Elizabeth, die wiederholt äußerte, daß sie wünsche, sie könne ihr Haus genauso herrichten wie Mr. Howards.

Eines Morgens, kurz nach ihrer Rückkehr, wurde Tom Musgrave ins Wohnzimmer geführt.

Margaret, die zufällig allein war, geriet augenblicklich in helle Aufregung und bot ihm sofort mit aller Gewalt ihren Stuhl beim Feuer an, da sie bestimmt annehme, daß ihm kalt sein müsse, er solle die Pantoffel ihres Vaters zu leihen nehmen, während seine Stiefel zum Trocknen in die Küche gebracht würden.

Er jedoch bestand darauf, ihre zarten Aufmerksamkeiten abzulehnen, indem er erklärte, sie wolle schon jetzt einen alten Mann aus ihm machen und ihn, mit dem Rükken zum Feuer, auf den Kaminteppich setzen. Die Hände auf dem Rücken, pfiff er halblaut eine Melodie vor sich hin.

Margaret seufzte.

»Es ist lange her, seit wir Sie gesehen haben«, sagte sie, »und die Zeit ist sehr langsam vergangen.«

»Hm«, sagte Tom Musgrave und hörte auf zu pfeifen. »Wo sind denn Ihre Schwestern, Miss Margaret?«

»Oh – sie sind wieder daheim«, antwortete Margaret. »Emma ist, glaube ich, bei meinem Vater, und Elizabeth ist in der Küche. Haben Sie davon gehört, daß sie so lange fortgeblieben sind?«

»Wie lange denn?« fragte Tom schnell.

»Von Mittwoch bis Samstag – da saß ich nun, ohne ein Geschöpf, mit dem ich reden konnte, außer meinem Vater und den Dienstboten, eingeschneit im Haus, und wenn sie mich doch nur mitgenommen hätten, dann hätte ich mich auch so gut unterhalten wie sie.«

»Ganz sicher – aber was hat sie denn bewogen, fortzufahren?« fragte Tom, der von nichts wußte, aber entschlossen war, alles zu erfahren, was er konnte, ohne seine eigene Unkenntnis zu verraten.

»Ach, sie wollten nur Mrs. Blakes Besuch erwidern und sind in unserem kleinen Wagen losgefahren; und dann kam der Schnee und hat sie die ganze Zeit dort zurückgehalten. Ich bin ganz sicher, daß sie gern geblieben sind, denn ich zweifle nicht daran, daß sie hätten heimkommen können, wenn sie es versucht hätten. Letzten Endes war mein Vater gezwungen, nach einer Postkutsche zu senden, um sie nach Hause zu bringen, und am Samstag sind sie dann gekommen.«

»Und es hat ihnen sehr gefallen, wie?«

»O ja, natürlich – war es nicht bitter, daß ich nicht mitfahren konnte? Ich werde immer zurückgesetzt und schlecht behandelt.«

»Ich wünschte, Ihre Schwester Emma käme schon herunter – immer ist sie im Zimmer Ihres Vaters; ich bin extra ihretwegen hergekommen.«

»Sie wird bestimmt gleich kommen – setzen Sie sich doch hierher, Sie sollten sich unbedingt ausruhen – Sie scheinen eine schlechte Fahrt gehabt zu haben.«

»Könnten Sie sie vielleicht rufen?«

»O nein, sie wird schon herunterkommen, wenn sie bei meinem Vater mit dem Vorlesen fertig ist. Nehmen Sie doch etwas – ein Biskuit und ein Glas Wein oder etwas dieser Art?«

»Ganz unnötig, ich habe eben erst gefrühstückt. Ich halte mich nicht an so barbarische Stunden wie einige meiner Freunde. Ich kann schließlich tun und lassen, was ich will – als freier, unabhängiger Mann.«

»Oh, Mr. Musgrave, da können Sie von Glück sagen. Sie wissen nichts von der Enge, der Niedergeschlagenheit, der –« Doch ehe Margaret noch mit ihrer pathetischen Litanei fortfahren konnte, trat Elizabeth ins Zimmer, und Tom Musgrave unterbrach sie.

»Soso, Miss Watson, Sie haben also geschwänzt, wie ich höre, und mußten fast mit Gewalt zurückgebracht werden.«

»Sind Sie hergekommen, um mir zu unserer Rückkehr zu gratulieren oder zu kondolieren?«

»Ich bin gekommen, um Ihnen Glück zu wünschen, daß Sie vom Schnee überrascht worden sind. Als ich zuletzt auf Schloß Osborne war, hatte ich keine Ahnung, daß wir so enge Nachbarn waren.«

»Wann waren Sie denn dort?« rief Elizabeth.

»Lassen Sie mich nachdenken – ich glaube, es war Donnerstag. Ich bin ja sehr oft dort, aber ich glaube, zuletzt am Donnerstag. Es wäre doch drollig gewesen, wenn wir uns begegnet wären.«

»Emma«, rief Miss Watson gerade, als ihre jüngste Schwester ins Zimmer kam, »Mr. Musgrave sagt, er sei Donnerstag auf dem Schloß gewesen.«

»Ach«, sagte Emma.

»Mich wundert nur, daß wir nichts davon gewußt haben«, fuhr Elizabeth beharrlich fort. »Miss Osborne hat nichts dergleichen erwähnt.«

»Wie gefällt Ihnen denn Miss Osborne?« erkundigte sich Tom, der völlig über alles informiert erscheinen wollte und sich deshalb genierte, Fragen zu stellen, die seine wahre Unkenntnis verraten hätten.

»Sie scheint eine sehr angenehme, liebenswürdige junge Dame zu sein«, erwiderte Miss Watson, »findest du nicht auch, Emma?«

»Ja«, antwortete diese ruhig.

»Wußte sie denn nicht, daß wir befreundet sind, Miss Watson? Miss Emma – hat sie gar nicht von mir gesprochen?«

»Nein, gar nicht«, entgegnete Emma mit einiger Genugtuung; »während der ganzen Zeit, die wir in ihrer Gesellschaft verbrachten, wurde Ihr Name nicht einmal erwähnt.«

»Wie haben Sie erfahren, daß wir dort waren?« wollte Elizabeth wissen.

»Ich glaube, Osborne erwähnte es am Samstag, als ich ihn kurz sah.« Dann setzte er sich zu Emma, die etwas abseits von den andern saß, und flüsterte ihr zu: »Er hat mir erzählt, die schöne, aber widerspenstige Miss Watson sei in Howards Pfarrei gewesen. Warum behandeln Sie ihn mit solcher Nichtachtung, Miss Emma? Sie werden meinen armen Freund noch zur Verzweiflung treiben.«

»Es sollte mir sehr leid tun, Mr. Musgrave, annehmen zu müssen, daß ich Ihren Vorwurf verdiente; Nichtachtung kann keine liebenswerte Eigenschaft für eine junge Dame sein.«

»Nein, bei Ihnen gibt es nichts Unliebenswertes – was immer Sie auch tun. Jugend und Schönheit genießen unbeschränkte Vorrechte«, fuhr er flüsternd fort. »Miss Osborne schwört, daß Sie Miss Carr an Schönheit in den Schatten stellen, und sie hätte lieber Sie zur Freundin. Sie stirbt vor Erwartung, Ihnen vorgestellt zu werden.«

»Es ist gänzlich unnötig, sie eines solchen Todes sterben zu lassen, nicht einmal in der Phantasie, Mr. Musgrave – denn unsere Bekanntschaft ist schon zu weit gediehen, als daß ein solcher Ausspruch noch darauf Anwendung fände.«

»Ach, ja natürlich, das hat mir Osborne ja erzählt, ich hatte es nur vergessen – Sie sind aufs Schloß hinübergegangen, glaube ich.«

»Nein, das sind wir nicht.«

»Sie sind nicht! Das war aber schade – ich wünschte, ich hätte gewußt, daß Sie gehen, dann wäre ich dort gewesen und hätte es Miss Osborne vorschlagen können. Ich bin überzeugt, sie hätte Ihnen alle Räume gezeigt.«

»Das hat sie uns angeboten, aber wir haben es auf ein

andermal verschoben – wir dachten, wir müßten sonst zu sehr hetzen.«

»Zu schade, daß Sie nicht dort gespeist haben; es ist etwas sehr Eindrucksvolles, das ganze Tafelsilber zu sehen – ich genieße es sehr – sie geben so herrliche Dinners.«

»Sie scheinen nicht zu realisieren, daß wir dort gespeist *haben*«, erwiderte Emma, »und ich habe nichts so Überwältigendes auf ihrer Tafel gesehen.«

»Sie haben dort gespeist – nun gut – aber das war im Familienkreise; was man gesehen haben muß, ist ein reguläres großes Dinner – zwanzig Menschen um den Tisch.«

Emma war noch immer abweisend einsilbig, und um sich zu entschädigen, wandte Mr. Musgrave sich Elizabeth zu und begann mit ihr zu reden.

Sobald ihre Aufmerksamkeit nicht mehr beansprucht wurde, verließ Emma das Zimmer, setzte schnell eine Haube auf und warf einen Mantel über, mit der Absicht, im Garten Zuflucht zu suchen, da es ein schöner Tag war und sie sich nach frischer Luft sehnte. Kaum war sie hinausgetreten, als ihre Aufmerksamkeit jedoch auf das Geräusch von Rädern in der Zufahrt gelenkt wurde, und mit Vergnügen gewahrte sie Mr. Howard, der gekommen war, um sein Versprechen einzulösen. Es gab noch einen anderen Grund für seinen Besuch – er war der Überbringer einer Einladung für sie und ihre Schwestern, an einem Ball auf dem Schloß teilzunehmen, dem ein Konzert vorausging. Miss Osborne hoffte, daß sie ihrer Mutter verzeihen würden, nicht bei ihnen vorgesprochen zu haben, aber sie mache überhaupt selten Besuche und schon gar nicht im Winter, sonst hätte sie ihre Tochter zur Pfarrei begleitet, als sie dort waren.

Emma las die Einladung, die an sie adressiert war und freute sich sehr. Sie enthielt, außer der Einladung für sie und alle ihre Schwestern zum Konzert und zum Ball, eine ganz dringende Bitte, doch einen längeren Besuch auf dem Schloß zu machen. Darüber grübelte sie lange nach, kam aber zu keinem Schluß und erinnerte sich plötzlich, daß sie ja Mr. Howard draußen stehen ließ, statt ihn ins Haus zu bitten.

»Sie werden Mr. Tom Musgrave mit meinen Schwestern zusammen dort finden«, bemerkte sie, »doch wenn Sie so freundlich wären, den Text der Einladung vor ihm nicht zu erwähnen, würden Sie mich zu großem Dank verpflichten.«

»Könnte ich nicht Mr. Watson sehen?« antwortete Mr. Howard; »ich würde ihn gern besuchen, und wenn mein Besuch bei ihm vorüber ist, werden vielleicht auch Ihre Schwestern frei sein.«

»Gewiß – ich bin überzeugt, mein Vater würde sich außerordentlich freuen, Sie zu sehen«, sagte Emma voll Dankbarkeit; »gestatten Sie, daß ich vorangehe.«

Sie führte ihn in das Ankleidezimmer ihres Vaters und war im Begriff, sich zurückzuziehen, nachdem sie den herzlichen Empfang beobachtet hatte, den Mr. Watson ihm bereitete, doch ihr Vater hielt sie zurück.

»Du kannst doch bestimmt nichts Wichtiges zu tun haben, Emma, also kannst du doch genauso gut hierbleiben und dich mit Mr. Howard unterhalten – ich höre dir gerne zu, doch du weißt, ich bin nicht stark genug, um selbst eine Unterhaltung zu führen.«

»Ich weiß genau, mein lieber Vater, niemand redet auch nur halb so gut wie Sie, wenn Sie dazu aufgelegt sind, doch dürfen Sie sich auch nicht einreden, daß Sie sich nicht wohlfühlen, sonst werden Sie Mr. Howard noch verjagen.«

»Wenn Mr. Howard erst einmal in meinem Alter ist und durch Gicht und Dyspepsie auch nur halb so große Schmerzen hat wie ich, wird er sehr froh sein, seine Tochter für ihn reden zu lassen – also bitte ich dich zu bleiben.«

»Ich wünschte, ich könnte mich der Verwirklichung Ihrer anschaulichen Darstellung erfreuen, verehrter Mr.

Watson – eine Tochter, genau wie Miss Emma Watson, ist aber auch ein Schatz.«

»Aber vergessen Sie nicht, daß das nur um den Preis von Gicht erkauft werden kann – und damit können Sie für die nächsten dreißig Jahre nicht rechnen, Mr. Howard«, sagte Emma lachend. »Wenn Sie dann das Opfer gebracht haben, werden Sie ganz anders reden.«

Mr. Howard schaute zwar sehr ungläubig, äußerte sich aber nicht weiter zu dem Thema.

Emma erwähnte die Einladung, die sie erhalten hatten, und ihr Vater murmelte:

»Diese Osbornes werden euch allen mit ihren Bällen und Besuchen noch den Kopf verdrehen, Kind. Ich wünschte, ihr hättet sie nie kennengelernt.«

Emma schaute zu Boden.

»Ich möchte auf keinen Fall gehen, wenn du dagegen bist«, sagte sie mit einem leichten Zittern in der Stimme.

Mr. Howard sah ganz deutlich, daß sie nur allzugern gehen würde.

Mr. Watson begann von neuem:

»Was soll ich denn machen, wenn du für zwei oder gar drei Tage wegfährst? Im Grunde bist du doch gerade erst nach Hause gekommen – ich kann ohne dich nicht sein.«

»Dann kann ich ja auf alle Falle hierbleiben, und meine Schwestern können es sich einrichten, wie sie wollen.«

Empört über den Egoismus des alten Herrn, war Mr. Howard versucht, sich einzumischen, war dann aber nicht ganz sicher, ob es nicht mehr schaden als nutzen würde.

Emma verstand es besser oder handelte weiser, indem sie ihm nicht widersprach; denn wie viele krankhaft reizbare Menschen in dem Moment weich werden, wenn sie keinen Widerspruch finden, begann auch Mr. Watson weich zu werden und sagte in einem ruhigeren Ton. »Wie lautet die Einladung? Lies sie mir noch einmal vor, Emma, ich bin mir nicht ganz klar darüber.«

Emma gehorchte.

»Ich weiß nicht – schließlich will sie euch ja nicht alle nach dem Ball noch dabehalten – und da Elizabeth daheim ist, könnte ich dich vielleicht für ein, zwei Tage entbehren.«

»Elizabeth würde aber auch gern auf den Ball gehen, Papa.«

»Ja, ja – aber sie und Margaret würden dann abends heimkommen, und ich wäre nicht den ganzen Tag allein. Ich denke, du kannst gehen – du mußt eine Postkutsche und zwei Pferde haben, um dich hinzubringen, nehme ich an, und deine Schwestern wieder mit zurückzunehmen. Würde dir das gefallen, liebes Kind?«

»Sehr, Sir, wenn es Sie nicht inkommodiert.«

Gefallen, also wirklich – das waren nur nüchterne Worte, um die Freude wiederzugeben, mit der ihr Herz bei dem Gedanken schlug. Es war so besonders freundlich von Miss Osborne, ihrer in dieser Weise zu gedenken, und es war besonders wohltuend, zu sehen, wieviel Wichtigkeit Mr. Howard ihrer Annahme der Einladung beimaß. Sie hatte nicht gewagt, ihn direkt anzuschauen; doch bei ihrem ersten verstohlenen Blick zu ihm hinüber sah sie in seinem Gesicht einen Ausdruck unmißverständlichen, tiefempfundenen Interesses, und als sie jetzt aufschaute, begegnete sie seinen Augen, die mit einem Blick auf sie geheftet waren, daß sie den ihren sofort wieder senkte.

»Ich bin überzeugt«, sagte er und sprach sehr schnell, um ihre Verlegenheit zu überbrücken, »Miss Osborne wäre über alle Maßen enttäuscht gewesen, wenn Sie sich anders entschieden hätten. Ich kann mit Sicherheit sagen, Sir, daß Miss Osborne Ihre Tochter sehr gern hat und außerordentlich bemüht ist, ihre Bekanntschaft zu pflegen.«

»Kann schon sein, kann schon sein – warum sollte sie nicht? Ich hoffe nur, daß die liebe Emma ihr nicht schmeichelt, um ihre Zuneigung zu gewinnen.«

»Das will ich hoffen, Sir. Ich würde mich selbst verachten, wenn ich das täte.«

»Es ist unmöglich, daß das erforderlich wäre«, sagte Mr. Howard. »Miss Osborne ist nicht durch Schmeichelei zu gewinnen, und von Miss Emmas Seite brauchte es, außer ihrem natürlichen Charme, nichts weiter, um den Wunsch zu erwecken, diese Bekanntschaft fortzusetzen.«

»Mir scheint, Miss Osborne hat Sie gebeten, für sie zu plädieren«, sagte Mr. Watson lachend.

»Nein, verehrter Mr. Watson, das tue ich aus eigenem freien Willen.«

Mr. Howards Besuch war lang und anregend und hatte Mr. Watson offensichtlich so aufgeheitert, daß er ihn dringend bat, den Besuch zu wiederholen.

»Ich fürchte, ich bitte da um etwas nicht Angenehmes«, fuhr er fort, »aber wenn Sie wüßten, wie gut es einem tut, fröhliche Gesichter zu sehen, würde Sie mein egoistischer Wunsch nicht erstaunen. Sie, Mr. Howard, und Emma tun mir gut.«

Ihren Namen in so enger Verbindung mit Mr. Howard zu hören, hatte für Emmas Ohren etwas Wunderschönes, und auch dem jungen Mann war es keineswegs unangenehm, der ihrem Vater herzlich die Hand drückte und bereitwillig zu kommen versprach, sooft er könne.

»Und denke daran, Emma – wenn er kommt, bringst du ihn zu mir«, sagte ihr Vater, »nicht jeden jungen Mann sehe ich gern bei mir.«

Nachdem er sein Versprechen erneuert hatte, ein regelmäßiger und häufiger Besucher zu sein, wurde Mr. Howard von Emma eines Tages ins Wohnzimmer geführt, wo es sich zeigte, daß Tom Musgrave gegangen war. Ihre beiden Schwestern sahen auf, als waren sie überrascht, Emma und ihren Begleiter zu sehen; doch als sie die Art der Botschaft erfuhren, mit der er betraut worden war, übertraf ihre Freude ihre Überraschung bei weitem. Besonders Margaret, die von der Art und dem Glück eines Besuches im Schloß ganz exaltierte Vorstellungen hatte, war anfangs in einer völligen Verzückung. Sie war überzeugt, daß die ganze Angelegenheit sich in einem Stil durch nichts zu überbietender Auserlesenheit abspielen werde, daß Miss Osborne eine Dame mit ganz ungewöhnlichem Geschmack und Talent sein mußte, daß die Gesellschaft von ausgesuchter Exklusivität sein werde – kurzum: daß sie nie kennengelernt hätte, was Vornehmheit, Schönheit, Eleganz und Geschmack bedeutete, wäre Lady Osbornes Einladung zu dem Ball nicht gewesen. Erst nach Mr. Howards Besuch, der ungefähr zehn Minuten gedauert hatte, ergab es sich, daß eine Wolke ihr strahlendes Bild trübte, als sie nun die peinliche Tatsache erfuhr, daß Emma eingeladen war, im Schlosse zu bleiben, während sie nach Hause zurückkehren mußte.

Diese Feststellung machte sie sehr zornig: sie könne absolut keinen Grund für eine so ausgesprochene Bevorzugung sehen; weshalb sollte Miss Osborne Emma, als die Jüngste von ihnen, einladen und sie ausschließen; das übersteige wirklich ihr Fassungsvermögen – das sei doch unerhört; sie habe die größte Lust, überhaupt nicht zu gehen; sie würde Miss Osborne schon zu verstehen geben, daß sie sich nicht so geringschätzig behandeln lasse; sie gehöre nicht zu denen, die nach jedermanns Pfeife tanzten; wenn Miss Osborne Emma einladen konnte, warum nicht auch sie – sie habe mindestens soviel Anspruch auf Achtung. Sie sprudelte alles heraus, was ein erbostes und eifersüchtiges Temperament ihr suggerierte, und quälte Emma mit ihrer Gereiztheit und ihrem Neid bis zu Tränen.

»Mich wundert, daß du sie ernst nimmst, Emma«, protestierte Elizabeth, als ihr auffiel, daß ihre Schwester rote Augen hatte, und ihr ein Geständnis der Ursache abrang. Elizabeth war nicht dabeigewesen, als der Disput, der Emma so quälte, stattgefunden hatte. »Es hat gar keinen Sinn, sich über Margarets schlechte Laune und Gehässigkeiten zu kränken – sie war schon von Kind auf eine Pest und ein Plagegeist, und es besteht auch keine Chance, daß sie sich je bessern wird. Sie ist so abscheulich egoistisch. Aber ich kann es nicht ertragen, daß sie dich zum Weinen bringt.«

»Wahrscheinlich hältst du mich für sehr dumm«, entgegnete Emma, während sie die Augen trocknete, »aber ich bin es nicht gewohnt, beschimpft zu werden, und es regt mich sehr auf.«

»Nein, Emma, ich halte dich nicht für dumm – du bist nur viel zu gut und zu zartbesaitet für diese Art von Leben. Ich werde froh sein, wenn du verheiratet und bei Mr. Howard in Sicherheit bist, wo niemand dich beschimpft oder deine Schönheit verdirbt.«

»Nonsens, Elizabeth.«

»Das ist kein Nonsens, Emma, ich halte ihn für einen sehr guten Charakter, und ich sage dir, du wirst sehr glücklich mit ihm sein. Wie lange hat dein *tête-à-tête* mit ihm gedauert, bevor du ihn ins Wohnzimmer gebracht hast?«

»Wir sind direkt aus Vaters Zimmer heruntergekommen.«

»Oh, du brauchst dich nicht zu entschuldigen – ich finde, du hattest ganz recht, dich ungestört mit ihm zu unterhalten, bevor du ihn in Margarets Gesellschaft brachtest. Wenn sie dabei ist, kommt kaum eine Unterhaltung zustande. Ich habe dich mit ihm im Garten gesehen.«

Emma errötete.

»Ich versichere dir, wir sind keine fünf Minuten dort geblieben – er kam, um unseren Vater zu besuchen, und wir gingen augenblicklich zu ihm hinauf.«

Elizabeth antwortete nur mit einem Blick; aber es war ein Blick, der verriet, daß sie nicht im mindesten von Emmas Versicherungen überzeugt war.

12

Drei Tage vor dem Ball im Schloß versetzte ein gänzlich unerwartetes Ereignis die ganze Familie in Aufruhr. Als die beiden älteren Schwestern eben im Begriff waren, in die Stadt zu fahren, um zu sehen, ob ihre neuen Hauben auch zur gewünschten Zeit fertig würden, erschreckte sie das plötzliche Erscheinen der Postkutsche. Emma, die sich, wie gewöhnlich, im Zimmer ihres Vaters aufhielt, wurde im nächsten Augenblick durch einen Lärm überrascht, der im ganzen Hausflur widerhallte. Lautes Gelächter und ein Durcheinander von Stimmen überzeugte sie jedoch, daß er, was immer auch der Grund sein mochte, nicht tragischer Natur war; doch ihre erwachte Neugier drängte sie, die Ursache zu erfahren, wenngleich sie Angst hatte, sich zu bewegen, da ihr Vater gerade eingenickt war. Ein noch lauteres Geschrei schreckte ihn aus seinem Schlummer auf, und hochfahrend, wollte er den Grund für einen so ungewöhnlichen Tumult wissen.

Emma lief aus dem Zimmer, um seinem Wunsch nachzukommen, und als sie beim Treppenabsatz ankam und einen Moment stehenblieb, um zu erkunden, wer es sei, hörte sie ihren Namen.

»Emma ist daheim«, sagte Margaret gerade. »Du kannst hinaufgehen, Pen, und ihr Gesellschaft leisten.«

»Na gut – mir ist alles recht«, antwortete eine Fremde, die, wie sie annahm, ihre unbekannte Schwester war, »ich will euch bestimmt nicht aufhalten.« Während sie noch sprach, wandte sie sich nochmals zur Tür um: »Hören Sie, Kutscher, bringen Sie gleich den Koffer mit, seien Sie so gut, aber nicht mit der Oberseite nach unten, mein Guter, sonst gibt's kein Trinkgeld, das schwör' ich Ihnen – haben Sie gehört?«

Als sie mit seinen Diensten zufrieden war, entlohnte sie ihn, entließ ihn und wendete sich dann ihren Schwestern zu.

»So, jetzt könnt ihr dann auch verschwinden, so schnell ihr wollt – meine Haube und mein Kleid sind in diesem Koffer, und ihr bekommt sie nicht zu sehen, bevor ich sie anlege, sonst würdet ihr am Ende noch versuchen, sie zu kopieren.«

»Wie unfreundlich«, rief Margaret.

»Nein, durchaus nicht – was mir steht, würde dich nie kleiden; ich bewahre dich nur davor, unmöglich auszusehen. Wo ist Emma? Ich will sie sehen.«

»Hier bin ich«, sagte Emma, während sie die letzten Stufen hinunterstieg.

»Hier bin ich«, äffte Penelope sie nach und ging auf sie zu, »und wie geht es Ihrer kleinen Ladyschaft? Weshalb brauchst du so lange, deine neue Schwester zu begrüßen? Du hättest eben von Margaret mehr Zärtlichkeit lernen sollen.«

Emma wußte nicht, wie sie diesem Angriff begegnen sollte, und sah nur verzweifelt zu Elizabeth hinüber.

»Kümmere dich nicht um Penelope«, erwiderte Miss Watson, »sie sagt immer, was ihr paßt – aber ich muß jetzt gehen, Emma, Margaret wartet draußen im Wagen; bringst du Pen dann zum Vater hinauf?«

Penelope wandte sich ihrer zurückbleibenden Schwester zu und musterte sie von Kopf bis Fuß.

»Na, es ist wohl besser, ich gehe erst hinauf und zeige mich«, sagte sie; »meine Sachen kann ich dann später auspacken. Ich muß schon sagen, Emma, du bist sehr hübsch; ich bin ja so froh, daß du dunkles Haar und dunkle Augen hast – Margaret macht mich nämlich ganz krank mit ihrem Geschwafel über weiße Haut und den Nonsens über ihre eigene.«

»Hier bin ich, Sir«, kündigte sie sich an, während sie in ihres Vaters Zimmer trat, »und komme, um alle hier im Haus aufzuwecken; das alte Haus sieht ja wirklich aus, als sei es eingeschlafen, seit ich weggefahren bin – und die gleiche Fliege klebt auch noch immer an der Fensterscheibe, die ich schon moniert habe, als ich das letztemal hier im Zimmer war. Wie geht es Ihnen, verehrter Herr Vater?«

»Keineswegs besser durch den abscheulichen Lärm, den du im Hausflur gemacht hast, das kann ich dir sagen; nach dem Tumult zu schließen, den du veranstaltet hast, hätte man meinen können, du habest ein Dutzend Kinder mit nach Hause gebracht, die hinter dir her sind. Was hast du jetzt wieder Verrücktes vor, Penelope?«

»Oh, ich bin zweier Dinge wegen zurückgekommen – das eine war, zum Ball auf Schloß Osborne zu gehen – vom anderen werde ich später erzählen.«

»Ständig rast du im Land herum, entschlossen, das zu bekommen, was du dir in den Kopf gesetzt hast, ich weiß.«

»Das tut jeder; nur wissen nicht alle so gut wie ich, wie man es anstellen muß – aber ich sehe, ich störe dich, darum werde ich jetzt lieber gehen und meinen Kram auspacken – Emma, komm mit.«

Penelope ging ins Wohnzimmer, schürte das Feuer und zog sich einen Stuhl dicht an den Kamin heran – legte die Füße auf den Kaminvorsetzer und drehte sich dann abrupt zu ihrer Schwester um:

»So ist das also alles dein Werk, daß wir auf den Schloßball gehen, wie? Das ist wirklich mal etwas Neues – Margaret hat mir da sowas geschrieben, daß du und Miss Osborne Busenfreundinnen seid.«

Emma wußte nicht, was sie darauf antworten sollte.

»Wie verlegen du aussiehst, Emma«, rief ihre Schwester, »man könnte meinen, du schämtest dich der ganzen Geschichte; ich jedenfalls finde es mächtig klug von dir, mit Miss Osborne eine Freundschaft anzufangen, oder einen Flirt mit ihrem Bruder. Ich habe einen großen Respekt vor Mädchen, die verstehen, ihren Weg zu machen und die Gelegenheiten zu nutzen wissen. Zu welcher Sorte junger Männer gehört Lord Osborne?«

»Primitiv und schweigsam«, erwiderte Emma.

»Als ob ich das nicht wüßte«, rief Penelope aus,

»schließlich habe ich ihn doch Dutzende von Malen gesehen, Kind. Ich meine, ist er liebenswürdig? – kann er Nonsens reden? versteht er es, sich beliebt zu machen?«

»Ganz wie man's nimmt«, sagte Emma, »zu mir war er nicht besonders liebenswürdig; und was er sagt, ist weder etwas sehr Gescheites, noch guter Nonsens.«

»Du weißt, was guter Nonsens ist, Emma? In dem Fall magst du vielleicht doch nicht ganz so abscheulich sein.«

»Das wäre zu hoffen«, meinte Emma, mit einem Versuch zu lächeln.

»Ich dachte schon, der Onkel hätte vielleicht eine Methodistin aus dir gemacht, und das hätte mir gar nicht gepaßt. Diese muffigen alten Theologen haben nämlich seltsame Ansichten.«

»Ich muß dich doch sehr bitten, Penelope – wenn du von meinem verstorbenen Onkel sprichst, dann tue das mit Respekt«, sagte Emma energisch.

Penelope sah erstaunt aus – und schwieg einen Moment; und als sie wieder sprach, war es, um Emma ganz eingehend über die Qualität, den Preis und die Stoffart ihres Kleides für den wichtigen Tag und die anschließende Nacht auszufragen.

»Margaret wird wahrscheinlich vor Neid zerspringen, wenn sie den echten indischen Musselin sieht, den ich zu tragen gedenke – aber, wie ich dazu gekommen bin, erzähl' ich dir nicht, denn das ist ein großes Geheimnis, das ich mir für später aufhebe. Ist Margaret nicht ekelhaft eifersüchtig?«

Emma war schockiert.

»Ach, ich sehe schon!« lachte Penelope, »du bist zu gut, um eine Schwester schlechtzumachen – ganz die Miss Wundermild aus dem Buchpreis eines strebsamen kleinen Mädchens. Aber wenn du da sitzen willst wie Trumpf Sieben und jedes Wort auf die Waagschale legst, das du von dir gibst, kann ich dir nur sagen, daß mir das gar nicht paßt. Ich sage stets, was mir gerade in den Sinn kommt, ob's dem andern paßt oder nicht.«

Da Emma sich nicht äußerte, wie unschön sie eine solche Einstellung fand, gerieten die Schwestern dann auch nicht aneinander.

»Wie ist Margaret eigentlich mit Tom Musgrave weitergekommen?« fuhr Penelope fort. »Wie ist das – hast du Tom Musgrave gesehen?«

»Kaum«, sagte Emma.

»Und wie gefällt er dir? – was hältst du von ihm? – glaubst du, daß er Margaret liebt?« forschte Penelope.

»Nein«, sagte Emma, indem sie nur die letzte Frage beantwortete.

»Ich nämlich auch nicht; ich sehe durchaus nicht, daß er mehr in sie verliebt ist als in zwanzig andere Mädchen vor ihr – mich eingerechnet. Aber es ist sehr amüsant, sich mit ihm zu unterhalten, wenn er gut aufgelegt ist. Kannst du ein Geheimnis für dich behalten, Emma?«

»Ja, sicher, wenn es sein muß; aber es wäre mir lieber, ich wüßte keins.«

»Wie absurd – nichts macht doch mehr Spaß, als ein gutes Geheimnis zu haben. Ich würde es sonst niemandem erzählen, wenn du mir versprichst, es nicht zu verraten.«

»Es wird mich sehr freuen, alles zu hören, was du mir erzählen möchtest, und ich bin sicher, daß du nicht von mir verlangen wirst, etwas Unrechtes zu tun.«

»Etwas Unrechtes! Bist du so eine kleine Methodistin, die alles nur daraufhin anschaut, ob etwas unrecht ist – das ist doch meine Sache, und was kann schon unrecht daran sein, wenn ich Lust habe, dir etwas zu erzählen? Wenn man erst immer lange vorher überlegt, ob irgendeiner eine Sache vielleicht für unrecht hält, könnte man das Reden am besten überhaupt gleich aufgeben.«

Emma schwieg, weil sie auch gar nicht recht wußte, was sie darauf hätte antworten sollen, und nach einer kurzen Pause fuhr Penelope fort:

»Der einzige Grund, warum ich nicht will, daß du's weitererzählst, ist doch nur, weil ich alle andern eines

Tages mit der Neuigkeit überraschen möchte. Du versprichst mir also, nichts zu sagen!«

»Es wäre viel besser, du würdest es mir erst gar nicht erzählen, Penelope, weil dann dein Geheimnis ganz sicher wäre – und wenn *du* schon nicht widerstehen kannst, es zu erzählen, wie kannst du dann von mir erwarten, gegen eine solche Versuchung gefeit zu sein?«

»Da bist du aber sehr im Irrtum«, sagte Penelope, und warf ärgerlich den Kopf zurück, »wenn du dir einredest, ich könnte nicht für mich behalten, was ich nicht erzählen will; ich kann dir nur versichern, daß ich genauso verschwiegen bin – wenn die Umstände es erfordern – wie Ihre kleine Ladyschaft, nur daß ich mich nicht so aufspiele, meiner gesamten Familie überlegen zu sein und so superklug zu tun.«

Emma sah, daß sie ihre Schwester wütend gemacht hatte – wenngleich sie sich auch nicht ganz im klaren war, wie und warum, und sie versuchte – wenn auch vergebens –, sich für die unbeabsichtigte Kränkung zu entschuldigen. Doch Penelope war unversöhnlich.

»Du mußt gar nicht erst versuchen, so überlegen und uninteressiert zu sein – es war kein geringer Beweis meiner freundschaftlichen Gefühle für dich, was ich dir erzählen wollte; aber wenn du's nicht hören willst, läßt du's eben bleiben. Margaret wird mehr Interesse für meine Angelegenheiten zeigen, das kann ich dir sagen.«

Und mit diesen Worten stand Penelope auf und verließ eilig das Zimmer, indem sie die Tür hinter sich zuknallte.

Während der drei darauf folgenden Tage wurde jedes Mittel benutzt, um eine Neugier zu erregen, die Penelopes Egoismus schmeichelte. Elizabeth und Emma schlossen daraus, daß es nicht soviel wert sein konnte, ein Geheimnis zu erfahren, dessen Wichtigkeit mit so viel Aufwand erkauft werden mußte, oder daß es sowieso bestimmt bald publik würde.

13

Endlich kam der Tag für die vier Schwestern, um an den Ort so großer Erwartungen gebracht zu werden – und als sie ihre Kleider genügend zurechtgezupft und die Kniffe ausgeschüttelt hatten, nachdem sie so dicht gedrängt im Wagen hatten sitzen müssen, wurden sie die große Freitreppe hinaufgeleitet.

Dann passierten sie, im Gefolge vieler anderer, etliche Staatsräume und gelangten zum Eingang des Musiksalons, wo sie von Miss Osborne und ihrer Mutter empfangen wurden. Die erstere unterbrach eine Unterhaltung, um Elizabeth und ihrer jüngsten Schwester die Hand zu reichen, denen sie ihre große Freude über das Wiedersehen bekundete, und richtete dann ein paar höfliche Worte an die beiden anderen, als Miss Watson sie vorstellte. Sowohl Elizabeth wie auch Emma waren froh gewesen, ruhige Plätze zu finden, um von dort aus alles zu beobachten und auf diese Weise das von ihnen zu Recht erwartete Vergnügen zu genießen. Doch die beiden anderen waren nicht so leicht zufriedenzustellen. Sie wollten in Miss Osbornes Nähe bleiben, in der Hoffnung, noch durch zusätzliche Beachtung ausgezeichnet zu werden, und erklärten, sie dächten nicht im Traum daran, sich in einen Winkel drängen zu lassen, wo niemand sie sehen könne. Um zu vermeiden, durch ihr ärgerliches Geflüster die Aufmerksamkeit auf sich zu lenken, sahen sie sich gezwungen, nachzugeben, obgleich es ihnen beiden unangenehm war, ohne Anstandsdame oder die Begleitung eines Herrn durch die Räume zu paradieren; doch wollten sie sich auch Miss Osborne nicht anschließen, da sie eine große Gefolgschaft wohl als lästig empfinden würde.

Als sie nochmals durch einen der Salons kamen, bemerkten sie zum erstenmal einen Bekannten. Das war Tom Musgrave, der sich als Begleiter einer Gruppe elegant aussehender Damen betätigte und sie entweder nicht sah oder nicht sehen wollte. Unbemerkt an ihm vorbeizugehen jedoch, paßte weder Penelope noch Margaret, und da es der letzteren nicht gelungen war, seinen Blick auf sich zu lenken, zupfte die erstere ihn am Ellbogen, um ihn zu zwingen, sie anzuschauen.

Seine Aufmerksamkeit in dieser Form gefesselt, konnte er es nicht vermeiden, ein paar Worte zu sagen – doch seine Verbeugung war so kurz und so eilig wie nur möglich, und er hätte sich auch sofort seiner Gesellschaft wieder zugewandt, wenn Penelope und Margaret es zugelassen hätten. Das taten sie jedoch nicht.

»Mein Gott, Tom«, rief die ältere Schwester aus, »wir haben uns ja seit Ewigkeiten nicht gesehen, und doch scheinen Sie kein nettes Wort für eine alte Freundin übrig zu haben.«

Seine Gesellschaft ging weiter, während sie sprach, und sobald sie sich weit genug entfernt hatte, daß er sicher sein konnte, nicht von ihr gehört zu werden, sagte er kurz angebunden in schroffem Ton:

»Ich bin Ihnen sehr verbunden für Ihre Aufmerksamkeit, Miss Penelope, und außerordentlich glücklich, Sie zu sehen, nur bin ich im Augenblick verpflichtet, die Tochter von Sir Anthony Barnard zu begleiten, und muß Sie bitten, mich bis auf weiteres zu entschuldigen – Ihr ergebenster Diener, Miss Margaret«, und schon eilte er davon.

»Das ist ja empörend«, murmelte Penelope,»ich muß sagen, Tom Musgrave scheint ein vollkommener Flegel geworden zu sein, seit ich fort war.«

»Ich wünschte, unser Vater wäre ein Baronet oder ein Lord«, seufzte Margaret, »dann würde er sich auch um uns kümmern.«

»Dann würde er mich bestimmt nicht mehr interessieren«, sagte Elizabeth temperamentvoll. »Wer würde auf Artigkeiten Wert legen, die von einem solchen Faktum abhängig sind?«

Sie blieben jetzt stehen und schienen nicht mehr recht

zu wissen, wohin, als plötzlich Mr. Howard neben ihnen auftauchte und ihnen den Vorschlag machte, sich doch seiner Schwester anzuschließen, die im Musiksalon sei.

Da war das peinliche Gefühl, unter dem Emma gelitten hatte, sofort verschwunden – sie gehörten zu jemandem –, sie hatten jemanden, mit dem sie sprechen konnten – jemanden, bei dem sie sich wohl fühlten und nicht deplaciert vorkamen.

Mrs. Blake war fröhlich und liebenswürdig, wie immer – ihrer Schwestern wegen begrüßte sie die beiden Fremden herzlich und erklärte sich sofort bereit, als ihre Anstandsdame beim Ball zu fungieren.

Dagegen konnte selbst Margaret keine Einwände machen, und Emma war, mit Mr. Howard an ihrer Seite, jetzt wirklich glücklich. Das Glücksgefühl jedoch war nicht von langer Dauer, denn kaum hatte sie fünf Minuten gesessen, als sie bemerkte, daß Lady Osbornes Lorgnon in ihre Richtung wies – und kurz darauf näherte sich ein junger Mann, mit dem Miss Osborne anfangs sehr geflirtet hatte, und sagte:

»Howard, Sie werden gewünscht – ihre Ladyschaft findet Ihre Dienste und Ihre Anwesenheit unentbehrlich – doch ehe Sie gehen, bitte ich Sie, mir Ihren Platz zu überlassen.«

Mit offensichtlichem Widerstreben stand Mr. Howard auf und sagte, sich zu Emma hinwendend:

»Da ich Sie verlassen muß – erlauben Sie mir bitte, Ihnen meinen Freund, Sir William Gordon, vorzustellen – aber vergessen Sie nicht, Gordon«, fügte er lachend hinzu, »ich erwarte von meinem Stellvertreter, zu meinen Gunsten zurückzutreten, sobald ich zurückkomme, um meinen Anspruch geltend zu machen.«

»Verlassen Sie sich nicht allzu fest darauf«, sagte Sir William, dessen Benehmen Emma bestimmt für ihn eingenommen hätte, hätte er Mr. Howard nicht vertrieben, und der sogleich erkennen ließ, daß es ihm an Bereitwilligkeit nicht fehlte, sie durch Geplauder zu unterhalten.

»Waren Sie schon oft auf dem Schloß?« erkundigte er sich. »Ich kann mich nämlich nicht erinnern, Sie hier gesehen zu haben; denn Ihr Gesicht wäre mir bestimmt aufgefallen, wenn wir uns schon begegnet wären.«

Emma erklärte ihm, daß sie verhältnismäßig fremd in dieser Gegend und nur selten auf Schloß Osborne gewesen sei.

»Sind Sie denn sicher, daß Sie auch die Schloßpraktiken kennen? Wissen Sie über die Stellung der einzelnen Schloßbewohner Bescheid?«

»Im Gegenteil, ich weiß gar nichts – ich habe keine Kenntnis von diesen Dingen und bin auch nicht neugierig.«

»Ach, unmöglich! Alle Frauen sind neugierig – mehr oder weniger. Sie würden doch sicher gern mal einen verstohlenen Blick hinter die Kulissen werfen – und es ist sogar notwendig, daß Sie es tun, sonst verhalten Sie sich wieder falsch.«

»Wieder!« sagte Emma etwas bestürzt. »Habe ich denn das schon getan?«

»Gewiß«, entgegnete Sir William ernst. »Haben Sie sich nicht schuldig gemacht, Mr. Howard an Ihrer Seite festzuhalten, als ihre Ladyschaft ihn benötigte?«

»Keineswegs! Er ist doch sofort gegangen, als sie nach ihm geschickt hatte.«

»Nach ihm zu schicken, sollte ihrerseits überflüssig sein – seinerseits zu gehen, unmöglich; er hätte sich instinktiv an ihre Seite begeben und zu ihrer Verfügung stellen sollen.«

»Ganz gewiß nicht – Mr. Howard ist keine hohe Standesperson – er ist ein freier Mensch und hat ganz gewiß das Recht, seine Wahl zu treffen.«

»Seine Wahl steht zweifellos fest, aber hier handelt es sich mehr um die Wahl ihrer Ladyschaft.«

Emma sah etwas verblüfft aus.

»Howard ist mein intimer Freund«, fügte Sir William hinzu, »und ich wünsche ihm wirklich alles Gute; schließlich ist der Altersunterschied nicht allzugroß – nur fünfzehn Jahre oder so – irgendwann wird er dann vielleicht doch Witwer sein.«

»Ich wäre Ihnen wirklich dankbar, wenn Sie ein anderes Gesprächsthema finden würden, Sir William«, erwiderte Emma entschieden.

»Wie wär's denn, wenn wir von ihrer Tochter redeten? Finden Sie nicht, daß sie zu auffällig gekleidet ist?«

»Nein«, sagte Emma, »und ich fände es besser, wenn Sie die ganze Familie aus dem Spiel ließen.«

»Ich denke, ich werde Ihrem Rat folgen und ein anderes Thema wählen – was soll's denn sein? – wollen wir von Ihnen sprechen? Vertrauen Sie mir Ihre besonderen Vorlieben an – Ihre erstaunlichen Aversionen –, Ihre ewigwährenden Freundschaften. Wie viele Busenfreundinnen haben Sie, Miss Watson?«

»Keine, außer meiner Schwester«, antwortete Emma amüsiert.

»Ihre Schwester! Oh, pfui! Es kommt doch niemand auf die Idee, aus einer Schwester eine Freundin zu machen – das wäre ja fast grotesk – der Bruder einer Freundin wird natürlich besonders geschätzt – aber die eigenen Brüder und Schwestern kommen doch einfach nicht in Frage.«

»Ja, dann weiß ich nicht – dann bin ich ja wirklich schlecht dran, denn ich habe keine Freunde.«

»Tatsächlich! Ich wünschte, Sie würden mich als Freund akzeptieren.« Emma schüttelte den Kopf. »Ich versichere Ihnen, ich bin sehr bescheiden«, beharrte er. »Ich wäre ein wunderbarer Freund – versuchen Sie es nur einmal mit mir.«

Sie antwortete nur mit einem ungläubigen Blick.

»Da kommt Lord Osborne herein«, fuhr er fort, »und sieht aus, als wurde er gehenkt. In diese Richtung müssen Sie schauen, Miss Watson.«

»Danke«, sagte Emma, ohne seine Aufforderung zu beachten, »ich möchte seine schamhafte Verlegenheit durch meine Blicke nicht noch schlimmer machen.«

»Seine schamhafte Verlegenheit – das ist ja großartig. Er ist doch wirklich der unverschämteste Mann von Großbritannien. Was glauben Sie, welche Art von Bestechung seine Mutter ihm anbieten mußte, um ihn zu bewegen, heute in den Musiksalon zu kommen?«

»Es fällt mir schwer, das zu erraten. Angenehme Gesellschaft und gute Musik, zweifellos.«

»Ich kann mir nicht vorstellen, daß ihn auch nur eins von beiden zufriedenstellen würde. Schauen Sie, er ist auf dem Wege zu seiner Mama – was wollen Sie wetten, daß er nicht sechs Damen auf die Füße tritt, bevor er dort angelangt ist?«

Emma mußte unwillkürlich lächeln, drehte sich aber nicht um.

»Oh, er spricht gar nicht mit Lady Osborne – er wendet sich an Howard. Mich wundert, was er sagt. Howards Gesicht ist ein offenes Buch, und er haßt das. Jetzt schauen sie beide hierher – und mein Wort, seine Lordschaft kommt herüber. Glauben Sie, er will zu mir, Miss Watson? Soll ich meinen Platz zugunsten seiner Lordschaft räumen?«

»Das ist Ihnen überlassen. Meinetwegen müssen Sie es nicht tun.«

»Was für eine rätselhafte Antwort – ich weiß nicht, wie ich das verstehen soll. Denn obgleich ich mir sehr wohl darüber im klaren bin, daß die private Meinung einer Dame gewöhnlich das Gegenteil von ihrer offiziellen ist, werde ich noch immer im unklaren darüber gelassen, welchen von uns beiden Sie tatsächlich vorziehen.«

Die ganze Unterhaltung wurde während der fieberhaften Vorbereitung der Aufstellung zum Tanz und des vorangegangenen Beginns der Eröffnungsmusik zum Ball im Flüsterton geführt; doch jetzt setzte das Orchester voll ein und machte Emmas Antwort überflüssig.

Das Schweigen, das sich danach zwischen ihnen einstellte, empfand Emma als eine Wohltat, und in der Meinung, daß die Aufmerksamkeit ihres Begleiters auf ein anderes Objekt gerichtet war, warf sie einen verstohlenen Blick zu Lady Osbornes Gesellschaft hinüber. Ihre Ladyschaft saß hoheitsvoll da, und dicht neben ihr stand Mr. Howard. Er neigte sich gerade hinunter, um eine Bemerkung seiner Gönnerin zu hören, und der schmerzliche Gedanke schoß ihr durch den Kopf, daß vielleicht doch die recht behalten könnten, welche von der Möglichkeit einer Verbindung zwischen den beiden munkelten. Sie konnte sich nicht vorstellen, daß er die Witwe liebte, aber es war ja möglich, daß Ehrgeiz und das Bedürfnis, unabhängig zu sein, ihn bestimmen könnten; und was ihre Ladyschaft betraf, mußte sie ja doch zumindest Anlaß zu einer so allgemeinen, im Flüsterton geäußerten Mutmaßung gegeben haben.

Hätte Emma die Beteiligten vor einem Jahr gekannt, wäre ein solcher Gedanke als absurd von ihr zurückgewiesen worden; doch die Heirat ihrer Tante hatte ihren Gefühlen einen Schock versetzt, der ihr Vertrauen in Männer und Frauen – besonders in Witwen mittleren Alters mit großen Vermögen – zu zerstören drohte. Wenn es zutraf, daß Mr. Howards Charakter so war, wie sie annahm, wäre er durch derartige Überlegungen nicht zu beeinflussen; doch vielleicht täuschte sie sich auch darin, und wo eine solche Möglichkeit der Täuschung bestand, war es an ihr, ihr eigenes Glück nicht dadurch zu gefährden, daß sie ihre Gefühle aus Voreingenommenheit für ihn noch ermutigte. Deshalb beschloß sie, sich seiner Gesellschaft soviel wie möglich zu entziehen, um ihr seelisches Gleichgewicht wiederherzustellen. Nachdenklich starrte sie auf das Orchester und war überrascht, als Lord Osborne sie ansprach, der seit langem versucht hatte, zu ihr zu gelangen.

»Ich habe diese letzte halbe Stunde versucht, zu Ihnen vorzudringen, Miss Watson, aber diese Burschen verursachen mit ihrer Musik einen derartigen Tumult, daß man nicht weiß, was man hier soll.«

Nichts in Emmas ruhiger und zurückhaltender Begrüßung war dazu angetan, den Eindruck der Bevorzugung ihrerseits, den Sir William Gordon erwähnt hatte, zu verstärken. Sie war höflich, aber so weit entfernt von der Erregung befriedigter Eitelkeit wie vom Bewußtwerden einer wachsenden Zuneigung.

»Ich wünschte, Sie würden mir Platz machen, Gordon«, sagte er gleich darauf. »Ich finde nämlich, Sie haben lange genug hier gesessen – gehen Sie, und machen Sie Miss Carr den Hof, dann haben Sie eine zweifache gute Tat getan.«

»Inwiefern, Mylord?« fragte Sir William, ohne sich auch nur einen Millimeter fortzubewegen.

»Indem Sie ihr etwas zu tun geben und mir Ihren Platz hier überlassen.«

»Vielen Dank, aber ehrlich gesagt, fühle ich mich einem solchen Bravourstück, wie es Eure Lordschaft soeben erfolgreich überstanden haben, nicht gewachsen. Ich könnte mir meinen Weg durch ein solches Gedränge nicht bahnen und muß Sie um die Erlaubnis bitten, in der schlichten Abgeschiedenheit dieses Winkels sitzenbleiben zu dürfen, der meiner niedrigen Stellung am besten entspricht.«

»Sie abscheulicher, egoistischer Mensch! Sie haben den besten Platz im Saal, und das wissen Sie auch – verflixt nochmal.«

Sir William verneigte sich.

»Dann kann Eure Lordschaft kaum von mir erwarten, ihn aufzugeben – Besitz ist alles, wie Sie wissen.«

»Ich kann für Eure Lordschaft Platz machen«, rief Margaret, die sich schon die ganze Zeit den Hals ausgerenkt hatte, um zu versuchen, seine Aufmerksamkeit zu erregen. Sie saß hinter Emma und Elizabeth, neben Mrs. Blake.

Lord Osborne drehte kaum den Kopf und streifte sie nur mit einem kurzen Seitenblick, lehnte sich dann zu Emma hinüber, um zu erfahren, wer das dünne Mädchen hinter ihr sei.

Sie erklärte ihm, das sei ihre Schwester.

»Nein so was«, rief er aus, »das hätte ich nie vermutet – sie ist ja überhaupt nicht wie Sie!«

In diesem Augenblick ließ Penelope, die am äußersten Ende der Gruppe saß, sich zu einer freundlichen Geste herab. Im Hinblick auf den Vorzug, Lord Osborne in ihrem Kreis zu behalten, und zu klug, es dadurch erreichen zu wollen, daß sie Emma verdrängte, entfernte sie sich still und hinterließ einen freien Platz.

Sofort bat er Elizabeth, ihren Platz zu wechseln, und hatte sich im nächsten Augenblick auch schon an der lang ersehnten Stelle niedergelassen.

»Was für eine bemerkenswert gütige junge Dame«, bemerkte er flüsternd; »wer ist sie?«

»Eine andere Schwester, Mylord.«

»Noch eine Schwester! Ja, um Himmels willen, wie viele Schwestern haben Sie denn hier im Saal?«

»Nur drei.«

»Nur drei! Und wie viele haben Sie sonst noch?« Emma versicherte ihm, daß das alle seien.

»Soso – aber drei sind schon zuviel«, meinte er ernst. »Es muß sehr unangenehm sein, so viele zu haben – empfinden Sie das nicht so?«

»Unter diesem Aspekt habe ich es nie betrachtet, was vielleicht günstig ist, da ich kein Mittel dagegen sehe.«

»Das ist richtig – Sie haben sie nun mal und können es nicht ändern – was es aber nicht weniger schlimm macht – man würde doch nicht freiwillig drei Schwestern haben wollen.«

Emma hielt es nicht für nötig, auf diese Äußerung etwas zu erwidern.

»Dann hat Ihr Vater also vier Töchter?« fuhr er fort, als sei es das Resultat einer sorgfältigen Berechnung seinerseits.

»Ihre Berechnung stimmt ganz genau, Mylord«, sagte sie mit dem Anflug eines Lächelns.

»Und wie viele Söhne sind vorhanden?«

»Nur zwei.«

»Das sind im ganzen sechs Kinder. Es ist bestimmt ein großer Nachteil.«

»Mich macht es durchaus nicht unglücklich.«

»Das kommt nur daher, weil Sie so besonders gutherzig sind – ich glaube kaum, daß ich das aushalten könnte.«

»Es ist ein Glück, daß man von Ihnen wahrscheinlich nicht verlangen wird, eine derartige Zumutung auf sich zu nehmen.«

»Falls ich nicht zufällig eine Frau heiraten würde, die eine ganze Menge Brüder und Schwestern hat.«

»Wenn Sie das tun, ist es Ihr eigener Fehler, und wenn Sie schon so voreingenommen gegen sie sind, würde ich Ihnen ganz bestimmt davon abraten.«

Es trat eine lange Pause ein, während der jeder damit beschäftigt schien, dem Gesang zu lauschen, und als am Schluß wieder Gelegenheit gewesen wäre, eine Unterhaltung zu führen, wurde Emmas Aufmerksamkeit von Miss Osborne in Anspruch genommen, die sie in einen anderen Salon führte, um, wie sie sagte, einen netten kleinen Plausch mit ihr zu halten.

»Wie finden Sie Sir William Gordon?« begann sie, wendete aber ihr Gesicht ab, während sie sprach, um einige Blumen in ihrer Nähe eingehend zu betrachten.

»Ich habe ihn kaum genug gesehen, um mir ein ernsthaftes Urteil bilden zu können.«

»Sind Sie für den ersten Tanz mit Mr. Howard verabredet?«

»Nein, ich habe ihn kaum gesehen«, erwiderte Emma, die jetzt ihrerseits versuchte, ihr Gesicht zu verbergen.

»Das ist schade – ich wünschte, er hätte Sie gefragt«, sagte Miss Osborne, während sie Emma einer gedankenverlorenen Prüfung unterzog.

Ihre Aufmerksamkeit wurde durch deren auf sie zukommende Schwestern abgelenkt, und da sie jetzt unter dem unmittelbaren Schutz von Miss Osborne standen, hielt Tom Musgrave es für angezeigt, sich zu nähern und ihre Gesellschaft zu suchen. Sein Ziel war natürlich Emma, aber nicht nur ihretwegen, sondern weil ihr Arm in dem der Vicomtesse Miss Osborne ruhte.

»Wie freue ich mich, daß Sie so wohl aussehen, Miss Emma Watson«, rief er. »Stanton muß Ihnen wirklich erstaunlich gut bekommen; doch ist es mir ein höchst unerwartetes Vergnügen, Sie unter diesem noblen Dach zu treffen – es ist das erstemal, daß ich diese Ehre habe.«

Ein Faktum, das Emma gelassen bestätigte.

»In welch großartigem Stil unsere hohe Gastgeberin Feste ausrichtet«, fuhr er fort. »Eine solche Gastfreundschaft gibt es in keinem der anderen Herrenhäuser, in denen ich verkehre. Erinnert Sie das nicht an die alten feudalen Zeiten, als die Schönen Hof hielten, und die Ritter und Edelleute um ein strahlendes Lächeln miteinander kämpften?«

»Ich wünschte, Sie würden schauen, wo mein Bruder steckt, Mr. Musgrave«, sagte Miss Osborne, sich schnell umsehend.

Tom verneigte sich tief und untertänig.

»Können Sie mir sagen, wo ich seine Lordschaft finde?« erkundigte er sich.

»Nein, gewiß nicht – Sie müssen schon die Güte haben, selbst herumzulaufen, bis Sie ihn finden.«

»Aber geraten Sie bei der Jagd nicht außer Atem«, warnte Sir William, »das würde Miss Osborne bestimmt nicht von Ihnen verlangen.«

Sobald er außer Hörweite war, sagte Miss Osborne:

»Man hat mir erzählt, daß einige Frauen diesen jungen Mann ungeheuer bewundern, aber er ist ein Hohlkopf und hat keine eigene Meinung.«

»Auf mein Wort, Miss Osborne«, äußerte Sir William, »wenn Sie derartig scharfe Urteile fällen, werden Sie mich noch aus Ihrer Gesellschaft vertreiben. Wenn Sie schon Tom Musgrave mit solcher Strenge behandeln, frage ich mich, welche Charakterisierung Sie mir zumessen würden?«

»Ihnen! – Sir William, ich mache mir kein Gewissen

daraus, Ihnen zu sagen, wie faul, unangenehm und wertlos Sie sind. Vertrödeln Sie nicht Ihre Tage mit Fuchs- und Parforcejagden und Ihre Nächte mit Trinken und Flirten? Sind Sie nicht bekannt als der schlechteste Dienstherr, der schlechteste Hausherr, der schlechteste Friedensrichter und das schlimmste Mitglied in der Grafschaft? Ihre üblen Taten sind doch notorisch: Reißen Sie nicht Schulen ab und zerstören Kirchen? Habe ich nicht von einem Feuer auf Ihrem Besitz gehört, das großen Schaden angerichtet hat – hätten Sie sich da nicht ganz einsetzen müssen?«

»Ich flehe um Gnade, Miss Osborne – zählen Sie nicht noch mehr meiner Missetaten auf, oder Sie werden mich wirklich vertreiben. Solch öffentlicher Tadel ist mehr, als ich ertragen kann.«

Alsbald kam eine Aufforderung Lady Osbornes an ihre Tochter, mit dem Bemerken, man warte darauf, daß sie den Ball eröffne.

Emma befand sich jetzt an der Seite Lord Osbornes, doch er stand schweigend da, anscheinend ohne die Absicht, ihr Tanzpartner sein zu wollen. Sie begann sich sehr unbehaglich zu fühlen und wünschte sich still in einem versteckten Winkel, einfach irgendwo, nur nicht an einer sichtbaren Stelle, und niemanden in ihrer Nähe, außer ihrer Gastgeberin.

Schließlich faßte sie sich ein Herz und sagte, daß sie dort, wo sie ständen, wahrscheinlich im Wege seien, und daß sie Mrs. Blake suchen und bei ihr sitzen wolle. Doch ehe noch Lord Osborne dazu kam, ihr zu antworten, erschien die Dame, von der sie gesprochen hatte, am Arm ihres Bruders.

Emma war höchst überrascht, als seine Lordschaft ausrief:

»Oh, Howard, ich bin irrsinnig froh, daß Sie kommen. Sie sollen mit Miss Emma Watson tanzen. Ich versuche schon seit geraumer Zeit, einen Tänzer für sie zu finden.«

Mr. Howard, der erst kurz zuvor der Liebedienerei

entronnen war, die Lady Osborne von ihm erwartete, und der Emma mit eben dieser Absicht gesucht hatte, fühlte seine ganze freudige Erwartung beim Anblick des beieinander stehenden jungen Paares dahinschwinden. Er kannte seinen Schüler zur Genüge, um das außergewöhnliche Interesse wahrzunehmen, das dieser an seiner Begleiterin haben mußte, daß er sogar daran dachte, ihr einen Tanzpartner zu verschaffen; und er konnte sich kaum vorstellen, daß die ihr von diesem jungen Adligen in dieser Weise bezeugte Verehrung sie gänzlich unbeeindruckt lassen würde. Und deshalb folgte er auch dem Ersuchen, das Lord Osborne geäußert hatte, mit ernster, jedoch höflicher Miene und erbat die Ehre ihrer Hand.

Abzulehnen stand außer Frage, und andererseits konnte sie es nicht ertragen, etwas anzunehmen, was so widerwillig dargeboten wurde. Sie meinte, der Vorschlag sei ihm unangenehm – er folgerte, sie sei enttäuscht, nicht den jungen Pair als Tanzpartner zu haben, und diese Gefühle riefen auf beiden Seiten eine natürliche Kälte des Verhaltens hervor. Sie konnte ihm nicht erklären, wie unbehaglich sie sich gefühlt hatte, mit Lord Osborne allein dazustehen, und ihm schien plötzlich überhaupt nichts mehr einfallen zu wollen, was zu einer Unterhaltung hätte führen können. Ihr Tanz war so ganz anders wie der des glücklichen Abends, als sie sich zum erstenmal aufgestellt hatten, und trotz ihrer Entschlossenheit, Gleichgültigkeit ihm gegenüber zu entwickeln, konnte sie doch ihre Betrübtheit über seine Art nicht überwinden. Endlich war es vorbei, und wieder fand sich Lord Osborne an ihrer Seite ein, doch diesmal von seiner Schwester begleitet.

»Henrietta«, sagte er, »mir scheint, dieser Tanz hat Miss Watson nicht gefallen. Wenn du ihr das nächste Mal einen Tänzer schickst, wird er ihr hoffentlich besser gefallen. Wie wäre es, wenn Sie mit mir tanzten, Miss Watson, und sehen, ob ich es Ihnen nicht recht machen könnte – nur mußt du einen sehr leichten Tanz ankündigen,

Henrietta, denn einen komplizierten bringe ich nicht zustande.«

Miss Osborne sah bei dieser Äußerung von seiten ihres Bruders einigermaßen überrascht aus; Mr. Howard entfernte sich. Gerade in diesem Augenblick tauchte Mr. Musgrave wieder auf, und Lord Osborne, der ihn im gleichen Moment ansprach, äußerte den Wunsch, daß er hingehen und diese gütige Miss Watson zum Tanz auffordern solle, da er sich ihr besonders verpflichtet fühle. Sein Mienenspiel beim Empfang dieses Auftrags hätte einen Beobachter köstlich amüsiert; er konnte sich nicht klar werden, ob er ihn ablehnen sollte. Doch als er dann bemerkte, daß die ganze Familie auf dem Schloß mit Wohlwollen betrachtet wurde, beschloß er sogar, sie auch alle unter seine Fittiche zu nehmen, aber tanzen wollte er nur mit Emma und hatte sie aus diesem Grunde auch aufgesucht. Nach kurzem Zögern wandte er sich ihr zu, in der Annahme, daß sie die Gemeinte sei, und erbat die Ehre ihrer Hand, was gleichermaßen seinen eigenen Wünschen und auch dem Ersuchen seines noblen Freundes entsprach. Sein Freund jedoch war keineswegs gewillt, seinen Erstanspruch zugunsten Mr. Musgraves aufzugeben, sondern erklärte ihm ohne Umschweife, daß die Miss Watson, die er auffordern sollte, eine ältere sei, die so gütig gewesen wäre, als er einen Platz suchte. Da er nicht mit Miss Osborne tanzen konnte, weil auch sie schon versagt war, ging er auf die Suche nach der jungen Dame, deren Güte einen solchen Eindruck hinterlassen hatte. Doch auch Penelope war bereits vergeben, und so war es bei dieser Gelegenheit seine Pflicht, Margaret zum Tanz aufzufordern.

Margaret empfing ihn mit einem Überschwang an befriedigter Eitelkeit und Entzücken, der in ihren Blicken und Bewegungen zum Ausdruck kam. Jetzt war sie überzeugt, daß seine Gefühle sich ihr wieder zuwendeten, und daß er in Kürze ihr erklärter Anbeter werden würde.

Emmas Tanz war kaum lebhafter als ihr voriger, da

Lord Osborne voll damit beschäftigt war, seine Füße im Takt zu bewegen und seinem Vis-á-vis im richtigen Moment die richtige Hand zu reichen, so daß es seine Fähigkeiten überstieg, auch noch eine Unterhaltung zu führen. Sie sah, daß Mr. Howard nicht tanzte, und mehr als einmal waren seine Augen mit einem Blick auf sie gerichtet, den sie nicht verstand. Es war weder Abneigung noch Mißfallen, was sein Gesichtsausdruck widerspiegelte – sie würde es eher als sichtliche Besorgnis und freundliches Interesse bezeichnet haben. Sie versuchte zu vermeiden, zu ihm hinzuschauen und war ärgerlich mit sich, daß sie, trotz ihrer gegenteiligen Entschlüsse, soviel über seine Blicke und sein Verhalten nachdachte.

Nach Abschluß dieses Tanzes begaben sich alle zum Souper in den Speisesaal, und Emma fand sich, sehr zu ihrer eigenen Überraschung, von ihrem letzten Tanzpartner dorthin eskortiert, obwohl sie das Gefühl hatte, daß ihr Platz von einem der illusteren Gäste hätte eingenommen werden sollen. Einen Moment lang redete sie sich sogar ein, daß seine Mutter und seine Schwester durch seine Wahl etwas betroffen aussähen. Von ihrer eigenen Familie saß sie ziemlich getrennt, bis auf Margaret, die mit Tom Musgrave schräg gegenüber von ihnen Platz genommen hatte. Emma sah sogar mit einigem Erstaunen, daß ein heftiger Flirt zwischen ihnen im Gange war, der immer zärtlicher wurde, je mehr der ausgezeichnete Champagner bei Mr. Musgrave seine Wirkung tat.

14

Als sie vom Souper aufstanden, schob Miss Osborne ihren Arm wieder unter den Emmas und führte sie aus dem Saal, während sie klagte, daß sie müde und erhitzt sei, und vorschlug, sich in den Wintergarten zurückzuziehen.

Dort spielten die munteren Strahlen eines leuchtenden winterlichen Mondes auf Blüten und Buschwerk. Am Ende des Wintergartens befand sich ein mit Sofas ausgestalteter Erker, der den Blicken durch ein Spalier von blühenden Orangenbäumen, deren Duft die Luft erfüllte, fast entzogen war. In diesen stillen Winkel führte Miss Osborne ihre Freundin. Sie hatten erst einige Minuten gesessen, als sie sich nähernde Stimmen hörten.

Miss Osborne wisperte: »Es ist nur Ihre Schwester mit Mr. Musgrave – rühren Sie sich nicht, sonst plagt er uns mit seiner Gesellschaft.«

In der Annahme, daß sie sich nicht lange dort aufhalten würden, hielten sich die beiden jungen Damen weiter verborgen; und gleich darauf kam das Paar so viel näher, daß sie genau hören konnten, was gesprochen wurde.

Margaret sprach.

»Ich kann Ihnen nur sagen, Mr. Musgrave, Sie brauchen uns gar nicht zu beneiden, uns arme, schwache Frauen, denen für die Wunden, die man uns beibringt, kein Mitleid zuteil wird. Wir müssen es schweigend tragen – die Geheimnisse unserer Herzen wagen wir nicht preiszugeben.«

»Aber Frauen haben doch soviel mehr – ich wollte sagen, sie sind soviel weniger – das heißt, wissen Sie, so zart, so engelhaft...« Toms Gerede war jetzt gänzlich alkoholisiert und endete in völliger Konfusion.

»Genauso ist es – wir lächeln noch mit einem Dolch in unseren Herzen«, fuhr Margaret fort, die jetzt auf einer Welle romantischer Gefühlsduselei dahinsegelte.

Tom, der es unmöglich fand, seinen Teil an dieser Art von Gespräch weiter aufrechtzuerhalten, versuchte das Thema zu wechseln.

»Was sind denn das für himmlische Blüten?« fragte er, während er an den Blättern des Busches neben sich herumfingerte.

»Das sind doch Orangenblüten, wissen Sie das nicht? – Blüten für eine Braut.«

»Tatsächlich? – und wann gedenken Sie die zu tragen?«

»Wie können Sie das fragen – hat denn eine Frau über ein solches Ereignis zu entscheiden?«

»Würden Sie sie denn gern tragen wollen?«

»Sie herzloser Mensch – wie können Sie nur fragen?«

»Schelten Sie mich nicht für das tiefe Interesse, das ich für Sie hege.«

»Sie hegen ein Interesse, nein sowas!« rief Margaret affektiert lachend aus. »Oh, ich kenne Sie viel besser.«

»Wenn Sie an meinen Worten zweifeln, kennen Sie mich überhaupt nicht – sagen Sie mir, gibt es einen unter all den Männern dieser illustren Gesellschaft, für den Sie diese Blüten tragen würden.«

»Keinen – mein Ehrenwort. Doch weshalb sollten Sie das fragen – Ihnen ist das doch gleichgültig – Sie hegen kein Interesse für mich – Sie beteuern zwar viel – aber das ist bei Ihnen schon Gewohnheit.«

»Sie sind grausam. Ich versichere Ihnen, ich habe das gefühlvollste Herz der Welt und eine tiefe und ernsthafte Zuneigung für Sie, schöne Margaret.«

»Jetzt scherzen Sie, Mr. Musgrave.«

»Wenn ich meine Bewunderung – meine Zuneigung gestehe, unmöglich! Bei dieser zarten Hand schwöre ich, daß ich Sie über alles liebe. Wollen Sie die Orangenblüten für mich tragen?«

»Will ich? Ach, teuerster Tom! – wie wenig kennen Sie mein Herz, wenn Sie an meiner Bereitwilligkeit zweifeln – aber kann ich Ihnen trauen?«

»Ich schwöre es Ihnen bei dem leuchtenden Mond über uns – bei der heiligen Ehre meiner Vorfahren, bei allem, was mir teuer ist, daß Sie die schönste, beste, die begehrenswerteste, reizendste, vollkommenste Frau von allen sind, die ich kenne.«

»Ach, liebster Tom! Ich fürchte sehr, Sie schmeicheln mir nur mit Ihren süßen Worten.«

»Ihnen schmeicheln! – manchen habe ich geschmeichelt – aber nicht Ihnen – das ist unmöglich – sagen Sie mir, Margaret, lieben Sie mich?«

»Zweifeln Sie an meiner Liebe? Können Sie meinen Gefühlen mißtrauen? – Könnten Sie mir doch nur ins Herz schauen. Tom, ich gehöre Ihnen auf Leben und Tod.«

»Sie sind mein, und ich bin der Ihre – aber still, ich höre Stimmen – lassen Sie uns in den Ballsaal zurückkehren.«

Mit langsamen Schritten und anscheinend nur widerstrebend wurde Margaret mit hinausgezogen. Im Moment, da sie außer Hörweite waren, drehte Miss Osborne sich zu ihrer Gefährtin um und schreckte sie aus ihrem Zustand der Erstarrung auf, in den sie verfallen war, indem sie sich eilends im Flüsterton bei ihr zu entschuldigen begann, daß sie unabsichtlich zur Mitwisserin von den glücklichen Plänen ihrer Schwester geworden sei. Sie versicherte Emma, daß sie nur aus rein freundschaftlichen Gefühlen so still sitzen geblieben sei – denn wären sie aufgestanden, um hinauszugehen, und hätten das Liebespaar durch ihr Erscheinen aus der Fassung gebracht, wäre die Liebeserklärung unterbrochen und der ganze Ablauf dadurch in Frage gestellt worden. Gleichzeitig versprach sie, nichts von dem Geschehenen verlauten zu lassen, bis es offiziell mitgeteilt worden sei. Sie meinte nicht hinzufügen zu müssen, wie absurd ihr die beiden vorgekommen seien.

Daß Tom Musgrave einer Frau ohne Geld und ohne Verbindungen zur großen Welt einen Heiratsantrag machen sollte, und noch dazu Margaret, kam Emma fast schon wie ein Wunder vor. Es war ihr peinlich, daß ausgerechnet Miss Osborne das ganze Getue zwischen ihnen mitanhören mußte, denn irgendwie befürchtete sie, daß diese sich über eine derartige Liebe und Afferei lustig machen würde. Hinzu kam, daß ihr das Glück ihrer Schwester mit einem Mann sehr zweifelhaft schien, dessen notorische Flatterhaftigkeit und dessen Oberflächlichkeit nur Schlimmes für die Zukunft versprachen. Sicherlich liebte Margaret ihn; doch das war eine Liebe, die sich zweifellos auch auf ein anderes Objekt hätte übertragen lassen und kaum dazu angetan war, sie ernstlich unglücklich zu machen.

Alle diese Gedanken gingen ihr durch den Kopf, während sie ihre Gefährtin langsam zum Ballsaal begleitete, wo sie die beiden, deren Unterhaltung sie mitangehört hatten, aber weder suchten noch sahen.

Der Abend hatte Emma entschieden mehr Pein als Vergnügen bereitet. Sie war von dem Verhalten und der Art Mr. Howards ihr gegenüber enttäuscht gewesen, die eher eine seltsame Entfremdung zwischen ihnen vergrößert, als ihre Freundschaft vertieft zu haben schienen. In Sir William Gordon hatte sie einen munteren Gesellschafter kennengelernt. Es wäre ja ein Trauerspiel, versicherte er, wenn sie nur wie ein Meteor aufblitzend seine Bahn gekreuzt hätte, nur um ihn dann in finstere Nacht versinken zu lassen. Ihre Bahn, erklärte Emma, sei bestimmt, einsam und fern von seiner zu verlaufen. Daß sie überhaupt auf dem Schloß sei, hänge einzig und allein von Miss Osborne ab, und es sei unwahrscheinlich, daß ihre Bahnen sich noch einmal kreuzten.

»Aber da Sie gerade von ihr sprechen: Finden Sie sie eigentlich hübsch?«

»Ganz außerordentlich sogar«, erwiderte Emma herzlich, »es ist ein Gesicht, das einen ständig mehr bezaubert – Sie müssen sie doch sehr bewundern.«

Sir William gab keine direkte Antwort, und Emma mutmaßte, daß er schneller eine Antwort parat gehabt hätte, wäre seine Bewunderung nur oberflächlicher Natur gewesen. Andererseits hatte es sie befremdet, daß Miss Osbornes Benehmen ihm gegenüber so kühl und kapriziös war, während Sir William vielleicht nur versuchte, seine wahren Empfindungen zu verbergen und sich den Anschein gab, als amüsiere er sich mit andern. Vielleicht aber amüsierten sich alle auf ihre Kosten, indem sie ihr die Ermutigung gaben, die sie verführt hatte, sich in eine Gesellschaft zu begeben, die entschieden ihre Verhältnisse überstieg.

Und so endeten Emmas Ballfreuden auf Schloß Osborne, die sicher kleiner gewesen waren, als ihre Phantasie ihr vorgegaukelt hatte. Nach einigem Nachdenken kam sie zu der Überzeugung, daß diese Unzufriedenheit einer Fehlkalkulation ihres eigenen Verstandes entspringen mußte; hätte sie ihre Gefühle unter Kontrolle gehabt, dann hätte sie sich an diesen Vergnügungen, die sich ihr boten, mit Befriedigung und Genugtuung beteiligt, statt ihren Geist damit zu ermüden, herbeizuwünschen, was ihr vorenthalten worden war. Ihr zärtliches Interesse für Mr. Howard war die Ursache des Ganzen; und wenn diese beginnende Neugier bereits soviel Verstimmung mit sich brachte, war es an ihr, sie auf der Stelle zu unterdrücken oder sich für immer ihres Seelenfriedens beraubt zu sehen.

Das Zusammenwirken einer großen inneren Erregung und ungewöhnlicher Nervosität mußte naturgemäß eine unruhige und schlaflose Nacht zur Folge haben; und als sie früh am nächsten Morgen spürte, daß frische Luft für ihren Kopf das beste sei, beschloß sie zu versuchen, noch vor dem Frühstück, das es wahrscheinlich sowieso erst sehr spät geben würde, ihren Weg nach draußen zu finden.

Die Wintersonnenstrahlen glitzerten auf dem Rauhreif, die Luft war prickelnd und belebend, und in Erwartung eines wohltuenden Spaziergangs wanderte sie in den Park hinein. Der Pfad, den sie wählte, führte an einem Hang mit einem wunderschönen Buchenwald entlang, und sie folgte ihm eine Zeitlang in tiefer Einsamkeit, ohne ein anderes Geräusch zu vernehmen als das Echo ihrer eigenen Schritte auf dem harten, knirschenden Kies. Doch als sie schon eine beträchtliche Strecke zurückgelegt hatte, kam es ihr vor, als hörte sie in ihrer näheren Umgebung andere Schritte, die sich parallel zu ihr, nur tiefer im Wald, zu halten schienen. In der Annahme, es sei ein

Waldarbeiter oder ein Wildhüter, blieb sie stehen, um zu horchen und zu warten, daß sie weitergingen; doch die Schritte hielten gleichfalls inne, wie ihre, und zwar so gleichzeitig, daß sie sich zu fragen begann, ob sie nicht überhaupt eine Täuschung gewesen seien.

Kaum hatte sie ihren Weg wieder aufgenommen, als sie auch schon wieder das sie begleitende Geräusch vernahm, und diesmal fest überzeugt, daß es keine Einbildung war, versuchte sie, tiefer in den Wald hineinzuschauen, um festzustellen, wer ihr stiller Begleiter sei, doch Gebüsch und Unterholz waren zu dicht, um ihr einen Durchblick zu gestatten.

Da ihr bei dieser Art von Begleitung nicht ganz wohl war, beschloß sie umzukehren, und an einer Kreuzung, die, wie es ihr schien, in Richtung des Schlosses verlief, das in diesem Moment auch zu sehen war, schlug sie, ohne zu zögern, diese Richtung ein. Sie hörte zwar die Schritte jetzt nicht mehr, sah aber mit einer anderen Art von Bestürzung, daß die sich sehr schnell zusammenziehenden Wolken Regen oder Schnee ankündigten. Die Wendungen und Windungen dieses Pfades beunruhigten sie langsam, und bald kam sie zu der Überzeugung, daß sie sich völlig verirrt hatte. Der Zustand des Wetters wurde jeden Augenblick bedrohlicher.

In der Hoffnung, die Schloßtürme durch die Baumkronen hindurch zu entdecken, stieg sie eine kleine Anhöhe hinauf, um von dort eine weitere Sicht zu haben; und wenn sie auch von dieser Stelle aus nicht das Schloß erblickte, sah sie in einer kleinen Mulde unterhalb ein Häuschen, das anscheinend einem Waldhüter oder Gärtner gehörte, und sie beschloß, sich dort nach dem Weg zu erkundigen.

Während des kurzen Augenblicks, da sie stehenblieb, um ihre Blicke über die Landschaft schweifen zu lassen, hörte ihr scharfes Ohr wiederum das Geräusch der Schritte, die ihr zuvor gefolgt zu sein schienen. Obgleich sie sich durchaus bewußt war, daß in Wirklichkeit kein

Grund zur Beunruhigung bestand, überwand sie, so gut sie konnte, eine wachsende Nervosität, und lauschte angespannt.

Die Schritte waren leicht und gleichmäßig, anscheinend die eines Mannes, zu leicht für Lord Osborne, dem man nicht gerade einen anmutigen Gang nachsagen konnte, und ihr Herz gab ihr den Gedanken ein, daß es vielleicht Mr. Howard sei.

Wenn er es wäre, würde sie nicht mit ihm sprechen – dazu war sie fest entschlossen; sie würde ihm nicht gestatten, nur privat freundlich zu sein, während er vor Zeugen kalt und abweisend war; aber dann dachte sie wieder, sie würde doch gern feststellen, ob er es gewesen sei, und zu welcher Art von Benehmen er wohl heute aufgelegt wäre.

Die Schritte waren jetzt so nah, daß im nächsten Augenblick die Gestalt hervortreten mußte, und damit es nicht aussah, als hätte sie auf ihn gewartet, drehte sie sich noch einmal um und schaute auf das Häuschen hinunter, auf das gerade ein paar große, schwere Regentropfen niederfielen, die es ratsam für sie machten, schnellstens Unterschlupf zu suchen. Während ihr Kopf so weggewandt war, brachten drei schnelle Sätze Sir William Gordon an ihre Seite.

Aller Wahrscheinlichkeit nach wäre der junge Mann wenig erfreut gewesen, hätte er gewußt, daß ihr plötzliches Erröten bei seinem Anblick nur ihre Betretenheit und Enttäuschung widerspiegelte; denn was immer sie selbst sich auch einreden mochte, war sie doch wirklich ganz enttäuscht, daß der Störenfried nicht, wie sie sich eingebildet hatte, Mr. Howard war.

Sie gab ihm seinen Gruß so freundlich zurück, wie sie ihn sich von den Lippen abringen konnte, während er seine grenzenlose Befriedigung über sein Glück äußerte, sie so überrascht zu haben. Sie gestand, daß sie sich verirrt hatte, und schlug vor, in dem Häuschen unten vor dem schnell stärker werdenden Regen Schutz zu suchen.

»Brauchen Sie Schutz?« fragte er, »dann lassen Sie uns schnellstens dorthin eilen; nachdem ich gesehen hatte, daß Sie ohne Rast zu machen auskommen, habe ich natürlich angenommen, daß Sie auch dem Wechsel der Elemente gegenüber gleichgültig wären – gefeit gegen Sturm – immun gegen Regen.«

Er bat sie, ihm zu gestatten, ihr den Weg zu zeigen, und als sie miteinander auf der Steilseite der Talmulde hinunterstiegen, sagte sie sich, daß sie für sein Kommen dankbar sein mußte, da der Pfad sehr steil – an manchen Stellen fast senkrecht – abfiel, so daß seine Unterstützung, wenn auch nicht unbedingt erforderlich, doch zumindest sehr angenehm war.

Sie waren wirklich froh, als die Haustür auf ihr Klopfen hin geöffnet wurde und sie ein helles Feuer auf dem Herd brennen sahen. Des Hüters Frau drängte sie sehr gastfreundlich, doch näherzutreten, bemühte sich, Emmas Cape zu trocknen, und nachdem sie sich erkundigt hatte, ob sie gefrühstückt hätten, machte sie sich in aller Eile daran, eine Mahlzeit vorzubereiten.

Während sie Brot, Butter, Eier und Himbeerkonfitüre bereitstellte, wachte ein einige Monate altes Baby in seiner Wiege in der Kaminecke auf. Und Emma, die sah, daß die Mutter zu beschäftigt war, um sich ihm zu widmen, erklärte sich bereit, es zu tun und fand großen Gefallen an dieser Beschäftigung. Sir William schaute ihr mit großer Bewunderung zu – er war von ihr entzückt gewesen, als sie für den Ball gekleidet und von einer Gruppe anderer eleganter Frauen umgeben war, doch hier war die Wirkung eine ganz andere. Emmas einfaches, durch keinen Schmuck geziertes Kleid, ihr dunkles, jetzt regennasses Haar, das sie ganz instinktiv über die glühenden Wangen zurückgestrichen hatte, ihre anmutigen Bewegungen, als sie mit dem Kind in ihren Armen spielte, schien für ihn das reizendste Bild zu ergeben, das er je gesehen hatte. Er konnte der Versuchung nicht widerstehen, auf einer Seite seines Notizbuches eine kleine Skizze von ihr zu machen.

»Sehen Sie irgendein Zeichen, daß der Regen bald aufhört?« fragte Emma, ohne aufzuschauen.

»Sie können mir glauben, man wird uns in diesen zwei Stunden nicht vermissen«, sagte er, »denn es besteht nicht die geringste Aussicht, daß auch nur irgend jemand im Schloß nach so einem Ball wie dem gestrigen vor 12 Uhr mittags aufsteht.«

»Ich würde keinen Gefallen daran finden, viele solcher Nächte zu verbringen. Man wird des Vergnügens bald überdrüssig.«

»Welche Art von Leben würden Sie denn gern führen, Miss Watson, wenn Sie Ihr Schicksal durch einen Wunsch bestimmen könnten – haben Sie sich schon entschieden?«

»Kaum – das ist eine Frage, die Nachdenken erfordert, und ich kann nicht behaupten, daß ich mich sehr viel damit beschäftigt hätte.«

»Tatsächlich – was Sie nicht sagen –, ich dachte, alle jungen Damen legten sich schon im voraus zurecht, was die Zukunft ihnen bringen soll – die gesellschaftliche Stellung, den Wohnsitz, das Vermögen, ja, sogar den Namen –; planen Sie denn das nicht alles ganz genau?«

»Wenn das zutrifft, bin ich gräßlich rückständig.«

»Es ist nie zu spät, das zu beheben – das muß Ihr Trost sein; fangen Sie gleich an –, ziehen Sie das Land vor oder streben Sie nach einem Haus in der Stadt?«

»Oh – natürlich das letztere – ein Haus in der Stadt und zehntausend im Jahr –, Sie können doch von mir nicht erwarten, daß ich aufhören würde, wenn ich erst einmal anfinge, zu wünschen, was hätte das Ganze sonst für einen Wert?«

»Bravo! Es gefällt mir, wenn eine Dame offen ihre Meinung sagt – so sind Sie also doch ehrgeizig. Ihrem Gesicht nach hätte ich das nicht vermutet – ich studiere nämlich Physiognomik.«

»Aber Sie müssen sich wirklich selbst die Schuld für meine ehrgeizigen Wünsche zuschieben«, entgegnete

Emma. »Ich bin überzeugt, Sie haben sie mir in den Kopf gesetzt; ich habe Ihnen doch gesagt, daß ich niemals an etwas dieser Art gedacht habe.«

»Sehr gut – ich sehe, Sie sind eine vielversprechende Schülerin, aber ehrlich gestanden, hatte ich bei Ihnen auf ein ruhiges kleines Haus auf dem Lande getippt, mit den häuslichen Sorgen und Freuden, einer Reihe von Pflichten in der Gemeinde, und fröhlich, im Gefühl von Frieden und Geborgenheit – mit einem klugen und gebildeten Gefährten, keinem Draufgänger oder Ehrgeizling. Ich hatte Ihre Neigungen, so glaubte ich, in Ihrem Gesicht gelesen und von Ihnen erwartet, daß Sie ein solches Schicksal wählen würden – da sehen Sie nun, wie sich selbst der beste Physiognomiker irren kann.«

Emma wurde rot, beherrschte sich dann aber gewaltsam.

»Sind Sie sich bewußt, Sir William, wie genau Sie mein Schicksal geschildert haben – wußten Sie, daß ich die Tochter eines pensionierten Landpfarrers bin und ungefähr so lebe, wie Sie es beschrieben haben?«

»Nein, wie merkwürdig. Dann kann ich also doch besser schätzen, als ich mir zugetraut hatte – es ist doch eigenartig, daß ich Sie so ähnlich geschildert haben sollte. Dann leben Sie also umgeben von Frieden und Zufriedenheit?«

»Ich habe immer geglaubt, Zufriedenheit sei eine innere und keine äußerliche Gnade«, erwiderte Emma, seiner Frage wieder ausweichend, »eine Gnade, die zu hüten wir um unserer selbst willen die Pflicht haben, und ich habe mir Vorwürfe gemacht, daß ich wegen des unfreiwilligen Aufenthalts in diesem Häuschen unzufrieden gewesen bin.«

»Also dann bin ich bestimmt höflicher als Sie, Miss Watson, denn ich bin so glücklich wie nur möglich – oder wenigstens annähernd so. Aber da Sie es jetzt erwähnen, kommt mir der Gedanke, daß der Regen vielleicht den ganzen Tag anhält und wir dann wirklich in unserem gegenwärtigen Unterschlupf gefangen wären. Ich denke, wir sollten unsere Gastgeberin nach einer Möglichkeit fragen, dem zu entgehen.«

»Aber welche Möglichkeit kann sie schon vorschlagen, außer zu Fuß nach Hause zu gehen?« erkundigte sich Emma. »Und in dem Fall würden wir bestimmt naß bis auf die Haut.«

»Wir könnten wegen eines Wagens zum Schloß hinaufschicken – das schiene mir die einfachste Lösung; haben Sie etwas dagegen?«

Bei dem Gedanken, sich eine solche Freiheit herauszunehmen, erschrak Emma ziemlich, doch Sir William kannte die Gepflogenheiten auf dem Schloß am besten, und so erhob sie weiter keinen Einspruch. Als Mrs. Browning, des Waldhüters Frau, zur Beratung herbeigerufen wurde, bedauerte sie außerordentlich, daß sie niemanden in der Nähe hätte, den sie mit einem solchen Auftrag hätte betrauen können, da ihr Mann mit dem Jungen, der ihm helfe, unterwegs sei; doch was sie habe, sei ein kleines Cab* mit Verdeck, in dem sie sonntags zur Kirche führen.

»Na, fein – ist denn das wenigstens zu Hause –, können wir das nicht haben? Das wäre ja wunderbar«, sagte Sir William.

»Gewiß, Sir, ich kann für Sie anspannen, das Pferd ist heute glücklicherweise zu Hause – ich werde mich gleich darum kümmern.«

»Nein, nein, gute Frau, überlassen Sie das mir – Sie können mir glauben, daß ich die Sache schaffe, ohne Sie zu bemühen«, beteuerte Sir William.

Doch sie versicherte ihm, daß sie zumindest mitgehen müsse, um ihm den Weg zu zeigen – wenn die junge Dame wieder so freundlich wäre, das Kindchen zu halten, wären sie bald mit allem fertig. Dazu erklärte Emma sich natürlich sofort bereit, und kurz darauf hörte sie

* Ein einspänniger, zweirädriger Wagen.

durch die dünne Trennwand Sir Williams Stimme, der mit ihrer Wirtin über das Pferd und das Anschirren scherzte.

In zirka zehn Minuten kamen sie zurück.

»Miss Watson, Ihre Kutsche wartet«, sagte er – »sind Sie bereit, die Expedition unter meinem Schutz anzutreten?«

Emma wurde, nachdem sie der Mutter gedankt und das Kind geküßt hatte, in den schmucken kleinen Kutschwagen geholfen.

Von der überdeckten Terrasse des Schlosses her wurden sie von Lord Osborne begrüßt.

»Hallo, was haben Sie denn da? Aber, Gordon, wann haben Sie sich denn diese stattliche Equipage angeschafft?«

»Das werde ich Ihnen gleich erzählen, Osborne – aber erst muß ich Miss Watson heraushelfen«, erwiderte Sir William ganz ernst.

»Miss Watson! Soll das ein Scherz sein? Wenn Sie mit Miss Watson eine Fahrt machen wollten, warum haben Sie dann nicht Ihre Karriole benutzt?«

»Weil die Karriole, mein Lieber, da sie kein Verdeck hat, uns dem Regen preisgegeben hätte. Vertrauen Sie sich lieber mir an, Miss Watson, und lassen Sie sich herausheben – der Tritt ist nämlich für eine Dame sehr unangenehm – jetzt vorsichtig – so, Sie sind gerettet«, und während er sie auf der Terrasse absetzte, »ich hoffe, unsere Expedition hat Sie nicht allzusehr mitgenommen. Seh'n Sie denn das nicht ein, Osborne, diese unsere Kutsche hier ist wetterfest – und deshalb sehr behaglich an so einem Regentag.«

»Aber wo sind Sie denn gewesen?«

»Nur im Park herumgefahren – gegen einen so harmlosen Ausflug können Sie doch bestimmt nichts einzuwenden haben?«

»Warum haben Sie denn nicht nach einer der Kutschen gefragt?« wandte Lord Osborne sich vorwurfsvoll an

Emma, die versuchte, nicht über seinen erstaunten Blick zu lachen.

»Wir sind Ihnen außerordentlich verbunden«, erwiderte Emma, »aber –«

»Aber wir waren mit unserer Gesellschaft auch so äußerst zufrieden«, unterbrach Sir William – »und was unsere Equipage betrifft, möchte ich denn doch erst einmal sehen, ob Sie aus Ihrem Wagenpark ein Gefährt herausbringen können, das sich mit diesem eleganten Vehikel vergleichen ließe. Miss Watson – sind Sie je in einem gesessen, das Ihnen besser gefallen hätte?«

»Nie in einem, für dessen Ausleihung ich dankbarer hätte sein können.«

»Da haben Sie's – ich wußte es ja; fügen Sie jetzt nur noch hinzu, daß Sie nie einen besseren Kutscher hatten, und dann werde ich befriedigt sein. Eine kleine Anerkennung möchte ich schließlich auch für mich.«

»Ich glaube, die brauchen Sie gar nicht – Sie scheinen ja schon selbst so ungeheuer befriedigt von Ihrer Heldentat«, entgegnete Emma lachend.

»Bitte, kommen Sie zum Frühstück«, unterbrach Lord Osborne. »Meine Schwester und Miss Carr sind im Frühstückszimmer.«

Die jungen Damen blickten höchst verwundert und voller Neugierde auf, als die drei hereinkamen, doch Sir William nahm ihre Fragen vorweg.

»Was glauben Sie, Miss Osborne, wo wir gefrühstückt haben? Denn ich erlaube mir, Sie zu informieren, daß wir Frühaufsteher bereits einen Spaziergang, ein Frühstück und eine Wagenfahrt hatten, bevor Sie noch Ihre erste Mahlzeit beendet haben.«

»In der Tat – ich kann nicht den Anspruch erheben, zu ahnen, wo ein so exzentrischer Mann wie Sir William Gordon sein Frühstück einnimmt oder wie er sich sonst amüsiert.«

Emma lehnte jetzt höflich jegliches Frühstück ab und bat, auf ihr Zimmer gehen zu dürfen, um sich umzukleiden. Erst später am Tage hatte sie Gelegenheit, einen genauen Bericht über ihr Abenteuer zu geben, den Miss Osborne sich in nachdenklichem Schweigen anhörte.

15

Der ganze Tag war zu naß, um irgend etwas im Freien zu unternehmen, und Miss Carr beklagte sich bitterlich über die Stupidität und Langeweile eines nassen Morgens nach einem Ball. Sie besaß weder die Gabe noch war sie geneigt, ihre Mißstimmung darüber zu verbergen, daß es ihr versagt war, abschätzige Bemerkungen über gewisse Gäste des gestrigen Abends zu machen, woran ihre Freundin sich zweifellos beteiligt hätte, wenn Emma nicht dagewesen wäre.

Schließlich wurde sie durch Lord Osbornes Erscheinen aus ihrer üblichen Mißstimmung gerissen, doch ihre Versuche, sich lebhaft und liebenswürdig zu geben, waren offensichtlich an ihn verschwendet, und er setzte sich zu Emma, die an einer Stickerei seiner Schwester arbeitete, und begann ihr Werk zu bewundern.

Emmas Gedanken gingen eigene Wege, weg von den Konversationsversuchen ihres Bewunderers, und sie wurde erst durch Miss Osbornes Fragen an ihren Bruder aufgeschreckt, ob er heute schon jemanden von ihren Freunden in der Pfarre gesehen habe. Seine Antwort war bejahend: er sei mit Howard spazierengegangen und habe ein langes Gespräch über etwas von Wichtigkeit mit ihm gehabt, und Howard habe die Absicht geäußert, für einige Wochen wegzugehen, falls er jemanden finden könne, der ihn vertrete; er meinte, seiner Schwester täte ein Luftwechsel gut, und außerdem sei es schon lange her, seit er sich eines Urlaubs erfreut habe.

»Weggehen!« rief Miss Osborne mit äußerst überraschter Miene aus, »darauf war ich allerdings nicht gefaßt. Was, in aller Welt, kann ihn bloß auf eine so verrückte Idee gebracht haben? Zu verreisen, und noch dazu in dieser Jahreszeit!«

»Ich sehe gar nicht ein, wieso er nicht weggehen sollte, wenn es ihm Spaß macht, in der Kälte zu reisen«, bemerkte Lord Osborne kühl, »schließlich hat er doch ein Recht auf Ferien, wenn er will.«

»Und er hat ja in letzter Zeit auch besonders hart gearbeitet«, fügte Miss Carr boshaft hinzu, »nachdem er doppelte Verpflichtungen hatte.«

»Er ist immer sehr besorgt um seine Gemeinde«, sagte Miss Osborne.

»Ja, um jung und alt – die wohltätigen Besuche bei gewissen alten Damen sind ganz besonders lobenswert«, fuhr Miss Carr fort. »Zweifellos wird er für seine Bemühungen belohnt werden – doch ich fürchte, man wird ihn während seiner Abwesenheit sehr vermissen.«

Miss Osborne runzelte die Stirn und biß sich auf die Lippe, und Emma widmete scheinbar ihre ganze Aufmerksamkeit ihrer Arbeit und dachte nicht daran, etwas zu sagen. Lord Osborne fügte noch hinzu:

»Was mich betrifft, habe ich ihm erlaubt zu reisen, aber ob ihre Ladyschaft damit einverstanden sein wird, weiß ich nicht. Jedoch fände ich es äußerst hart, wenn der arme Mann nicht ab und zu Ferien machen könnte, was immer meine Mutter auch darüber denken mag. Er ist ein großartiger Kerl, und obgleich er mein Lehrer war, hege ich sehr freundschaftliche Gefühle für ihn; Sie nicht auch, Miss Watson?«

»Das sollten Sie wohl – das ist doch ganz natürlich«, erwiderte Emma, so beherrscht, wie sie nur konnte, aber ohne recht zu verstehen, was er eigentlich meinte.

»Ich habe ihn heute zum Essen eingeladen, Henrietta«, fuhr er fort, »weil er so etwas sagte, wie – er hätte dich gern noch gesehen, bevor er fortginge, oder so was Ähnliches; aber er schien nicht ganz sicher zu sein, ob er zum

Dinner hier sein könnte, oder wann er eventuell käme. Ich habe fast das Gefühl, es geht ihm nicht gut – er ist völlig verändert.«

»Etwas muß in der Tat mit ihm nicht in Ordnung sein, wenn du schon eine Veränderung bemerkst, Osborne!« rief seine Schwester aus. »Denn im allgemeinen halte ich dich nicht für einen sehr aufmerksamen Beobachter von Gesichtern oder ihrem Ausdruck. Selbstverständlich muß ich ihn sehen.«

Miss Carr ging bald, und gleich darauf stand Miss Osborne auf, ging zum Fenster hinüber und stand dort einige Zeit in tiefem Nachdenken. Die andern beiden verharrten in völligem Schweigen – schließlich nahm sie ihres Bruders Arm, mit dem Bemerken, daß sie mit ihm sprechen müsse, und führte ihn aus dem Zimmer. Emma versuchte gerade, wenn auch nicht sehr erfolgreich, ihre Gedanken zu ordnen, als ein leises Klopfen an der Tür zu hören war, und auf ihren Ruf hin, einzutreten, erschien der Besucher, Mr. Howard.

Sowohl die Dame wie der Herr waren bei dieser unerwarteten Begegnung außerordentlich verlegen.

»Ich hatte erwartet, Miss Osborne hier zu finden«, stammelte er.

»Sie hat soeben das Zimmer verlassen«, erwiderte Emma, indem sie sich wieder setzte, und dann wurde minutenlang von keinem von beiden mehr ein Wort gesprochen. Er versuchte, kühl zu sein, und sie unbefangen und natürlich; offenbar war sie erfolgreicher in ihrem Bemühen, denn sie merkte, daß sie mit dem Anschein von Gelassenheit sprechen konnte.

»Ich habe gehört, daß Sie zu verreisen gedenken, Mr. Howard; hoffentlich werde ich Mrs. Blake noch sehen, ehe Sie fortgehen.«

»Ich nehme an, Lord Osborne hat Ihnen das erzählt?«

»Gewiß habe ich es von ihm gehört«, antwortete sie, ziemlich ungehalten wegen seiner Unverblümtheit.

Wieder folgte eine Pause, die er dann durch die Frage

unterbrach, ob sie sich auf dem Ball gestern abend gut amüsiert habe. Sie war mit der Antwort schnell bei der Hand, daß sie sich weit weniger gut amüsiert habe als auf dem ersten Ball, an dem sie teilgenommen habe.

»Das überrascht mich«, sagte er kalt. »Ich habe gedacht, Miss Osbornes gütige Liebenswürdigkeit und ihres Bruders Aufmerksamkeiten hätten Ihnen einen vergnügten Abend gesichert.«

»Ich hoffe, daß ich Miss Osbornes Güte nicht mißbraucht habe, und was die Aufmerksamkeiten ihres Bruders angeht, sage ich Ihnen ganz offen, daß sie in ihrer Art nicht gerade sonderlich zu meinem Vergnügen beitragen. Es war weit mehr die persönliche Bestätigung als Begeisterung, von ihm als Tanzpartnerin geehrt zu werden.«

»Vielleicht neigen wir alle dazu, das zu unterschätzen, was in unserer Macht liegt«, erwiderte er ernst.

»Verzeihen Sie, aber ich verstehe nicht, was das mit dem gegenwärtigen Fall zu tun hat; es ist jedenfalls nicht in meiner Macht, Lord Osborne als einen unterhaltsamen Tanzpartner oder einen guten Tänzer zu bezeichnen; und obgleich ich damit nichts gegen ihn gesagt haben möchte, wäre ich nicht traurig, wenn ich wüßte, es sei das letzte Mal gewesen, daß wir miteinander zum Tanz angetreten sind.«

»Möglicherweise ist es so« , sagte er mit seltsamem Lächeln.

Sie wurde überhaupt nicht klug aus ihm und beschloß, nichts mehr zu sagen, da er durchaus Streit mit ihr zu suchen schien. Wieder war er es, der das Schweigen durch eine Bemerkung brach.

»Jetzt, da Sie Schloß Osborne näher kennengelernt haben, Miss Emma Watson, stehen Sie ihm auch freundlicher gegenüber, nehme ich an.«

»Ich habe es sehr gern«, sagte Emma, die zwar merkte, daß irgendeine Äußerung von ihr erwartet wurde, aber nicht ganz sicher war, welches die richtige sei.

»Ich erinnere mich, daß Sie noch vor kurzem ganz andere Gefühle geäußert haben. Doch die Umstände ändern sich – Sie werden ja in Zukunft sehr viel hier sein.«

»Der Meinung bin ich gar nicht«, sagte Emma fest. »Ich habe keinen Anspruch auf Miss Osborne, der mich verführen könnte, eine solche Ehre zu erwarten.«

»Jene, die über Rang und Reichtum verfügen, tragen eine große Verantwortung«, murmelte er.

Sie reagierte nicht darauf, sondern arbeitete mit vorbildlicher Beharrlichkeit an ihrer Stickerei weiter, hoffte aber im stillen, daß jemand hereinkommen möge, um sie aus diesem peinlichen Tête-á-tête zu befreien. Als sie kurz danach aufsah, um den Seidenfaden in ihrer Nadel zu wechseln, sah sie seine Augen mit einem Blick auf sich gerichtet, der sowohl der Kälte seines Tonfalls wie dem Ernst seiner Ausdrucksweise zu widersprechen schien.

Wie gern hätte sie etwas gesagt, doch es fiel ihr nichts ein, was sie in ihrem augenblicklichen Gemütszustand unbefangen hätte sagen können.

»Wie ich sehe, sind Sie nicht meiner Meinung, Miss Watson; sind Sie überzeugt, daß das Glück in einem gehobenen Zirkel, wie dem des Schlosses, leichter gewährleistet werden kann?«

Sie überlegte einige Sekunden, blickte auf und sagte dann mit einiger Erregung:

»Muß ich aus dem, was Sie soeben gesagt haben, folgern, daß Sie glauben, meine Bekanntschaft mit Miss Osborne oder gar ihrem Bruder – wäre dazu angetan, mich unzufrieden oder unglücklich zu machen und könnte mich dazu verleiten, frühere Freunde zu vernachlässigen oder mich um jene nicht mehr zu kümmern, die gut zu mir waren? Sagen Sie es mir offen, Mr. Howard – es wäre so viel leichter und besser, lieber gleich aufrichtig zu sein, wenn Sie wirklich die Rolle eines Freundes spielen wollen.«

Ihre Augen waren fest auf ihn gerichtet, während sie sprach, ihre Befangenheit war verschwunden oder in ihrem eifrigen Bemühen um eine Erklärung vergessen. Jetzt verriet sein Gesichtsausdruck äußerste Verlegenheit, und er zögerte offensichtlich, was er sagen sollte. Da sie merkte, daß er keine Antwort gab, fuhr sie nach kurzer Zeit fort:

»Es tut mir leid, Ihren Worten entnehmen zu müssen, daß Sie Grund zu einem solchen Verdacht haben. Sagen Sie mir, hat Mrs. Blake das Gefühl, ich hätte sie gestern abend vernachlässigt, und daß ich mich zuviel mit Miss Osborne beschäftigt hätte? Es würde mich außerordentlich betrüben, wenn das der Fall sein sollte, denn nichts könnte mir ferner sein. Wenn sie sich durch irgend etwas verletzt gefühlt hat, muß ich, so fürchte ich, einen Fehler gemacht haben, und ich wäre bereit, alles in meiner Macht Stehende zu tun, um ihr die Umstände zu erklären.«

Sein Gesichtsausdruck verriet heftige Gefühle, doch welcher Art, wußte Emma nicht genau zu sagen. Er antwortete offenbar nur mit großer Mühe:

»Ich versichere Ihnen – Sie haben mich völlig mißverstanden; ich hatte gewiß nicht die Absicht, den Eindruck bei Ihnen zu erwecken, daß Anne eifersüchtig auf Miss Osborne sei. Ihre gegenseitige Freundschaft muß Sie doch von Freundschaften mit anderen nicht ausschließen; Freundschaft ist nicht wie Liebe – sie sollte nicht – sie darf nicht durch Eifersucht gestört werden. Aber, Miss Watson, es gibt eine Empfindung, ein Gefühl – eine Art der Freundschaft, die keinen Rivalen verträgt, eine Zuneigung, die neidisch auf jedes Lächeln ist, das andern geschenkt wird, die nur durch eine ungeteilte Erwiderung befriedigt werden kann –« er hielt einen Moment inne und fügte dann hinzu, »ich bitte um Verzeihung, ich habe schon zuviel gesagt, und ich kann nicht erwarten, daß Sie mich verstehen. Wir verreisen in einigen Tagen, und ich sehe Sie vielleicht nicht mehr – ich wünsche Ihnen alles Glück –, mögen Sie nie etwas anderes als nur Freude an den Freundschaften haben, die Sie schließen.« Er schwieg plötzlich und stürmte nach einem kurzen Zögern aus dem Zimmer.

Emma blieb allein zurück und versuchte sich, so gut sie konnte, über den Sinn und die Bedeutung seiner verworrenen Rede klarzuwerden. Und langsam dämmerte ein neuer Gedanke in ihr auf: er war eifersüchtig auf Lord Osborne. Ihre eigenen Gefühle waren in einem solchen Zustand der Verwirrung, daß sie kaum noch wußte, ob dieser Gedanke ihr mehr Pein als Freude bereitete. Das Gefühl, daß er sie wirklich gern hatte, war eine sehr große Freude für sie, doch wie herzlos von ihm, fortzugehen und sie zu verlassen, nur weil Lord Osborne einen solchen Gefallen daran fand, sie anzuschauen.

In diesem Moment betrat Lord Osborne eilig das Zimmer und bat sie inständig, doch mit ihm in die Bibliothek zu kommen, da Sir William Gordon ihrer Anwesenheit dringend bedürfe. Sie verlangte zu wissen, was man von ihr wolle, und brachte den jungen Mann schließlich dazu, ihr zu verraten, daß Sir William im Häuschen des Waldhüters eine Skizze von ihr begonnen habe und jetzt ungeduldig auf die Gelegenheit warte, sie noch korrekt auszuführen.

In der Bibliothek sah Miss Osborne bekümmert und unglücklich aus, während Sir William sich über seine Skizze beugte, und Miss Carr sich eindeutig damit amüsiert hatte, seine Zeichnung zu kritisieren. Sir William behauptete jetzt mit einiger Erregung, daß die Fehler, die sie sehe, nur dem unvollendeten Zustand der Zeichnung zuzuschreiben seien. Daraufhin bat Miss Osborne Emma, doch Sir William den Gefallen zu tun, und zwar in einem so nachdrücklichen und ernsten Ton, daß Emma nicht umhin konnte, ihm zu sitzen.

Miss Carr und Lord Osborne stellten sich hinter Sir William, die eine über jeden seiner Striche plappernd und sich über Emmas Gesicht äußernd, als wäre sie ein unbeseelter Gegenstand – der andere ihr erbarmungslos ins Gesicht starrend, beglückt von der günstigen Gelegenheit und der so guten Entschuldigung, die sich ihm bot.

»Passen Sie auf, daß Sie ihren Teint dunkel genug machen, Sir William«, sagte Miss Carr, »Miss Watson ist so besonders dunkel – beinah dunkelbraun –, ich finde, Sie haben ihre Hand zu klein gemacht, es dünkt mich, daß sie nicht ganz so schlanke Hände hat – und das Haar – also da haben Sie sich bestimmt von Ihrer Phantasie verführen lassen – dieser üppige Haarwuchs – wenn Sie das für naturgetreu und dem ihren entsprechend halten, müssen wir mit verschiedenen Augen sehen.«

»Ich habe auch nicht den leisesten Zweifel, Miss Carr, daß unsere Augen sehr verschieden sehen«, entgegnete Sir William. »Das ist stets der Fall, wenn es sich um weibliche Schönheit handelt, wie ich immer wieder beobachtet habe.«

»Da ist aber auch nicht ein bißchen zuviel Haar«, unterbrach Lord Osborne, »nur trägt sie es nicht in dieser herunterfallenden Art – sie ist immer ganz besonders ordentlich und gepflegt um den Kopf. Ich sehe gern einen schmalen Kopf und ein hübsches Ohr – weshalb zeigen Sie ihr Ohr nicht – alle Damen sollten kleine Ohren haben.«

»So sollten sie auch immer schöne Hände haben«, ergänzte Fanny Carr, »aber es gelingt ihnen nicht immer.«

»Liebe Freunde«, sagte Sir William, »meine sehr lieben Freunde, ich muß Sie wirklich ersuchen, etwas mehr zurückzutreten. Ich denke, ich werde Sie alle aus dem Zimmer schicken – Miss Carr, haben Sie die Güte, Lord Osborne in den Wintergarten zu nehmen und zu meiner Erquickung ein Bukett zusammenzustellen. Ich kann alle Ihre kritischen Bemerkungen hinter meinem Rücken einfach nicht mehr ertragen.«

»Kommen Sie, Mylord«, rief die junge Dame, »kommen Sie und tun Sie, worum man Sie gebeten hat.«

»Nicht ich.«

»Ich mache Ihnen keine Kopie, wenn Sie's nicht tun«, warf Sir William ein, »noch lasse ich Sie je noch einmal das Original sehen.«

»Also gut«, sagte seine Lordschaft und begab sich nur widerwillig hinaus, »unter diesen Umständen gehe ich.«

Das Paar verließ das Zimmer, und Miss Osborne verharrte schweigend.

»Ich habe nichts dagegen, wenn Miss Osborne hierbleibt, falls sie entschlossen ist, einem armen Künstler durch ihre Gegenwart beizustehen.«

»Ich warte Miss Watsons wegen, Sir William; denn ich kann mir auch nicht für eine Sekunde vorstellen, daß meine Anwesenheit von irgendeiner Bedeutung für Sie ist.«

Emma fand, daß ihre Freundin ganz besonders unliebenswürdig aussah, während sie das sagte, und wunderte sich, was sie hatte.

»Haben Sie Mr. Howard gesehen?« erkundigte sich Henrietta leise.

Sir William blickte schnell auf und sah Emmas tiefes Erröten, als sie es bejahte.

»Wie haben Sie ihn gefunden – mein Bruder sagte nämlich, er scheine nicht wohl zu sein –, wie kam er Ihnen vor? Irgend etwas muß da nicht stimmen.«

Emma konnte nur antworten, daß sie es nicht wisse, und wünschte, das Thema fallen zu lassen. Sie wandte sich an Sir William:

»Ich hoffe, Sie stellen meine Geduld nicht länger auf die Probe. Ich habe mich nur für eine halbe Stunde bereit erklärt, wie Sie wissen.«

»Das stimmt zwar, aber eine halbe Stunde dieser Art ist sehr dehnbar – sie kann sich von einer bis zu drei Stunden wenigstens hinziehen, wie Sie das bestimmt schon erlebt haben dürften, wenn Sie auf eine Freundin gewartet haben. Und, Miss Watson, Sie sind der Vollkommenheit zu nahe, um mir eine solche Unliebenswürdigkeit zu bezeugen.«

»Ihre Schmeichelei wird mich nicht bestechen, zu bleiben. Miss Osborne, darf ich nicht gehen? Nur auf Ihre

Bitte hin bin ich geblieben – bitte, sprechen Sie das erlösende Wort.«

»Holde Sabrina,
Höre uns, wo du auch weilst –«* murmelte Sir William leise, ohne aufzuschaun.

»Wir werden zusammen gehen«, sagte Miss Osborne.

»Holde Damen – wollen Sie sich nicht erst noch herablassen, einen Blick auf das Werk meines armseligen Bleistifts zu werfen. Kennen Sie keine Neugier, Miss Watson – kein Mitleid, Miss Osborne? Sagen Sie mir doch Ihr Urteil.«

»Mein Urteil, wissen Sie, würde wenig nützen«, sagte Emma und drehte sich vor der Tür um, wo sie gerade angekommen war, unterbrach dann aber ihre Rede, als sie einen Blick Sir Williams auffing, der auf Miss Osborne gerichtet war, und der zu sagen schien, daß ihr Urteil nicht genau dasjenige war, das er sich am meisten wünschte. Ohne ein weiteres Wort verließ sie das Zimmer, und ihrem Hinausgehen folgte ein tiefes Schweigen.

Sir William brach es als erster.

»Sind Sie fest entschlossen, sich unbedingt dagegen zu wehren, auch nur das geringste Interesse an meiner Arbeit zu bekunden – mich auch nur ein wenig in meinen Bemühungen zu ermutigen?«

Miss Osborne wandte den Kopf ab, ging hinüber zur Staffelei und tat so, als studiere sie die Zeichnung.

»Sie haben zweifellos ein scharfes Auge für Ähnlichkeit, Sir William, aber nach dem Gesichtsausdruck, den Sie wiedergeben, zweifle ich, ob Sie die gleiche Schärfe in der Darstellung des Charakters besitzen.«

»Geben Sie mir einen Anhaltspunkt für mein Versagen«, sagte er lebhaft, entzückt, sie überhaupt zum Sprechen verleitet zu haben. »Erklären Sie Ihre Kritik, Miss Osborne.«

* aus *»Comus«*, Gedicht von John Milton (1608–1674).

»Nein«, antwortete sie, »das müssen Sie selbst herausfinden. Sie versuchen, eine starke Wirkung durch Kontraste zu erzielen, und es gelingt nicht, sondern verletzt nur das Empfinden.«

Er richtete seine Augen mit einem tiefen, durchdringenden Blick auf sie, als versuche er, ihre Gedanken zu lesen. Sie fuhr indessen ruhig fort, die Zeichnung zu analysieren, als sei sie von dem Gegenstand völlig gefangengenommen. »Bezieht sich Ihre Kritik ausschließlich auf diese Zeichnung oder auf irgendeine andere meiner Skizzen«, forschte er.

Sie war still, und er konnte deutlich sehen, daß ihr die Sachlichkeit, die sie heuchelte, nicht mehr leicht fiel.

»Ich glaube, Sie tun mir Unrecht«, fuhr er fort. »Soll das am Ende heißen, ich dürfte es wagen, mir zu schmeicheln, daß Sie ein Interesse an meinen Fortschritten haben, daß Sie sich herablassen würden, sich Gedanken darüber zu machen, wohin ich gehe, und mit wem ich Umgang pflege – was ich tue? Sollte ich es nicht als eine unverzeihliche Unverschämtheit von mir weisen, wenn ich in meiner Annahme so weit ginge?«

»Vielleicht tue ich das sogar, Sir William, aber mir ist so, als wäre das nicht das erste Mal, daß Sie sich einer Unverschämtheit schuldig gemacht oder Verzeihung erbeten hätten, nachdem Sie sich unverzeihlich verhalten hatten.«

Er lächelte.

»Ich werde jetzt ganz offen sein, Miss Osborne, und wenn ich mich dadurch schuldig mache, vergessen Sie nicht, daß einzig und allein Ihre Anwürfe dafür verantwortlich sind. Ich gestehe, daß Ihre Launenhaftigkeit und die Schwankungen in Ihrem Verhalten mir gegenüber mich vorübergehend dazu getrieben haben, in Miss Emma Watson die Wohltat des Gegensatzes zu suchen – doch das war Ihre eigene Schuld –, Sie wußten, daß ich Sie liebe, und Sie haben sich darin gefallen, mich zu quälen.«

»Sir William, das erscheint mir denn doch als ein höchst ungewöhnlicher Stil der Annäherung – soviel ich weiß, haben Sie nie auch nur ein Wort geäußert, das auf die Liebe hingewiesen hätte, die Sie jetzt als wohlbekannt voraussetzen. Doch lassen wir das – die Liebe, sagen Sie, habe das verursacht –, warum es dann jetzt noch erwähnen?«

»Die Liebe ist nicht vorüber und kann nicht vorübergehen, Henrietta – sie ist schon zu alt und zu eigensinniger Natur und ist in ihren Anfängen zu liebevoll gepflegt worden, als daß sie sich jetzt so einfach auslöschen ließe. Sie sind grausam gewesen – Sie haben sich geweigert, mit mir zu sprechen – Sie haben die häßlichsten Dinge gesagt, die Ihnen in den Sinn kamen – Sie sind auf jede nur mögliche Art ungerecht gewesen – deshalb seien Sie wenigstens jetzt einmal offen und freundlich. Sagen Sie mir ehrlich, für was Sie mich wirklich halten!«

»Für den außergewöhnlichsten aller Sterblichen, Sir William. Ihre Art der Annäherung mag möglicherweise den Reiz der Neuheit haben – ich habe auf diesem Gebiet zu wenig Erfahrung und kann deswegen nicht urteilen. Aber ich würde annehmen, daß es wenige Männer gibt, die eine Liebeserklärung mit schweren Vorwürfen einleiten.«

Als sie jetzt wirklich zitterte und Schwierigkeiten hatte, ihre Fassung zu behalten, ergriff er den Augenblick für sein letztes Wort.

»Was bleibt mir denn sonst? Die Ergebenheit, die stille Verehrung eines ganzen Jahres haben zu nichts geführt – Sie haben mich beharrlich schlecht behandelt – jetzt werde ich rückhaltlos reden. Ich liebe Sie, Henrietta – das wissen Sie; geben Sie mir jetzt unumwunden eine Antwort – zustimmend oder ablehnend – aber halten Sie mich nicht länger zum Narren.«

Sie versuchte zu antworten, brach aber gänzlich überwältigt in Tränen aus und schien drauf und dran, aus dem Zimmer zu laufen, doch er hielt sie resolut zurück. Sein

Arm lag um ihre Taille, und seine Hand umschloß die ihre fest, und als er ihr ins Ohr flüsterte – »Henrietta, Sie lieben mich ja«, leugnete sie es nicht.

16

Mr. Howard war ein Mann, der wenig Vertrauen in seinen eigenen Wert setzte. Auch fiel es ihm schwer, zu glauben, daß er einen großen Einfluß auf die Gefühle seiner Freunde ausübte. Wäre er mit einem mehr selbstsicheren Temperament begabt gewesen, hätte er bestimmt auch erkannt, daß es in Emmas Charakter nichts gab, was sie hätte beeinflussen können, dem jungen Pair den Vorzug vor ihm zu geben. Lord Osborne hatte seinem früheren Lehrer seine Gefühle für Emma durchaus klar gemacht, und obgleich Mr. Howard einen Moment lang mit dem Gedanken gespielt hatte, das gleiche Recht, um Emma zu werben, auch für sich selbst in Anspruch zu nehmen, hatte er es dann doch nicht getan. Er konnte es nicht über sich bringen, einem jungen Mann, wie seinem Schüler, seine eigene Zuneigung zu gestehen, denn er konnte sich nicht darauf verlassen, daß das Geheimnis gewahrt blieb, und er schreckte davor zurück, seine Liebe zu entweihen, indem er sie möglicherweise dem Gespött Tom Musgraves und seiner Kumpane aussetzte. Nein, er wollte nicht der Anlaß sein, Emma um Reichtum und Titel zu bringen, falls sie das schätzte – und wenn nicht – wenn – was möglich war – seine Lordschaft abgewiesen werden sollte, dann würde er, mit einigem Grund zur Hoffnung, zurückkommen und sein Glück in der gleichen Weise versuchen.

Deshalb beschloß er auch, einen Urlaub zu nehmen. Er hätte schon aus einem andern Grund längst fortgehen sollen, doch Emma Watsons Zauber hatte ihn davon abgehalten. Der andere Grund waren Lady Osbornes Gefühle für ihn.

Selbst seine bescheidene Selbsteinschätzung war gezwungen, sich durch das Bekenntnis, das ihre Blicke, ihr Verhalten und ihre Redeweise seinem Empfinden aufdrängte, eines Besseren belehren zu lassen. Höchst unliebsam war dieses Bekenntnis in der Tat, da es nur, wie er dachte, in nichts anderem enden könne, als einem vollkommenen Bruch zwischen seiner Familie und den Osbornes. Und außer, er wäre imstande, eine andere Stelle zu finden, würde das seine Familie zweifelsohne in eine sehr unangenehme Lage versetzen. Alle Hoffnungen auf weitere Beförderung von seiten des Familienpatronats hätten ein Ende, und er war noch nicht einmal sicher, ob es schon bei dem kleinen Einkommen, das ihm seine gegenwärtige Lebenshaltung ermöglichte, ratsam wäre zu heiraten, da ja seine Schwester und ihr kleiner Junge gänzlich von ihm abhängig waren.

Doch es war hart, sehr hart, die bezaubernden Hoffnungen aufzugeben, die seiner Phantasie geschmeichelt hatten. Er fühlte sich einem solchen Opfer nicht gewachsen und schon gar nicht dazu berufen. Als er sich unverhofft in Emmas Gesellschaft befunden hatte, und noch dazu allein, hatten seine widerstreitenden Gefühle ihn fast seiner Selbstbeherrschung beraubt, und er war sich kaum bewußt gewesen, was er gesagt oder getan hatte; wenngleich er der bestimmten Überzeugung war, daß er sich äußerst schlecht benommen hatte, und daß sie ihn zweifellos abscheulich fand.

Während Mr. Howard sich derartig niedergeschlagen mit seinen Plänen beschäftigte, erhielt Emma aus Stanton durch einen Extraboten eine Depesche, daß ihr Vater während der Nacht sehr schwer an einem Schlaganfall erkrankt sei und das Bewußtsein noch nicht wiedererlangt habe, und der Apotheker habe nichts gesagt, was sie hätte hoffen lassen. Vollkommen von der angstvollen Erwartung erfüllt, was sie dort vorfinden werde, war sie sich kaum dessen bewußt geworden, was sich vor ihren Augen abspielte; sie hatte eine dunkle Erinnerung, daß Miss Osborne sehr lieb zu ihr gewesen war, und daß ihr Bruder ihr beim Abschied mit großer Herzlichkeit fest die Hand gedrückt hatte. Das ging ihr nur noch einen Augenblick lang durch den Kopf, dann kehrten ihre Gedanken wieder zu ihres Vaters Zustand und der Verzweiflung ihrer Schwestern zurück.

Das schnelle Tempo, mit dem die Rückfahrt in der Osborne-Kutsche jetzt vor sich ging, war eine große Erleichterung für sie und war doch etwas ganz anderes als der langsame Trott ihrer alten Mähre; und sie war Elizabeth äußerst dankbar, daß sie ihr eine solche Tortur erspart hatte, als welche sie die Langsamkeit ihrer eigenen alten Chaise empfunden hätte.

Noch bevor Elizabeth sie erwartet hatte, war sie schon daheim. Vorsichtig schaute sie ins Wohnzimmer hinein; die Fensterläden waren offen, aber sonst gab es kein Anzeichen, daß das Zimmer seit der vorigen Nacht benutzt worden wäre; die Kerzen standen noch auf dem Tisch, das Abendbrottablett war noch nicht abgeräumt worden, und alle Stühle standen unordentlich herum. Dann ging sie langsam nach oben und war eben im Begriff, die Schlafzimmertür aufzumachen, als Elizabeth herauskam. Ein Blick in ihr Gesicht verriet ihr, daß keine bessere Nachricht auf sie wartete.

Mr. Watson wurde zusehends schwächer – er lag wie in einem tiefen Schlaf, und es schien keine Wahrscheinlichkeit zu bestehen, daß er sich je wieder so weit erholen würde, um diejenigen um ihn herum wiederzuerkennen, oder wieder zu sprechen.

Elizabeth hatte abwechselnd mit Penelope die Nacht über bei ihm gewacht; der Apotheker hatte gesagt, mehr könne man im Augenblick nicht tun; alle Heilmittel, die seiner Fachkenntnis nach in Frage gekommen seien, hätten sich als unwirksam erwiesen, und sie müßten den Ausgang abwarten.

Margaret war mit einem hysterischen Ausbruch zu Bett gegangen und hatte verlangt, daß Nanny bei ihr wache, so daß es ein großer Segen war, Penelope im Hause zu haben, da sie immer einen klaren Kopf behielt und genausoviel über Krankenbehandlung wußte wie der Apotheker.

In diesem Augenblick gesellte sich Penelope zu ihnen; sie hatte den Patienten unverändert zurückgelassen – der Apotheker und das Hausmädchen waren bei ihm –, und als sie Emmas Stimme hörte, war sie für einen Moment herausgekommen, um sie zu begrüßen.

»Ein trauriger Abschluß unserer Schloß-Osborne-Festivitäten, Emma«, sagte sie, während sie ihr die Hand schüttelte, »wer hätte das gedacht, als wir uns auf den Weg machten? Elizabeth, meinst du nicht auch, wir sollten uns nach jemand Kompetenterem umsehen? Ich bin überzeugt, der Mann da drin hat nicht die geringste Ahnung von dem, was er tut – es muß doch in einer der Städte hier im Umkreis einen guten Arzt geben –, könnten wir nicht nach ihm schicken?«

Elizabeth kannte keinen; es war nie nötig gewesen, nach einem Arzt zu schicken, und sie wußte nicht, wo man einen hätte finden können. Emma erkundigte sich, ob man ihre Brüder von dem lebensgefährlichen Zustand ihres Vaters benachrichtigt habe, und es stellte sich heraus, daß keine von ihnen daran gedacht hatte; doch das mußte augenblicklich geschehen.

Sie waren ungefähr zwanzig Meilen von Croydon entfernt, und wenn sie einen Brief mit der Postkutsche sandten, wußten sie, daß Robert noch am selben Abend die Nachricht bekäme und leicht innerhalb von vierundzwanzig Stunden in Stanton sein konnte. Darüber waren sie sich einig, und ein Brief wurde geschrieben und einem verläßlichen Boten übergeben, der die Kutsche beim Gasthof erreichen und dann versuchen sollte, den Arzt gleich mit zurückzubringen.

Der Apotheker schien sehr erleichtert, als er von dem

Plan hörte, ärztlichen Rat einzuholen und ihm dadurch die Last der Verantwortung abzunehmen. Er hielt es für wahrscheinlich, daß der Patient vielleicht noch viele Stunden so hindämmern könne – möglicherweise sogar zwei bis drei Tage –, und mit dem Versprechen, in einigen Stunden zurückzukommen, verabschiedete er sich einstweilen. Stunden schlichen dahin und brachten keine Veränderung und keine Befreiung von ihren Ängsten. Margaret beteiligte sich nicht an der Krankenwache; ihre Sensibilität, wie sie es nannte, äußerte sich in wilden, hysterischen Ausbrüchen, die Rücksichtnahme und Betreuung notwendig machten. Emma versuchte vergebens, sie zu beruhigen, Penelope reagierte sarkastisch, und Elizabeth erklärte, sie würde sehr bald wieder so normal werden wie sie alle, wenn man sich nicht um sie kümmere.

Gegen zwei Uhr alarmierte sie das Geräusch von Wagenrädern vor der Haustür, und Elizabeth, die in den Gang hinausschlich, wo ein Fenster den Blick auf die Haustür freigab, kam mit der Nachricht zurück, daß es eine Postkutsche sei, aus der ein Herr ausgestiegen wäre, und daß noch jemand im Wagen sitze, den sie aber nicht erkennen könne.

Im nächsten Moment wurde eine Visitenkarte im Zimmer abgegeben, die den Namen Dr. Denham trug, der, wie sie wußten, der Name eines ganz berühmten Arztes war, der viele Meilen weit von ihnen entfernt residierte. Äußerst überrascht, zögerten die Mädchen einen Augenblick, was das wohl zu bedeuten habe, beschlossen aber dann natürlich, daß die beiden ältesten in das Wohnzimmer hinuntergehen sollten, um ihn zu empfangen.

Nach einer Konsultation von knapp zehn Minuten hörte Emma ihre Stimmen und ihre Schritte auf der Treppe und verließ das Krankenzimmer, um nicht im Wege zu sein; und als sie sie sicher dort drinnen wußte, lief sie eilig die Treppe hinunter, um sich durch das Atmen in der frischen Luft ein wenig zu erholen.

Groß war ihr Erstaunen, als sie im Hausflur ankam und Lord Osborne dort stehen sah, der offenbar jemanden suchte. Ihre leichten Schritte erregten sofort seine Aufmerksamkeit, und er drehte sich um, um sie überschwenglich zu begrüßen.

»Ha, Miss Watson!« rief er, »ich hatte gehofft, Sie hier zu sehen. Wie geht es denn Ihrem Vater, sagen Sie? – nicht sehr schlecht, hoffe ich.«

»Leider sehr schlecht«, erwiderte Emma mit Tränen in den Augen.

»Tatsächlich – das tut mir leid – mein Wort – es bekümmert mich, das zu hören«, und er sah sie dabei ganz mitfühlend an, »der arme alte Herr – wie bedauerlich – aber grämen Sie sich nicht – wenn ich denken müßte, daß Sie sich grämen, wäre ich sehr unglücklich.«

Emma achtete kaum darauf, was er sagte.

»Wie kommt es, daß Sie hier sind, Lord Osborne?« rief sie aus. »Hatten Sie etwas mit Dr. Denham zu besprechen?«

»Ich werde Ihnen erzählen, wie es war«, antwortete er, indem er ihre Hand ergriff und sie zur Wohnzimmertür zog, »nur stehen Sie hier nicht in der Kälte, das ist so ungemütlich. So ist es recht – jetzt setzen Sie sich dort hin, und lassen Sie mich neben Ihnen sitzen, und ich werde es Ihnen erzählen. Wir kennen Dr. Denham nämlich sehr gut – als nun Henrietta hörte, daß Ihr Vater krank ist, hat sie ihm ein paar Zeilen geschrieben und mich damit zu ihm geschickt, um den großen Gefallen von ihm zu erbitten, Mr. Watson zu besuchen – sie ist sein besonderer Liebling –, und ich habe ihn mit der Postkutsche abgeholt, und er wird kein Honorar verlangen –«

»Ich kann nur sagen, wir sind Ihnen allen überaus dankbar«, sagte Emma darauf und errötete aus einer Vielfalt von Gefühlen; »es war sehr lieb von Miss Osborne, daran zu denken, und von Ihnen, sich solche Mühe zu machen.«

»Wissen Sie, daß es mir eine große Freude gemacht hat – eine sehr große Freude –, ich weiß nicht, wann ich je glücklicher war als bei dem Gedanken, Ihnen gefällig zu sein – die Mühe hat mir nicht das mindeste ausgemacht.«

Ehe er noch weitere Geständnisse von sich geben konnte, wurde er durch das Geräusch der Schritte des zurückkommenden Arztes unterbrochen, was Emma plötzlich mit Schrecken zum Bewußtsein brachte, daß es einen ungehörigen Eindruck machen würde, wenn man sie Seite an Seite mit dem jungen Adligen auf dem Sofa sitzen sähe. Deshalb zog sie sich still zurück, um sich wieder an das Krankenlager ihres Vaters zu begeben; und dort kam ihr plötzlich in den Sinn, daß Mr. Howards Eifersucht vielleicht gar nicht so unbegründet war, und daß Lord Osborne mehr als nur eine gewöhnliche Vorliebe für sie hegte.

Sobald Dr. Denham sich verabschiedet hatte, kehrten ihre Schwestern in das Krankenzimmer zurück, um ihr zu erzählen, was er gesagt hatte. Er hatte ihnen keine Hoffnung gemacht, hatte gesagt, daß man nichts mehr tun könne, daß man zwar, solange er atme, die Hoffnung nicht aufgeben sollte, wenn auch in Mr. Watsons vorgerücktem Alter und bei seinem angeschlagenen Gesundheitszustand mit einer Genesung kaum noch zu rechnen sei; und selbst ein vorübergehendes Wiedererwachen seines Bewußtseins sei höchst unwahrscheinlich.

Der nächste Morgen brachte keine Änderung im Zustand des Patienten, doch er brachte Robert Watson ins Haus. Er kam, so kühl und selbstbeherrscht wie immer, und machte entschieden den Eindruck, als habe zumindest sein Geist sein Büro nie verlassen, sondern sei dort noch immer mit geschäftlichen Transaktionen beschäftigt. Er verriet kaum eine Gemütsbewegung, als er seinen Vater sah, und das wenige, das davon wahrnehmbar gewesen war, solange er im Krankenzimmer weilte, hatte sich längst verflüchtigt, bevor er bei der Wohnzimmertür ankam.

»Tja, ich muß sagen, das ist höchst betrüblich«, sagte er, während er sich in seines Vaters Sessel niederließ und die Füße zum Kaminvorsetzer hin ausstreckte. »Weiß der Himmel, was jetzt aus euch Mädchen werden soll – es dürften nicht mehr als tausend Pfund vorhanden sein, die unter euch aufzuteilen wären; es ist doch zu unangenehm, daß es gerade jetzt passieren mußte, denn ihr müßt natürlich zu uns nach Croydon heimkommen.«

»Das wäre allerdings sehr unangenehm – zu jeder Zeit«, rief Penelope, »doch wie ich hoffe, nicht ganz unvermeidlich. Ich werde jedenfalls nicht in Croydon leben, das verspreche ich dir.«

»Um so besser, wenn du andere Pläne hast – drei auf dem Buckel zu haben, ist schon reichlich. Irgendwo müssen große Fehler gemacht worden sein, sonst hätte doch bestimmt eine von euch geheiratet.« In einem Wutanfall über die Ehelosigkeit seiner Schwestern schürte Robert Watson das Feuer zu einem lodernden Brand.

»Also, um dich zu beruhigen«, erwiderte Penelope, »teile ich dir hierdurch mit, daß ich verlobt bin und in voraussichtlich einem Monat heiraten werde.«

»Nein, wirklich? Meine liebe Schwester, da gratuliere ich dir aber. Wenn die Eheverträge unser Büro passieren, werde ich ihnen die größte Aufmerksamkeit schenken, um alles vorteilhaft für dich zu arrangieren, das verspreche ich dir.«

»Deine Bereitwilligkeit, mein lieber Robert, ist weit mehr, als ich von dir zu hoffen gewagt hatte. Jedoch werde ich dich nicht damit belästigen, da die Verträge in Chichester aufgesetzt werden.«

»Das ist ein sehr delikates Gesprächsthema«, flüsterte Margaret, die jetzt auch zum Vorschein gekommen war, »eines, vor dem eine sensible junge Dame natürlicherweise zurückschreckt; doch ich will meine Gefühle wenigstens soweit überwinden, um dir mitzuteilen, Robert, daß auch ich verlobt bin und heiraten werde, und daß ich deshalb hoffe – so entzückt ich auch wäre, bei meiner geliebten Jane zu wohnen – sie in nicht allzulanger Zeit in meinem eigenen Haus, als Mrs. Tom Musgrave, empfangen zu können, um ihr die Herzlichkeit zu vergelten, mit der sie einer Margaret Watson entgegengekommen ist.«

»Was!« sagte Robert, während er sie unverhohlen, wie vom Donner gerührt, anstarrte. »Bist du verrückt, Margaret?«

»Das hoffe ich allerdings nicht«, entgegnete sie, affektiert lächelnd; »ich bin mit meinem geliebten Tom Musgrave verlobt, mehr kann ich nicht sagen, und wir werden zu gegebener Zeit heiraten.«

Ihr Bruder sah sie noch immer ungläubig an, erwiderte dann aber nach kurzer Überlegung:

»Also, Margaret, wenn das der Fall ist, verdienst du mehr Anerkennung, als ich für möglich gehalten hätte, denn auf deine Chancen bei Tom Musgrave hätte ich nicht viel gegeben – doch da du sagst, er ist mit dir verlobt, bin ich von Herzen froh, das zu hören. Hast du irgendwelche Zeugen? Oder war es eine schriftliche Abmachung?«

»Nein, es war im Wintergarten von Schloß Osborne, und was die Zeugen angeht, lieber Robert, nimmst du wohl kaum an, daß die Damen und Herren solche zarten Begebenheiten freiwillig vor Zeugen stattfinden lassen?«

»Es wäre, verflixt nochmal, bestimmt sehr viel besser, wenn sie es täten«, sagte er scharf, »dann gäbe es nämlich auch viel weniger Unannehmlichkeiten für ihre Freunde.«

Als Emma das nächste Mal mit Elizabeth allein war, erfuhr sie Näheres über Penelopes Verlöbnis. Was das Geld betraf, war es entschieden eine gute Wahl für sie. Dr. Harding war in der Grafschaft Sussex bei den maßgebenden Familien ein sehr geschätzter Arzt. Elizabeth konnte sich zwar für sich selbst einen älteren Witwer nicht vorstellen, doch sie konnte schließlich nicht erwarten, daß alle ihren Geschmack hatten, und mehr, als daß Penelope zufrieden war, konnte man nicht verlangen.

Emma dachte und empfand nicht so. Sie hätte gewünscht, daß ihre Schwester mehr verlangt hätte – daß sie gar nicht auf den Gedanken hätte kommen dürfen, eine Verbindung mit einem wohlhabenden Witwer als Hauptzweck und -ziel einer Eheschließung zu betrachten. Es mußte ihr an irgend etwas mangeln – entweder an Sensibilität oder Charakterstärke –, daß sie zu solchen Ergebnissen kommen konnte, und sie wunderte sich, daß ihre älteste Schwester nicht auch so empfand wie sie.

Elizabeth fuhr dann fort, über Margarets Verlobung zu sprechen, die ihr völlig unglaublich erschien, wie sie erklärte. Sie erzählte Emma, daß Margaret auf der Heimfahrt vom Ball nach einer Menge Nonsens von einer Verlobung mit Tom gesprochen und behauptet hätte, daß er am nächsten Tag kommen würde, um die Einwilligung ihres Vaters zu erbitten.

Nach kurzem inneren Zögern erzählte Emma Elizabeth, daß sie, insofern es sich um die Frage von Toms Antrag und dessen Annahme handle, selbst die Wahrheit von Margarets Behauptung bestätigen könne; und nachdem sie ihr das Versprechen über vorläufiges Schweigen abgenommen hatte, schilderte sie ihr die Umstände, durch die sie und Miss Osborne zu unfreiwilligen Lauschern geworden waren. Damit war der Fall natürlich erledigt, was jedoch die Verwunderung der Mädchen über zwei Dinge nicht verminderte: daß Tom Musgrave Margaret überhaupt einen Heiratsantrag gemacht hatte, und daß er seitdem keine weiteren Schritte in der Sache unternommen haben sollte.

17

Ein neuer Tag bestätigte ihre schlimmsten Befürchtungen. Mr. Watson war nicht mehr; und er ließ seine vier Töchter mit so unterschiedlichen Gefühlen zurück, wie es ihre Charaktere waren. Emma, die am wenigsten von ihm wußte, empfand die größte Trauer. Elizabeth trauerte auch – doch sie hatte keine Zeit, ihrem Kummer als einer Pflicht nachzuhängen oder sich ihm nur zum Schein und als einer Erholung zu überlasen. Emma war ebenso rührig wie hilfreich und arbeitete trotz ihres Kummers. Elizabeth trauerte nur während der Ruhepausen in ihrer Tätigkeit.

Gleich als Robert in Stanton ankam, hatte Elizabeth mit ihm darüber beraten, ob man nicht auch Sam kommen lassen sollte, doch ihr Bruder lehnte es ab. Emma hatte der Debatte schweigend mit gespannter Aufmerksamkeit und bitterer Enttäuschung über ihren Ausgang zugehört. Nach Gesprächen mit ihrer Schwester hatte sie den innigen Wunsch, ihren unbekannten Bruder kennenzulernen und zweifelte nicht daran, daß sie ihn gern haben könnte – Elizabeth hatte, während sie von ihm sprach, so viele kleine Charakterzüge von ihm erwähnt, die sie überzeugten, daß er eine großzügige Veranlagung und ein liebevolles Herz besaß, und sie sehnte sich danach, ihn zu sehen – ihn kennenzulernen – und von ihm geliebt zu werden.

Aber Robert hatte entschieden, daß er natürlich von seines Vaters Krankheit zu unterrichten sei, daß aber keine Notwendigkeit bestehe, etwas zu sagen, was ihn bewegen könnte, persönlich herzukommen; es wäre äußerst unerquicklich für seinen Chef – eine unnötige Ausgabe für ihn selbst – vollkommen unerwünscht, in jeder Beziehung, und gänzlich überflüssig; denn wem sollte Sam schon etwas nützen, wenn er, Robert, doch da sei? Er sei ein Niemand – nur ein jüngerer Sohn – das unwichtigste

Geschöpf der Welt. Und was seinen Wunsch betraf, seinen Vater wiedersehen zu wollen, was besagte das schon? Der Mensch konnte nicht immer alles haben, was er sich wünschte, denn – junge Leute sollten während ihrer Lehrzeit überhaupt nicht auf Ferien rechnen; ihm wäre etwas Derartiges als Lehrling bestimmt niemals in den Sinn gekommen – und selbst jetzt – wie oft nehme er sich denn je vom Büro frei?

Doch Emmas Wunsch, ihren Bruder zu sehen, war nicht dazu verurteilt, enttäuscht zu werden; denn kaum hatte er die Nachricht von seines Vaters Tod erhalten, erhielt er von seinem Chef ohne Schwierigkeiten Urlaub und kam überraschend in Stanton an. Sie saß allein im verdunkelten Wohnzimmer, als unbekannte Schritte sie aufhorchen ließen. Es war nicht Roberts langsamer, gemessen arroganter Schritt – er war leichter, schneller, mehr ein Schritt, der früher schon manchmal ihr Herz hatte schneller schlagen lassen, wenigstens kam es ihr im Augenblick so vor; vielleicht auch nur, weil sie in dem Moment gerade an ihn gedacht hatte. Die Schritte gingen an der Tür vorüber, hielten dann inne, kehrten zurück und traten langsam ein.

Seine ersten Worte und die herzliche Umarmung, von der sie begleitet wurden, erschütterten ihre Selbstbeherrschung, und sie brach in seinen Armen in Tränen aus. Auch er war sehr bewegt, brachte ihr aber ein Glas Wasser vom Bufett, setzte sich dann mit ihr, den Arm um ihre Taille, ließ sich von ihr alle Einzelheiten über seines Vaters Tod erzählen und erfuhr, daß es Robert war, der verhindert hatte, ihn früher zu benachrichtigen. Diese Stunde entschädigte Emma für vieles, was ihr einige Familienmitglieder angetan hatten. Sie hatte in ihrem Bruder einen Freund gefunden. Das innigste, selbstloseste, harmonischste Band, das die Natur knüpft, wurde zum Fundament einer Liebe, die ungemein zu ihrem Glück beitrug.

Als ihre Schwestern ins Zimmer kamen, konnte Emma

sich nicht genug über die Gleichgültigkeit wundern, mit der er von beiden, Penelope und Margaret, begrüßt wurde. Roberts Empfang jedoch war der allerschlimmste.

»So, bist du also doch gekommen – wenigstens hättest du mich als deinen älteren Bruder um Rat fragen können, bevor du dich in solche Unkosten stürzt.«

Die ganze Woche, die Sam zu Hause verbrachte, war für Emma eine Woche des Trostes und der Freude; er hörte allem zu, was sie erzählte, ließ sich ihr früheres Leben von ihr beschreiben, sprach von ihrem Onkel und ihrer Tante, fragte sie nach der Wirkung, welche diese Veränderung auf sie hatte, versetzte sich in ihre Gefühle und wußte schon im voraus, welcher Art sie gewesen sein mußten, fühlte in allem mit ihr und war für das heimatlose Mädchen wirklich ein treuer, mitfühlender Bruder. Sie sprachen miteinander über ihren Vater, lobten seinen liebenswerten Charakter und trauerten um seinen Verlust. Dann erzählte Sam von seinen Plänen und Wünschen, vertraute ihr seine Liebe zu Mary Edwards und seine schwankenden Hoffnungen auf Erfolg bei ihr an, seine Pläne wegen seiner zukünftigen Existenz und von seiner Aussicht auf den glänzenden Erfolg, mit dem er in seinem Beruf rechnen konnte.

Auch Emmas Zukunftspläne wurden besprochen. Er konnte den Gedanken nicht ertragen, daß sie mit Robert und seiner Frau leben sollte. Er wendete ein, daß Emma für eine solche Konstellation viel zu gut sei, und daß sie, sobald er ein Haus und ein, wenn auch noch so kleines, Einkommen habe, es mit ihm teilen sollte.

Als ihres Vaters Testament eröffnet wurde, stellte sich heraus, daß es vor drei Jahren gemacht worden war, und daß von den zweitausend Pfund, die ihr Vater hinterlassen hatte, weder Emma noch Robert Anspruch auf einen Teil davon hatten. Der letztere war bereits in den Besitz all dessen gelangt, was er rechtmäßig erwarten konnte, da sein Vater schon beträchtliche Vorauszahlungen geleistet hatte, um seine berufliche Laufbahn zu sichern; und zu der Zeit, als das Testament gemacht wurde, hatte jeder angenommen, daß Emma durch ihren Onkel sichergestellt würde. Und obgleich diese Erwartung völlig zunichte gemacht worden war, hatte Mr. Watson anscheinend nie die nötige Energie aufgebracht, sein Testament zu ändern und ihr irgendeinen Anteil an dem Wenigen, was er besaß, zu vermachen.

Robert verabschiedete sich sofort von seiner Familie und kehrte nach Croydon zurück, nachdem er angeordnet hatte, daß drei seiner Schwestern ihm dorthin folgen sollten, wenn in Stanton alles geregelt war – und Penelope erklärt hatte, daß es ihre Absicht sei, nach Chichester zurückzugehen, sobald es möglich sei. Sams Woche war noch nicht zu Ende, und er blieb bei seinen Schwestern.

Am Morgen nach Roberts Abreise, als Emma und ihr Bruder beieinander saßen, gesellte Margaret sich zu ihnen, setzte sich neben Sam, beschrieb ihre Lage, bat ihn um Rat.

Nachdem er gehört hatte, wie die Verlobung zustande gekommen war, fühlte Sam sich veranlaßt zu fragen, ob Tom Musgrave zu dieser Zeit wohl nüchtern gewesen sei.

»Was für Fragen du stellst, Sam – nüchtern! Du schockierst mich höchlichst – vergiß nicht, daß du mit einer jungen Dame sprichst.«

»Nun gut, ich will es nicht vergessen, aber ich sehe wirklich nichts so Schlimmes in der Frage, und ich weiß nicht, wie ich es delikater ausdrücken soll. Bist du sicher, daß er zu dieser Zeit nicht betrunken war? Ist es so besser?«

»Also, ich muß schon sagen – noch viel schlimmer –, als ob ich mit einem Mann sprechen würde, der betrunken ist! Für was hältst du mich eigentlich?«

»Liebe Schwester, es tut mir leid, dich zu kränken, aber ich kenne Tom Musgrave seit langem und habe ihn hin und wieder schon sehr betrunken gesehen. Er ist meiner Meinung nach durchaus der Mann, erst sich selbst zum Narren zu machen und dann jedes Mädchen, das auf ihn hereinfällt.«

»Wie ungemein herzlos du bist, Sam«, sagte Margaret, offenbar im Begriff zu weinen. »Ich bin ganz sicher, daß du unrecht hast. Tom könnte und würde mich auch nie zum Narren halten. Er gehört einfach nicht zu dieser Art von Männern; aber da ich seit jenem Abend nichts mehr von ihm gehört habe, wünsche ich, daß du ihn aufsuchst – sage ihm, wie sehr du dich gefreut hast, von der Verlobung zu hören, und bitte ihn, mich zu besuchen –, es besteht kein Grund, ihn nicht vorzulassen, auch wenn wir andere Besucher nicht empfangen.«

»Das ist also dein Plan? Aber angenommen, er leugnet es überhaupt ab – angenommen, er würde sagen, das Ganze sei ein Wunschtraum deinerseits, ein Hirngespinst –, ein Irrtum; angenommen, das ist der Grund seines Schweigens, was tue ich dann?«

»Wenn er das tut, mußt du ihn fordern! Weniger könntest du für eine solche Beleidigung deiner Schwester nicht tun – du mußt ihm eine Forderung senden, und ich könnte ihn auf Bruch des Eheversprechens verklagen!«

»Also, wenn du die Absicht hast, das zu tun, halte ich es für besser, auf die Forderung zu verzichten, weil das eine sich störend auf das andere auswirken könnte. Denn wenn ich ihn erschießen sollte, ist dir doch klar, daß du ihn dann auch nicht mehr verklagen könntest.«

»Willst du damit sagen, daß du nicht tun wirst, um was ich dich bitte?«

»So ist es.«

»Dann halte ich dich für höchst unfreundlich und kleinlich. Ich habe immer gemeint, es sei eines Bruders Pflicht, sich mit jedem Mann zu schlagen, der seine Schwester beleidigt oder sein Eheversprechen gebrochen hat.«

»Aber wenn man uns schon ein so großes Privileg zugesteht, meine liebe Margaret, halte ich mich doch zumindest für berechtigt, Beweise zu verlangen; erstens, daß das Versprechen gegeben wurde, und zweitens, daß es gebrochen worden ist. Über keine dieser beiden Fragen habe ich bis jetzt Klarheit.«

»Ich sehe schon, was das heißt – du bist entschlossen, mir nicht zu helfen, und ich finde es außerordentlich lieblos und feige von dir, daß du dich hinstellst und zusiehst, wie deine Schwester beleidigt und ihrer edelsten Gefühle beraubt wird, und nicht ihr zuliebe eingreifst.«

»Ehrlich gesagt, meine liebe Margaret, sehe ich nicht ein, wozu mein Eingreifen gut sein soll – wenn Tom sein Versprechen ernst gemeint hat und nüchtern war, braucht er keine Intervention meinerseits, um ihn an seine Versprechen zu erinnern; wenn er betrunken war und nicht mehr wußte, was er sagte, ist es für deine Ehre in jeder Hinsicht besser, je weniger von einer solchen Absprache an die Öffentlichkeit dringt.«

»Ich sehe, du willst nicht meine Partei ergreifen – dann werde ich es eben auf meine Weise tun müssen. Ich habe noch nie eine so grausame Behandlung erlebt.«

Während das Schweigen von Margarets Zukünftigem soviel Unruhe verursachte, war kein Tag vergangen, ohne daß Lord Osborne entweder persönlich an der Tür vorgesprochen oder einen reitenden Boten mit seiner und seiner Schwester gemeinsamen Anfrage nach ihrem Befinden gesandt hätte. Etliche liebenswürdige Briefchen von der jungen Dame selbst waren entgegengenommen worden, die von Interesse und Mitgefühl zeugten, woraus ganz eindeutig zu ersehen war, daß sie diese Bekanntschaft nicht aufgeben wollten. Mr. Howard ließ sich nicht sehen; doch ein Brief von Mrs. Blake versicherte Emma, daß sie jeden Tag durch Lord Osborne Bericht bekamen, denn sonst hätten sie schon öfter hinübergeschickt, um sich nach ihrem Befinden zu erkundigen. Das war tröstlich, da es sie davon überzeugte, daß man sie im Pfarrhaus nicht vergessen hatte; doch konnte sie sich nicht enthalten, leise vor sich hinmurmelnd zu beklagen, daß Mr. Howard jeden persönlichen Verkehr einfach aufgegeben hatte.

Inzwischen wurden mit größtmöglicher Eile alle Vorbereitungen für den Wegzug der Mädchen aus Stanton getroffen. Margaret allerdings beteiligte sich nicht daran, sondern begnügte sich damit, sich über Tom Musgrave aufzuregen; doch die andern waren seit Sams Abreise ununterbrochen beschäftigt. Penelope war noch immer fest entschlossen, nicht zu ihrem Bruder zu ziehen; sie blieb dabei, zu ihrer Freundin in Chichester zurückzukehren und in ihrem Haus auch zu heiraten.

Emma tat es leid, sich von ihr zu trennen – sie hatte den Schock überwunden, den ihre brüske Art anfangs bei ihr ausgelöst hatte, und sie waren seit dem Tag auf Schloß Osborne immer sehr gut miteinander ausgekommen. Infolgedessen wünschte Emma unwillkürlich, daß Margaret statt Penelope nach Chichester ginge und Penelope ihr neues Heim in Croydon mit ihnen teilen könnte.

Alles hatte sich jedoch viel besser angelassen, als sie es sich hatte wünschen können, denn es wäre ohne die sichere Zerstörung des häuslichen Friedens für Penelope und Jane Watson nicht möglich gewesen, unter einem Dach zu leben. In der Nachbarschaft gab es niemanden, der ihren Wegzug hätte bedauern können, mit Ausnahme von Mrs. Blake; denn zuzugeben, daß ihr die Trennung von Mr. Howard etwas ausmachte, gestattete sich Emma nicht einmal selbst. Die ganze Osbornefamilie war nach London gefahren, ohne daß sie vorher noch irgend etwas von ihnen gesehen oder das Werben des jungen Adligen irgendwelche Fortschritte gemacht hätte. Sie erwartete nicht, sie je wiederzusehen. Ihr eigener Zukunftsplan bestand darin, zu versuchen, eine Anstellung als Lehrerin in einem Internat oder eine Stelle als Gouvernante zu finden – was auch immer; nur um ihr das Gefühl zu geben, daß sie ihren Lebensunterhalt verdiente, statt, wie Robert sich ausgedrückt hatte, seiner Familie zur Last zu fallen. Jetzt erst begann sie zu verstehen, was für ein Unglück die

Armut sein konnte, und sie empfand plötzlich ein lebhaftes Bedauern, daß ihr Onkel sie so ganz der Abhängigkeit von andern überlassen hatte, nachdem er ihr eine Erziehung hatte angedeihen lassen, die sie für eine Stellung als bescheidene Gesellschafterin bei ihrer Schwägerin ungeeignet machte.

Kurz vor ihrem Weggang von Stanton erhielt sie einen Abschiedsbesuch von Mrs. Blake und ihrem Bruder. Sie war genau wie immer und herzlich in ihrem Verhalten. Mr. Howard sah blaß und krank aus und war offensichtlich deprimiert. Es war nur ein kurzer Besuch, und als sie schieden, merkte Emma, daß das Gespräch all ihren früheren Kummer nur noch durch neues Leid vertieft hatte.

18

Die Reise nach Croydon wurde sicher und schnell bewerkstelligt, wie es von drei jungen Damen, die – mit einer Riesenmenge von Gepäck – mit Postpferden reisten, erwartet werden konnte. Margaret, die sich in den Straßen Croydons sehr gut auskannte, erklärte, wem die verschiedenen Häuser gehörten. Roberts Tür, mit dem Messinggriff am Klingelzug, war leicht durch ein großes Schild mit dem Namen seines Besitzers zu erkennen.

Die Tür wurde von einem livrierten Diener geöffnet, der sie darüber informierte, daß Master da drin arbeite, Missus aus und in der Stadt sei, aber sie könnten in den Salon gehen, während sie auf ihre Rückkehr warteten. Mit deutlicher Indifferenz half er dem Postkutscher beim Ausladen des Gepäcks und rief das Stubenmädchen herbei, ob es wisse, was mit dem »ganzen Zeug« geschehen solle. Das Mädchen entschied, daß nichts unternommen werden könne, bevor die Missus heimkäme – sie habe ihre Pläne betreffs der Zimmer schon so oft geändert, daß es noch ganz unsicher sei, was zu guter Letzt geschehen würde; und falls sie zufällig unterwegs ihre Meinung wiederum ändern sollte, hätten sie sich dann ihre ganze Schererei umsonst gemacht. Deshalb waren die Mädchen dazu verurteilt, in der Zwischenzeit im Salon zu warten.

Plötzlich ging die Tür auf und Augusta erschien. Margaret lief im gleichen Moment auf sie zu, um sie zu küssen, doch das Kind, das für sein Alter außerordentlich selbstbewußt war, stieß sie zurück.

»Ich bin nicht hergekommen, um dich zu sehen, Tante Margaret«, sagte es. »Welche ist Emma?«

»Ich«, sagte Emma, während sie auf das Kind zuging und froh war, daß man nach ihr verlangte.

Ihre Nichte betrachtete sie aufmerksam, mit überraschter Miene, und sagte dann:

»Aber Sie sehen ja ganz ordentlich und sauber aus – und nicht zerlumpt und schmutzig!«

»Nein, liebes Kind«, erwiderte Emma, über ihren verblüfften Gesichtsausdruck lächelnd, »weshalb hast du denn erwartet, mich anders zu sehen?«

»Weil die Bettler, die ich auf der Straße sehe, keine Schuhe anhaben und alte Kleider tragen.«

Emma errötete leicht und sagte nichts weiter, doch Margaret drängte sich vor und fragte nochmals, was das mit Tante Emma zu tun habe.

»Papa und Mama haben gesagt, sie ist eine Bettlerin, und da dachte ich, sie würde auch so aussehen – aber sie ist nett und sieht gutmütig aus, und ich werde auch gar nicht bockig sein, wenn Sie mich unterrichten wollen – werden Sie mir hübsche Kleider machen? Mama hat gesagt, Sie sollten das tun.«

»Ich werde sehr gern alles für dich tun, mein Liebling, was ich kann – für dich und auch für deine Mama; willst du auf meinem Schoß sitzen und mir erzählen, woraus ich dir die Kleider machen soll?«

Während Emma mit ihrer kleinen Nichte Freundschaft schloß, erschien auch Mrs. Robert Watson. Sie begrüßte ihre Schwägerinnen mit größerer Herzlichkeit als Emma erwartet hatte. In Wirklichkeit war sie eher froh über diesen Familienzuwachs: in Elizabeth hatte sie sich eine billige Hilfskraft für die Köchin gesichert, und in Emma hoffte sie ein tüchtiges Kinderfräulein zu finden.

Nachdem sie eine Zeitlang mit ihnen geplaudert hatte, klingelte sie nach dem Stubenmädchen, das ihnen ihre Zimmer zeigen sollte, und das Kind erklärte, es wolle sie begleiten, da Tante Emmas Zimmer dicht beim Kinderzimmer sei – was Emma dann in der Tat auch feststellen konnte; denn sie wurde in ein winziges Zimmer geführt, das nichts enthielt als ein Bett, um das man gerade noch herumgehen konnte, eine alte Kommode und einen hohen Hocker. Das war ihr Appartement. Es hatte keinen Kamin, und das Fenster ging auf ein flaches Bleidach hinaus, das von hohen schwarzen Schieferdächern überragt wurde. Seit sie ins Haus gekommen waren, hatte es zu regnen angefangen, und das Gurgeln des Wassers in der Dachrinne und das Tropfen vom Fenster auf das Bleidach verursachten ein merkwürdig monotones Geräusch. Emma schaute sich in dem schäbigen und freudlosen Gelaß um und empfand, daß sie tatsächlich eine Bettlerin sei. Sie hoffte jedoch, daß es ihr gelingen würde, es ein wenig wohnlicher zu gestalten, wenn ihre Kisten und Bücher heraufgebracht wurden – wenigstens bewohnte sie es allein und sollte zumindest imstande sein, ihre Zeit friedlich dort zuzubringen.

Ihre Nichte zerrte sie hinaus, um die Kinderzimmer anzuschauen – die beiden Zimmer, die ihr gehörten, nahmen den übrigen Raum des Stockwerks ein. Sie waren geräumig und in jeder Beziehung komfortabel, nur daß sie mit Spielzeug überladen waren, das seine Besitzerin anscheinend nicht schätzen gelernt hatte.

Als die Dinnerzeit kam, begab Emma sich hinunter und fand ihren Bruder und seine Frau im Wohnzimmer. Robert begrüßte sie in seiner gewohnten Art; und gleich darauf kamen ihre beiden Schwestern herein, und während sie auf das Essen warteten, saßen sie um das Feuer herum.

»Ich hoffe, die Zimmer gefallen Ihnen, meine Lieben«, sagte Mrs. Watson; »ich dachte, es würde nichts ausmachen, Elizabeth und Sie zusammen unterzubringen, Margaret, weil ich ja weiß, es ist nur für kurze Zeit. Ich habe nämlich gehört – ein kleiner Vogel hat mir etwas zugezwitschert, und Sie brauchen deswegen nicht rot zu werden – von einem gewissen jungen Mann – und ich weiß auch, wer – und dazu gratuliere ich Ihnen natürlich; wann haben Sie denn das letzte Mal von ihm gehört, meine Liebe?«

»Ach, meine liebe Jane – ich habe überhaupt nichts von ihm gehört.«

»Tatsächlich? Das ist doch höchst merkwürdig. Sind Sie sicher, daß er um Sie angehalten hat?«

»Wenn ich je in meinem Leben einer Sache sicher war, so ist es diese«, erklärte Margaret.

»Was du da sagst, ist allerhand«, bemerkte Robert, »denn du bist schnell einer Sache sicher, wenn es dir paßt. Aber wenn es tatsächlich so ist, wünschte ich nur, du hättest ein paar Zeugen gehabt – dann hätte ich dir wenigstens helfen können.«

»Hättest du ihn gefordert?« erkundigte sich seine Frau mit einer Gefühlskälte, die Emma sehr verblüffte.

»O nein –« sagte Robert lachend, »aber ich hätte ihn belangt. Wenn der Bursche sich weigern würde, sie zu heiraten, würde ich ihn ohne viel Federlesens wegen Nichterfüllung des Eheversprechens verklagen.«

»Und was würde für mich dabei herausschauen?« fragte Margaret interessiert.

»Du könntest vielleicht zweitausend bekommen – ich würde den Schadenersatz mit drei ansetzen, glaube ich.«

»Nur mit drei, Robert! Das ist bestimmt nicht genug, dafür, daß er mich getäuscht, mich meiner edelsten Gefühle beraubt und mein Vertrauen mißbraucht hat – oh, dreitausend Pfund wären für ein solches Benehmen keine

Entschädigung, keine angemessene jedenfalls. Ich bin sicher, mein Herz ist mehr wert als das.«

»Da kann ich nur sagen: das denkst du, Margaret«, entgegnete Robert kühl, »doch die Geschworenen dürftest du nicht so leicht davon überzeugen.«

»Es wäre viel besser, ihn Schadenersatz leisten zu lassen, als ihn zu zwingen, dich zu heiraten«, sagte Elizabeth.

»Zwei- oder dreitausend Pfund würden dir einen respektablen Gatten sichern«, fuhr Robert fort. »Vielleicht würde dich mein Freund, George Miller, dann sogar heiraten.«

»Ich glaube, ich würde doch lieber Tom Musgrave heiraten als irgendeinen andern«, erwiderte Margaret. »George Miller ist schließlich nur ein Brauer, und Tom ist ein Gentleman und braucht nicht zu arbeiten.«

»Aber Miller hat ein kapitales Geschäft, sage ich Ihnen«, rief Mrs. Watson, »ich hätte nichts dagegen, wenn meine eigene Schwester ihn heiraten würde. Ich weiß nur, daß er seiner verstorbenen Frau mehr als einen Hunderter im Monat für den Haushalt und ihre Kleider gegeben hat – ein sehr anständiges Taschengeld –, und sie trug sehr hübsche Kleider.«

»Ich sage nur – George Miller könnte Musgrave zehnmal in die Tasche stecken«, sagte Robert, »und außerdem ist er ein großartiger Kerl. Ich wünschte nur, wenigstens eins von euch Mädchen hätte so ein Glück, ihn zu heiraten.«

Die Unterhaltung wurde durch das Dinner unterbrochen, das für die hungrigen Reisenden, die seit dem frühen Frühstück in Stanton nichts mehr gegessen hatten, ein willkommener Anblick war. Ihr Bruder blickte mit offensichtlichem Stolz auf den Tisch.

»Nun, Elizabeth, ich hatte dir ein besseres Dinner versprochen, als du mir in Stanton serviert hast«, bemerkte er. Er hatte die Gewohnheit, auf vergangene Ressentiments zurückzukommen.

»Und du hast dein Wort auch gehalten«, antwortete sie humorvoll.

»Ach, du meine Güte, Robert hat mir von dem schrecklichen Dinner erzählt, das er hatte – der Arme, Sie waren aber auch in Dingen dieser Art schon immer sehr schlecht – vielleicht könnte es Ihnen gar nicht schaden, wenn ich Ihnen einige Anweisungen geben würde; ich bin nämlich sehr begabt, was den Haushalt angeht – das sagen mir meine Freunde jedenfalls – mein Onkel, Sir Thomas, wollte immer gern, daß ich das Dinner für ihn bestelle.«

»Meine liebe Jane, ich fürchte, Ihre Instruktionen wären an mich verschwendet, falls Sie mir nicht auch Ihr Einkommen überließen, um meine Wünsche zu unterstützen – wenn jemand mir einen Hunderter im Monat als Haushaltsgeld geben würde, gäbe ich riesige Dinner«, sagte Elizabeth.

»Sie überlegen nicht, was Sie tun, Jane«, sagte ihr Gatte vorwurfsvoll, »Sie wissen doch, daß ich Hühnerflügel nicht essen kann, wenn sie nicht sachgemäß ausgelöst werden – Emma, willst du bitte etwas Speck abschneiden –, Allmächtiger, so dick kann ich doch den nicht essen – du bedienst ja schließlich keinen Stantoner Ackerknecht, vergiß das nicht!«

Emma versuchte, es ihm recht zu machen, wurde aber nervös, und ihr Bruder wurde wütend und ließ sich die Platte geben, um sich selbst zu bedienen. Emma wurde rot und entschuldigte sich.

»Sie sollten versuchen, gefällig zu sein, Emma«, sagte Jane von oben herab, »ein wenig Mühe auf solche Dinge zu verwenden, ist sehr nützlich und gehört genauso zur Wohlerzogenheit wie Malen oder Lesen. Nachlässigkeiten beim Tranchieren sind einem behaglichen Familienleben sehr abträglich; und wenn Ihnen das vielleicht auch unwichtig erscheinen mag, spielt es doch für einen Feinschmecker eine große Rolle – für einen, der an die Annehmlichkeiten des Lebens gewöhnt ist – für einen Gentleman, mit anderen Worten.«

Nach dem Dinner tauchte das kleine Mädchen auf und verlangte auf der Stelle auch einige Nüsse vom Tisch.

»Die mußt du dir zuerst schälen lassen, mein Schätzchen.«

»Ja, Mama – schäl sie mir.«

»Nein, Liebling, sie machen mir die Finger schwarz – bitte deine Tante Emma, sie wird es bestimmt tun.«

Emma erklärte sich sofort bereit, um zu beweisen, daß sie wirklich alles, was in ihrer Macht lag, tun wollte, um gefällig zu sein.

Das Gespräch über Tom Musgrave lag ihr noch schwer auf der Seele. Sie war überzeugt, daß der Moment sich näherte, wo sie – und auch Miss Osborne – bezeugen mußten, daß Margarets Behauptung auf Wahrheit beruhte, und sie schauderte, wenn sie daran dachte. Doch bevor sie derartig unangenehme Konsequenzen für sie beide auf sich nahm, mußte sie sich unbedingt bei Miss Osborne entschuldigen oder ihr zumindest ihr Vorhaben mitteilen; und sie beschloß, ihr zu schreiben, um ihr die Umstände zu schildern und sie zu bitten, ihre Aussage zu unterstützen und zu bestätigen, wenn sie angezweifelt werden sollte.

Ein paar Tage vergingen, und Emma wunderte sich langsam, wann sie wohl Zeit zum Schreiben finden würde, denn ihre Schwägerin überhäufte sie so mit Arbeit, daß ihr keine freie Viertelstunde blieb. Ihre Begabung für die Schneiderei hatte Janes Aufmerksamkeit schon in Stanton erregt und wurde jetzt konstant in Anspruch genommen, um entweder die Kindergarderobe in Ordnung zu halten oder die der Mutter zu vervollständigen. Der Unterricht ihrer Nichte wurde ihr gleichfalls übertragen, denn sie sollte das Alphabet lernen, da ihre Eltern ein Wunderkind in ihr erwarteten, und Emma durfte keine Mühe scheuen, um das gewünschte Resultat herbeizuführen.

Sie tat ihr Bestes, doch waren die Fortschritte anfangs bei einem Kinde nur gering, das durch die Nachgiebigkeit und Indifferenz der Mutter zu sehr verwöhnt war – einer

Mutter, die viel mehr daran interessiert war, ihre eigenen kindischen Ansichten zu vertreten, als in ihrer Tochter einen gewohnheitsmäßigen Fleiß heranzubilden. Noch bevor Emma Gelegenheit zum Schreiben fand, erhielt sie selbst einen Brief von Miss Osborne, solchen Inhalts, daß ihr Entschluß augenblicklich feststand: Es gab keinen anderen Ausweg für sie, als ihrem Bruder das Ganze zu unterbreiten. Zu diesem Zweck begab sie sich in sein Arbeitszimmer und übergab ihm den Brief. Alles, was Geschäftliches betraf, empfing Roberts strikteste Aufmerksamkeit, und so las er denn auch das Folgende mit großem Bedacht:

»Meine liebe Miss Watson,
es tut mir leid, Sie mit unliebsamen Dingen zu behelligen, aber ich kann es nicht unterlassen, einen Umstand zu erwähnen, der fast Ihre Familie betrifft; und wenn Sie die Einzelheiten hören, können Sie selbst urteilen. Mr. Musgrave, von dem ich, wie Sie wissen, Grund hatte anzunehmen, daß er mit einer Ihrer Schwestern verlobt ist, hält sich jetzt hier in London auf und hat nicht nur schon seit einiger Zeit einer sehr vermögenden jungen Dame, einer Freundin von mir, stark den Hof gemacht, sondern außerdem, wie ich höre, jegliche Verpflichtung Miss Watson gegenüber abgeleugnet, sehr geringschätzig von ihr gesprochen und Briefe von ihr gezeigt, die anscheinend unter dem Eindruck geschrieben worden waren, daß eine solche Verlobung existiere. Da ich nicht weiß, wie die Sache zwischen Miss Watson und Mr. M. steht, wage ich nicht, mich einzumischen, um nicht etwas auszuplaudern, was sie eventuell verletzen oder vor den Kopf stoßen könnte, und was sie vielleicht lieber geheimzuhalten wünschte. Jedoch fühle ich mich nicht berechtigt, noch länger zu schweigen, außer ich werde eindeutig davon unterrichtet, daß jede Beziehung zwischen ihnen zu Ende ist. Sollte sie ihn aus seinem Versprechen entlassen haben, bei dem wir beide Zeuge waren, wäre es vielleicht wich-

tig, über sein ehemaliges Bestehen Stillschweigen zu bewahren; doch falls er, was ich beinah annehmen muß, sich selbst daraus gelöst und sie betrogen oder verlassen hat, kann ich nicht erlauben, daß meine Freundin von ihm irregeführt wird, und muß darauf bestehen, daß sein Verhalten die Behandlung erfährt, die es verdient. Verzeihen Sie, daß ich gezwungen bin, Ihnen Verdruß zu bereiten, doch es steht für mich fest, daß er Ihre Schwester, ob er sie nun heimlich betrügt oder offen im Stich läßt, in jedem Fall schändlich behandelt – Sie wissen ja, ich hatte nie eine gute Meinung von seinem Charakter. Ich werde von Vergnügungen erdrückt und denke mit einem Gefühl der Wehmut an die stillen Stunden auf Schloß Osborne zurück.

In Erwartung Ihrer umgehenden Antwort,
liebe Miss Watson, verbleibe ich
Ihre treue Freundin
Henrietta Osborne.«

»P. S. Mr. Musgraves Adresse ist: 75 Bond Street. – Mein Bruder und Sir William senden Ihnen ihre Grüße und wünschen Ihnen alles Beste. Haben Sie Mr. Howard in letzter Zeit gesehen?«

»Was meint Miss Osborne damit, wenn sie davon spricht, daß sie und du Zeugen dieser Verlobung gewesen seid?« fragte Robert. »Stimmt das tatsächlich? Warum hat denn Margaret das nie erwähnt?«

Emma erklärte so kurz wie möglich, wann und wie sie beide die ganze Unterhaltung mitangehört hatten. Robert rieb sich mit unsagbarer Schadenfreude die Hände.

»Dann haben wir ihn ja erwischt, regelrecht erwischt – jetzt werden wir ihn bald zwingen; großartig, wie erfolgreich ihr mit eurem Lauschen wart! Aber warum hast du das nicht schon vorher gesagt, Kind, als du mich wegen der Abwesenheit von Zeugen hast klagen hören?«

Emma versicherte, daß sie nur gewartet habe, um Miss Osborne darüber zu befragen; denn da sie sich gegenseitig zum Stillschweigen verpflichtet hätten, habe sie ohne ihr Einverständnis nicht darüber sprechen können. Robert sah eine glänzende Gelegenheit für einen Prozeß vor sich, für ein Verfahren wegen Nichterfüllung des Eheversprechens, das mit dem ganzen *éclat* geführt werden könnte, der einem solchen Gerichtsverfahren zukam; und eine Entschädigung für seine Schwester, die ihr ermöglichen würde, sofort günstig zu heiraten. Das war wunderbar. Der erste Schritt, so entschied er, mußte ein Brief an den Missetäter sein, der sich auf sein Versprechen Margaret gegenüber berief – aber ohne Angabe der vorhandenen Zeugen –, und er instruierte Emma, an Miss Osborne zu schreiben und ihr mitzuteilen, daß ihre Schwester Tom Musgrave nie aus seinem Versprechen entlassen habe, sondern sich noch immer in dem Glauben befinde, daß es noch bestehe, und daß Miss Osborne frei sei, ihre Freundin davon zu verständigen – und zwar am besten sofort –, daß Mr. Musgrave eine sehr fragwürdige Rolle spiele, wenn er einer anderen Frau den Hof mache, da er ganz zweifellos mit Miss Margaret Watson verlobt sei.

Emma fragte ihn, wie es ausgehen würde, falls Mr. Musgrave, was sehr wahrscheinlich war, das Versprechen überhaupt ableugnen und sich, in der Annahme, daß es keine Zeugen gäbe, weigern würde, es zu erfüllen. Robert versicherte ihr, daß er in diesem Fall die Mittel habe, ihn zu zwingen, entweder das Versprechen einzulösen oder einen großen Schadenersatz zu leisten; er würde keinen Augenblick zögern, die Klage gegen ihn einzureichen, und mit Miss Osbornes und Emmas Zeugenaussagen zugunsten Margarets sei an dem Ausgang nicht zu zweifeln.

Sie war entsetzt zu hören, was ihr bevorstand, und erkundigte sich in einem Tonfall zwischen Entsetzen und Unglauben, ob er wirklich vorhabe, Miss Osborne zu zwingen, im Gerichtssaal zu erscheinen.

»Weshalb sollte sie nicht?« war seine kühle Antwort, »sie ist genauso imstande, als Zeugin auszusagen wie jede andere Frau, und ihr Erscheinen wird großes öffentliches Interesse an dem Gerichtsverfahren erregen.«

»Aber meinst du denn, das wird ihr gefallen?« fragte die arme Emma und zitterte gleichermaßen für sich und ihre Freundin vor ihrer Rolle in dem Prozeß.

»Darüber werde ich mir den Kopf nicht zerbrechen – ich werde sie als Zeugin vorladen lassen, und sie muß kommen, ob sie will oder nicht.«

Emma schwieg, sah aber äußerst beunruhigt aus. Ihr Bruder bemerkte ihre unglückliche Miene, dachte ein paar Minuten nach und sagte dann zu ihr:

»Da du die Osbornes doch so gut kennst, Emma, und es wirklich den Anschein hat, daß du etwas geheimhalten kannst – was in Anbetracht deines Alters und deines Geschlechts sehr bemerkenswert ist –, will ich dir meinen Plan erzählen, und wir wollen sehen, ob deine Intelligenz mir helfen kann, ihn durchzuführen. Paß mal auf: angenommen, Tom Musgrave verweigert jede Anerkennung der Verlobung, dann werde ich ihm mit einer Klage drohen und dich und Miss Osborne als Zeugen aufrufen; und falls es zu einer Gerichtsverhandlung kommt, wird sie gezwungen sein zu erscheinen; aber sagen wir schon, sie wäre nicht einverstanden – ist zu fein oder zu zart – nun, dann soll ihre Familie ihren Einfluß bei Musgrave geltend machen, um eine Heirat zu bewirken. Indem sie ihm drohen, seine Perfidie an die große Glocke zu hängen und ihn die Empörung der Familie fühlen zu lassen, könnten die Osbornes vielleicht in einer Weise auf seine Gefühle einwirken, wie es uns nie möglich wäre. Sage du inzwischen gar nichts. Ich werde Margaret genug erklären, und du hast auf alle Fälle nur mit der Behauptung zu antworten, daß du keine Erlaubnis von mir habest, über die Angelegenheit zu sprechen. Und nun geh und bring mir Margaret.«

Margaret hatte zu warten, bis Robert seinen Brief an Tom Musgrave formuliert hatte. Dann gab er ihn ihr zu lesen und beobachtete, wie sie seinen Inhalt überflog.

Margarets Genugtuung war unverhohlen.

»Du hast nie geglaubt, daß es stimmte, was ich gesagt habe; wie froh bin ich, daß du dich endlich eines Besseren besonnen hast; jetzt wird Tom bestimmt nachgeben, und meine zerbrochene Liebe wird aufs neue erblühen.«

»Hör auf, mit mir über zerbrochene Liebe zu reden«, entgegnete ihr Bruder ungeduldig; »langweile mich nicht mit solchem Blödsinn. Lerne endlich, wenn du kannst, ein Geschäft als ein Geschäft zu sehen, und versuche, in einer Angelegenheit dieser Art sachlich und vernünftig zu reden. – Glaubst du, daß Musgrave auf diese Darstellung hin nachgeben wird?«

»Oh, ganz zweifellos! Zumindest glaube ich, daß er's tun wird. Aber angenommen, er würde sich weigern – was tust du dann?«

»Es scheint, daß beide – Emma und Miss Osborne – mit angehört haben, was zwischen euch gesprochen wurde, und da in diesem Fall beide als Zeugen für dich auftreten können, zweifle ich nicht, daß ich ohne Zweifel von jedem Gerichtshof im Lande ein Urteil zu deinen Gunsten und eine sehr beträchtliche Entschädigung für dich erwirken kann.«

Margaret saß sprachlos da und starrte ihren Bruder an; dann wiederholte sie:

»Miss Osborne und Emma, bist du sicher?« Und sich Emma zuwendend – »Wo wart ihr denn da, möcht' ich gern wissen?«

»Einige Orangenbäume haben uns vor euren Blicken verborgen«, erwiderte Emma, »und daher haben wir, ohne es zu wollen, alles mit angehört, was ihr gesprochen habt.«

»Gelauscht habt ihr – das ist ja wirklich heiter – anständiges Verhalten – und noch dazu von dir, die sich über Anstand und feines Benehmen den Mund zerreißt; letzten Endes bist du nicht besser als deine Freunde, wie es scheint.«

»Es tut mir wirklich aufrichtig leid«, sagte Emma mit Tränen in den Augen, »wenn ich etwas getan habe, was dich kränkt; aber so merkwürdig es klingen mag: ich konnte wirklich nichts dafür.«

»O nein, natürlich nicht!« fuhr Margaret fort und warf den Kopf zurück, »die Leute können nie für etwas, was sie tun, um ihre Neugier zu befriedigen – aber das laß dir gesagt sein: bevor ich mich je wieder auf ein Gespräch einlassen sollte, werde ich mich genau umsehen und vergewissern, ob du im Zimmer bist oder nicht – eine solche Gemeinheit – jemanden zu belauschen!«

»Es kommt mir doch sehr merkwürdig vor«, sagte Mrs. Watson später am gleichen Abend, »plötzlich hören zu müssen, daß Emma die ganze Zeit davon gewußt hat, wo doch Margaret so lange schon die Wahrheit ihrer Behauptung beweisen möchte – weshalb hat Emma denn das nicht schon früher gesagt?«

»Und noch merkwürdiger kommt es mir vor«, unterbrach sie Elizabeth, »daß Margaret dann so ärgerlich sein sollte, wenn sie so gänzlich unerwartet plötzlich findet, was sie gewünscht hat. Emma hat mir schon vor einiger Zeit davon erzählt und mir gesagt, daß Miss Osborne sie überredet habe, aus verschiedenen Gründen über die Sache zu schweigen; doch ich weiß, was aus dem hervorging, was sie mir damals erzählt hat: daß es rein zufällig war und nicht vermieden werden konnte.«

»Und mir kommt es am allermerkwürdigsten vor, daß Frauen nie sachlich beim Thema bleiben können«, bemerkte Robert ungehalten, »sondern hundert Nebensächlichkeiten zur Sprache bringen müssen, die nichts mit dem zu erreichenden Ziel zu tun haben. Welche Rolle spielt es schon für dich, Margaret, wann, wo und warum euer Gespräch belauscht wurde – wenn deine Chance, zwei- bis dreitausend Pfund auf die Hand zu bekommen, von der Tatsache abhängt, daß es geschehen ist? Kommt es denn darauf an, was Emmas Beweggrund war, zu lauschen, solange sie für einen so guten Zweck gelauscht hat?«

Margaret antwortete nur mit einem undefinierbaren Gemurmel. Sie war überglücklich, daß man von ihr sprach und daß sie die Ursache eines Briefwechsels mit Miss Osborne war; und die Vorstellung, Klägerin in einem Prozeß zu sein, übte fast den gleichen Reiz auf ihre Phantasie aus wie zu heiraten. Doch sie war zutiefst über die Nachricht gekränkt, daß Toms Untreue so auffällig war. Der Gedanke, eine Rivalin zu haben, machte sie böse, bitterböse, und selbst die Aussicht auf die Entschädigung, die ihr ausbezahlt werden sollte, konnte sie über eine solche Demütigung kaum hinwegtrösten.

Emma war heilfroh, als sie mit dem Brief fertig war und sich dem Thema entziehen konnte, indem sie das Haus mit Elizabeth zu einem Spaziergang verließ. Jane hatte einige Aufträge für sie in der Stadt, doch sobald diese erledigt waren, konnten sie ihre Schritte aufs Land hinaus lenken und auf grünen Feldern und angenehmen Wegen ihre Augen und ihr Gemüt erfrischen, indem sie das Erscheinen der ersten Frühlingsblumen beobachteten. Solche Spaziergänge waren Emmas Entzücken und gaben ihr die Kraft, die zahllosen kleinlichen Schikanen zu ertragen, mit denen Mrs. Watson sie überhäufte.

19

Der Streitfall mit Margarets angeblicher Verlobung nahm am nächstfolgenden Tag seinen Verlauf, als zwei Briefe Croydon erreichten. Emma erhielt eine Antwort von Miss Osborne und Robert einen Brief von Tom, der kurz und entschieden war und den er der Familie vorlas.

»Sehr geehrter Herr,
der Empfang Ihres gestrigen Briefes überrascht mich nicht wenig. Es tut mir unendlich leid, daß es zu einem Mißverständnis dieser Art hat kommen können; doch ich bin überzeugt, daß Ihre liebenswürdige Schwester sofort zugeben wird, daß meine Aufmerksamkeiten ihr gegenüber immer nur auf die Bande der Freundschaft beschränkt geblieben sind, wie sie unsere lange Bekanntschaft rechtfertigt und wie ich sie zwanzig anderen jungen Damen vor ihren Augen bezeigt habe.

Mit freundlichen Empfehlungen an die Damen Ihrer Familie habe ich die Ehre, mich zu verabschieden, und verbleibe, sehr geehrter Herr,

Ihr ergebener etc., etc.«

Margaret hielt es für ihre Pflicht, augenblicklich einen hysterischen Anfall zu bekommen und von Zeit zu Zeit laut herauszuschluchzen, daß er grausam und herzlos sei und daß sie nie mehr etwas von ihm wissen wolle.

»Hör endlich mit dieser ekelhaften Heulerei auf!« sagte Robert ungeduldig, »denn aus einer Frau in diesem Zustand ist ja kein vernünftiges Wort herauszubringen – und man kann doch, weiß der Himmel, auch sonst schon billigerweise wenig genug erwarten.«

Margarets Geschluchze hörte nach dieser liebenswürdigen Aufforderung nicht auf, und Robert wurde noch ärgerlicher.

»Bei Gott, Margaret, wenn du nicht sofort aufhörst, werde ich es dir überlassen, die ganze Angelegenheit nach deinem eigenen Ermessen selbst zu regeln, und mich auch nicht mehr einmischen oder noch irgendwas in der Sache tun.«

Aus Angst, daß er vielleicht Ernst machen könnte, hörte sie schließlich auf und erkundigte sich dann, was Emma von Miss Osborne gehört habe. Emma las ihr die Stelle vor, wo Miss Osborne auf ihre Beteuerung antwortete, daß Margaret Mr. Musgrave noch immer als ihren

Verlobten betrachte; im übrigen dankte sie ihr für ihre Bestätigung und teilte ihr mit, daß sie ihre Freundin warnen würde und wünschte Miss Margaret einen glücklichen Ausgang ihrer Verlobung. Der Rest des Briefes handle von Dingen, die nichts mit Tom Musgrave zu tun hätten, und für jeden anderen, außer Emma, uninteressant seien. Etwas erwähnte Miss Osborne noch, das sie besonders erfreute: ihre Hochzeit mit Sir William sollte nach Ostern stattfinden, und sie würden die Sommermonate auf Schloß Osborne verbringen, während Sir William Gordon sich mit dem Plan eines neuen Herrenhauses beschäftigte, das er auf seinem Besitz zu errichten beabsichtige. Miss Osborne hoffte von Herzen, daß Emma sie dort wieder besuchen würde, und versicherte ihr, daß sie einem künftigen Wiedersehen mit Ungeduld entgegensähe.

Das wollte Emma nicht vorlesen, da sie davor zurückschreckte, vielleicht den Eindruck zu erwecken, als wolle sie mit ihrer vornehmen Bekanntschaft prahlen; aber weder Jane noch Margaret ließen sie in Ruhe, bis sie den ganzen Inhalt ihres Briefes zum besten gegeben hatte; und so war schließlich der Satz mit der Mitteilung, daß sie Mr. Howard gesehen hatten, der ein paar Tage in London gewesen sei, die einzige Mitteilung, die sie für sich behielt.

Margaret, deren Neugier ihr wesentlich geholfen hatte, ihre Fassung wiederzugewinnen, war alsbald wieder imstande, ihren Bruder zu fragen, was er zu tun gedächte. Er wiederholte alles, was er vorher schon einmal gesagt hatte, und Emma hörte es mit Entsetzen. Sie floh aus dem Zimmer, um sich zu überlegen, was jetzt am besten zu tun sei, und beschloß nach vielen Erwägungen, sofort an Miss Osborne zu schreiben und sie zu informieren, was ihr drohte. Sie setzte sich auch gleich hin und schrieb ihr entsprechend:

»Liebe Miss Osborne,
ich hoffe, Sie werden mir glauben, daß ich in keiner Weise schuld daran bin, wenn die Mitteilung, die ich Ihnen ma-

chen muß, unangenehm für Sie ist. Leider muß ich sagen, daß Mr. Musgrave so charakterlos gewesen ist, die Verlobung zwischen ihm und meiner Schwester – die, wie wir wissen, stattgefunden hat – abzuleugnen. Was mich aber noch mehr betrübt, ist, daß mein Bruder, in der Überzeugung, daß eine Verlobung tatsächlich existiert, erklärt, gegen Mr. Musgrave einen Gerichtsentscheid herbeiführen zu wollen, falls er sie nicht augenblicklich anerkennt. Die Vorstellung, daß wir vor Gericht erscheinen sollen, erschreckt mich sehr, und ich hielt es für richtig, Sie frühzeitig von seiner Absicht in Kenntnis zu setzen, damit Sie nicht davon überrascht werden. Meines Bruders Entschluß steht so fest, daß ich auch nicht die geringste Möglichkeit für uns sehe, dem zu entgehen, falls Mr. Musgrave nicht dazu gebracht werden kann, seinem Versprechen gemäß zu handeln. Ich weiß, daß Lord Osborne einen großen Einfluß auf ihn hat, und vielleicht von ihm, im Interesse Ihrer Familie und seines eigenen Ansehens und guten Leumunds wegen, dazu bestimmt werden könnte, das zu tun; obgleich die Glückschancen für meine Schwester mit einem Mann dieser Wesensart sehr gering sind und ich ihre Heirat nicht herbeiwünschen kann, selbst wenn es mich vor dem bewahren würde, was ich so sehr fürchte. Ich fühle, daß ich im Unrecht und egoistisch bin, indem ich mich einer Handlung entziehen möchte, die wahrscheinlich meine Pflicht ist; und nachdem es doch im Leben an sich schon viel Unangenehmes gibt, sollte mich vielleicht eine Schwierigkeit mehr oder weniger nicht so sehr stören.

Hocherfreut bin ich über Ihre glücklichen Aussichten, und es wird mir in der Tat ein großes Vergnügen sein, Sie zu jeder Zeit, die Ihnen genehm ist, in Ihrem häuslichen Glück zu besuchen. Ich versichere Ihnen, daß Ihre liebenswürdige Einladung mir mehr Freude bereitet hat als alles, was ich in letzter Zeit erlebt habe.

Mit dem Ausdruck größter Hochachtung, liebe Miss Osborne, bin ich ganz ergebenst Ihre etc., etc.«

Miss Osborne saß im Frühstückszimmer am Portman Square, als der Brief ihr gebracht wurde. Sir William saß neben ihr auf dem Sofa.

»Hier ist ein Brief von der charmanten Emma Watson, mit der es dir gefallen hat, so zu flirten, bevor du um meine Hand angehalten hast«, bemerkte sie.

»Ich mit Emma Watson flirten! Das leugne ich ganz entschieden – ich habe nie in meinem Leben mit irgendeinem Mädchen geflirtet.«

»Hast du nicht einen Spaziergang im Park mit ihr gemacht – sie nicht in einem Haus skizziert – keine Wagenfahrt mit ihr gemacht? Willst du das alles ableugnen?«

»Keineswegs – ich leugne nur jegliches Flirten ab – wie hätte ich denn auch Zeit dafür finden sollen – oder die Stimmung dazu, nachdem ich so hart arbeiten mußte, um dich widerspenstiges, grausames Geschöpf zu erobern.«

Während er sprach, öffnete und überflog sie den Brief. Dann sah er, wie ihr das Blut in die Wangen stieg und ihre Brauen sich ärgerlich zusammenzogen, und daß sie im Begriff schien, den Brief zu zerreißen. Er streckte ihr die Hand entgegen und rief aus –

»Henrietta, meine Liebe, was gibt's denn? Dein Aussehen erschreckt mich – bitte, zeig mir den Brief.«

»Nimm ihn, und lies, was für eine niederträchtige Unverschämtheit mir droht«, sagte sie.

Er las ihn aufmerksam durch und sagte dann –

»Ich bin ganz bestürzt – völlig verblüfft! Was hast du mit all dem zu tun – und was bedeutet das?«

»Ach, da wirst du vielleicht erstaunt sein«, erwiderte sie; »siehst du nicht, was mir droht? Mich will man vor Gericht laden, als Zeugin in einem Prozeß zwischen Margaret Watson und Thomas Musgrave, wegen Bruch des Eheversprechens. Kannst du dir diese Szene vorstellen? Das ware allerdings etwas Neues und eine Sensation.«

»Durchaus, und ich sehe nicht ein, was dich daran so

stört: Du wirst doch natürlich mit aller gebührenden Hochachtung und Zuvorkommenheit behandelt werden, und der Gerechtigkeit muß Genüge getan werden. Aber jetzt erzähle mir bitte, wie du dazu gekommen bist, die Vertraute dieser holden Margaret zu werden – ich wußte nicht, daß deine Freundschaft sich auf die ganze Familie erstreckt.«

»Das tut sie auch nicht – Emma ist die einzige, die ich gern habe.« Und sie fuhr fort, Sir William die Umstände zu erklären, die dazu geführt hatten, daß sie zu unfreiwilligen Zuhörern von Musgraves Brautwerbung geworden waren, und ihre Begründung, warum sie sich nicht bemerkbar gemacht hatten.

»Beim Lauschen erwischt, wie?« lachte Sir William. »Kein Wunder, daß du davor zurückschreckst, das öffentlich einzugestehen. Ein Jammer, daß ihr nicht auf sie zugesprungen seid und ›Buh!‹ geschrien habt; nach allem, was du mir erzählt hast, hätte sie es verdient.«

»Das ist alles gut und schön, und du kannst mich auch ruhig auslachen, wenn es dir Spaß macht, aber sag mir lieber, wie ich dieses Debakel vermeiden kann – muß ich vor Gericht erscheinen?«

»Selbstverständlich, wenn du vorgeladen wirst – dagegen ist nichts zu machen.«

»Wie kühl du das alles betrachtest – warum ist es nicht dir statt meiner passiert?«

»Nur, weil ich nicht einer der Lauscher war. Deine Verzweiflung tut mir unendlich leid, liebste Henrietta, aber ich finde sie völlig unbegründet.«

»Also eine Sache steht fest, ich warne dich: wenn ich in dieser Angelegenheit vorgeladen werde, müssen wir unsere Hochzeit verschieben. Ich kann nicht im selben Monat als Braut und als Zeugin auftreten.«

Sir William sprang auf und sah sie forschend an. »Das meinst du wohl nicht ernst?«

»Vollkommen ernst, William, und ich sehe, du bist es jetzt auch«, erwiderte Miss Osborne.

»Dann sollst du keine Gelegenheit haben, deine Drohung wahrzumachen«, sagte er mit entschlossener Miene; »sprechen wir einmal ernsthaft über die ganze Sache, Henrietta.«

»Ah, ich bin froh, daß ich dich endlich zur Vernunft gebracht habe. Überlege doch mal: wenn wir tun könnten, was Emma rät, und diesen Mr. Musgrave überreden könnten zu heiraten – was er ja tun sollte –, wäre damit alle Peinlichkeit in dieser Affäre zu Ende.«

»Für dich vielleicht, aber nicht für Miss Margaret; ich möchte fast behaupten, ihr reizender Gatte würde sie jeden Tag prügeln.«

»Zieh dich jetzt nicht wieder auf deine Unparteilichkeit zurück, und provoziere mich nicht! Ach, da kommt Osborne – woll'n sehen, was er sagt.«

Lord Osborne kam ins Zimmer, und seine Schwester versuchte ihm verständlich zu machen, was geschehen war.

»Ich finde«, sagte er, nachdem er ihre Schilderung gehört hatte, »daß Musgrave sich sehr schlecht benommen hat – wirklich sehr schlecht!«

»Daran ist gar nicht zu zweifeln, mein lieber Bruder, aber was hältst du von Mr. Watsons Vorschlag?«

»Nur das, was man von einem Anwalt erwarten kann – er prozessiert; das ist sein Beruf, Henrietta«, erwiderte ihr Bruder.

»Aber mein Beruf ist es nicht, gezwungen zu werden, öffentlich als Zeugin in einer lächerlichen Angelegenheit zu erscheinen. Wenn er die *affaires de cœur* seiner Schwester im ganzen Land zum Thema für Klatsch und rohe Witze machen will, ist das gut und schön, aber ich kann nicht einsehen, weshalb ich in eine Sache hineingezogen werden muß, die alle Beteiligten in Mißkredit bringt.«

»Besonders jene, die beim Lauschen ertappt worden sind, Henrietta«, meinte Sir William Gordon.

»Und die arme Emma auch«, fuhr sie fort, als habe sie ihn nicht gehört; »denn offenbar ist ihr diese angedrohte

Zurschaustellung ein Grauen – schon ihretwegen bin ich dagegen.«

»Verständlich genug«, sagte ihr Verlobter im gleichen mokanten Ton, »jeder kränkt sich, wenn er erwischt wird.«

»Also wirklich, William«, entgegnete Miss Osborne und richtete ihre schlanke Gestalt mit einer Gebärde großen Unmuts auf, »wenn du nichts Passenderes beisteuern kannst als derartige Reflexionen, sind wir besser ohne dich dran, und ich schlage vor, du gehst hinaus, damit wir weiter beraten können.«

Das wurde sehr hochmütig gesagt, denn ihr leicht erregbares Temperament war aufgestachelt worden. Er kannte sie sehr gut und hatte auch nichts dagegen, sie eine gewisse Oberhoheit über ihn gewinnen zu lassen. Er liebte sie wegen ihres Temperaments – aber er war auch entschlossen, sich nicht davor zu ducken –, und während er aufstand, machte er eine ernste Verbeugung zu ihr hinüber und ging aus dem Zimmer. Sie sah ihm besorgt nach, in der Erwartung, daß er zurückkommen oder ihr wenigstens noch einen Blick zuwerfen würde, aber das tat er nicht, und die Tür schloß sich, bevor sie dazu kam, noch etwas zu sagen.

»Was möchtest du, daß ich tue?« fragte ihr Bruder. »Meiner Meinung nach wird es leicht sein, das alles zu verhindern, wenn es dich und deine Freundin so plagt; ich werde selbst mit Tom sprechen und sehen, ob ich ihn nicht dazu bringen kann, sein Versprechen zu halten.«

»Ach ja! Tue das, Osborne – das Mädchen will ihn natürlich heiraten – und wenn er darauf eingeht, läßt man uns in Ruhe. Die arme Emma scheint ganz unglücklich zu sein – schau dir nur ihren Brief an.«

Lord Osborne nahm ihn gespannt entgegen und las ihn durch.

»Armes Geschöpf«, sagte er voller Mitgefühl; »wie bald nach ihres Vaters Tode dürfen Mädchen heiraten, Henrietta?«

»Oh! Das kommt ganz darauf an! Und in diesem Fall spielt das überhaupt keine Rolle, meine ich. Wenn wir nur Mr. Musgrave dazu bringen, seine Verlobung zuzugeben – zur Heirat mag er sich dann Zeit lassen.«

Ihr Bruder war im Begriff zu sagen, daß er nicht an Musgrave dachte, ließ es dann aber sein – nur sagte er nach kurzer Überlegung noch:

»Dann meinst du also, es wäre keine Taktlosigkeit, um ein Mädchen zu werben, auch wenn es nicht gleich heiraten könnte?«

»Oh, ich weiß nicht – diese Verlobung hat ja stattgefunden, bevor der gute Mr. Watson gestorben ist, und das ändert die Sachlage. Wenn Leute diesbezüglich sehr genau sind, wäre ihnen der Beginn einer Brautwerbung in einer solchen Situation vielleicht gar nicht recht.«

»Ja, was kann ich denn tun?«

»Geh und suche Mr. Musgrave auf – und eröffne ihm, daß das Faktum seiner Verlobung bekannt sei, und er demzufolge mit einem Schuldspruch zu rechnen habe; und die einzige Möglichkeit für ihn sei, als Ehrenmann zu handeln. Wenn er sich weigert und mich dadurch zwingt, etwas für mein Empfinden so Abstoßendes zu tun, wie vor einem Gericht zu erscheinen, könne er nie mehr erwarten, von uns beachtet zu werden; und wenn wir mit dem Beispiel vorangehen, würden alle anderen ihn auch fallen lassen – in der Nachbarschaft ware er kompromittiert und dürfte sich nirgendwo mehr zeigen. Sage ihm das – und wenn ich mich nicht gründlich in dem Mann täusche, wird er einwilligen.«

»Ich werde mein Möglichstes versuchen, Henrietta; doch ich wünschte, Gordon hätte das erledigt – er kennt so viele Wörter mehr als ich.«

»Und wenn du nichts bei ihm erreichen kannst, müssen wir uns eben an Mr. Watson, den Anwalt, wenden und sehen, was wir tun können, daß er das Verfahren einstellt«, fuhr Henrietta fort. »Eine kleine, gut eingefädelte Bestechung könnte ihn vielleicht bewegen, seine Absicht aufzugeben und uns damit weitere Unannehmlichkeiten ersparen.«

»Das werden wir noch sehen«, erwiderte er; »aber zunächst werde ich Musgrave aufsuchen und sehen, was ich bei ihm erreichen kann.«

»Könntest du nach William schauen und ihm sagen, daß ich gern mit ihm gesprochen hätte«, sagte Henrietta, »– oder lieber nicht; vielleicht erzählst du ihm nur, was du zu tun gedenkst, das dürfte gescheiter sein.«

»Ich habe ihn aus dem Haus gehen hören, aber wenn ich ihn im Club sehen sollte, werde ich ihm ausrichten, was du gesagt hast.«

Miss Osborne biß sich auf die Lippen und erwiderte nichts; sie wollte nicht zeigen, welche Macht Sir William über ihre Gefühle hatte – noch war sie nicht gern bereit, ihre Besorgnis darüber einzugestehen, daß er so streng von ihr fortgegangen war. Sie hatte jetzt die Erfahrung gemacht, daß nicht mit ihm zu spaßen war, und wagte erst gar nicht, ihr Spiel mit ihm zu treiben, wie sie es mit einem weniger resoluten Mann vielleicht getan hätte. Den restlichen Vormittag verbrachte sie allein und sehr bedrückt. Sie sagte sich, daß nicht die Abwesenheit Sir Williams der Grund für ihre Bedrücktheit sei, sondern weil ihr selbst etwas so Unangenehmes drohte; doch dann folgte sie einem Gedankengang darüber, was Sir William vorhatte, wohin er gegangen sein könnte, und ob er wohl bald zum Portman Square zurückkehren würde.

Schließlich wurde ihr ein Brief gebracht, mit dem Bemerken, daß der Überbringer warte. Es war seine Handschrift, und sie öffnete ihn zitternd. Der Stil überraschte sie.

»Sir William Gordons Grüße an Miss Osborne, und er schätzt sich glücklich, sie davon zu unterrichten, daß die Angelegenheit, Mr. Musgrave betreffend, eine befriedigende Lösung gefunden hat. Aber da Sir W. es übernom-

men hat, Miss Watson und ihrer Schwester das Resultat der Unterredung mitzuteilen, wünscht er zu wissen, ob Miss Osborne ihm raten würde, persönlich nach Croydon zu fahren – und wenn ja, ob sie irgendwelche Aufträge für ihn hätte.«

Henrietta las den Brief dreimal, bis sie sich überlegt hatte, welche Antwort sie zurücksenden sollte. Es traf sie tief: der Ton, die ganze Ausdrucksweise, alles deutete für sie auf eine Art versteckten Vorwurfs hin. Sie war traurig und ärgerlich zugleich; sie war unsicher, ob sie auf sein Gebaren eingehen oder es übelnehmen sollte. Doch nach vielem Hin und Her schrieb sie hastig:

»Miss Osbornes Grüße an Sir William Gordon, und da sie es unmöglich findet, eine Meinung zu äußern, ohne die Umstände näher zu kennen, bittet sie ihn um den Gefallen, ihr heute nachmittag einen Besuch zu machen, um ihr zu erklären, welche Abmachungen getroffen worden seien.«

Kaum war die Botschaft aufgegeben, als es ihr auch schon bitter leid tat, eine solche abgeschickt zu haben, und sie hätte alles in der Welt hergegeben, um sie rückgängig zu machen. Sie konnte natürlich an nichts anderes denken, und da sie für jegliches Vergnügen ganz untauglich war, lehnte sie es ab, ihre Mutter auf ihrer Nachmittagsausfahrt zu begleiten, sondern blieb allein im Salon sitzen. Tief in Gedanken versunken, hörte sie ihn nicht hereinkommen und bemerkte seine Anwesenheit erst, als er sprach.

»Ihren Befehlen gehorchend, bin ich hier, Miss Osborne; darf ich Sie nun bitten, mir Ihre weiteren Wünsche bekanntzugeben.«

»Sie sind noch immer beleidigt, Sir William«, entgegnete sie, zu ihm aufschauend, »ich dachte, Sie hätten sich inzwischen wieder gefangen.«

»Ich kann die Abfuhr, die Sie mir erteilt haben, nicht so schnell vergessen – und ich vermute, das war auch Ihre Absicht.«

»Nein, sieh mich nicht so an, ich ertrage es nicht – ich war im Unrecht«, sagte sie und streckte ihm die Hand entgegen. »Verzeih mir und setz dich.«

Miss Osborne brauchte nicht zweimal zu sagen, daß sie im Unrecht sei, noch mußte sie ihre Bitte um Verzeihung wiederholen. Er war nicht despotisch, konnte sich aber auch nicht unterjochen lassen, und die Versöhnung kam sehr schnell zustande. Als sie nun wieder von anderen Dingen sprechen konnten, statt nur von sich selbst, schilderte er ihr seine Unterredung mit Tom Musgrave. Er hatte ihn anmaßend und wütend vorgefunden und bereit, Mr. Watsons Drohungen als beleidigend und Sir Williams Einmischung als unerwünscht übelzunehmen. Seine Stimme wurde jedoch beträchtlich leiser, als er erstmals erfuhr, daß sein Gespräch mit Margaret von zwei Personen mitangehört worden sei, die durchaus in der Lage seien, es zu bezeugen. Sir William hatte ihm erklärt, daß er von der Familie der einen jungen Dame bevollmächtigt sei – ja, daß er sich, als ihr zukünftiger Gatte, sogar dazu gezwungen sehe, einzuschreiten, in dem Bestreben, zu verhindern, daß sie gezwungen werde, öffentlich als Zeuge vor einem Gericht zu erscheinen. Sollte sie, infolge Mr. Musgraves hartnäckigen Leugnens, jedoch dazu gezwungen sein, sich einer so unangenehmen Aufgabe zu unterziehen, würde ihm das die Feindschaft der gesamten vornehmen Familie eintragen, deren Mitglied die junge Dame sei, und die allgemeine Verachtung der ganzen Grafschaft; wohingegen, so wie die Sache im Augenblick stehe, es doch klar sei, daß die ganze Geschichte noch zu vertuschen wäre; und wenn er und Miss Watson verheiratet seien, sie der Anerkennung und Gunst der Familie auf Schloß Osborne und ihres ganzen Bekanntenkreises sicher sein könnten.

Tom hatte sehr gezögert und offenbar sein unvorsichtiges Verhalten tief bereut, das ihn in eine so mißliche Lage versetzt hatte; und als er sich schließlich einer Einsicht in die Notwendigkeit dieses Schrittes beugte, war es mit einem Widerstreben, das nichts Gutes für das häusliche Glück der zukünftigen Mrs. Musgrave ahnen ließ. Er hatte Sir William sogar geschworen, daß Margaret Watson, falls sie ihn tatsächlich zwingen sollte, sie zu heiraten, den Tag noch verwünschen werde; so daß Sir William im großen und ganzen eigentlich der Meinung sei, daß die junge Dame besser daran täte, nicht auf ihrer Forderung zu beharren, falls sie Wert auf ein gemütliches Heim legen sollte.

»Ich möchte behaupten, daß er nicht schlimmer ist als andere Männer«, entgegnete Henrietta; »ich denke mir, daß alle Männer im Grunde ihres Herzens die Frauen tyrannisieren wollen; nur tragen manche in der Zeit des Werbens eine Maske, und andere machen sich diese Mühe nicht, doch letzten Endes sind sie zweifellos alle gleich.«

»Sehr wohl möglich, Henrietta; vielleicht willst du deine Theorie in die Tat umsetzen und mit Miss Margaret den Platz wechseln.«

»Ich danke dir – deine Großzügigkeit ist überwältigend; aber wenn sie auch in der Veranlagung alle gleich sein mögen, sind sie es weder in der Person noch im Namen – und in keiner dieser Besonderheiten entspricht Mr. Musgrave meinen Wünschen.«

Es wurde dann abgemacht, daß Henrietta ihrer Freundin schreiben und ihr mitteilen sollte, wie sich alles entwickelte – wobei vereinbart worden war, daß Tom Musgrave mit gleicher Post einen Brief an Miss Margaret Watsons Bruder abzuschicken hatte, in dem er um ihre Hand anhielt.

Hätte Margaret Watson auch nur ein Partikelchen Stolz besessen, hätten schon der Ton und die Form genügt, in der Tom Musgrave seinen Teil der Abmachung erfüllte, um einen totalen Bruch zwischen ihnen herbeizuführen; davon war sie jedoch in ihrem Fall weit entfernt. Die

Tatsache, daß man ihrer Behauptung jetzt Glauben schenkte, daß sie als eine verlobte junge Dame galt, daß sie ein Recht hatte, über Hochzeitskleider zu sprechen und im Hinblick auf das bevorstehende Ereignis schmachtend zu seufzen, und das Prestige, das ihr all das in einem Landstädtchen verleihen würde – wo jedes Vorkommnis, von einer Verlobung hinunter bis zu einem Kauf von ein Paar neuen Schuhen, unmittelbar von allen Nachbarn registriert wird –, entzückte Margarets charakterschwaches Gemüt und versetzte ihr Herz in einen Überschwang befriedigter Eitelkeit.

Die Nachrichten aus Chichester, die ungefähr um die gleiche Zeit eintrafen, enthielten einen ganz enthusiastischen Bericht über den Fortgang von Penelopes Verlobung. Ihr Zukünftiger schien, trotz seines vorgerückten Alters, weit temperamentvoller und draufgängerischer zu sein als der junge Tom Musgrave. Auf Grund seiner dringenden Bitten, so hieß es, würde ihre Eheschließung in kürzester Zeit stattfinden, und Penelope hoffte, daß, wenn sie das nächste Mal Gelegenheit habe, ihren Schwestern zu schreiben, bereits alles erledigt wäre, und sie nicht mehr den gleichen Namen tragen würde.

Mrs. Watson fand so viel für Emma zu tun, daß sie kaum noch Zeit fand, sich aus dem Kinderzimmer zu entfernen, außer, wenn sie mit Augusta, die ihr jetzt fast vollkommen überlassen war und sie zärtlich liebte, spazierenging. Hätten ihre Bemühungen als Erzieherin bei ihrer Schwägerin auch nur die geringste Zufriedenheit ausgelöst, wären sie von ihr als Gegenleistung für Kost und Logis anerkannt worden, hätte sie sich weit weniger unbehaglich gefühlt. Doch während sie ihre Zeit in unentlohntem und nicht einmal anerkanntem Dienen verbrachte, wurde sie außerdem auch noch ständig an ihre völlige Abhängigkeit von Robert erinnert und obendrein noch wegen ihrer Unbrauchbarkeit, ihres arbeitsscheuen Verhaltens und ihrer damenhaften Manieren getadelt. Die zahlreichen Besucherinnen, die in Mrs. Watsons Wohnzimmer eine Vormittagsstunde müßig herumsaßen, waren gern bereit, sich über deren Großzügigkeit und Herzensgüte zu verbreiten, ihre drei Schwägerinnen als Gäste bei sich aufzunehmen, ohne im geringsten zu ahnen, daß die beiden älteren ihren Unterhalt aus ihrem kärglichen Einkommen bezahlten, und daß die jüngere die elende Behandlung, die sie unter der Maske der Großzügigkeit zu erdulden hatte, in einer Weise vergalt, die für ihre geizigen, aber großtuerischen Verwandten noch dazu von großem Vorteil war.

20

Der nächste Brief, der, mit einer Krone auf dem Siegel, in Croydon eintraf, enthielt die Ankündigung, daß Miss Osbornes Hochzeit in annähernd drei Wochen gefeiert werden sollte. Sie hoffte, daß Emma ihr Versprechen wahr machen und einige Zeit mit ihnen verbringen konnte, während sie sich auf Schloß Osborne aufhielten; doch gab sie keine genaue Zeit im Hinblick auf das Datum des Besuches an.

Auch Margaret bekam ihr Teil an Aufregung und Freude. Es stellte sich heraus, daß Tom Musgrave mit der ernsthaften Absicht nach Croydon heruntergekommen war, um sie zu überreden, am gleichen Tage zu heiraten, den Sir William Gordon und Miss Osborne für ihre Hochzeit festgesetzt hatten. Vornehm zu sein, und seine Beziehung zu den Vornehmen zu beweisen, war so sehr sein Lebensinhalt, daß er entschlossen war, seine Hochzeit so bedeutend erscheinen zu lassen, wie es der auf ihn fallende Glanz der Osbornes bewirken konnte. Diese Idee war jedoch nicht ganz sein eigenes Verdienst: sie war ursprünglich von Sir William selbst vorgeschlagen worden. Miss Osborne, die nicht ganz froh werden oder unbekümmert sein konnte, bevor die Zeremonie stattgefunden hatte, veranlaßte Sir William, ihn zu fragen, wann er zu heiraten gedenke, und obgleich er Toms Vorstellungen in Bezug auf dieses Thema ziemlich vage fand, fiel es ihm nicht sehr schwer, Tom von dem Vorteil zu überzeugen, seine Hochzeit auf den gleichen Tag zu legen wie ihre eigene. Die Vorstellung entzückte Mr. Musgrave, und er entschloß sich auf der Stelle, nach Croydon zu reisen und den Vorschlag dort sofort zu unterbreiten.

»Nun, Margaret«, sagte er am Morgen nach seiner Ankunft, »da wir ja nun, wie es scheint, früher oder später doch heiraten müssen, hältst du es da noch für sinnvoll, es hinauszuschieben?«

Margaret lächelte affektiert und errötete und wußte nicht recht, wohin sie schauen oder was sie sagen sollte.

»Hör zu«, fuhr er fort, »es hat keinen Sinn, Zeit zu verlieren, wenn die Sache vor sich gehen muß – vorausgesetzt natürlich, du hattest deine Einstellung inzwischen nicht geändert.«

»Du meine Güte, nein, Tom, so leicht ist meine Einstellung nicht zu ändern – soweit kennst du mich doch bestimmt.«

»Miss Osborne wird in drei Wochen von heute meinen Freund Sir William Gordon heiraten«, bemerkte Tom, »und er hat mir vorgeschlagen, wir sollten unsere Hochzeit doch am gleichen Tag feiern. Ich muß gestehen, daß mir das sehr gefallen würde, nachdem sie so enge Freunde von mir sind, und wir in die gleiche Grafschaft gehen. Sie kommen für ihre Flitterwochen nach Schloß Osborne herunter, und wir werden vielleicht, ja, in der Tat, wir sollten sogar hinaufgebeten werden.«

»Oh, herrlich, Tom«, rief Margaret, vollkommen hingerissen von dieser Aussicht und ohne die Kälte im Benehmen ihres Verlobten und die völlige Abwesenheit jeglicher, selbst nur gespielter Zuneigung auch nur zu bemerken. »Also, das fände ich das Schönste – nur könnte es vielleicht etwas schwierig für mich werden, mein Hochzeitskleid und alles andere rechtzeitig zu bekommen – da ich ja natürlich Trauer tragen muß, möchte ich zunächst, außer einem Kleid und einem Hut, nicht viel anderes haben – was für ein Kleid soll es sein, lieber Tom?«

»Dein Kleid soll der Teufel holen! Was geht mich dein Kleid an? Oder was hat das damit zu tun? Ich frage dich: willst du mich heute in drei Wochen heiraten? Denn, wenn du nicht willst, kannst du's auch bleiben lassen, mir ist das doch völlig egal.«

»Du bist immer so komisch, Tom«, sagte Margaret und versuchte zu lachen, »ich weiß nie, was du als Nächstes sagen wirst. Aber du hetzt und verwirrst einen derart, wenn du in dieser beiläufigen Art fragst – ich weiß wirklich nicht, was ich darauf antworten soll – was soll ich ihm sagen, Jane – ist er nicht sonderbar?«

»Um Himmels willen, Mrs. Watson, versuchen Sie doch bloß, Margaret dazu zu bringen, sich etwas vernünftiger zu benehmen.«

»Sie sind also wirklich der unverliebteste Verlobte, den ich je gesehen habe – wenn ich Sie wäre, Margaret, wurde ich ihn mit seiner Redeweise ununterbrochen aufziehen«, äußerte Mrs. Watson mit einem affektierten Lachen. »Ich würde ihm immer wieder nein und nein und nochmal nein sagen, bevor ich mich auf seinen Wunsch einließe.«

»Oh, so grausam bin ich eben nicht«, sagte Margaret. »Er kennt mein Wesen und weiß, wie weit er bei mir gehen kann.«

»Also wenn du's dir überlegt hast, laß es mich wissen«, sagte er, ließ sich in einen Sessel fallen und tat, als nicke er ein.

»Mein Ehrenwort, Margaret«, sagte Mrs. Watson, »wie der sich aufspielt – würde ich mir das je von einem Mann bieten lassen? Ganz bestimmt nicht – eher würde ich dafür sorgen, daß das ganze Geschlecht ausgerottet wird, das würde ich tun.«

»Seien Sie nicht so schrecklich streng, Mrs. Watson«, sagte Tom, ohne die Augen aufzumachen. »Gönnen Sie mir doch, daß ich mich der letzten Tage meiner Freiheit freue – denn was wird aus meiner persönlichen Freiheit, wenn ich erst mal ein Weib gefreit habe?«

»Sie schlimmer Mensch«, sagte Mrs. Watson, während sie zu ihm hinging und so tat, als wollte sie ihm einen Klaps auf die Wange geben. Er hielt ihre Hand fest und erklärte seinerseits, daß sie nun seine Gefangene sei und Strafe für die Ohrfeige zahlen müsse, die sie ihm so mutwillig verabfolgt habe. Sie kicherte exaltiert, und er bestand auf seiner Forderung, als Robert ins Zimmer trat und in einem kühlen, sachlichen Tonfall sagte:

»Ich nehme an, Musgrave hat dir bereits gesagt, daß er dich heute in drei Wochen heiraten möchte, Margaret, und wie ich vermute, hast du nichts dagegen einzuwenden. Ich habe beschlossen, mich sofort den Eheverträgen zu widmen. Mit den Vorbereitungen wirst du ja nicht allzuviel zu tun haben, nehme ich an?«

»Also nachdem ihr alle so plötzlich über mich herfallt, bleibt mir doch gar nichts anderes übrig, als mich zu fügen«, meinte Margaret, »und ehrlich gestanden, warum auch nicht. Die Hochzeitsanzeige muß natürlich in die Zeitungen kommen – sie muß an *The Morning Post* geschickt werden, Tom.«

»Von mir aus –«, äußerte der feurige Bräutigam.

»Nun, Jane, dann kümmere ich mich jetzt wohl besser um mein Hochzeitskleid und die entsprechende Garderobe – wirst du mitkommen, Tom, und mir einige Stoffe aussuchen helfen?«

»Doch ich nicht, Donnerwetter! Was verstehe ich denn von Kleidern – das ist Weiberkram, und ich will nichts damit zu tun haben.«

»Seien Sie doch nicht so entsetzlich lieblos, Tom«, unterbrach Mrs. Watson wieder, »Sie sind ein abscheulicher, übellauniger Querulant, und bevor wir mit Ihnen fertig sind, müssen wir Ihnen noch bessere Manieren beibringen.«

»Ganz fraglos werden Sie das bald tun«, entgegnete er, »seit ich die letzte Stunde bei Ihnen gesessen habe, fühle ich mich bereits wunderbar geläutert.«

Bald danach machten sich Margaret und Jane auf den Weg, um Stoffe einzukaufen, mit denen sie nichts anzufangen wußte, da sie ja gezwungen war, tiefe Trauer zu tragen.

Tom Musgrave blieb nicht länger, als er ursprünglich vorgehabt hatte, und ließ Margaret in einer solchen Hochstimmung zurück, die bewies, daß sie, außer ihren augenblicklichen Vorbereitungen, alles vergessen hatte.

Drei Wochen vergingen, und der Hochzeitstag brachte solch strahlenden Sonnenschein, wie ihn sich jede Braut nur wünschen konnte. Emmas Gedanken wanderten von Margaret und dem Ereignis des Tages in Croydon zur Hochzeitsfeier in London, die der gleichen Zeremonie und – wie sie annahm – ungefähr zur gleichen Stunde folgte. Man hatte ihr gesagt, daß Mr. Howard die Trauung vollziehen werde, und sie versuchte sich die Szene vorzustellen und schämte sich dann deswegen. In Croydon nahm sie inbrünstig an den Gebeten um eine glückliche Zukunft für ihre Schwester teil, doch ihr Herz war voll schlimmer Vorahnungen. Sie ahnte nicht, daß eine Szene von größer Tragweite für ihre eigene Zukunft sich am Portman Square abspielen sollte.

Nachdem die Trauung vollzogen, das Frühstück vorüber war und das junge Paar das Haus verlassen hatte, zog Lady Osborne sich in ihr Ankleidezimmer zurück und ließ Mr. Howard zu sich bitten. Ohne den Hintergrund ihrer Bitte auch nur zu ahnen, folgte er ihrer Aufforderung und fand ihre Ladyschaft allein.

Sie forderte ihn auf, sich zu setzen, und nach einigen Versuchen einer höflichen Unterhaltung bemerkte sie plötzlich:

»Die Heirat meiner Tochter bedeutet eine große Veränderung für mich, Mr. Howard.«

»Das glaube ich wohl«, erwiderte er, neugierig, was jetzt folgen würde.

»Ich fürchte, ich werde mich sehr unbehaglich fühlen, wenn ich mein bisheriges Leben fortsetze; ohne Miss Osborne werde ich recht einsam sein.«

Mr. Howard mußte unwillkürlich denken, daß er sich nur wenige Mütter vorstellen konnte, denen die Veränderung so wenig ausmachte. Sie waren nie gute Freunde oder anscheinend auch nie von irgendwelcher Bedeutung füreinander gewesen. Jedoch hielt er es für seine Pflicht, irgendeine Bemerkung zu machen und erlaubte sich, ihrer Ladyschaft zu raten, sich solchen trüben Gedanken nicht hinzugeben – vielleicht würde es für sie weniger schmerzlich werden, als sie jetzt annehme.

»Sie sind sehr liebenswürdig, daß Sie mir in meiner traurigen Lage Mut zuzusprechen versuchen – wie Sie das immer getan haben, Mr. Howard, und ich bin für die vielen Stunden der Ermutigung, die Sie mir zu verschiedenen Zeiten gewidmet haben, tief in Ihrer Schuld. Sie sind mir ein Freund gewesen.«

Er wußte überhaupt nicht, was er zu dieser Rede sagen sollte und schwieg deshalb.

»Was halten Sie von der Heirat meiner Tochter?« fragte Lady Osborne.

»Ich glaube, sie hat jede Aussicht, ein gemeinsames Glück zu sichern – das hoffe ich so aufrichtig, wie ich es ihnen wünsche. Sir William ist ein ganz vortrefflicher junger Mann.«

»Die Heirat ist nicht so standesgemäß, wie meine Tochter sie hätte beanspruchen können – sie hat alle Träume ehrgeizigen Strebens aufgegeben –, sehen Sie das nicht?«

»Ja, natürlich hätte Miss Osborne dem Rang ihres Bruders entsprechend oder darüber heiraten können, aber sie hat meiner Ansicht nach viel klüger gehandelt als sie Vortrefflichkeit und Liebe vorzog, wenn beides auch nicht mit einer so glänzenden Verbindung einherging, wie ihre Freunde es vielleicht für sie erwartet hätten. Sir William ist reich genug, um die Ansprüchc einer weniger verständigen Frau als Lady Gordon zu befriedigen, und wenn sein Rang erhaben genug ist, um ihren Beifall zu finden, kann sie sich nichts Besseres wünschen.«

»Schließen Sie nur nicht nach dem, was ich gesagt habe, daraus, Mr. Howard, daß ich den Rangunterschied bedauerte, im Gegenteil – ich glaube ohne jede Einschränkung, daß Miss Osborne, da sie Sir William liebt, nichts Besseres tun konnte, als ihn zu heiraten. Ferne sei es von mir, zu wünschen, daß jemand seine Liebe seinem Ehrgeiz opfere. Selbst wenn ein noch größerer Rangunterschied zwischen ihnen bestanden hätte – wenn er wirklich niedriger Herkunft gewesen wäre –, hätte ich keinen Einspruch erhoben, wenn ihm ihre Liebe gehörte.«

»Ich kann mir nicht vorstellen, daß Miss Osborne je ihre Liebe irgendeinem Mann sehr weit unter ihrem Rang geschenkt hätte.«

»Halten Sie es denn für unschicklich, seine eigene Sphäre zu verlassen, wenn die Liebe es gebietet, und ihrem Gebot zu folgen?«

»Ich bin entschieden gegen unebenbürtige Heiraten – auch wenn der Mann der Höherstehende ist; doch wenn der Fall umgekehrt liegt, und der Mann seine Frau, statt ihren Rang zu heben, unter ein Niveau hinunterzieht, das ihr bis dahin entsprochen hatte, muß es unweigerlich einen gewissen Grad häuslicher Mißstimmung hervorrufen.«

»Mag sein – doch die Frau sieht es vielleicht ganz anders. Ich kann mir nichts Wunderbareres für eine Frau vorstellen, als eine gehobene Stellung aufzugeben und ihren ganzen Reichtum einem Mann zu Füßen zu legen, den nur sein Geist und seine Vortrefflichkeit auszeichnen, um das stolze Glücksgefühl zu haben, auf diese Weise seiner immerwährenden Dankbarkeit sicher zu sein.«

»Mir scheint, ein Mann, der es wagen könnte, ein solches Opfer von einer Frau zu verlangen, muß schon sehr egoistisch und selbstbewußt sein – ich könnte es nicht.«

»Aber ich setze doch voraus, daß das Opfer freiwillig ist, von ihr allein ausgeht und dargebracht wird – es hat schon Frauen gegeben, die das getan haben –, was würden Sie dann sagen?«

»Ich glaube, Ihre Ladyschaft stellt sich Geschehnisse vor, die es im wirklichen Leben kaum geben dürfte.«

Lady Osborne fuhr fort, als habe sie ihn nicht gehört.

»Und wenn dieser Mann zu bescheiden wäre, um sich seiner Wahl bewußt zu sein, wenn er es von sich aus nicht wagen könnte, die Schranken zu durchbrechen, die der Standesunterschied zwischen uns aufgerichtet hat, wäre er schockiert, wenn ich, jeden Stolz beiseite lassend, diesem Gefühl offen Ausdruck gäbe?«

Er schwieg – und auch Lady Osborne war für einige Momente tief in Gedanken versunken, starrte auf den Teppich und spielte mit ihren Ringen: Schließlich hob sie den Kopf und sagte:

»Ich denke, Sie verstehen, was ich meine, Mr. Howard, und ich bin sicher, daß Ihnen die Art meiner Gefühle für Sie schon seit langem bekannt sein muß. Ist Ihnen nicht klar, auf was dieses Gespräch abzielt?«

Er schien außerordentlich verlegen und konnte einige Minuten lang keinen klaren Gedanken fassen, um eine Antwort zu finden. Schließlich stammelte er:

»Ihre Ladyschaft tut mir zuviel Ehre an, falls ich den Sinn Ihrer Worte richtig verstanden habe – doch vielleicht – verzeihen Sie, wenn ich Sie mißverstanden haben sollte – ich ziehe mich vielleicht besser zurück.«

»Nein, Mr. Howard, gehen Sie nicht mit halben Erklärungen, die nur zu Mißverständnissen führen können. Sagen Sie mir offen, was ich Ihrer Meinung nach tatsächlich gemeint habe; weshalb sollten Sie zögern?«

»Einen Moment lang dachte ich, daß Ihre Ladyschaft im Sinn habe, das auf mich zu beziehen, was Sie soeben geäußert haben, und ich fürchtete, Sie würden mir von einer Freundin erzählen, die diese Opfer bringen wollte, die Sie so beredt geschildert haben – Opfer, die ich als weit über meine Verdienste hinausgehend empfinden würde.«

»Und angenommen, ich hätte das gesagt – angenommen, es gäbe diese reiche, adlige und einflußreiche Frau, die Ihnen all das darbrächte – was würden Sie sagen?«

»Ich würde sagen, daß ich ihr zwar zu außerordentlichem Dank verpflichtet sei, daß aber meine Liebe sich weder mit Reichtum noch mit Einfluß erkaufen lasse.«

»Ich weiß, daß Sie auf Grund Ihres Berufes irdische Güter so geringschätzen wie sonst keiner; aber, mein lieber Freund, denken Sie doch auch einmal an den vollen Wert eines solchen Opfers – denken Sie an die Innigkeit einer Zuneigung, die fähig wäre, auf die Etikette zu pfeifen und Vorurteilen zu trotzen. Und denken Sie an die Auswirkungen, die Ihnen dadurch zugute kommen könnten. Sogar Sie sollten lieber einmal überlegen, bevor Sie Mittelmäßigkeit einem hohen Rang vorziehen.«

»Aber Sie vergessen, daß mein Glaube ehrgeiziges Streben verbietet und Beförderung durch Protektion ausschließt.«

»Nein, Sie aber vergessen den stufenweisen Aufstieg, den es in dieser Karriere gibt – behandeln Sie die Gewißheit der Beförderung nur nicht als Bagatelle – aufzusteigen, um ein Würdenträger der Kirche – ein Dekan – ein Bischof vielleicht – oder sogar ein Mitglied des Hohen Rates zu werden? Übt der Ehrgeiz gar keinen Einfluß auf Ihr Denken aus?«

»Mein Ehrgeiz würde mich nie so weit treiben, durch den Einfluß meiner Frau aufsteigen zu wollen – dazu könnte ich mich nie hergeben.«

»Sie sind herzlos! Wie können Sie von der tiefen, wenn auch unglücklichen Liebe, die mich bewegt, nicht gerührt sein – läßt Sie das vollkommen kalt?«

Mr. Howard zögerte einen Augenblick und erwiderte dann entschieden, aber respektvoll:

»Wenn ich Ihre Ladyschaft richtig verstehe – und ich glaube, ich kann Sie jetzt nicht mehr mißverstehen –, machen Sie mir das größte Kompliment, aber eines, das ich keineswegs verdient habe. Doch so sehr es mich auch ehrt, kann ich weder meine Gefühle ändern, noch mich eines anderen besinnen, als ich es schon vorher zum Ausdruck gebracht habe. Sie kannten meine Einstellung schon früher als ich die Ihre, und wiche ich jetzt von dem Vorhergesagten ab, hätten Sie Grund, an meiner Aufrichtigkeit zu zweifeln, und es würde Ihre Ladyschaft nicht überzeugen.«

Er brach unvermittelt ab – er wollte noch etwas in Bezug auf Dankbarkeit und Respekt sagen, doch der Widerwille, den ihre Handlungsweise in ihm auslöste, hinderte ihn, die Worte auszusprechen.

Lady Osborne schien mit heftigen Emotionen zu kämpfen, an denen sie fast erstickte, und er zögerte, sie allein zu lassen. Durch eine Handbewegung jedoch wies sie ihn ab, sich ihr zu nähern, und er zog sich langsam zurück. Doch seine Besorgnis um sie wich, als er ihre Kammerfrau ins Zimmer gehen sah, bevor er noch die Treppe hinuntergestiegen war. Dann stürzte er davon und versuchte, durch schnelles Gehen in den abgelegensten Straßen von Kensington Gardens seiner Gefühle Herr zu werden und sein Gemüt zu beruhigen.

Selbst wenn es keine Emma Watson auf der Welt gegeben hätte, oder wenn sie – was, wie er fürchtete, bald der Fall sein würde – Lord Osborne heiratete, auch dann hätte er den Antrag ablehnen müssen, der ihm soeben gemacht worden war. Er wäre ihm nie als eine Versuchung erschienen. Doch unter den gegenwärtigen Umständen, mit einem Herzen voller Erinnerungen an sie, die ihm um so teurer wurden, je mehr er an sie dachte, weil er ja fürchtete, sie würde nie mehr für ihn da sein, wirkte dieser Antrag noch unmöglicher, er wirkte geradezu abstoßend.

21

So vergingen die Tage, und Emma kam zu der Überzeugung, daß das demütigende Leben im Hause ihres Bruders und ihrer Schwägerin nicht mehr auszuhalten sei. Sie nahm sich fest vor, eine Stellung als Erzieherin anzunehmen, und eines Tages bot sich ihr auch eine Gelegenheit. Ein häufiger Gast in Croydon war ein gewisser Mr. Morgan, ein Mann von schöner Erscheinung, dem man aber in der Stadt, wo er seinen Beruf seit annähernd fünfzehn Jahren ausübte, nicht so ganz traute. Als Arzt war er im allgemeinen sehr geschätzt, auch als Mann von Bildung und unabhängigem Charakter, der etwas Geheimnisvolles an sich hatte. Croydon jedoch beherbergte einige Individuen, die Mr. Morgan seinen gesellschaftlichen und beruflichen Erfolg neideten.

In Emma fand Mr. Morgan ungewöhnliche Intelligenz mit Schönheit gepaart. Bei jeder möglichen Gelegenheit suchte er ihre Gesellschaft, und er hatte keine Bedenken, sich die Tatsache zunutze zu machen, daß die Seltenheit intelligenter Unterhaltung im Watson-Haushalt unwillkürlich Emmas Interesse an ihm weckte. Nachdem er ihr Vertrauen so weit gewonnen hatte, um zu erfahren, daß sie Croydon zu verlassen suchte und eine Stellung als Erzieherin anzunehmen gedachte, schlug er ihr vor, sich bei einer gewissen Lady Fanny Alston zu bewerben – und er erbot sich, sie dieser Dame, die er regelmäßig zu besuchen pflegte, ganz besonders zu empfehlen. Emma besprach sich mit ihrem Bruder, der den Vorschlag vollkommen billigte.

Doch bevor etwas endgültig festgemacht worden war, erreichte sie die versprochene Einladung, die Gordons auf Schloß Osborne zu treffen. Sie fand Dutzende von stichhaltigen Gründen, um ihre Freude an dem bevorstehenden Besuch zu erklären, erlaubte aber ihren Gedanken nicht, bei dem wichtigsten zu verweilen.

Es war an einem Junitag, als Emma zwischen Wiesen hindurch und den sich schlängelnden Weg hinauf zum eindrucksvollen Portal des Schlosses emporstieg. Das Wetter war so, daß es jeden Naturliebhaber nur entzükken konnte. Es hätte nicht vollkommener geeignet sein können, um im Schatten spazierenzugehen oder unter Bäumen zu sitzen und so zu tun, als lese man, während man in Wirklichkeit die Vögel beobachtete, die in den Büschen herumflatterten, oder die Bienen, die in den Blüten summten. Es war ein Wetter, bei dem man kaum einer anderen Beschäftigung nachzugehen vermochte, als ein *bouquet* zusammenzustellen oder einen Roman zu lesen. Das dachte und erklärte auch die junge Lady Gordon, während sie auf ihre Freundin wartete. Als ihr Gatte sie drängte, sich ernsthaft mit etwas zu beschäftigen, machte sie sich einen Spaß daraus, ihn mit ihren Weigerungen zu necken; sie wußte jetzt, wieviel er vertragen konnte, und hütete sich, darüber hinauszugehen.

»Ich freue mich, daß Emma Watson heute kommt«, sagte sie, während sie sich in einen Sessel im Blumengarten fallen ließ; »dann wirst du wenigstens noch etwas anderes anzuschauen haben als mich, und ich werde die Abwechslung sehr genießen.«

»Bist du dessen so sicher, Henrietta?« sagte er zögernd.

»Ja, natürlich – du wirst doch nicht die Unverschämtheit haben, anzunehmen, daß ich es schätze, wenn du mir unablässig den Hof machst. Emma Watson soll sich die ernsthaften Bücher anhören, die du so bewunderst, soll sich mit dir über Geschichte und Malerei unterhalten, soll dir Modell sitzen und mich meiner geliebten Trägheit überlassen.«

»Darf ich fragen, ob du mich mit dieser Disposition necken oder erfreuen willst – willst du mir oder dir selbst einen Gefallen damit tun?«

»Ach, stell doch keine lästigen Fragen – ich hasse das Forschen nach Gründen –, ich will nichts weiter, als in Ruhe gelassen und nicht aufgefordert werden, zu reiten oder spazierenzugehen, wenn ich lieber still auf dem Sofa liegen möchte.«

Er ging ins Schloß zurück, während sie nachdenklich sitzen blieb, wo er sie verlassen hatte. Und so kam es, daß Emma, als sie angemeldet wurde, den jungen Baronet allein in ihrem Vormittagswohnzimmer vorfand. Er legte die Feder nieder und kam auf sie zu, um sie mit großer Herzlichkeit zu begrüßen und gleich seine Frau benachrichtigen zu lassen.

Nachdem er seiner Freude, sie wiederzusehen, Ausdruck gegeben hatte, bemerkte er:

»Wer hätte gedacht, Miss Watson, als wir uns das letztemal sahen, daß ich Sie in diesem Schloß empfangen würde – hätten Sie das erwartet?«

»Nicht, was mich betrifft, zumindest«, antwortete Emma, »aber sofern es Miss Osborne – ich meine, Lady Gordon betrifft, hätte man es voraussehen können.«

»Sie können sicher sein, Miss Watson, daß etwas Derartiges, wenn es vorausgesehen wird, meistens nicht in Erfüllung geht. Ich habe das bei ähnlichen Dingen wiederholt gesehen.« Er sprach mit einem anziehenden Lächeln, und irgendwie ging ihr der Gedanke durch den Kopf, daß er dabei an frühere Begegnungen mit ihr dachte; ein Gedanke, der durch einen viel mächtigeren Eindruck völlig ausgelöscht wurde, als die Tür sich öffnete und Lady Gordon mit Mr. Howard hereinkam.

Es war ein Glück, daß die Erkundigungen der ersteren – ihre Wiedersehensfreude und ihre Zärtlichkeiten – einen Vorwand für Emma bildeten, sich nicht gleich dem Gentleman zuwenden zu können. Wären sie gezwungen gewesen, gleich miteinander zu sprechen, wäre ihr Dialog wohl merkwürdig gewesen – ›interessant, aber unzusammenhängend‹ –, wie es in Dr. Johnsons Lexikon hieß. Doch so hatten beide Zeit, ihre Gedanken zu ordnen – und als sie sich einander zuwandten, waren sie imstande, verhältnismäßig ruhig miteinander zu sprechen, doch Emma war im Vorteil. Er hatte noch immer das Gefühl, daß es den Ehrbegriffen widersprach, in ihrer Gesellschaft eine ganz besondere Freude zu empfinden. Hätte Lord Osborne ihn nicht zu seinem Vertrauten gemacht, wäre alles in Ordnung gewesen, und er hätte sein Interesse, das er jetzt zu verdrängen gezwungen war, vielleicht offen bekundet. Seine Begrüßung war kühl und formell – genau das Gegenteil von seinen Gefühlen – und infolgedessen auch besonders ungeschickt.

Durch diesen Empfang abgeschreckt, der so anders war, als sie zu erwarten gewagt hatte, fürchtete Emma jetzt, daß ihr eigenes Benehmen die Freude, die sie bei seinem Anblick empfand, zu deutlich zum Ausdruck gebracht hatte; und entschlossen, diesen Fehler zu korrigieren, folgte sie Lady Gordon, die langsam auf dem Wege zum Wintergarten war, fast auf dem Fuße.

»Kommen Sie hier herein«, sagte die junge Gastgeberin, indem sie Emma unterfaßte, »lassen wir die Herren allein, um die Gemeindepolitik miteinander durchzusprechen. Mr. Howard ist geschäftlich heraufgekommen, und Sir William beschäftigt sich leidenschaftlich gern damit. Jetzt müssen Sie mir alle Neuigkeiten aus Croydon erzählen. Haben Sie keinen Skandal, um mich zu erheitern? – mit wem hat der Anwalt Streit gehabt? Oder in wen haben die jungen Männer in seiner Bekanntschaft sich verliebt?«

Emma wurde rot und lachte ein wenig. Lady Gordon beobachtete sie lächelnd.

»In Sie, nehme ich an, wie Ihr Erröten zeigt, Emma; nun, das gibt mir zumindest eine höhere Meinung vom Kleinstadtgeschmack. Wie vieler Verehrer können Sie sich rühmen? Verraten Sie mir alle.«

»Wirklich, ich kann mich keiner solcher Ehren rühmen«, erwiderte Emma, »niemand hat nach mir gefragt, und es wird auch wahrscheinlich nie jemand nach mir fragen.« Das wurde von einem kleinen Seufzer begleitet.

»Lassen Sie nur – verlieren Sie den Mut nicht –, eine kleine Enttäuschung macht gar nichts«, rief Lady Gordon aus, »aber ich will mich nicht in Ihre Geheimnisse drängen. Dieser Wintergarten hat uns in dieser Hinsicht schon genug Unannehmlichkeiten gemacht. Übrigens werden Sie natürlich gern Ihre Schwester, Mrs. Musgrave, besuchen wollen – wann würde es Ihnen passen?«

»Wenn es Ihnen recht ist, morgen«, antwortete Emma dankbar. Lady Gordon versprach, daß Beförderungsmittel für sie bereit seien, und sie setzten ihre Unterhaltung über andere Themen fort.

Sie bestand darauf, Mr. Howard dazubehalten, um den Nachmittag mit ihnen zu verbringen und mit ihnen zu essen, indem sie ihre Aufforderung mit der Abwesenheit seiner Schwester begründete, die irgendwo zu Besuch weilte; und als sie ihren Kopf durchgesetzt hatte, führte sie sie wieder in den Blumengarten hinaus, faulenzte den Rest der verbleibenden Zeit, umgeben vom Duft der Sommerblumen und den spielenden Lichtern und Schatten der Pergolas mit ihren bunten Kletterpflanzen. Es war der Tag und der Ort für Verliebte. Allmählich verlor sich auch Mr. Howards kühles Benehmen, seine Vorsätze von Zurückhaltung waren vergessen, und er wurde wieder der Mann, wie Emma ihn einmal kennengelernt hatte – liebenswürdig und fröhlich, sensibel und angenehm. Lady Gordon ließ sie einige Male allein, während sie sich mit ihren Blumen oder ihren zahmen Fasanen beschäftigte, und mit jedem Mal ihrer Abwesenheit verriet sein Verhalten weniger Hemmungen und Zurückhaltung. Und als sie schließlich ganz verschwand und sie ohne Zeugen zurückblieben, konnte sie sich mit ihm unterhalten wie früher.

»Hat Ihnen Ihr Besuch in Croydon Freude gemacht?« erkundigte er sich.

Sie sah ihn bei dieser Frage überrascht an.

»Freude gemacht«, wiederholte sie – und fügte dann nach kurzem Zögern hinzu, »es wundert mich, daß Sie einen solchen Ausdruck auf Umstände anwenden, die mit soviel – das heißt – die doch sehr schmerzlich sein mußten.«

Er ärgerte sich maßlos über sich selbst wegen der Frage und versuchte, eine Entschuldigung für seine Gedankenlosigkeit vorzubringen.

»Lassen Sie das nur«, entgegnete sie, fast mit etwas wie Bitterkeit in der Stimme. »Ich hatte kein Recht zu erwarten, daß die Erinnerung an unser Unglück lebendig bliebe, nachdem wir selbst uns aus dem Blickfeld entfernt haben. Eher sollte ich mich entschuldigen, daß ich so unhöflich auf Ihre Frage geantwortet habe.«

»Nein, nein«, rief er bekümmert, »das kann ich also wirklich nicht zulassen – und doch, Miss Watson, tun Sie mir und übrigens auch allen ihren früheren Freunden – mit Ihrer letzten Äußerung Unrecht. Wir können nicht aufhören, die Fügung des Schicksals zu bedauern, das uns dadurch, daß es Ihren verehrungswürdigen Vater aus unserer Mitte riß, auch Ihrer und Ihrer Schwestern beraubt hat.«

»Mein geliebter Vater«, sagte Emma, und ihre Augen füllten sich mit Tränen – sie wandte den Kopf ab.

»Das war natürlich ein schrecklicher Schlag für Sie«, sagte er weich und trat ganz dicht an sie heran, »aber nicht einer, den die Zeit nicht heilen wird. Ihr klarer Verstand und Ihre Charakterstärke müssen Ihnen helfen, das Geschehen im rechten Licht zu sehen – es darf nicht Ihr ganzes Leben trüben oder Sie aller Freude berauben.«

»Richtig – aber es ist anderes Leid damit verbunden –« sie hielt kurz inne, fuhr dann aber fort, »doch ich habe kein Recht, mich zu beklagen. Einige Freunde sind mir noch geblieben – mein Vermögensverlust hat nicht den Verlust aller nach sich gezogen, die ich für meine Freunde hielt.«

»Können Sie sich denn vorstellen«, rief er leidenschaftlich, »daß ein solcher Umstand für jemanden, den zu kennen einen Wert hat, auch nur den geringsten Unterschied macht? Ich gebe zu, daß es nur allzu üblich ist – doch Sie haben etwas Derartiges bestimmt nicht erlebt.«

Sie schüttelte den Kopf und sah ihn halb vorwurfsvoll

an: im Grunde ihres Herzen war sie geneigt gewesen, ihm diesen Vorwurf zu machen.

»Sie bilden sich ein, Freunde hätten Sie wegen Ihrer veränderten Lage fallen lassen. Tun Sie das nicht – wenn ich Ihnen raten darf – lassen Sie solche Gefühle nicht aufkommen – sie werden Sie nicht glücklich machen.«

»Sie haben mich nicht unglücklich gemacht, das kann ich Ihnen versichern«, sagte sie impulsiv, »denn der Wert, den ich solchen unbeständigen Freundschaften zumesse, ist äußerst gering.«

Er antwortete ihr in einem leisen, aber eindrücklichen Ton: »Und selbst wenn Sie einen solchen Fall erlebt haben, sollten Sie Ihren Gedanken nicht erlauben, dem nachzuhängen. Es kann nichts Gutes dabei herauskommen, einen geheimen Groll zu hegen.«

Im Augenblick wunderte sie sich, ob er ihre wahren Gefühle erraten habe, doch sie hatte nicht die Gefaßtheit, ihm in die Augen zu schauen. Sie hatte ihn nie so hoch geschätzt wie jetzt, da er sie rügte, und zwar zu Recht.

Nach einer Weile nahmen sie ihren Spaziergang im Blumengarten wieder auf, und ihre Unterhaltung wendete sich anderen Dingen zu. Die Stunde, der sie sich jetzt erfreuten, bevor sie ins Schloß gebeten wurden, um sich für das Dinner fertig zu machen, war in Emmas Erinnerung eine der schönsten. Auf Howards Seite wäre es genauso gewesen, hätte ihn sein Gewissen nicht geplagt, wenn er an Lord Osbornes Pläne und Hoffnungen dachte. Er quälte sich mit der Vorstellung, daß es einem Freunde gegenüber Unrecht sei, sich seine Abwesenheit zunutze zu machen; doch sie hatte keine Abneigung gegen die Unterhaltung bekundet; ja, und wenn seine Wünsche ihn nicht irreleiteten, hatten ihre Augen sogar gestrahlt, als sie sich seinem Blick entzogen, und ein-, zweimal hatte sich eine tiefe Röte über ihre Wangen gebreitet, was alles andere als Abneigung verriet.

Und falls es sich so verhielte – falls er wirklich das Glück haben sollte, eine so beseligende Neigung in ihr zu wecken, war er dann nicht auch verpflichtet, sich solcher Gefühle würdig zu erweisen? Diese Überzeugung verlieh ihm einen Grad von Zuversicht ganz anderer Art, als sein Benehmen bei ihrer letzten Begegnung auf Schloß Osborne gezeigt hatte, und Emma fand ihn so anziehend wie in den frühen Stadien ihrer Bekanntschaft.

»Haben Sie noch immer diese Vorliebe für so frühe Spaziergänge, Miss Watson«, erkundigte sich Sir William im Verlauf des Abends, »oder gönnen Sie sich solche Vergnügen nur an frostigen Wintermorgen?«

»Oh, meinen Ausflug an jenem Morgen habe ich sehr genossen«, sagte Emma, »wenigstens, bis der Regen kam und alles verdarb.«

»Eine sehr kränkende Art zu schließen«, bemerkte Sir William lachend, »denn mit dem Regen kam doch ich. Ich wünschte, Sie hätten diese Einschränkung nicht gemacht.«

»Ich bin nicht so undankbar, Sie der gleichen Verdammnis auszusetzen wie den Regen.«

»Doch falls Sie sich dasselbe Vergnügen auch hier gönnen wollen, werden Sie einen Überfluß an Zeit haben, da Lady Gordon ihr gewohnheitsmäßiges Aufstehen auf keinen Fall so beschleunigen wird, um ihre Gäste zu zwingen, ihre Spaziergänge vor dem Frühstück abzukürzen. Ihnen zu Ehren, und wenn sie sich sehr beeilt, könnte es ihr vielleicht gelingen, so gegen zehn oder elf Uhr mit ihrer schweren Arbeit fertig zu sein.«

»Nun, ich versuche auch gar nicht, es abzuleugnen«, sagte Lady Gordon, »ich liebe das Vergnügen des Nichtstuns von ganzem Herzen. Aber Sir William ist immer bereit, mich schlechter zu machen als ich bin.«

»Aber Sie haben meine Frage noch nicht beantwortet, Miss Watson, und ich habe ein großes Bedürfnis, zu wissen, ob Sie für morgen eine Exkursion vorschlagen, weil ich es viel angenehmer fände, wenn wir es einrichten können, miteinander zu gehen; und wenn ich weiß, um welche Zeit Sie aufzubrechen beabsichtigen, werde ich trachten, mich rechtzeitig einzufinden.«

»Ist das sein Ernst, Lady Gordon?« fragte Emma.

»Es wäre ein ganz ungewöhnliches Ereignis, wenn es so wäre, das versichere ich Ihnen«, erwiderte seine junge Frau.

»Glauben Sie ihr nichts von dem, was sie Ihnen über mich erzählt«, entgegnete Sir William, »sagen Sie mir nur, daß Sie morgen früh spazieren gehen werden und daß es Sie besonders freuen wird, wenn ich und Mr. Howard Sie begleiten.«

Emma tat so, als betrachte sie den ganzen Vorschlag als einen Scherz, aber irgendwie, ohne zu wissen, auf welche Weise, war man übereingekommen, daß die Exkursion stattfinden werde und daß Mr. Howard sie an einer bestimmten Stelle treffen sollte, um von dort aus den Hügel hinter dem Schloß hinaufzusteigen und die Aussicht im Morgensonnenschein zu genießen. Lady Gordon gab ihrem Gatten insgeheim viele Hinweise, die Liebenden nicht zu stören, sich aber doch irgendwie in der Nähe zu halten, um jeden Verdacht der Unschicklichkeit zu vermeiden und ihnen bestimmt reichlich Zeit für persönliche Gespräche zu lassen. Als Antwort auf ihre Fürsorge lachte er nur über sie und klagte sie einer großen Neigung zur Intrige an; und er versicherte ihr, daß es viel besser sei, Dinge dieser Art dem Schicksal zu überlassen.

Der Ausflug jedoch fand statt, wie geplant, und wurde von allen dreien außerordentlich genossen, auch wenn Mr. Howard die Gelegenheit nicht benutzte, um seine Liebe zu erklären. Er hätte allerdings auch einige Schwierigkeiten gehabt, eine Gelegenheit dazu zu finden, da Sir William Lady Gordons Anweisungen nicht befolgte, sie allein zu lassen.

Sich an ihr Versprechen erinnernd, sandte Lady Gordon ihren Gast am nächsten Vormittag hinüber, um Mrs. Tom Musgrave ihren ersten Besuch zu machen. Nur zögernd und mit einigen Bedenken begab Emma sich zum

Haus ihrer Schwester. So viel ihr auch daran lag, sie zu sehen und selbst zu urteilen, und so neugierig sie auch war, welche Manieren Tom Musgrave sich als verheiratete Mann zugelegt hatte, konnte sie gewisse böse Vorahnungen nicht unterdrücken.

Sie hatte das Haus nie zuvor gesehen, und obgleich man sie vorher gewarnt hatte, daß es sich keiner besonderen Schönheit erfreute, war sie doch nicht ganz auf diesen kahlen, ungeschützten Platz, an dem es stand, und die ausgesprochene Häßlichkeit des Gebäudes selbst vorbereitet gewesen. Tom hatte während seiner Junggesellenzeit immer zuviel Geld für seine Pferde ausgegeben, um für die Verschönerungen seines Hauses noch etwas übrig zu haben; und er war viel zu wütend über den Zwang, den man ihm mit dieser Heirat angetan hatte, um sich für den Empfang seiner Braut in Unkosten zu stürzen. Infolgedessen hatte Margaret außer ihrer Behausung gar nichts weiter: keinen bunten Blumengarten, nicht einmal irgendwelche neuen Möbel, mit denen sie Staat machen konnte, und ihr ganzer Stolz bestand jetzt nur noch in dem Faktum ihres neuen Namens und in der Sicherheit, nicht als alte Jungfer leben und sterben zu müssen.

Die meisten Menschen hätten das für eine teuer erkaufte Sicherheit gehalten, und falls auch Margaret so dachte, hatte sie diesem Gedanken jedenfalls bis jetzt noch nicht Ausdruck gegeben.

Emma fand sie auf dem Sofa liegend und trotz ihres sehr auffallenden Kleides und einer besonders kleidsamen Haube offenbar niedergeschlagen und schlecht gelaunt, aber dennoch bestrebt, den Neid ihrer Schwester auf ihre Stellung zu erwecken.

»Nun, Emma«, sagte sie pikiert, »ich freue mich zwar, daß du herübergekommen bist, mich zu besuchen, wenn ich auch sagen muß: ich finde, daß deine Freundin, Lady Gordon, wenn sie schon so eng mit dir befreundet ist, mir ruhig die Ehre hätte erweisen können, mich mit dir zusammen zu besuchen.«

»Sie dachte, es wäre netter für uns, wenn wir uns das erste Mal ohne sie sähen«, sagte Emma freundlich, »aber sie hat mich gebeten, dir auszurichten, daß sie sich freuen würde, dich und Mr. Musgrave auf Schloß Osborne zu begrüßen, wann immer es euch genehm sei.«

Durch diese unerwartete Aufmerksamkeit irgendwie besänftigt, lächelte Margaret leicht, versank dann aber wieder in ihre schlechte Laune und bemerkte:

»Ich finde, du könntest ruhig etwas über das Haus und den Salon sagen – wie findest du beides?«

Emma zerbrach sich den Kopf, was sie sagen könnte, da es ihr schwerfiel, Aufrichtigkeit mit etwas Angenehmem zu verbinden; doch nachdem sie sich kurz im Zimmer umgesehen hatte, konnte sie ihr sagen, daß der Raum schöne Proportionen und eine entzückende Aussicht habe.

»Er müßte nur dringend neu möbliert werden«, fuhr Margaret, vom Lob ihrer Schwester befriedigt, fort, »aber Tom ist so geizig mit Geld, und so weiß ich wirklich nicht, wann ich es tun kann. Würden hier nicht Vorhänge aus hellblauem Seidendamast bezaubernd aussehen – mit einer Goldfranse oder etwas Ähnlichem?«

»Ziemlich kostspielig, würde ich meinen«, bemerkte Emma, »und vielleicht würde etwas Einfacheres auch besser mit dem ganzen Haus und dem Mobiliar harmonieren.«

»Glaubst du vielleicht, ich wüßte nicht, wie man ein Haus einrichtet?« begehrte Margaret auf. »Ich müßte natürlich alles dazu haben, was zueinander paßt. Ein bißchen gesunden Menschenverstand habe ich denn doch, egal, was andere Leute denken mögen.«

»Ich habe ja auch deinen Geschmack gar nicht in Frage gestellt«, wehrte Emma sich, schwieg dann aber aus Angst, sie könnte es durch irgendeine Entschuldigung nur noch schlimmer machen.

»Dann wüßte ich gerne, was du bezweifelt hast«, sagte Margaret höhnisch. »Vielleicht hast du gedacht, wir könnten es uns nicht leisten – aber da bist du sehr im Irrtum, kann ich dir versichern: Tom hat ein großes Einkommen und kann mir durchaus den gleichen Luxus bieten wie ein Sir William Gordon.«

»Das freut mich zu hören«, war Emmas ruhige Antwort.

Als Tom sich zu ihnen gesellte, beeilte Emma sich, Lady Gordons Einladung zu wiederholen, und bat sie, einen Tag anzugeben, wann sie kommen könnten. Eine Debatte, welcher Tag am besten passen würde, entspann sich, die kurz darauf in einen heftigen Disput darüber ausartete, ob die betreffende Einladung zu Ehren Toms oder seiner Frau gemeint sei, und jeder hielt an seiner Meinung fest, daß die Ehre dieser Einladung nur ihm allein gelte.

Schließlich gelang es Emma, sie zu überreden, den Streitpunkt fallenzulassen, und die Dinnervisite wurde für zwei Tage später festgesetzt. Tom war rücksichtslos und unfreundlich, Margaret schlecht gelaunt und reizbar, ohne die Charakterstärke, das Beste aus ihrer Situation zu machen, oder die seelische Kraft, ein Schicksal geduldig zu ertragen, das sie selbst herbeigeführt hatte. Hätte Tom sie geliebt, hätte sie ihn zweifellos gern gehabt, und jede Regung außerhalb ihrer Eigenliebe wäre gut für sie gewesen; doch gegen seinen Willen in eine Ehe gezwungen, war Liebe oder ein ähnliches Gefühl nicht von ihm zu erwarten; und demzufolge konnte auch ihre eigene Zuneigung seine Indifferenz nicht überdauern. So wurde denn wechselseitig ein Geist der Feindseligkeit gezüchtet, der für den zukünftigen häuslichen Frieden nichts Gutes ahnen ließ.

Das alles ging Emma durch den Kopf, als sie von ihrem sehr unbefriedigenden Besuch zurückfuhr, und nur das plötzliche Anhalten der Kutsche, kurz nach der Einfahrt in den Park, entriß sie ihren unliebsamen Betrachtungen. Aufblickend, gewahrte sie Sir William und Lady Gordon, die sich erkundigten, ob sie nicht vor dem Dinner noch einen kleinen Spaziergang machen wolle, statt gleich ins Schloß zurückzukehren. Sie stimmte mit Freuden zu, stieg aus dem Wagen, und sie folgten einem reizenden Weg durch eine Schonung, deren tiefer Schatten das Gehen sogar an einem Juninachmittag angenehm machte.

»Wie wär's, wenn wir Mr. Howard überfielen«, schlug Lady Gordon vor, »dieser Weg führt nämlich direkt zum Pfarrhaus hinunter – wir wollen doch mal sehen, wie er wirtschaftet, ohne daß seine Schwester für ihn sorgt!«

»Immer läufst du Mr. Howard nach, Henrietta«, sagte Sir William. »Mein Wort, ich werde bald eifersüchtig: gestern der Flirt im Blumengarten – heute Besuch im Pfarrhaus: wenn das so weitergeht, werde ich dich bald von Schloß Osborne wegnehmen.«

»Ja, du hast Grund, eifersüchtig zu sein, meinst du? Wenn Männer aufhören, selbst ihren Frauen Freude zu bereiten, sind sie immer beleidigt, wenn andere es statt ihrer tun«, erwiderte Lady Gordon lächelnd.

»Angesichts der Sachlage sind die Vergleiche nicht gerechtfertigt«, gab Emma zu bedenken, »denn Mr. Howards Art Lady Gordon gegenüber kann nicht als Maßstab für seine wahrscheinlich tyrannische Art irgendeiner zukünftigen Mrs. Howard gegenüber dienen.«

»Allerdings nicht«, meinte Sir William. »Aber wie ich bemerke, Miss Watson, scheint es für Sie festzustehen, daß er seine zukünftige Frau tyrannisieren wird. Bezieht sich Ihre Einstellung nur auf die Männer im allgemeinen oder speziell auf Mr. Howard?«

»Auf die Männer im allgemeinen natürlich«, warf Lady Gordon ein: »Miss Watson lebt schon zu lange auf dieser Welt, um nicht längst auf die augenfällige Tatsache gestoßen zu sein, daß alle Männer Despoten sind, wenn sie die Gelegenheit dazu haben; wobei der einzige Unterschied der ist, daß manche von ihnen gleichzeitig Hypokriten sind und ihre Disposition verheimlichen, bis sie ihr Opfer sicher in ihrer Gewalt haben, während andere, wie du, William, kein Geheimnis daraus machen.«

»Ich bin froh, Henrietta, daß du mich wenigstens von Hypokresie freisprichst; denn es war immer mein Bestreben, mich durch Aufrichtigkeit und Offenheit auszuzeichnen. Ich habe nie intrigiert oder mich in fremde Angelegenheiten eingemischt oder Taktiken angewandt, um ans Ziel meiner Wünsche zu gelangen.«

Er begleitete diese Äußerung mit einem Lächeln, das seine Frau leicht erröten ließ, da sie genau wußte, worauf er anspielte.

Während sie spazierten, bemerkte Emma, wie besonders schön der Weg war, dem sie folgten, und Lady Gordon erzählte ihr, daß sie Mr. Howard für den Plan und dessen Durchführung Dank schuldete; er hatte auch die Ausführung einiger Verbesserungen überwacht, die Lady Osborne angeordnet hatte, doch dieser Weg war gänzlich sein Werk gewesen. Es war der angenehmste Weg vom Pfarrhaus zum Dorf, und er war so gut angelegt und dräniert, daß er, obwohl so schattig, fast immer trocken war. Der Gedanke, daß er den Weg geplant hatte, über den sie sprachen, verminderte keineswegs das Interesse, mit dem Emma ihn betrachtete, und ihre Augen nahmen zwischen den Bäumen hindurch mit Vergnügen Ausschnitte der fernen Landschaft wahr, einem Vergnügen, das sich noch wesentlich steigerte, wenn sie daran dachte, daß es sein Geschmack war, dem sie diesen Genuß verdankte.

Diese geheime Befriedigung fand plötzlich ihr Ende, als sie völlig unerwartet vor einer kleinen Pforte stand, die in seinen Garten führte. Sie war nicht darauf gefaßt gewesen, daß das Haus so in der Nähe war; nur der Gegenstand, nicht der Ursprung ihres Vergnügens wechselte jetzt – er war noch immer mit ihm verbunden, und die Schönheit seines Gartens erregte ihr ganzes Entzücken. Als sie ihn zuletzt im Winter gesehen hatte, war sie überzeugt gewesen, daß er reizend sein mußte – doch jetzt zeigte es sich, daß er alle ihre Erwartungen übertraf.

Sie fanden ihn hart an der Arbeit, einige Spaliere für die üppigen Rankengewächse aufzurichten, die den Eingang zierten. Er hatte keine Jacke an, und seine Arme waren zum Teil entblößt.

»Wir haben Sie heute im Sturm genommen«, sagte Lady Gordon und streckte ihm die Hand entgegen. »Ich freue mich immer über Ihren Arbeitseifer für Ihr Haus.«

»Schauen Sie«, sagte er, seine Hand hochhebend, »diese Finger sind wirklich nicht dazu angetan, den Handschuh einer Dame zu berühren; wenn wir uns schon als Zimmermann betätigen, sollten wir erwarten, auch dementsprechend behandelt zu werden.«

»Und wenn wir Sie schon zu so ungewohnter Stunde überfallen, sollten wir für jede Begrüßung dankbar sein, die uns zuteil wird«, antwortete Lady Gordon.

»Ich finde es in der Tat äußerst liebenswürdig und freundlich von Ihnen, zu kommen«, erwiderte er, und seine Augen waren mit unmißverständlicher Befriedigung auf Emma gerichtet. »Jetzt ist mein Garten sehenswerter als das letzte Mal«, fügte er hinzu, während er sich ihr näherte.

»Er ist entzückend«, war Emmas aufrichtige Antwort. »Was für herrliche Rosen! Ich glaube, ich habe noch nie eine solche Blütenpracht gesehen.«

»Es freut mich, daß Sie ihn bewundern«, sagte er mit leiser Stimme, »wenn man ihn auch nach den Winter- und Blumengärten des Schlosses im allgemeinen eher einfach fände.«

»Ich würde keine ungerechten Vergleiche anstellen«, erwiderte Emma, »aber ich glaube, Sie müssen keine Angst haben, wenn ich dazu neigte, es zu tun. Nicht Großartigkeit und Größe haben immer den größten Charme.«

»Und würde diese Meinung sich auch auf mehr als einen Garten beziehen?« fragte er sehr ernst, mit an ihren

Augen hängendem Blick, der unverkennbar seine ängstliche Erwartung ausdrückte, ihre Antwort zu hören.

Er sollte jedoch so schnell nicht befriedigt werden, wie er gehofft hatte; denn völlig ahnungslos, daß er einen ungewöhnlich spannenden Dialog unterbrach, drehte Sir William sich um und erkundigte sich nach dem Namen eines neuen Strauches, der sein Interesse erregt hatte.

Nachdem er die Frage des Baronets beantwortet hatte, faßte er sich und bat seine Gäste ins Haus, um sich etwas auszuruhen, doch Lady Gordon lehnte es ab und erklärte, daß sie eine weiche Rasenbank unter einem Baum jedem noch so feinen Sofa vorziehe. Und so ließen sich die Damen dort nieder, und mit der Bitte, ihn eine Minute zu entschuldigen, verschwand Mr. Howard, um sich, wie Sir William meinte, die Hände zu waschen und einen Rock anzuziehen, um gesellschaftsfähig zu sein. Lady Gordon lachte bei der Vorstellung, daß ein Geistlicher elegant sein wollte und Mr. Howard sie als Besuch behandelte. Doch sich umzuziehen war nicht Mr. Howards einziges Vorhaben gewesen, denn er erschien mit einem Korb herrlicher Erdbeeren.

Lady Gordon nahm sie begeistert mit der Erklärung an, sie wisse ja, daß seine Erdbeeren immer viel besser seien, als die aus den Schloßgärten je sein könnten. Emma ihrerseits war sicher, nie etwas so Delikates in ihrem Leben gekostet zu haben und war auch noch nie in einem so überzeugenden Tonfall gebeten worden, zu essen.

»Ich wundere mich, daß Sie sich soviel Mühe machen, diesen Platz zu verschönern, wenn Sie beinahe sicher sind, ihn bald zu verlassen«, sagte Lady Gordon.

»Die Beschäftigung allein ist schon ein Vergnügen – aber ich sehe einen Wechsel nicht mit dieser Sicherheit voraus, wie Sie ihn zu sehen scheinen.«

»Ich hege nicht den geringsten Zweifel, daß mein Bruder, im Augenblick wo Carsdeane frei ist, Ihnen die Pfründe anbieten wird; und da der Rektor alt und gebrechlich ist, scheint es kaum möglich, daß es noch lange dauern kann.«

Mr. Howard schwieg einige Minuten, und als er sprach, war es über ein anderes Thema, aber nicht mit der Heiterkeit, mit der er sich zuvor unterhalten hatte; Tatsache war, daß er im stillen darüber nachdachte, wie wünschenswert es für ihn sei, seine augenblickliche Pfarre aufzugeben, falls Lady Osborne je zurückkäme, um in der Nachbarschaft zu residieren. Nichts konnte unangenehmer sein als eine Begegnung mit ihr, und es drängte ihn, sich bei ihrer Tochter zu erkundigen, ob eine solche Katastrophe zu gewärtigen sei, hatte aber den Mut dazu noch nicht gefunden, da er fürchtete, ihr Scharfsinn könnte sie vielleicht erraten lassen, was geschehen war, oder daß die Indiskretion ihrer Mutter sie vielleicht damit bekannt gemacht haben könnte.

»Mr. Howard«, sagte Lady Gordon bald darauf, »Sie haben die Verpflichtung übernommen, Miss Watson noch eine Vorlesung über die Gemälde in der Schloßgalerie zu halten.«

»Ich besinne mich, dieses Vergnügen herbeigewünscht zu haben«, erklärte er.

»Dann kommen Sie doch, wann immer Sie können«, sagte Lady Gordon; »übermorgen kommen Mr. und Mrs. Musgrave zum Dinner zu uns, vielleicht kommen Sie auch?«

Er akzeptierte mit Vergnügen, obgleich er vielleicht deren Abwesenheit ihrer Anwesenheit vorgezogen hätte.

Nachdem annähernd zwei Stunden angenehm vergangen waren, stand Lady Gordon auf, um sich zu verabschieden, und sogar da drängte sie ihn noch, sie doch den Hügel hinaufzubegleiten. Das Wohlwollen, das sie ihm entgegenbrachte, war so deutlich, daß es bei ihm, hätte seine Zustimmung nur sie betroffen, in Bezug auf die Antwort weder Bedenken noch ein Zögern gegeben hätte; aber da auch die ungewissen Wünsche einer anderen Person zu berücksichtigen waren, überlegte er noch, ob er es wagen sollte, seine ganze Hoffnung auf einen einzigen Versuch zu setzen.

Er begleitete sie heim, doch Emma lehnte die Unterstützung seines Armes ab, weil sie das Zögern, mit dem er angeboten wurde, mißverstand und sich einbildete, es geschehe widerstrebend und nur auf die Anweisung ihrer Freundin hin. Das entmutigte ihn, und da er seine Enttäuschung nicht überwinden konnte, wollte er nicht mit ins Schloß kommen, sondern beharrte darauf, umzukehren und einen einsamen Abend im Pfarrhaus zu verbringen. Dort rief er sich Emmas Lächeln und Emmas Stimme immer wieder ins Gedächtnis zurück, und während er die Arbeit beendete, bei der sie ihn unterbrochen hatten, beschäftigte er sich damit, sich an jedes Wort, das sie gesprochen, und an jedes Mienenspiel, das ihre Rede begleitet hatte, genau zu erinnern.

22

Am nächsten Morgen beim Frühstück schien ein Brief unter den vielen, die Lady Gordon erhalten hatte, beträchtliche Entrüstung auszulösen. Sie las ihn noch einmal und warf ihn dann vor ihren Gatten auf den Tisch, mit dem Ausruf:

»Bitte, schau dir diesen Brief an!« und als er ihn nicht aufnahm, sagte sie: »Bist du gar nicht neugierig?«

»O doch, sehr sogar – aber mir fehlt die Zeit, und wenn ich ein bißchen warte, weiß ich, daß du mir auch alles erzählen wirst, ohne daß ich mir die Mühe mache, ihn zu lesen.«

»Ich erkläre dir, zur Strafe für solche nicht wiedergutzumachende Faulheit werde ich dir kein Wort erzählen.«

»Er ist doch von deinem Bruder, mein Herz«, erwiderte ihr Gatte mit einem kurzen Blick auf den Brief. »Was schreibt er denn, das dich so empört und in Aufregung versetzt?«

»Ich habe dir versichert, daß ich dir kein Wort erzählen werde.«

»Will er heiraten?«

»Schau in den Brief, dann hast du keine Veranlassung, mich zu fragen.«

»Miss Watson, wie wäre es, wenn Sie den Brief nähmen und mir den Gefallen täten, ihn mir vorzulesen – Sie haben doch schon gefrühstückt, und ich bin noch dabei.«

»Nein, es tut mir leid, aber ich stimme ganz mit Lady Gordon überein: ich finde es sehr indolent von Ihnen, daß Sie ihn nicht selber lesen wollen, und werde das bestimmt nicht unterstützen.«

»Ich sehe, Sie haben sich gegen mich verschworen, und ich finde das höchst unfair, wenn zwei Damen gegen einen Mann aufstehen«, antwortete er lachend.

»Dann will ich Sie wenigstens auf pari bringen«, entgegnete Emma, »denn ich bin sowieso gerade im Begriff, aus dem Zimmer zu gehen.«

Das tat sie, und sofort nahm Sir William den Brief auf, las ihn ruhig durch und sah seine Frau an. »Nun, was meinst du dazu?« fragte sie.

»Erstens finde ich es eigenartig, daß die Ankündigung von deines Bruders Besuch dich dermaßen ärgert, und zweitens, daß du es für nötig hältst, aus diesem Besuch ein Geheimnis zu machen.«

»Du interessierst dich immer mehr für meine Gefühle als für irgend etwas anderes: ich glaube, wenn das Schloß über uns zusammenbräche, wärst du nur damit beschäftigt, zu beobachten, wie ich es ertrage.«

»Das kommt nur daher, weil du für mich das interessanteste Objekt auf der Welt bist – du wirst doch deswegen nicht mit mir streiten wollen, Henrietta?«

Sie sah erfreut aus, fragte aber beharrlich weiter:

»Weshalb hast du den Brief nicht anschauen wollen, als ich dich darum bat?«

»Wenn du willst, daß ich deine Briefe lese und nicht geneigt bist, Miss Watson mit ihrem Inhalt vertraut zu machen, warte bitte ein andermal, bis sie aus dem Zimmer ist. Jetzt hast du sie vertrieben, siehst du.«

»Ich wollte doch nur dringend mit dir darüber sprechen. Es ärgert mich so, daß Osborne gerade jetzt kommt!«

»Und ich kann nicht begreifen, warum!«

»Weil ich glaube, es ist nur Emma Watsons wegen, daß er sich so plötzlich entschlossen hat herzukommen. Sie wird, hoffe ich, immer meine Freundin bleiben, aber als Schwägerin würde ich sie nicht haben wollen. Ich glaube nicht, daß eine so ungleiche Verbindung glücklich machen könnte, und ich glaube, wir würden diese Heirat alle bedauern. Die Watsons gehören nicht zu der Art von Leuten, mit denen uns eine enge Beziehung möglicherweise wünschenswert erschiene.«

»Und dennoch könnte Osborne kaum etwas Besseres für sich tun – sie ist ihm in jeder Beziehung überlegen, außer in der gesellschaftlichen, und wenn auch nur die geringste Aussicht bestände, daß er sie überreden könnte, ihn zu akzeptieren, würde ich ihn für einen Glückspilz halten. Doch ich glaube nicht, daß sie besteht, und deshalb brauchst du seinetwegen auch nicht besorgt zu sein, und ich nicht ihretwegen.«

»Und weshalb solltest du bei einer solchen Ansicht ihretwegen besorgt sein – für sie wäre es doch eine sehr gute Heirat?«

»Auch ich halte unebenbürtige Heiraten nicht für wünschenswert – und wäre sie die Frau deines Bruders, würde sie sich entweder ihrer Familie schämen, oder es würde sie kränken, sie gezwungenermaßen zu vernachlässigen. Doch sie wird Osborne niemals akzeptieren!«

»Ich möchte sie der Versuchung nicht aussetzen – ich wäre des Ergebnisses nämlich keineswegs sicher«, sagte Lady Gordon.

»Du kannst es aber auch nicht verhindern«, entgegnete Sir William, »wenn Osborne solche Gedanken im Kopf hat – er ist sein eigener Herr und kann nicht von ihr ferngehalten werden. Der ganze Übelstand ist auch mit dein Werk – denn du hast sie schließlich im Winter hierher eingeladen –, und wenn ich mich recht erinnere, die Bekanntschaft gefördert.«

»Das war ausschließlich Mr. Howard zuliebe. Daß Osborne Notiz von ihr nehmen würde, auf den Gedanken bin ich gar nicht gekommen.«

»Mir ist auch nicht klar, weshalb du dich überhaupt eingemischt hast. Mr. Howard wäre sehr gut allein fertiggeworden.«

Lady Gordon mochte nicht erwähnen, daß eigentlich ihre Mutter der Hauptgrund für ihre Einmischung gewesen war, und so sagte sie nur:

»Ach, jetzt ist es ohnehin zu spät, also sag mir, was ich tun soll, und ich werde versuchen, dir zu folgen.«

»Tu am besten überhaupt nichts, Liebling, und denke daran, jeder Widerspruch wird deinen Bruder in seinem Entschluß nur noch bestärken. Laß ihn kommen und vertraue auf die offensichtliche Faszination deines Freundes, Mr. Howard, als Sicherheitsfaktor.«

Lady Gordon hatte sehr schnell Gelegenheit, den Sicherheitsfaktor, auf den ihr Gatte sie verwiesen hatte, auszuprobieren. Pünktlich kam Lord Osborne, seiner Ankündigung gemäß, am Nachmittag an. Die beiden jungen Damen saßen beieinander, als er ins Zimmer kam, und Emma ließ die sinnfällige Herzlichkeit und besondere Lebhaftigkeit seiner Begrüßung mit soviel Fassung über sich ergehen, als ihr zu Gebote stand. Er setzte sich neben sie, und nachdem er sie einen Augenblick mit der Intensität angeschaut hatte, für die er seinerzeit berühmt gewesen war, rief er enthusiastisch aus:

»Mein Wort, Miss Watson, dafür, daß wir uns so lange nicht gesehen haben, sehen Sie ungewöhnlich wohl und blühend aus.«

Emma konnte sich kaum beherrschen, ihn nicht zu fragen, ob er erwartet hatte, daß sie wegen seiner Abwesenheit hätte dahinwelken sollen oder während der letzten sechs Monate alt geworden sei. Doch dann überlegte sie, daß ihm ja schon von jeher jeder Sinn für Humor abgegangen war.

»Croydon muß Ihnen geradezu herrlich bekommen sein«, fuhr er fort. »Einmal war ich dort ganz in der Nähe und wäre am liebsten hinübergeritten, um Sie zu besuchen; doch da ich die Leute nicht kannte, bei denen Sie waren, kam es mir ungebührlich vor, und ich unterließ es lieber – es ist eine so gräßliche Sache, sich unter völlig fremde Menschen zu begeben.«

»Ich fühle mich geehrt, daß Ihre Lordschaft überhaupt an mich gedacht haben; doch ich muß Ihnen sagen, daß Sie sehr recht daran getan haben, nicht dort hinzukommen, denn wir wären von dem unvorherzusehenden Erscheinen eines Mannes Ihrer Stellung überwältigt gewesen.«

»Sie müssen doch in Croydon großes Aufsehen erregt haben?«

»Nicht, daß ich wüßte, Mylord; ich habe nie auffallen wollen, und ich glaube, ich habe während meines Aufenthalts dort nichts getan, was unter meinen Bekannten Aufsehen erregt hätte.«

»Sie müssen etwas getan haben, was Sie nicht verhindern konnten«, erklärte er mit sehr leiser Stimme, als schämte er sich seiner, »Sie müssen schön ausgesehen haben – und das muß allen aufgefallen sein.«

In diesem Augenblick sah Emma Lady Gordons Blick auf sich gerichtet, der unmöglich mißzuverstehen war: er sprach offen von Besorgnis und Argwohn.

Nicht wissend, was er als nächstes sagen sollte, begann er ihre Arbeit zu bewundern, eine ständige Zuflucht für junge Leute, die unbedingt reden wollen, aber arm an Gesprächsstoff sind; doch das währte nicht sehr lange, und als er nichts mehr darüber zu sagen wußte, erkundigte er sich plötzlich, ob die Damen nicht beabsichtigten, hinauszugehen. Emma berief sich auf Lady Gordon, die zunächst erklärte, sie sei zu faul, um sich wegzurühren; doch ihr Bruder empfahl seinen Vorschlag so warm, indem er abwechselnd Reiten, Fahren oder Spazierengehen vorschlug, daß sie zum Schluß nachgab. Das Gefährt, das nach einer längeren Diskussion gewählt wurde, war ein Landauer, der Lord Osborne zusagte, weil er ihm gestattete, mit Emma zu reden, wann immer er Lust hatte.

Die Fahrt erfüllte Emma anfangs mit großer Befriedigung. Ihr Weg führte über einen hohen Kamm und durch den geheimnisvollen Zauber eines Waldes, bis die Bäume aufhörten und sich ihnen nach Süden hin ein weiter Ausblick auf eine andere Hügelkette in der Ferne bot. In genügender Höhe angekommen, machte es Lord Osborne Freude, zu halten und Emma aus dem Wagen zu helfen, um die Aussicht richtig bewundern zu können. Auf ihrer Rückkehr von einem kleineren Spaziergang wollte Emma ohne die angebotene Hilfe wieder einsteigen. In ihrer Hast legte sie ihr ganzes Gewicht auf einen Fuß, ohne auf die Unebenheit des Bodens zu achten, stolperte infolgedessen nach vorn und verstauchte sich den Fuß so schwer, daß sie völlig unfähig war, zu gehen, und beträchtliche Schmerzen litt.

Sie verbrachte den Abend auf einem Sofa, neben dem sich Lord Osborne niederließ, um den Anblick ihres Gesichts zu genießen. Seit dem Unfall hatte er fast nur geschwiegen und überließ es jetzt Sir William, all die kleinen Gefälligkeiten zu erweisen; er bot ihr nie eine Tasse Kaffee an, achtete auch nicht darauf, ob die Tasse leer war oder ihr abgenommen werden sollte, merkte gar nicht, wenn ihre Stickseide auf den Boden fiel, oder sah nicht, ob ihr Stickrahmen richtig eingestellt war. Seine völlige Interesselosigkeit in Verbindung mit der allgemeinen Zurückhaltung in seinem Benehmen bewirkte, daß Emma sich ihm gegenüber unbefangener fühlte als sonst. Sie erkannte die Schüchternheit seines Charakters nicht und entschied kurzerhand, daß er sich bestimmt ganz anders benommen hätte, wenn er wirklich ihr ernstzunehmender Verehrer wäre.

Die Verstauchung verursachte ihr den ganzen Abend große Schmerzen, wie Sir William aus der Blässe ihrer Wangen schloß, doch sie tat alles, um es zu verbergen, und plauderte mit ihm und Lady Gordon, solange sie zusammenblieben. Doch sie hatte sich nie erleichterter gefühlt, als auf seine Anregung hin der Vorschlag, zu Bett zu gehen, frühzeitig gemacht wurde, um sie zu erlösen; denn sie hatte schweigend mehr ertragen, als sie konnte, und war einige Male einer Ohnmacht nahe gewesen.

Als sie am Vormittag des nächsten Tages auf einer Couch, dicht beim offenen Fenster, zurückgelehnt ruhte, damit beschäftigt, für Lady Gordons Skizzenmappe eine Blumengruppe zu zeichnen, trat Mr. Howard ins Zimmer. Zu seinem großen Erstaunen fand er Emma allein mit Lord Osborne. Er hatte keine Ahnung gehabt, daß der junge Pair im Lande war, und schon gar nicht erwartet, jemanden hier anzutreffen, den er unvermeidlich für einen gefährlichen Rivalen halten mußte. Seinem scharfen Blick war auch nicht entgangen, daß einige der Blumen in der Vase vor Emma von genau derselben Art waren wie das Zweiglein im Knopfloch von Lord Osbornes Rock; und er zog den nicht unnatürlichen Schluß daraus, daß es ihm von ihr persönlich gegeben worden war. Jetzt zögerte er, ob er nähertreten sollte, doch Lord Osborne kam hocherfreut auf ihn zu, um ihn zu begrüßen.

»Wirklich sehr erfreut, Sie zu sehen, Howard«, begann er. »Sie müssen einigermaßen überrascht sein, mich hier zu finden, aber ich konnte nicht anders, ich mußte kommen. Wir haben *sie* doch wieder zurückbekommen, sind Sie nicht auch froh darüber?« und das mit einem Blick zur Couch hinüber, wo Emma lag.

Auch Emma streckte ihm ihre Hand entgegen, doch da sie gar nicht auf den Gedanken kam, daß er eifersüchtig sein konnte, weil sie annahm, daß keinerlei Grund dafür vorhanden war, fühlte sie sich durch die Kälte seines Benehmens und die flüchtige Art seiner Begrüßung verletzt.

Lord Osborne sah beide überrascht an; und obwohl keineswegs ein scharfer Beobachter, fiel ihm doch auf, daß Emma jetzt weniger bleich war, und plötzlich kam ihm der Gedanke, daß die Besuche seines ehemaligen Erziehers eine Gefahr für seine Werbung darstellten. Schweigend setzte er sich, fest entschlossen, beide genau zu beobachten.

Die Folge dieser unterschiedlichen Gefühle war ein merkwürdig verlegenes Schweigen, das anhielt, bis Mr. Howard sagte:

»Ich bin nur gekommen, um mich zu erkundigen, ob Sie bereit wären, die Verabredung wegen der Gemäldegalerie einzuhalten, die wir neulich getroffen haben, Miss Watson – aber wie ich sehe, sind Sie für diese Anstrengung jetzt nicht disponiert.«

»Ich bin in der Tat heute morgen völlig außerstande, und ich wünschte, ich könnte eine Zeit angeben, wann es mir möglich sein wird, auf dieses Vergnügen zurückzukommen.«

»Das hängt ausschließlich von Ihnen ab – aber falls Sie angenehmere Verpflichtungen haben, ist es nur natürlich, wenn Sie diese Verabredung aufschieben.«

»Halten Sie es für eine angenehmere Verpflichtung, dazu verurteilt zu sein, hier zu liegen?« entgegnete Emma lächelnd.

»Ich weiß, Sie waren nie indolent, aber zweifellos paßt es besser zu einem vornehmen Lebensstil, den Tag auf einem Sofa statt mit produktiven Studien zu verbringen.«

»Werden Sie jetzt nicht sarkastisch, Mr. Howard«, sagte sie impulsiv, »ich war es nie, und ich hoffe, ich werde mich nie in eine vornehme, feine Dame verwandeln; und daß ich auf dem Sofa liege, hat weder etwas mit Indolenz noch mit Bedürfnis zu tun.«

»In der Tat!« erwiderte er, mit einem provozierend ungläubigen Gesichtsausdruck.

»Ja, in der Tat ist es eine ausgesprochene Strafe für mich, die nur durch die Güte meiner Freunde gemildert wird, indem sie versuchen, mich zu erheitern.«

Mr. Howard sah flüchtig zu Lord Osborne hinüber, als führte er Güte und auch Erheiterung auf ihn zurück.

»Nein, da tippen Sie falsch – ich glaube fast, seine Lordschaft hat Angst, ich könnte verdorben werden, wenn man zu nachsichtig mit mir ist; darum beschränkt er sich darauf, meine Blumen durcheinanderzubringen und meinen Meinungen zu widersprechen: Ich muß Sie wirklich um die Knospe bitten, die Sie gestohlen haben, Mylord, ich kann sie nicht entbehren.«

»Und ich kann sie Ihnen unmöglich zurückgeben«, antwortete er abrupt, »sie ist verschwunden, und ich werde Ihnen nicht sagen, wo sie ist.«

»Ist das nun nicht geradezu empörend!« rief Emma aus, »mit all seinen Winter- und Blumengärten, die ihm zur Verfügung stehen, mißgönnt er mir noch mein einziges Zweiglein, das mir Sir William freundlicherweise besorgt hat. Ich hatte es seinetwegen besonders hervorgehoben, als ich es in dieser Blumengruppe zeichnete; ich muß es unbedingt zurückhaben, oder die ganze Zeichnung stimmt nicht mehr.«

»Versprechen Sie mir die Zeichnung, wenn ich es Ihnen zurückgebe?«

»Nein, das kann ich nicht – sie ist für Ihre Schwester. Mr. Howard, wollen Sie mir nicht beistehen? Ich bin seiner Raubgier ausgesetzt, ohne mich dagegen wehren zu können – er weiß genau, daß ich von diesem Sofa nicht aufstehen kann.«

»Aber sagen Sie mir doch – was fehlt Ihnen?« erkundigte sich Mr. Howard besorgt. »Hatten Sie wirklich einen Unfall?«

»Nur eine Verstauchung, die mich daran hindert, mich zu bewegen«, antwortete sie.

»Es tut mir unendlich leid, das zu hören«, sagte er mit einem Ausdruck echter Anteilnahme. »Ich hatte nur an mangelndes Interesse, nicht an fehlende Kraft gedacht, als Sie es ablehnten, mitzukommen.«

»Sie sehen also, daß Sie mich in diesem Falle mißverstanden hatten, vielleicht tun Sie das gleiche auch noch in anderen Fällen.«

Diese doppeldeutige Äußerung versetzte Howard in einen Paroxysmus von Reflexionen, aus dem er sich selber losriß, um sich nach den Einzelheiten des Unfalls zu erkundigen. Emma endete eine lebhafte Schilderung mit dem Wunsch, er möge eine Moral aus ihrer Geschichte ziehen.

»Möglicherweise gefiele Ihnen die Moral gar nicht, die ich ziehen würde«, bemerkte er mit einem Lächeln, »sie wäre vielleicht nicht schmeichelhaft oder angenehm.«

»Sie wäre bestimmt nicht schmeichelhaft, Mr. Howard; ich würde es von Ihnen auch nicht erwarten – wie wäre es, wenn wir alle eine Moral aus der Geschichte ziehen und sehen, ob wir das gleiche denken. Kommen Sie, Mylord, lassen Sie uns Ihre hören.«

»Dann lassen Sie mir Zeit, nachzudenken«, sagte er – denn trotz seiner Entschlossenheit, zu schweigen, konnte er ihrem Lächeln nicht widerstehen.

»Fünf Minuten nach der Uhr auf dem Kaminsims – und auf die Minute –, hier kommen Sir William und Lady Gordon, um ihre Meinung über die Art unserer Einstellung zu äußern.«

»Meine kann ich sofort sagen«, erklärte Sir William, der nur den letzten Satz gehört hatte.

»Ich hege keinen Zweifel, Miss Watson, daß die Ihre sehr streng ist – Osbornes romantisch – und Howards nüchtern. Genügt Ihnen das?«

»Keineswegs – Sie werden in dieser Sache nicht urteilen, da Sie eine Meinung äußern, bevor Sie gehört haben, um was es sich handelt. Lady Gordon soll Schiedsrichter sein, und wenn Sie eine Moral ziehen wollen, steht es Ihnen frei.«

»Worüber debattieren Sie eigentlich?« erkundigte Lady

Gordon sich. »Ich muß doch wissen, worum es sich handelt, bevor ich entscheide.«

»Gar nicht nötig, meine liebe Henrietta«, sagte ihr Gatte, »und ganz abwegig: Frauen entscheiden immer erst – und das Verstehen, wenn es überhaupt kommt, ist für sie von sekundärer Bedeutung.«

»Das ist ja eine reizende Feststellung«, rief Emma aus, »nachdem er selber jetzt gerade geantwortet hat, ohne auch nur eine Ahnung zu haben, auf welche Frage.«

»Ich habe ja gewußt, daß Sie streng sein würden«, entgegnete Sir William, »aber ich versichere Ihnen, ich habe nur versucht, meine Gesprächsführung auf das Niveau meiner anwesenden Freunde herunterzudrücken.«

»Sollen wir ihn nicht vor die Tür setzen?« empörte sich seine Frau. »Er ist heute unausstehlich!«

»O nein! Beachten Sie ihn doch gar nicht«, sagte Emma lebhaft, »was mich angeht, kann er sagen, was er will.«

»Sie – Sie alle reden soviel«, beklagte sich Lord Osborne, »daß es mir unmöglich ist, meine Gedanken zu ordnen – aber ich glaube, ich habe jetzt meine Moral gefunden – soll ich sie sagen?«

»Auf jeden Fall, Mylord«, sagte Emma.

»Wir sind alle ganz Ohr«, sagte Sir William.

»Also, ich denke, Damen sollten sich hüten, einen Fehltritt zu tun – weil sie nachher, wenn sie es tun, nicht mehr zu stehen imstande sind.«

»Bravo, Osborne!« rief seine Schwester ihm zu, »aber ziemlich hartherzig gegen meine Freundin.«

»Und Sie, Mr. Howard«, fuhr sie fort, »wären Sie geneigt, uns Ihre Moral hören zu lassen?«

»Meine Moral ist die, daß Miss Watson in Zukunft vermeiden sollte, zu rasch in eminente Höhen aufzusteigen, damit sie bei dem Versuch nicht die Verliererin ist.«

Bei dem ernsthaften Blick, der die in leisem Ton geäußerte Meinung begleitete, errötete Emma leicht, setzte sich aber lachend mit der Bemerkung darüber hinweg:

»Ja, ich bin eben von Natur aus so ehrgeizig – ich habe solchen Rat nötig.«

»Und nun, Miss Watson«, rief Lady Gordon gespannt, »ist die Reihe an Ihnen.«

»Nun, die Moral, die ich für mich daraus ziehe, ist die: wenn ich meine Bewegungsfreiheit wiedergewonnen habe, muß ich mich vorsehen, sie nicht wieder zu verlieren, indem ich nach einem imaginären vorteilhafteren Ausblick suche – das heißt, man soll das Wesen nicht dem bloßen Schein opfern.«

»Und nun meine«, rief Sir William, »meine müssen Sie hören – meine ist die, daß die Stärke der Gliedmaßen einer jungen Dame geringer ist als ihre Willenskraft, sie verstaucht sich lieber den Fuß, als ihren Eigensinn aufzugeben.«

»Und meine, meine liebe Miss Watson«, rief Lady Gordon, »meine Moral ist die, daß Sie niemals Männer dazu auffordern sollten, sich über Ihr Verhalten zu äußern, denn sie ziehen mit Sicherheit die falschen Schlüsse und machen boshafte Bemerkungen.«

»Es ist um so härter, da Ihr Bruder die Ursache meines Mißgeschicks war«, bemerkte Emma, »wäre er nicht so hartnäckig gewesen, wäre ich still sitzen geblieben.«

»Bekommen Sie denn hier genügend Luft?« fragte Lord Osborne, während er auf ihr Sofa zukam, »erlauben Sie mir, Sie auf die Terrasse hinauszuschieben – jetzt wäre es angenehm draußen, nachdem die Sonne weg ist.«

Lady Gordon unterstützte den Vorschlag und rief Mr. Howard, ihrem Bruder zu helfen, was er tat; doch als er dann merkte, daß der junge Schloßherr noch näher als zuvor am Emmas Seite rückte, zog er sich von der ganzen Gesellschaft zurück und ging, um sich bis zum Abend zu Hause einzuschließen.

»Howard hat eine erstaunliche Menge viel zu sagen, was ihn so beliebt macht«, sagte Lord Osborne nachdenklich.

»Ich fand gar nicht, daß er heute so viel geredet hat«,

erwiderte Emma, »und wenn, dann muß ich's nicht gehört haben.«

»Vielleicht mögen Sie Männer nicht, die so sehr viel reden – oder doch? Darüber haben Sie Ihre Meinung nie geäußert.«

»Ich glaube wirklich, ich habe auch keine darüber, Mylord; ich habe mir nie überlegt, wieviel ein Mann oder eine Frau reden sollten, um sich beliebt zu machen – einige Männer reden bestimmt zuviel.«

»Sie meinen mich, Miss Watson?« unterbrach Sir William scherzhaft.

»Das Zuviel hängt auch gleichzeitig von der Qualität ab – wenn das Gesagte zum Beispiel sehr albern oder sehr langweilig ist, genügen schon ein paar Sätze, um einen einzuschläfern«, fügte Emma hinzu, »wohingegen ein lebhafter, kluger Mann eine ganze Stunde reden kann, ohne einen zu ermüden.«

»Das ist ein ermutigendes Wort!« rief Sir William aus. »Osborne, das nächste Mal, wenn wir eine Unterhaltung mit Miss Watson anfangen, werden wir unsere Uhren herausnehmen. Lebhafte, kluge Männer – die Beschreibung trifft genau auf uns zu – wir dürfen genau sechzig Minuten reden.«

23

Es war verabredet worden, daß Musgraves schon am frühen Nachmittag herüberkommen sollten, um ihnen zu ermöglichen, etwas länger mit ihrer Schwester beisammen zu sein; und Tom war zu stolz und glücklich über diese Einladung, daß er, trotz seiner sprichwörtlichen Vorliebe für spätes Aufstehen und Unpünktlichkeit, gar nicht daran dachte, diese Ehre hinauszuschieben. Kurz nach dem Lunch trafen sie ein – Margaret, angetan mit ihrem ganzen Hochzeitsstaat, war entzückt über die Gelegenheit, sich aufzuspielen. Ihre neue Haube und der neue lange Mantel waren äußerst modisch, und sie war nicht wenig überrascht und schon beinah beleidigt über die Einfachheit des Kleides, das ihre Gastgeberin trug.

Als sie erfuhr, daß Emma gezwungen war, auf dem Sofa zu liegen, ruhte sie nicht, bis sie den ganzen Hergang des Unfalls gehört hatte, und äußerte dann die schwesterliche Bemerkung:

»Großer Gott! Wie schrecklich ungeschickt und unachtsam von dir, Emma – wie konntest du nur so dumm sein? Jedenfalls bin ich froh, daß es mir nicht passiert ist, denn, wenn ich etwas hasse, sind es Verstauchungen – herumwatscheln zu müssen wie eine alte Gans.«

»Ich kann durchaus nichts Dummes daran finden«, sagte Lord Osborne brüsk, »es ist nur sehr bedauerlich und sehr betrüblich für uns – und außerdem schmerzhaft für sie, aber etwas Dummes ist nicht dabei.«

»Ich habe ja auch nicht wirklich dumm gemeint«, widerrief Margaret, der es nicht im Traum einfallen würde, einem Pair von England zu widersprechen, »ich habe nur gemeint, es war sehr albern.«

Lord Osborne ließ sich nicht herab, noch weiter zu antworten, sondern stand auf und ging pfeifend hinaus.

Tom versuchte inzwischen, Lady Gordon gegenüber, die ihn nie besonders gemocht hatte und jetzt ungewöhnlich kalt und unliebenswürdig schien, überaus galant und zuvorkommend zu sein. Tatsache war, daß sie ihm die Gefahr, in der sie geschwebt hatte, vor Gericht erscheinen zu müssen, nicht ganz vergessen konnte; und da sie ihn natürlich als die Ursache dafür ansah, empfand sie ihm gegenüber einen beträchtlichen Grad von Antipathie.

Seine Servilität und seine Schmeicheleien nützten ihm nichts; sie war für keins seiner Komplimente empfänglich, und auf seine überschwenglichsten Huldigungen reagierte sie mit den abweisendsten Antworten.

»Es ist sehr provozierend von dir, so lahm dazuliegen«,

fuhr Margaret gleich darauf zu Emma hin fort, »ich wollte doch gern die Parkanlagen des Schlosses sehen. Ich habe immer Pech in solchen Sachen: niemand erlebt so viele Enttäuschungen wie ich.«

»Zweifellos hat Emma das nur getan, um dich zu ärgern«, bemerkte Tom.

»Ich werde Ihnen sehr gern selbst den Park zeigen«, unterbrach Lady Gordon, in der Überzeugung, daß alles andere besser sei als diese Zänkereien zwischen Mann und Frau, die für Emma genauso unangenehm sein mußten wie für sie selbst.

Margaret nahm diesen Vorschlag mit großer Freude an, und die beiden Damen verließen gemeinsam das Zimmer, da Sir William keine Notwendigkeit sah, sie zu begleiten.

»Mir scheint, Sie unterhalten sich hier ganz famos, Emma«, bemerkte Tom, indem er dicht an das Sofa trat.

»Ja, wenn ich keinen verstauchten Fuß habe«, entgegnete sie.

»Und selbst dann sind Sie noch guter Stimmung und scheinen sich auch dann noch gut zu unterhalten«, bemerkte Lord Osborne seinerseits, der von der Terrasse wieder hereingekommen war, als Margaret das Zimmer verließ.

»Aber das macht sie ja gerade so beachtenswert, wie alle jungen Damen, die so sind«, antwortete ihr Schwager. »Ich bin überzeugt, daß Margaret aus keinem anderen Grunde immer vortäuscht, krank zu sein, und mir Vorwürfe macht, weil ich ihr nicht glaube.«

»Meiner Meinung nach ist Ihre Frau mit ihrer Schwester überhaupt nicht zu vergleichen«, bemerkte Lord Osborne kühl.

Einen Moment herrschte Schweigen.

»Was machen denn Ihre Pferde, Mylord?« erkundigte sich Tom. »Ich würde sie gerne sehen.«

»Bitte gehen Sie nur, das steht Ihnen frei, solange Sie mich nicht mitschleppen wollen – ich habe im Moment keine Lust zu einem Stallbesuch.«

Tom pfiff und ging hinaus, und Lord Osborne trat näher zu Emma heran.

»Ich hoffe, Sie mögen ihn nicht – oder doch?«

»Sie vergessen ganz, daß er mein Schwager ist«, erwiderte Emma.

»Man ist doch schließlich nicht verpflichtet, seinen Schwager gern zu haben, meine ich.«

»Ich hoffe, Sie haben diese Bemerkung nicht persönlich oder respektlos gemeint«, rief Sir William.

»Nein, mein Ehrenwort, Gordon, an Sie habe ich gar nicht gedacht«, sagte er, »aber meiner Meinung nach sollte es doch vollkommen genügen, wenn der Mann seine Frau liebt, ohne daß es nötig wäre, daß Mutter, Schwestern und Schwager sie auch alle gern haben müssen.«

»Nötig nicht, aber durchaus wünschenswert und bestimmt förderlich für das häusliche Glück.«

»Sollte meine Schwester meine Frau nicht gern haben, müßte sie sich von ihr fernhalten«, sagte Lord Osborne entschieden, »und dann spielen ihre Gefühle gar keine Rolle mehr – sind Sie nicht auch meiner Meinung, Miss Watson?«

»Nicht ganz, Mylord; in der Praxis bestimmt nicht – ich glaube nicht, daß ich in eine Familie einheiraten würde, in der ich ganz und gar unerwünscht wäre.«

»Das bedaure ich sehr«, sagte Lord Osborne sehr leise; dann ging er hinaus und sah ungewöhnlich schüchtern und schwerfällig aus.

»Ich fürchte, seine Theorien klingen unnachgiebiger, als sie es in der Praxis waren«, äußerte Sir William, während er ihm nachschaute und flüchtig zu Emma hinüberblickte. »Ich bin nicht sicher, ob er einen Streit mit seiner Schwester wirklich mit solcher Gleichgültigkeit hinnehmen würde.«

»Ich glaube nicht«, sagte Emma, ohne auch nur daran zu denken, daß sie eine Rolle in seinen Gefühlen spielte oder einen Einfluß auf seine Handlungsweise ausübte. »Junge Leute gestehen oft mehr zu, als sie zu verwirklichen bereit sind, und ich halte ihn nicht für schlimmer als viele seiner Mitmenschen. Ich bin der Meinung, er will nur seinen Kopf durchsetzen –«

»Er ist fest entschlossen, seine eigenen Ideen in die Tat umzusetzen – was ich jedoch gemeint habe, ist folgendes: selbst wenn er, seinem Temperament folgend, dem Willen seiner Familie zuwiderhandelte, würde er es bestimmt, wie jeder andere, früher oder später bereuen.«

»Sehr wahrscheinlich – deshalb hoffe ich, in seinem Interesse, daß er es nicht versuchen wird«, erwiderte Emma, ganz unvoreingenommen.

»Soll ich Ihnen weiter vorlesen, Miss Watson«, fragte Sir William, »oder haben Sie sonst noch einen Wunsch?«

Emma gestand, daß sie lieber selbst lesen wollte, und nachdem Sir William sie mit den Büchern versorgt hatte, die sie wünschte, überließ er sie ihrem Alleinsein.

So saß sie, bis sie durch das Eintreten von Mr. Howard unterbrochen wurde, der teils angenehm berührt, teils ängstlich dreinschaute, als er sie allein fand. Sie sagte ihm, wo die anderen waren, soweit sie es wußte, doch es schien ihm völlig zu genügen, sich auf ihr Wort zu verlassen, und er zeigte auch keinerlei Interesse, ihnen zu folgen. Draußen sei es sehr warm, sagte er, und hier im Zimmer sehr angenehm, und daß er hoffe, sie hätte nichts dagegen, wenn er ihr Gesellschaft leiste.

Sie hatte kein Verlangen, ihm zu widersprechen, und, angeregt durch die Bücher, die sie gelesen hatte, entspann sich eine lange und freundschaftliche Unterhaltung. Sie stimmten in ihrer Bewunderung für deren Autoren und dann auch für Sir William Gordon überein, der sie empfohlen hatte. Er gab seiner Überzeugung Ausdruck, daß das Glück der Gordons fortdauern und sich noch steigern werde. Beide seien frei von Standesdünkel; und was Lady Gordon betreffe, zeige sie, in Anbetracht der Anleitungen, die sie von ihrer Mutter empfange, einen sehr starken Charakter.

»Ihre Freundschaft mit mir ist ein Beweis dafür«, bemerkte Emma; »sie war unverändert gütig zu mir, und ich kann doch nicht den Anspruch machen, ihr ebenbürtig zu sein.«

»Nicht an Rang und Vermögen«, unterbrach er sie, »aber erlauben Sie mir, zu sagen, daß Sie ihr in Bezug auf Lebensart, Geschmack und Bildung vollkommen ebenbürtig sind, und das spürt sie genau.«

»So übertriebene Komplimente, Mr. Howard«, sagte Emma lächelnd. »Sie glauben wahrscheinlich, Ihre strengen Bemerkungen über meine Ambitionen wiedergutmachen zu müssen.«

»Ihre Ambitionen!« wiederholte er überrascht.

»Ja; erst heute früh haben Sie mich davor gewarnt, zu hoch hinaus zu wollen, damit ich bei dem Versuch nicht die Verliererin werde. Da sehen Sie, wie ich Ihre Belehrungen behalte, auch wenn Sie dazu neigen mögen, sie zu vergessen.«

»Ich wünschte, ich könnte es als einen Beweis auffassen, daß Sie mir wegen meiner Anmaßung nicht grollen.« Er rückte mit seinem Stuhl dichter an sie heran. »Nachher hatte ich fast das Bedürfnis, mich für meine Worte zu entschuldigen, denn ich fürchtete, Sie würden mich für unverschämt halten. Sie waren nicht böse?«

»Aber überhaupt nicht! Warum hätte ich böse sein sollen? Offengestanden habe ich gar nicht geglaubt, daß sie ernst gemeint waren. Sie können mich meiner Überheblichkeit wegen auslachen, aber ich fühlte mich keiner Ambition schuldig.«

»Und selbst *wenn* es so wäre, hätte *ich* noch lange nicht das Recht noch die Befugnis noch das Privileg, Sie zu kritisieren«, betonte er und sah sie beschwörend an.

»Das Recht eines wohlwollenden Freundes, Mr. Howard«, erwiderte sie und blickte mit hochroten Wangen zu Boden – sie konnte ihm nie in die Augen schauen, wenn sie diesen seltsamen Ausdruck hatten. »Zumindest glaube ich, daß ich Sie als einen solchen betrachten darf.«

»Sie haben keinen wohlwollenderen Freund auf der

Welt«, bestätigte er mit Nachdruck und hielt dann abrupt inne.

Um das Schweigen zu brechen, das ihr peinlich war, bemerkte sie:

»Sie haben mir noch gar nicht erzählt, wo Ihre Schwester ist, Mr. Howard – oder habe ich es vielleicht vergessen: wo ist sie?«

»In Nord-Wales, nicht weit von Denbigh. Ich fahre in Kürze dorthin, um sie heimzuholen.«

»Ich habe das Gefühl, Sie fahren immer irgendwohin; seit ich Sie kenne, äußern Sie unausgesetzt, daß Sie fortgehen.«

»Ich muß Anne abholen – die Frage ist nur, wann?«

»Und hängt das nun von Mrs. Blakes Wünschen oder von Ihrem Belieben ab?«

»Etwas von beiden, falls Sie mit Belieben die Befugnis meinen, mich den Pflichten meines Berufes zu entziehen«, entgegnete er.

»Ich wünschte, ich hätte Mrs. Blake noch getroffen«, sagte Emma. »Bitte beeilen Sie sich mit dem Abholen, denn wenn ich aus dieser Gegend hier fortgehe, ohne daß wir uns jetzt sehen, kann ich unmöglich sagen, wann und ob wir uns je wiedersehen werden.«

»Gehen Sie denn so weit weg?« fragte er sie beunruhigt. »Ich glaubte, Ihr Heim sei in Croydon.«

»Ich kann gar nicht sagen, wo mein Heim sein wird – in Croydon ganz gewiß nicht; vielleicht werde ich auch nie eins haben. In Zukunft muß ich mich damit abfinden, bei Fremden zu leben, und ich wage nicht von einem Heim zu sprechen. Ich suche eine Stellung als Erzieherin.«

Während sie das sagte, machte ihr sonst heiterer Gesichtsausdruck einem Anflug von Schwermut Platz, und sie fügte nach einer kurzen Pause hinzu:

»Eine Aussicht auf ein Heim habe ich, wenn sie auch im Augenblick noch ungewiß ist: mein Bruder – ich meine meinen jüngsten Bruder – drängt mich, sofort zu ihm zu ziehen, sobald er in seinem Beruf den Lebensunterhalt für uns beide verdienen kann. Doch wann das sein wird, ist noch ganz ungewiß.«

Er schwieg noch immer und zögerte, ob er ihr nicht in diesem Augenblick ein anderes, sichereres und dauerndes Heim anbieten sollte. Er zögerte, und die Gelegenheit war verpaßt. Im Wintergarten wurden Schritte hörbar. Und während seine Hand die ihre fest umschloß, sagte er mit leiser, hastiger Stimme:

»Liebste Miss Watson, ich bin Ihnen sehr zugetan! Wenn ich doch nur Zeit hätte, es Ihnen zu beweisen!«

Für mehr war keine Zeit; mit einem leichten Händedruck verließ er sie plötzlich und entkam gerade noch schnell genug durch eine der Glastüren, um zu vermeiden, von Lady Gordon und Mrs. Musgrave gesehen zu werden, als sie durch eine andere hereinkamen.

Emma blieb in einem Gemütszustand zurück, den zu beschreiben ihr äußerst schwer gefallen wäre, eine solche Verwirrung herrschte im Augenblick in ihrem Kopf. Das vorherrschendste Gefühl jedoch war die Enttäuschung darüber, daß er so wenig gesagt hatte. Sie glaubte wirklich, daß er sie liebte – zumindest wünschte er, daß sie es glaubte; doch warum dann nicht mehr sagen oder warum dann überhaupt erst reden? Ihm jetzt zu begegnen, nach dem, was geschehen war, würde ihr sehr schwerfallen, und doch: wie konnte sie es vermeiden?

Mit diesen widersprüchlichen Gedanken im Kopf und der heftigen Erregung, die sie hervorriefen und in ihrem Gesicht zum Ausdruck brachten, war es ihr unmöglich, sich genügend zu beherrschen, um die Aufmerksamkeit ihrer Freundin nicht auf sich zu lenken. Lady Gordon dachte, sie habe Schmerzen und machte ihr Vorwürfe, daß sie sicher versucht habe zu gehen, was sie dem Faktum zuschrieb, daß Sir William hinausgegangen sei und sie alleingelassen habe. Emma verteidigte Sir William und fühlte sich verpflichtet, ohne großen Respekt vor der Wahrheit in Bezug auf ihren Fuß zu versichern, daß der Schmerz schon etwas nachgelassen habe.

24

Mr. Howards schicksalhaftes Zögern hatte grausame Nachwirkungen auf seinen Gemütszustand. Er verbrachte eine fast schlaflose Nacht damit, tief erregt die Möglichkeiten seiner Handlungsweise in seinem Kopf zu wälzen, die sich ihm jetzt boten. Er versuchte sich an alles zu erinnern, was Emma gesagt hatte – an das Vertrauen, das sie in seine Freundschaft zu setzen schien, an die Aufmerksamkeit, die sie seinem Rat gezollt hatte, an ihre vorwurfsvolle Äußerung wegen seiner so oft bekundeten Absicht, fortzugehen. Es hatte etwas Rührendes und Überraschendes in der Offenheit gelegen, mit der sie über ihre Zukunft gesprochen hatte; daß sie vielleicht nie mehr in diese Gegend käme, daß sie bereits eine Stellung als Erzieherin gesucht habe, und daß sie ihre Hoffnung, doch einmal ein Heim zu haben, auf die berufliche Karriere ihres jüngsten Bruders setzte, der als Praktikant bei einem Wundarzt arbeitete. Wie einfach, wie bescheiden erschienen ihm diese Aussichten jetzt für ein Wesen, von dem Lord Osborne sich so offensichtlich angezogen fühlte.

In der Hoffnung, seine Unruhe und sein Zögern eine Weile zu vergessen, machte er sich am nächsten Morgen auf, um ein krankes Mitglied seiner Gemeinde zu besuchen. Auf seinem Wege durch das Dorf wurde er von Lord Osborne zu Pferde eingeholt. Dieses Zufallstreffen hatte zur Folge, daß es ihn zu einem Entschluß zwang: er erfuhr, daß Lady Osborne ihrem Sohn bereits persönlich ihre Absicht mitgeteilt hatte, in allernächster Zeit aufs Schloß zu kommen.

»Ich glaube«, fügte er noch beiläufig hinzu, »sie argwöhnt, was ich vorhabe, und beabsichtigt, mich davon abzuhalten, wenn sie kann. Zum Teufel noch mal, es könnte vielleicht klappen, wenn ich alles regeln könnte, bevor sie hier erscheint.«

»Glauben Sie, daß Emma Watson einwilligen wird, Ihre Frau zu werden, wenn sie meint, daß Ihre Mutter dagegen ist?« sagte Howard ungehalten.

»Das ist ja das Schlimmste daran – ich fürchte, sie könnte gewisse Bedenken haben, aber ich will mein Glück auf alle Fälle bei ihr versuchen. Da ist noch eine andere Sache, die man bedenken muß: Fanny Carr kommt auch her – auch in ihrem Fall würden mir Unmengen von Unannehmlichkeiten erspart bleiben, wenn ich mich als verlobt ausgeben könnte. Sie würde nicht halbsoviel reden.«

»Glauben Sie im Ernst, daß das etwas ändern würde«, sagte Howard, mit einem Versuch zu lächeln, der aber nicht sehr glückte.

»Ich hege nicht den geringsten Zweifel – und schon bis zu einem gewissen Grade der Mühe enthoben zu sein, ihr antworten zu müssen, ist eine unbeschreibliche Wohltat. Dieses Mädchen redet wie ein Wasserfall.«

Howard war fest davon überzeugt, daß Emma niemals aus ehrgeizigen Motiven heiraten würde, aber woher sollte er wissen, wie groß der Einfluß des jungen Pairs auf ihr Herz war. Was immer während seiner Abwesenheit auch geschehen mochte, die Vorstellung allein, Lady Osborne wieder zu begegnen, war so unangenehm, daß sein Vorhaben, seine Schwester heimzuholen, zum Gebot wurde. Aber die Frage erhob sich, wie Emma darüber dachte; in welchem Licht würde sie sein so plötzliches Fortgehen von ihr sehen, nachdem er ihr kürzlich seine Gefühle offenbart hatte. Könnte sie nicht vielleicht annehmen, er spiele nur mit ihr? Konnte sie sich nicht schändlich mißbraucht fühlen? Konnte er es ertragen, die große Achtung einzubüßen, die sie ihm hin und wieder bezeugt hatte?

Doch ihre Gedanken waren in Wirklichkeit ganz anderer Art. Während sie auf ihrer Couch lag, hatte sie immer wieder die letzten Worte für sich wiederholt, die Mr. Howard zu ihr gesprochen hatte. Ihre Hand schien noch immer den Druck seiner Finger zu spüren, und sie konnte sich kaum vorstellen, daß er sie danach noch sehr lange im Zweifel über seine Wünsche lassen konnte.

Ob es die innere Erregung war, die diese Überlegungen hervorrief, oder nur die Schmerzen, unter denen sie seit zwei Tagen litt, konnte sie kaum sagen; doch am nächsten Morgen fühlte sie sich so fiebrig und elend, daß sie gänzlich außerstande war, ihr Zimmer zu verlassen. Sie empfand das um so mehr, als sie dadurch, wie sie meinte, auf die Verabredung mit Mr. Howard verzichten mußte, auf die sie sich so gefreut hatte; und bis zu dem Augenblick, da sie merkte, daß sich keine Möglichkeit mehr dazu ergab, hatte sie gar nicht gewußt, wieviel ihr daran gelegen hatte.

Howards Absichten waren jetzt klar. Seine Abreise ließ sich nicht länger verschieben; doch er glaubte, daß Lady Gordon sich vielleicht aus Freundschaft und Sympathie bereitfinden könnte, ihm eine ungestörte Unterredung mit Emma zu gestatten. Diese Idee war zum völligen Mißerfolg verdammt. Als er im Schloß vorsprach, erfuhr er zu seiner grenzenlosen Bestürzung, daß Emma an ihr Zimmer gefesselt sei. Lady Gordon erklärte, es gehe ihr so schlecht, daß man unbedingt ärztlichen Rat einholen müsse, falls es ihr bis zum Abend nicht besser gehe. Bedrückt und von Befürchtungen wegen seiner eigenen Lage und der Emmas gequält, war er demzufolge gezwungen, sich zu verabschieden.

Emmas Unpäßlichkeit dauerte einige Tage und verschlimmerte sich noch, statt sich zu bessern, als sie durch ihre Pflegerin erfuhr, daß Mr. Howard nach Wales gefahren sei, und niemand wußte, für wie lange. Sie hatte keinen Menschen, dem sie ihre Gefühle anvertrauen konnte, und die Enttäuschung wurde um so tiefer empfunden, als sie allein damit fertigwerden mußte. Möglicherweise erriet Lady Gordon ihre Empfindungen, war aber zu rücksichtsvoll, es zu zeigen, außer durch ein vielleicht noch liebevolleres Benehmen. Sonst sah sie, außer dem Apotheker, niemanden.

Bevor Lady Osborne noch ihre Absicht wahrmachen konnte, auf dem Schloß mit ihnen zusammenzusein, war ihr Sohn nach London gereist. Sein plötzlicher Entschluß, das zu tun, hatte seinen Grund sowohl in dem Benehmen Miss Carrs nach ihrer Ankunft als auch in Emmas Zurückgezogenheit. Fanny Carrs hartnäckige Fragen, Emma betreffend, ihre abfälligen Äußerungen über die vulgäre Wichtigtuerei der Watsonfamilie, über die Arroganz eines Kleinstadtanwalts, damit zu drohen, die Tochter eines Pairs zu zwingen, im Zeugenstand zu erscheinen, das alles war mehr, als der junge Mann ertragen konnte. Als sie dann auch noch zu unterstellen schien, daß Emmas Unfall absichtlich herbeigeführt worden sei, um sein Interesse und sein Mitleid zu erregen, fand Lord Osborne diese Unterstellungen vom Gast seiner Schwester einfach unerträglich. Er war ein junger Mann, der im allgemeinen unbekümmert und leichtlebig war, wie man es von einem Menschen seines Alters, seines Standes und seiner Erziehung nicht anders erwarten konnte; doch seine gewohnte Gemütsruhe war jetzt vollkommen gestört. Sein Zorn auf Fanny Carr wurde durch seine Unfähigkeit, sich in einem Disput mit ihr zu behaupten, noch unerträglicher. Sein einzig möglicher Ausweg war eine plötzliche Abreise unter dem Vorwand von Pflichten seiner Mutter gegenüber.

Lord Osbornes erster Abend am Portman Square offenbarte ihm, daß die Gefühlskälte und Indifferenz seiner Mutter sogar noch deutlicher zum Ausdruck kam als sonst. In der Hoffnung, ein gewisses Interesse bei ihr zu erwecken, erzählte er ihr, er habe eine Nachricht erhalten, daß der Pfründeninhaber in Carsdeane – einer Pfründe, über die er das Verfügungsrecht hatte – aller Wahrscheinlichkeit nach im Sterben liege. Er teilte ihr seinen Entschluß mit, diese Pfründe – die beste, die ihm zur Verfügung stand –, sobald sie frei wurde, seinem früheren Lehrer anzubieten. Zu seinem größten Erstaunen sprach seine Mutter sich ganz entschieden gegen seinen Plan aus.

Er hatte keine Ahnung, warum Lady Osborne so entschieden dagegen war. Ihre feindliche Einstellung Howard gegenüber war ihm unverständlich. Sonst war sie ihm gegenüber immer so liebenswürdig und wohlwollend gewesen, und jetzt wollte sie jegliche Verbesserung seines Lebensstandards verhindern. Er glaubte, seine Mutter habe in Bezug auf diesen Punkt plötzlich den Verstand verloren, so bitter und unsinnig erschienen ihm ihre Gefühle. Sein Bestreben jedoch, Mr. Howard versetzen zu wollen, war gleich stark wie das ihre, sein Vorhaben vereiteln zu wollen. Sein Starrsinn, nach seinem Ermessen zu handeln, war zumindest so stark wie der ihre, und deshalb gab es für beide auch keine Möglichkeit, zu einer Einigung zu gelangen.

Lord Osborne verbrachte die nächsten paar Tage fast ausschließlich in seinem Club. Er hatte angenommen, daß seine Mutter es vorziehen würde, mit ihm aufs Schloß zurückzukehren, doch als er ihr das vorschlug, gab sie ihm sofort zu verstehen, daß sie nicht mehr den Wunsch danach verspüre. Deshalb war der Abschied, als sie sich trennten, auf beiden Seiten kühl und formell.

Während Lord Osbornes Abwesenheit besserte sich Emmas Gesundheitszustand rapide. Bevor ihr Fuß wieder stark genug war, um spazierenzugehen, war sie eines Morgens bei ihrem Wiedererscheinen im Frühstückszimmer mit großer Befriedigung von ihren Gastgebern begrüßt worden. Ihre eigene Befriedigung rührte vom Empfang eines Briefes her, der ganz dazu angetan war, sie zu erfreuen und zu stimulieren. Er war von Sam und enthielt die erfreuliche Mitteilung, daß sich ihm eine sehr gute Stellung geboten habe, für deren Angebot er Penelope zu Dank verpflichtet sei. Seit ihrer Heirat hatte sie ihren Gatten gedrängt, seine Praxis aufzugeben oder wenigstens einen Partner hereinzunehmen; und jetzt hatte sie die Genugtuung, Sam ein Angebot mit so außerordentlich günstigen Bedingungen machen zu können, daß er keinen Augenblick zögern mußte, es anzunehmen. Er sollte nächsten Monat nach Chichester übersiedeln, und obwohl er anfangs noch im Hause seines Schwagers wohnen mußte, würde er, wenn der Plan glückte, bald ein eigenes Haus haben, und dann sehe er mit Freude der Vorstellung entgegen, daß Emma kommen und bei ihm wohnen könnte. Diese Aussicht erfüllte sie mit Mut und Kraft, um die vielen unangenehmen Sticheleien auszuhalten, die Miss Carr von sich gab, und sogar die Anwesenheit Lord Osbornes und Mr. Howards Abwesenheit zu ertragen. Wenn sie erst einmal in Chichester wohnte, war kaum damit zu rechnen, daß der erstere dieser Herren ihr folgen würde, nur um sie anzuschauen, oder daß der letztere, falls er sie wiederzusehen wünschte, Schwierigkeiten haben dürfte, sie zu finden. Wie glücklich würde sie in ihres Bruders kleinem Haushalt sein, selbst wenn sie niemals wieder etwas von jenen sähe, die sie in Stanton oder auf Schloß Osborne gekannt hatte. Sie konnte sich alles so gut vorstellen, und in ihrem freudigen Antwortbrief schilderte sie in lebhaften Farben, wie schön sie es miteinander haben würden.

Der Anstrengungen müde, eine Beziehung aufrechtzuerhalten, die nicht sehr glücklich verlaufen war, glaubte sie, es müßte wunderschön sein, für immer mit ihrem Bruder zusammenzuleben und auf jede andere, innigere Zuneigung zu verzichten; wenn sie nur sicher sein konnte, daß er niemals heiratete, wäre alles vollkommen. So schrieb sie ihm, und als Sam ihren Brief las, lächelte er freudig bewegt.

25

Durch Lord Osbornes plötzliche Abreise vor den Kopf gestoßen, tat Fanny Carr sich keinerlei Zwang an, die Art ihrer Gefühle zu verbergen. Seine Abwesenheit, die keinesfalls ihren Erwartungen entsprach, hatte sie zutiefst verletzt. Es gab nur wenig, womit sie sich die Zeit vertreiben konnte, da sie keine Art von Nadelarbeiten gelernt hatte, und wenn sie auch ein wenig Harfe spielte, tat sie es nie mit Ausdauer. Die Schloßbibliothek war umfassend, doch ihr Geschmack beschränkte sich nur auf die leichteste Lektüre, und ein Roman war ihre einzige stumme Unterhaltung; doch auf dem Lande war es schwierig, eine genügend große Auswahl von Romanen herbeizuschaffen.

»William, ich fahre jetzt mit Emma fort, du mußt unbedingt mit Fanny Carr ausfahren«, sagte Lady Gordon am Morgen nach Emmas Genesung zu ihrem Gatten.

»Warum kannst du sie denn nicht mitnehmen, mein Liebling?« fragte er.

»Sie ist heute ganz übler Laune, ich weiß nicht, was sie hat, und ich kann sie wirklich nicht mitnehmen, weil wir sonst Streit bekämen.«

»Und da wird sie einfach auf mich abgewälzt, wie, Henrietta? Ich bin dir wirklich sehr verbunden.«

»Nun ja, weil du so ausgeglichen bist, wirst du bestimmt mit ihrer üblen Laune fertig, bitte, schlag es mir nicht ab«, sagte seine junge Frau mit einem flehenden Blick, dem der Gatte nicht widerstehen konnte.

»Also gut, ich füge mich; bitte benachrichtige Miss Carr, welches Glück sie erwartet; bestimmt wäre es noch größer, wenn dein Bruder ihr Begleiter wäre, aber ich glaube, jedem Mann wäre ein Mädchen zuwider, das ihn so wild attackiert – mir würde es bestimmt so gehen. Ich habe dich immer geliebt, weil du so unberechenbar und launisch und manchmal unliebenswürdig und immer gleichgültig mir gegenüber warst.«

»Du hast mich aus reinem Widerspruchsgeist geliebt, daran zweifle ich nicht, aber wenn du heute mit Fanny Carr ausfährst, verzeihe ich dir.«

Emma und Lady Gordon ließen es sich an diesem Tage gut gehen. Die frische Luft war für die erstere nach ihrem Krankenzimmer etwas Köstliches, und da ihre Freude sie fast stumm machte, bemühte sich auch ihre Gefährtin nicht weiter, unterhaltsam zu sein. Während sie so dahinfuhren, hing jede ihren eigenen Gedanken nach. Emmas waren vollkommen von der Schönheit der Landschaft gefesselt, die sich vor ihnen ausdehnte – von den Ehrfurcht einflößenden Bäumen, den Rudeln Wild, dem Sonnenschein und den Schatten. Lady Gordons Gefühle waren weniger entrückt: sie grübelte über die sichtlich wachsende Zuneigung ihres Bruders nach, und was daraus werden würde.

Miss Carrs Grübeleien über das gleiche Thema hatten für Sir William einen sehr unerfreulichen Morgen zur Folge. In ihrer Enttäuschung über Lord Osbornes Verhalten und ihrer Eifersucht auf Emma war sie kaum imstande, die einfachste Höflichkeit zu wahren. Er machte die genialsten Anstrengungen, um ihr Interesse zu erwekken, während sie miteinander durch die malerischsten Partien des Osborne-Besitzes fuhren, aber vergebens. Sie hatte nur Sinn für die Feindseligkeit und Gehässigkeit, die sie jetzt beherrschten.

»Das war eine gewaltige Strafe, die du mir da auferlegt hast, während du und unsere Freundin Emma es euch habt gut gehen lassen«, waren die ersten Worte, die Sir William an seine Gattin richtete, als sie allein waren.

Sie hatte keine Zeit, ihr Bedauern zu äußern, das sie ehrlich empfand, weil Fanny Carr unvermittelt bei ihnen auftauchte. Es stellte sich bald heraus, daß sie es mit einer ganz bestimmten Absicht getan hatte.

»Ich empfinde es als meine Pflicht«, begann sie, »Ihnen für eine unverschämte und niederträchtige Anmaßung die Augen zu öffnen, die Ihnen völlig entgangen zu sein scheint. Hat keiner von Ihnen bemerkt, daß es das ganze Sinnen und Trachten von Emma Watson ist, Ihren Bruder zu heiraten?«

»Allerdings nicht, Fanny«, sagte Lady Gordon kühl, »ich habe nichts dergleichen bemerkt.« Sir William stand daneben, ging aber dann zum Fenster hinüber. Während er an dem Gespräch, das folgen mußte, nicht teilhaben wollte, fand er doch, daß seine Frau in einem so peinlichen Moment zumindest das Recht auf die moralische Unterstützung seiner Anwesenheit habe.

»Ich spreche gar nicht von ihrem Standesunterschied oder der Schande, der Ihr Bruder sich durch eine solche Verbindung in den Augen aller aussetzen muß: aber ich kenne Emma Watson besser, als Sie denken, und ich kann nicht länger schweigen.«

»Mein Bruder ist kein Thema, über das ich im Augenblick mit Ihnen zu diskutieren wünsche, Fanny; und ich muß mich doch sehr wundern, daß Sie das Bedürfnis haben, mir etwas Unangenehmes über meine Freundin mitzuteilen.«

»Aber vielleicht sollte Miss Carr doch um ihres Seelenfriedens willen gehört werden«, sagte Sir William und trat mit energischem Schritt vom Fenster weg.

»Also Sie beide sind wirklich die zuvorkommendsten Menschen der Welt«, sagte Fanny, deren Erbitterung sich dadurch nur noch steigerte. »Emma Watson ist raffiniert und skrupellos – ich weiß zufällig, daß sie sich in Croydon zum Gegenstand eines üblen Leumunds gemacht hat.«

»Wie können Sie nur so reden? Wirklich, ich schäme mich Ihrer«, sagte Henrietta mit wachsendem Zorn.

»Sie können sich darauf verlassen, daß ich nichts sage, was dort nicht allgemein bekannt wäre, denn ich habe die ganze Geschichte erfahren, als ich bei meiner Kusine, Lady Alston, zu Besuch war. Miss Emma ist ohne einen roten Heller zurückgeblieben und völlig abhängig von ihrem Bruder, diesem Anwalt, der die Frechheit besaß,

Ihnen zu drohen. Sie ist so unzufrieden und eigensinnig, daß ihr nichts recht war und sie als Erzieherin woanders hinging. Lady Alston hatte sich kürzlich von der ihren getrennt, und wer sonst wurde ihr empfohlen als eine Miss Emma Watson. Natürlich erinnerte ich mich an den Namen.«

»Fanny, ich weiß das alles bereits –«

»Lassen Sie mich meine Geschichte zu Ende erzählen – lassen Sie mich Ihnen nur noch dieses sagen – und wer hat sie wohl empfohlen? Kein anderer als der Arzt meiner Kusine, Mr. Morgan! Er wird für einen sehr klugen Mann gehalten, und meine Kusine, die eine zarte Gesundheit hat, ist sehr auf seine Besuche angewiesen. Er war es, der Emma Watson vorgeschlagen hat – und können Sie erraten, weshalb? Meine Kusine hielt es nämlich für klug, noch andere Auskünfte einzuholen, und erfuhr, daß Emma Watson sich auf eine höchst zweifelhafte Beziehung mit diesem Mr. Morgan eingelassen hatte. Und es war in Croydon allgemein bekannt, daß ihr Benehmen ihrem Bruder und ihrer Schwägerin, die sie in ihr Haus aufgenommen hatten, den größten Verdruß bereitet hat. Lady Alston war ganz empört und beantwortete natürlich das Bewerbungsschreiben gar nicht, das sie von einer solchen Person erhalten hatte.«

Es trat eine Pause ein. Mit einiger Mühe gelang es Henrietta, ihre Haltung zu bewahren, bevor sie antwortete.

»Ich bin fest davon überzeugt, daß Sie in dieser Angelegenheit getäuscht worden sind, und daß Ihre ganze Geschichte nichts weiter ist als gemeiner Kleinstadtklatsch. Gehen wir zum Lunch, und sprechen wir nicht mehr darüber.«

Sir William blickte voller Stolz auf seine Frau und geleitete dann die Damen aus dem Zimmer.

Die Nachricht von der Absicht Lord Osbornes, aufs Schloß zurückzukehren, erreichte seine Schwester am folgenden Tag. Henrietta hatte gehofft, daß ihre indignierte Zurückweisung von Fannys niederträchtiger Verleumdung deren Besuch abkürzen würde, aber dieser glückliche Aspekt war jetzt hinfällig. Sie sah voraus, daß die ganze Situation äußerst unangenehm und peinlich werden würde, und überlegte, was zu tun sei. Eine kleine Tanzparty am Abend der angekündigten Rückkehr ihres Bruders zu arrangieren, schien, nach Rücksprache mit ihrem Gatten, die einzige Gewähr für einige Stunden zu bieten, in denen feindselige Gefühle doch zumindest unterdrückt würden.

Daraufhin wurden die Einladungen ausgeschickt, obwohl Emma, deren Fuß noch nicht kräftig genug war, fühlte, daß Tanzen für sie nicht in Frage kam.

Das merkwürdige Verhalten seiner Mutter hatte eine starke Wirkung auf Lord Osbornes Denken und Entschlußkraft ausgeübt. Seine Absichten traten viel klarer hervor. Dadurch, daß er in der Frage, die Pfründe in Carsdeane Mr. Howard als Geschenk zu machen, seiner Mutter gegenüber fest geblieben war, hatte er ein neues Selbstvertrauen gewonnen. Er fühlte, daß er sich zutrauen konnte, sich ihrem leidenschaftlichen Widerstand gegen sein Vorhaben, Emma Watson zu seiner Frau zu machen, zu widersetzen. Es hatte einen Moment gegeben, wie er Emma erzählt hatte, wo er beinah entschlossen gewesen war, nach Croydon hinüberzureiten, um sie zu besuchen; doch damals hatte ihm die Entschlußkraft gefehlt, der Familie Watson zu begegnen, die ihm fast völlig fremd war und zu einer Klasse gehörte, mit der er nichts gemein hatte. Das würde jetzt ganz anders werden. Seine Rückkehr aufs Schloß hatte nur den einen Zweck – Emma zu bitten, seine Frau zu werden.

Bei seiner neuen Einstellung war es ihm gar nicht recht, bei seiner Ankunft festzustellen, daß sogleich eine Dinnerparty mit anschließendem Tanz für eine bereits anwesende Gesellschaft von Nachbarn stattfinden sollte. Eine gewisse Kompensation für ihn war Emmas Entschluß, nicht zu tanzen, aber nichts konnte seine

Schwester bewegen, die Sitzordnung ihrer Tafel zu ändern, so daß Emma neben ihm hätte sitzen können.

Die Musgraves waren auch anwesend, aber je weiter der Abend fortschritt, desto weniger war Margaret mit dem Benehmen ihres Gatten zufrieden. Er machte der Frau seines Freundes Russell, einer schönen, eleganten Frau, aufs heftigste den Hof, die ein Vergnügen daran fand, sich möglichst auffällig zu benehmen. Vielleicht hätte Margaret gar nichts dagegen gehabt, wenn auch Russell zu einem Flirt aufgelegt gewesen wäre, aber er war nur auf Männer eingestellt, nicht auf Frauen. »Wie Osborne sich verändert hat«, sagte er zu ihr. »Er war doch sonst immer für jede Kurzweil zu haben, und jetzt hat er gerade zu mir gesagt, er müsse sich um die Gäste seiner Schwester kümmern. Ganz gewiß, ein edler Zug. Wenn ich ein Pair von England wäre, könnten die lange warten, bis ich mir über sie Gedanken machte!«

»Ein ganz großer Jammer, daß er so verändert ist«, sagte Tom, dessen Aufmerksamkeit durch diese Bemerkung erregt worden war. »Tatsächlich ist er auch mir gegenüber nicht mehr der, der er mal war: ich glaube wirklich, das ist alles nur meiner Schwägerin, diesem schönen, dunkelhaarigen Mädchen zuliebe, das Sie bestimmt bemerkt haben werden.«

»Nicht ich; ich kümmere mich nie um schöne Mädchen dieser Gesellschaftsschicht, Tom«, eine Bemerkung, die Toms höchstes Ergötzen hervorrief.

Die Menschen und die vielen Kerzen heizten den Ballsaal derartig, daß Emma das Gefühl hatte, ohnmächtig zu werden. Es gelang ihr jedoch, den Wintergarten zu erreichen, der kühl und erfrischend war. Dort konnte sie auf und ab gehen, als das Schwindelgefühl vorüber war. Dort störte sie niemand, da ihre Freunde zu tanzen schienen.

Aber als die Musik schließlich aufhörte, schloß sie daraus, daß der lange Kontertanz zu Ende war, und bald darauf suchten auch Paare und Gruppen dieselbe Erfrischung wie sie. Sie ließ sich in einer Ecke nieder, wo das

Licht durch die Blumen und Sträucher weich und gedämpft war. Ihr weißes Kreppkleid wirkte wie die gemeißelte Drapierung einer Marmorskulptur, und sie war dazu verurteilt, sich ruhig zu verhalten, obgleich der Wintergarten von fröhlichen Stimmen widerhallte. Helles Gelächter und witzige Bemerkungen übertönten das Plätschern des Springbrunnens.

Nach kurzer Zeit rief die Musik die Tänzer wieder in den Ballsaal zurück, und sie war wieder allein, doch diesmal nicht für lange: Schritte näherten sich, und gerade, als sie sich von ihrem Sitz erhob, kam Lord Osborne auf sie zu.

»Ach, bitte setzen Sie sich wieder«, sagte er, »Sie haben sich ja vollkommen unsichtbar gemacht; ich hatte schon fast die Hoffnung aufgegeben, Sie zu finden, und ich wollte eigens ungestört mit Ihnen sprechen: Können Sie mir jetzt zuhören?«

Sie ging mit einiger Verwunderung auf seine Bitte ein; er lehnte neben ihr an der Wand und begann:

»Es macht mich glücklich, meine liebe Miss Watson, zu sehen, daß es Ihnen besser geht. Ich bin mit der größten Besorgnis über Ihre Gesundheit aus dem Schloß fortgefahren. Es war schrecklich ungeschickt von mir, diesen Unfall verursacht zu haben. Ich –«

»Nein«, unterbrach Emma ihn, »das kann ich nicht dulden, Mylord, der Fehler lag gänzlich bei mir. Ich war ungeduldig und habe eine gerechte Buße gezahlt.«

»Liebe Miss Watson, Sie sind immer so gütig, nur unterbrechen Sie mich bitte nicht, bis ich alles gesagt habe. Miss Carr, die immer nur häßliche Dinge sagt und die ich, wie Sie wissen, nicht mag, läßt mich nie zu Wort kommen.«

»Verzeihen Sie mir«, sagte Emma nur, und eine Pause trat ein.

»In London war ich sehr unglücklich«, fuhr er schließlich fort, »und hier auf dem Schloß interessieren mich meine Freunde, meine Ställe und meine Zwinger nicht mehr wie früher. Ich habe die Absicht, mehr von der Welt zu sehen. Mein Leben war leer, und ich empfinde einen Lebensüberdruß, der vielleicht nur behoben werden könnte, wenn ich auf Reisen ginge. Würden Sie mein Weggehen bedauern? Sind Sie böse mit mir, daß ich Sie das frage?«

»Das wäre doch ein Unsinn«, antwortete sie ohne Zögern, wobei diese Worte als Antwort auf seine letzte Frage gemeint waren; doch der Wechsel seines Gesichtsausdrucks war so alarmierend, daß sie Mühe hatte, fortzufahren.

»Liebe Emma«, sagte er, seine Chance wahrnehmend, »Sie, die ich so sehr liebe! Liebe Emma – Sie, die Sie so freundlich, so gütig sind, wären Sie gewillt, auch mich zu lieben?«

»Lord Osborne«, erwiderte sie mit tiefem Ernst, »hören Sie auf, ich bitte Sie; solche Worte hätten nie gesprochen werden dürfen, sie geziemen weder Ihrem Stand, noch meinem. Ich muß jetzt gehen.«

Doch er stand vor ihr und wollte sie nicht vorbeilassen.

»Sie mißverstehen mich, Miss Watson, sonst würden Sie nicht so sprechen. Habe ich nicht das gleiche Recht wie jeder andere, zu lieben, was schön und edel ist – kann meine Liebe eine Beleidigung sein, weil ich undifferenziert und ungeschickt bin – und Sie – verdienen Sie nicht, von jedem Mann, der Ihnen begegnet, geliebt, angebetet, vergöttert zu werden? Sie besitzen alles, was ich ersehne – alles, was einem viel höheren Stand und einem viel größeren Vermögen als meinem zur Zierde gereichte. Was ich besitze, gehört Ihnen: Hand, Vermögen, Titel, alles – bitte, geben Sie mir eine Antwort.«

Er hielt inne, und sie versuchte zu sprechen; zunächst brachte sie nur mit Mühe eine Silbe heraus, doch dann faßte sie Mut und war imstande, entschieden zu antworten.

»Lord Osborne, es tut mir sehr leid, daß ich gezwungen bin, Ihnen mit meiner Antwort wehzutun – ich kann den Antrag, den Sie mir gemacht haben, nicht annehmen, aber ich werde mich stets mit Dankbarkeit an Ihre hohe Meinung von mir und an die Vorurteilslosigkeit Ihrer Gefühle zurückerinnern.«

»Ich habe nicht um Dankbarkeit gebeten«, sagte er vorwurfsvoll, »was habe ich davon? Außerdem sehe ich nicht, daß ich sie verdiene.«

»Sie haben mich sehr wohlwollend beurteilt, Mylord, und Sie haben meine Aufrichtigkeit geschätzt, wo andere vielleicht ganz anders gedacht und gehandelt hätten.«

»Ich habe Sie so innig geliebt – ich habe bis jetzt noch nie eine Frau geliebt – es ist sehr hart für mich, daß Sie mich nicht auch lieben.«

»Ich kann es nicht, Mylord«, sagte sie, und ihre Augen füllten sich mit Tränen, »ich kann keinem meine Liebe schenken, mein Herz ist –« hier hielt sie plötzlich inne.

Er saß da und schaute sie an; dann sagte er:

»Weinen Sie nicht, Miss Watson, bitte, weinen Sie nicht – es bedrückt mich so.« Er schwieg wieder, doch dann nahm er sich zusammen und führte seine Rede entschlossen zu Ende.

»Ich will Sie nicht langer quälen. Vergessen Sie nie, Sie haben keinen aufrichtigeren Freund auf der Welt als mich oder einen, der mehr tun würde, um seine hohe Meinung zu beweisen.«

Diesmal ergriff er ihre Hand und drückte sie fest, und während er sie hielt, schaute er darauf hinunter; und als sie ihre Hand zurückzog, stand er auf und ging hinaus.

Sie war ganz überrascht von der Art, in der das Gespräch geendet hatte. Er hatte soviel echtes Gefühl, soviel weniger Egoismus gezeigt, als sie ihm aus Gewohnheit im Geiste beigemessen hatte; ihre Ablehnung war keinem Unwillen, keinem verletzten Stolz, keiner Empörung oder Gereiztheit bei ihm begegnet; es schien fast, als hätte er mehr an ihre als an seine Gefühle gedacht. Nie hatte sie eine solche Hochachtung vor ihm gehabt wie jetzt, nachdem sie seinen Antrag so entschieden zurückgewiesen hatte. Sie hatte das Gefühl, wenn er auch nur halb so glücklich in seiner Wahl wäre wie seine Schwester, wäre jede Wahrscheinlichkeit gegeben, daß sein häusliches Glück dem ihren gleichkäme. Sie bedauerte ihre Entscheidung nicht; es tat ihr nur leid, daß er das Unglück gehabt hatte, zu lieben, wo er eine Gegenliebe nicht erwarten konnte. Wenn er doch einer begegnet wäre, deren Herz noch frei war – aber sie war bestimmt nicht die Frau, die ihn glücklich machen konnte. Sie besaß weder die Energie noch die Willensstärke, die seine Frau unbedingt haben mußte; sie wollte nicht befehlen, und sie fühlte genau, daß sie nur glücklich sein konnte, wenn sie ihren Gatten genauso sehr achtete, wie sie ihn liebte; wenn sie seinem Urteil nicht trauen und sich nicht auf ihn verlassen konnte, war sie überzeugt, daß sie ihn verachten würde und todunglücklich wäre.

Am nächsten Morgen wurde Emma ein Brief überbracht, und sie sah, daß er aus Nord-Wales kam. Von einem unmittelbaren Impuls getrieben, hatte sie das Verlangen nach Einsamkeit und frischer Luft. Sie ging auf die Terrasse hinaus und die Stufen zum Blumengarten hinunter und beruhigte sich dort so weit, um den Brief zu lesen. Sie erfuhr daraus, daß Mr. Howards Rückkehr sich jetzt nicht mehr lange hinauszögere, und dann folgte, nach einem kurzen und innigen Geständnis seiner Liebe, ein Heiratsantrag: Wenn sie sich entschließen konnte, die Gattin eines armen Mannes zu werden, würde er sein Äußerstes tun, um sie glücklich zu machen.

26

Mr. Howards Unruhe, so bald wie nur irgend möglich nach Stanton zurückzukehren, blieb seiner Schwester keineswegs verborgen, doch er zeigte keine Bereitschaft, ihr eine Erklärung für seine Rastlosigkeit zu geben. Er sprach immer nur von seiner Gemeinde und wieviel Freude ihm die Arbeit im Pfarrgarten gemacht habe. Über das Schloß sprach er nur wenig, doch was er sagte, ließ sie nicht im Zweifel darüber, daß die Abwesenheit Lady Osbornes ihm eine gar nicht hoch genug zu schätzende Freiheit beschert hatte. Er gestand, daß ihm davor graute, bei ihrer Rückkehr aus London, mit der jederzeit zu rechnen sei, allein im Pfarrhaus zu sein. Seine Schwester könne ihn doch immerhin bis zu einem gewissen Grade gegen die gesellschaftlichen Forderungen des Schlosses abschirmen. Ferner hatte Charles lange Sommerferien genossen, und gleich nach ihrer Rückkehr müsse er einen großen Teil seiner Aufmerksamkeit dem Unterricht des Jungen zuwenden.

Als sie nach ihrer langen Reise endlich zu Hause ankamen, war Mr. Howards erster Gedanke, zu erfahren, ob Lady Osborne bereits im Schloß und ob Miss Emma Watsons Besuch bei ihren Freunden beendet sei. Als er erfuhr, daß die von der Witwe geäußerten Absichten nicht in die Tat umgesetzt worden waren und daß die Gesellschaft auf dem Schloß noch genau die gleiche war wie vor seiner Abreise nach Wales, besserte seine Stimmung sich gewaltig, und er säumte nicht länger, Lady Gordon unverzüglich seine Aufwartung zu machen, die ja, wie er wußte, seine Freundin war. Sein ganzes Glück, gestand er ihr, hänge davon ab, Miss Watson unter vier Augen zu sprechen.

Das Wiedersehen mit Emma fand in der Schloßbibliothek statt und war durch die gütige Vermittlung seiner Freundin herbeigeführt worden. Emma streckte ihm die

Hand entgegen, als sie ihm durch das Zimmer entgegenkam; er nahm sie mit sanftem Druck und ließ sie nicht mehr los.

»Sie ahnen – nein, Sie müßten ja wissen – was mich nach Hause getrieben hat?« war alles, was er hervorbringen konnte.

Emma hatte ihn angeschaut, als sie auf ihn zugeeilt war, und spürte jetzt, daß sie ihn nicht ein zweitesmal anschauen durfte, doch er hatte die tiefe Röte in ihrem Gesicht bemerkt.

»Ich hatte Ihnen einen Brief geschrieben, aber die Zeit war zu kurz, als daß ich eine Antwort hätte erhalten können – wären Sie zu bewegen, mir diesen Brief jetzt mündlich zu beantworten?« Er nahm ihre Hand in beide Hände; doch seine Kühnheit wich plötzlich einer heftigen inneren Erregung, die sich auf seinem Gesicht widerspiegelte, als er hinzufügte: »Sie sind zu hochherzig, um mich durch Ihr Stillschweigen quälen zu wollen.«

»Mr. Howard«, sagte Emma, aufschauend, aber keinen Versuch machend, ihre Hand zurückzuziehen, »Sie können sich den Schmerz nicht vorstellen, den Sie mir durch Ihre Abreise zugefügt haben.«

Sie sprach sehr schnell, ohne auf die volle Bedeutung ihrer Worte zu achten, doch er hatte ihren wahren Sinn erfaßt – und er wußte, daß sie ihm gehörte. Jetzt konnte er rückhaltlos sprechen, und sie konnte bekennen, daß sie ihn liebe, und daß weder die Angst vor der Armut noch der Wunsch nach Rang und Namen sie daran hindern könnte, ihm zu versprechen, seine Frau zu werden.

Als seine Freude etwas abgeklungen und er wieder imstande war, ruhig und vernünftig zu reden, bat er sie, mit ihm in den Park hinauszukommen, um zum ersten Mal ihre Gesellschaft vollkommen unbehelligt zu genießen – denn in der Bibliothek waren sie ständig in Gefahr, gestört zu werden. Hier versuchte sie, eine einleuchtende Erklärung von ihm zu bekommen, weshalb er sie durch das Hinauszögern seines Antrags so lange auf die Folter gespannt habe – der, soweit sie das übersehen könne, ebensogut, oder sogar noch besser, schon längst hätte gemacht werden können. Da er zugebe, sie schon geliebt zu haben, sogar ehe sie nach Croydon ging, warum hatte er da nichts unternommen, um es ihr zu sagen. Oder weshalb hatte er es ihr dann nicht gleich geschrieben? War es nötig gewesen, bis nach Nord-Wales hinaufzufahren, um den Mut für eine solche Erklärung zu finden?

Er sagte ihr, es sei Zweifel und Mangel an Mut gewesen, die ihn hatten schweigen lassen – doch dann nahm er das zurück und sagte, er sei in Wirklichkeit eifersüchtig auf Lord Osborne gewesen. Er habe geglaubt, der junge Baron liebe sie.

Selbst wenn es vielleicht stimme, war Emmas Antwort – was hätte das mit dem zu tun; um diese Verehrung gefährlich werden zu lassen, hätte sie doch seine Zuneigung erwidern müssen. »Und dessen haben Sie mich doch bestimmt nie verdächtigt?« fügte sie hinzu.

»Was sollte ich denken? Hätten Sie nicht natürlicherweise von der Vorstellung einer Adelskrone geblendet sein können – hätte ich am Ende Ihre vorteilhaften Aussichten und Ihren Aufstieg stören sollen?«

»Als ob es zu meinem Vorteil wäre, einen Mann wie Lord Osborne zu heiraten«, erwiderte Emma. »Also wirklich, ich finde, Sie hätten mir schon einen etwas differenzierteren Geschmack zutrauen dürfen.«

»Aber, meine liebste Emma, hat er Sie denn nicht geliebt?«

»Welches Recht haben Sie, Mr. Howard, mir eine solche Frage zu stellen? Solange ich Ihnen versichere, daß ich ihn nicht geliebt habe, sollte Ihnen das genügen – lassen Sie seine Gefühle ein Geheimnis bleiben.«

Lady Gordon und ihr Gatte erfuhren mit aufrichtiger Freude, daß es zu einer glücklichen Verbindung zwischen Emma und ihrem Anbeter gekommen war, und beide deuteten an, daß Lord Osbornes Enttäuschung keine dauernde sein würde.

Was den jungen Mann selbst betraf, schmerzte ihn seine Enttäuschung sehr, doch sie machte ihn nicht egoistischer, als er war. Im Gegenteil: sie schien eine Großmut des Gefühls in ihm zu wecken, die man kaum hätte erwarten können.

Zwei Tage nach der Verlobung bekam er eine Todesanzeige des besagten alten Rektors. Jetzt eilte er, um Howard die Pfründe anzutragen, entzückt, daß es in seiner Macht lag, seinen Lebensstandard zu verbessern.

»Diese Pfründe war von jeher für Sie bestimmt«, sagte er, »Sie müssen sie als mein Hochzeitsgeschenk annehmen.«

»Ein nobles Hochzeitsgeschenk, wie das Herz, das darüber gebietet – und ein willkommenes, in der Tat, da es das einzige Hindernis zu meiner Heirat aus dem Wege räumt.«

»Eines Tages werde ich Sie auch besuchen, aber zunächst ist es besser, wenn wir uns trennen. Machen Sie sie glücklich – ich nehme an, Sie wissen, daß sie mich abgewiesen hat?«

»Nein, das wußte ich nicht!«

»Hat Emma Ihnen denn das nicht erzählt? Sie hat mich abgewiesen, und ich habe sie dafür um so mehr geliebt, weil es einzig und allein Ihnen zuliebe war.«

Unmittelbar nach diesem Gespräch, und ohne eine Versöhnung mit seiner Mutter, verließ Lord Osborne England. Fanny Carr beschloß daraufhin, daß ihr Besuch bei so langweiligen Menschen, wie es Henrietta und ihr Gatte geworden waren, lange genug gewährt hatte; sie nahm Abschied von ihren lieben Freunden und fuhr unverrichteter Dinge wieder nach Hause.

An einem Wochenende hielt Mr. Howard es für notwendig, einer Konferenz beizuwohnen, die seine neue Pfründe betraf; und für Emma kam ein Brief von Elizabeth. Ihre Schwester war hocherfreut über die Nachricht von ihrer Verlobung und bat sie inständig, doch nach Croydon zurückzukommen.

Sie wurde viel herzlicher empfangen als damals bei ihrer Ankunft. Elizabeth erwartete sie schon – ihr Gesicht war durch die Blumen im Salonfenster sichtbar, und sie kam die Stufen heruntergerannt, um die Kutschc aufzumachen, bevor der Diener noch seinen Livreerock anziehen konnte. Die jüngere Schwester wurde ins Haus geleitet, und im Hausflur schob Elizabeth die Haube und die dunklen Locken von ihren Wangen zurück, um zu sehen, ob sie noch immer so schön war. Kurz bevor sie den Salon betraten, blieb sie wiederum stehen und ließ ihre Schwester raten, wen sie dort vorfinden würde.

Emma vermutete Mr. Miller.

»Du dummes Ding«, erwiderte Elizabeth, »als ob ich mir die Mühe machen würde, dich das raten zu lassen!«

Die Tür aufstoßend, zog sie sie ins Zimmer, und im nächsten Augenblick lag Emma in den Armen ihres geliebten Bruders Sam. Das war eine ganz unerwartete Freude – wenn sie auch sicher gehofft hatte, ihn zu sehen, hatte sie doch keine Sekunde damit gerechnet, daß es schon so bald sein würde.

Emma hatte Sam eine Menge mitzuteilen: außer ihren eigenen Plänen handelte es sich um Dinge, die ihn persönlich betrafen.

Ihr Abschiedsbesuch bei Edwardsens hatte eine andere Verlobung zu ihrer Kenntnis gebracht. Mary Edwards würde bald Hauptmann Hunter heiraten. Sie hatte die beiden im Tête-á-tête im Wohnzimmer vorgefunden, als sie eintrat, und die Situation war so verfänglich, daß sie auch ohne die direkte Mitteilung, die Mrs. Edwards ihr kurz darauf zuflüsterte, daraus geschlossen hatte, daß die Chance ihres Bruders verloren war.

Mrs. Edwards schien sich im ganzen besser mit dieser Kombination abgefunden zu haben, als Emma, wenn sie an deren frühere Einstellung dachte, erwartet hätte. Vielleicht hatte sie Marys Gefühle für den Hauptmann mißbilligt, weil sie an seiner Aufrichtigkeit gezweifelt hatte, was aber nun vorbei war; vielleicht hatte sie ihre früheren

Widerstände aber auch aufgegeben, weil es keinen Sinn hatte, darauf zu beharren. Welcher Art auch ihre Gefühle sein mochten, sie hatte Emmas Glückwünsche bereitwillig entgegengenommen, und Emma hoffte nur, daß die Grußbotschaft, die Mrs. Edwards ihr mit der Bitte übergab, sie ihrem alten Bekannten, Mr. Sam Watson, zu überbringen, nichts Unfreundliches enthielt.

Das alles mußte sie Sam mitteilen, der gefaßt zuhörte und nur *sotto voce* vor sich hinpfiff, statt zu antworten. Was ihn an dem Ganzen am meisten empörte, war Mrs. Edwards Brief; eine Zeitlang hatte er tatsächlich die Hoffnung auf Marys Liebe aufgegeben, aber er konnte es nicht ertragen, daß die Mutter, die nie seine Freundin gewesen war, auch nur annehmen sollte, es liege ihm etwas an dem Brief.

Emma mußte genauso viel zuhören wie erzählen, denn Sam war in Chichester gewesen, hatte Penelope und ihren Mann gesehen und die Pläne für seine zukünftige Etablierung festgelegt. Wenn er außer dem, was er selbst besaß, noch über zweitausend Pfund hätte verfügen können, hätte er keinerlei Schwierigkeiten gehabt, sofort ein komfortables Haus und eine florierende Praxis zu übernehmen. Aber auch schon das, was ihm in Aussicht gestellt worden war, genügte, um ihn sorgenfrei zu machen und zu ermutigen.

Er fuhr fort, indem er Emma eine Einladung von Penelope überbrachte, deren innigster Wunsch es war, ihre jüngste Schwester in ihrem neuen Heim zu empfangen. Da sie sich sehr wenig Erfreuliches davon versprach, wieder eine Mitbewohnerin von Roberts Haus zu werden, nahm Emma die Einladung mit Freuden an. In Chichester sah sie sofort, wie gut Penelope in ihre Umgebung paßte. Wenn sie auch ihren Schwager nicht übermäßig bewunderte, war er doch Tom Musgrave weit überlegen. Ihn über Sam sprechen zu hören, machte ihr große Freude – ein junger Mann wie er war dazu ausersehen, in der Welt vorwärtszukommen und sein Glück zu machen;

seine Befähigung als Wundarzt sei vielversprechend; er besitze beides: eine besondere Intelligenz und einen Geist, die ihm entschieden in seinem Beruf zum Erfolg verhelfen mußten. Der Haushalt war sehr geräuschvoll, aber fröhlich, und Emma mußte sich eingestehen, daß ihre früheren Gefühle in Bezug auf Penelopes Heirat völlig falsch gewesen waren.

Ein anderes und noch unerwarteteres Ereignis trat ein, bevor noch der Tag der Hochzeit von Emma und Mr. Howard festgesetzt worden war. Emma hatte ihrer Tante, deren unverhoffte und unüberlegte Heirat sie eigentlich ihres Heims beraubt hatte, geschrieben, um ihr ihre Verlobung mitzuteilen. Jetzt erhielt sie einen Brief aus Irland, in dem Mrs. O'Brien erst einmal ihrer Nichte, die sie so sehr liebte, gratulierte und dann ihre eigene Absicht zum Ausdruck brachte, unverzüglich nach England zurückzukehren und sich, wenn ein passendes Haus gefunden werden konnte, in dem Kirchsprengel niederzulassen, in dem Emmas Heim lag. Ihr junger Gatte hatte sich als ebenso gefühllos wie charakterlos erwiesen, und da sie das Verfügungsrecht über ihr Vermögen noch immer besitze, habe sie eine Trennung herbeigeführt und würde nie mehr nach Irland zurückkehren. Ihre Sehnsucht, Emma wiederzusehen, wurde rückhaltlos eingestanden, und sie teilte ihren Entschluß mit, ihr Vermögen einmal zwischen ihrem jüngsten Neffen und ihrer jüngsten Nichte zu teilen.

So geschah es, daß Emma sich an ihrem Hochzeitstag, mit ihrem jüngsten Bruder als Brautführer, und vom Hause ihrer Schwester Penelope aus, zur Kirche begab. Noch ehe sie den Jahrestag ihrer ersten Begegnung in der Stadt Dorking erlebt hatten, waren sie Mann und Frau geworden. Nur noch ein Ereignis muß jetzt mitgeteilt werden: Lord Osbornes Reisen nahmen viele Monate in Anspruch. Als er nach England zurückkam, war Emma bereits Mutter. Er wurde von seiner Frau, einer charmanten und schönen Spanierin edlen Geblüts, begleitet. Man hätte vermuten können, daß ihre großen dunklen Augen, die so an Emmas erinnerten, und ihre gewohnheitsmäßige Schweigsamkeit, weil sie die Landessprache nicht beherrschte, mit zu den stärksten Ursachen gehörte, daß er sich in sie verliebt hatte. Aber niemand, der Mrs. Howard sah, als sie die junge Braut auf Schloß Osborne besuchte oder die Verehrung seiner Lordschaft für die neue Lady Osborne beobachtete, hätte annehmen können, daß sie einen solchen Ursprung hatte. Auch rief sich niemand auf dem Schloß an diesem Tag des Wiedersehens jene früheren Begebenheiten ins Gedächtnis zurück, die diese drei Menschen fast ein ganzes Jahr so sehr erschüttert hatten.

Nachwort

Mit achtundzwanzig Jahren, und obgleich keiner ihrer bereits existierenden Romane veröffentlicht worden war, begann Jane Austen einen neuen – wahrscheinlich ihren fünften – Roman zu schreiben. Ihre Schwester Cassandra – von jeher ihre Vertraute – nannte dieses Fragment später *Die Watsons*, so daß man wohl annehmen darf, daß Jane selber unter diesem Titel darüber gesprochen hat. Es erschien erstmals 1871 als ein Appendix zur zweiten Auflage von James Edward Austen-Leighs* *Erinnerung an Jane Austen*.

Die Watsons enthalten fast alle charakteristischen Merkmale, die später unzähligen Lesern Jane Austens so großes Vergnügen bereiten sollten. Für alle Liebhaber ihrer Erzählkunst mußte es eine bittere Enttäuschung sein, daß sie diese Geschichte mit dem Ausdruck der Wertschätzung einer Schwester für die andere abbrach, mit der das 5. Kapitel dieser Ausgabe abschließt. In jenen ersten 17000 Wörtern haben wir das, was Dr. R.W. Chapman** »eine so vielversprechende Story« nannte, was für Virginia Woolf von »bleibendem literarischem Wert« war, mit »Abwandlungen und Verwicklungen des Dialogs, der uns ständig durch Überraschungen in Atem hält«, und was eine Zeitgenossin – Margaret Drabble*** – als »spannend, entzückend und höchst vollendet« empfindet. Warum blieben *Die Watsons* unvollendet? Warum wurde der Roman überhaupt begonnen, scheint er doch das einzige literarische Werk zu sein, mit dem Jane Austen sich während einer achtjährigen Periode der Erfolglosigkeit beschäftigt hatte.

Jane Austen schrieb ihre Geschichten zu ihrem eigenen

* Jane Austens Neffe.

** Herausgeber von Jane Austens Werken, 1923, 1924 und 1927.

*** Romanschriftstellerin und Herausgeberin einiger Fragmente Jane Austens 1974.

Vergnügen und zur Unterhaltung ihrer Familie und Freunde. Sie hatte schon als junges Mädchen zu schreiben begonnen, und sie schrieb *Sanditon* innerhalb einiger Monate vor ihrem frühen Tod*. Jahrelang stießen alle Versuche, die Veröffentlichung irgendeines ihrer Manuskripte zu erreichen, auf entmutigende Ablehnung. Ihre frühen Romane erschienen erst lange, nachdem sie geschrieben worden waren.

In ihrer Lebensmitte hatte sie persönlichen und familiären Kummer zu ertragen, doch eben während dieser Periode begann sie *Die Watsons.* Nach den Wasserzeichen ihres Schreibpapiers zu urteilen, war wahrscheinlich 1804 das Jahr ihrer Entstehung. Zu dieser Zeit lebte sie mit ihrem leidenden Vater, ihrer so gar nicht kongenialen Mutter und ihrer einzigen Schwester, zu der sie eine besonders enge und zärtliche Beziehung hatte, in Bath**. Es war kaum mehr anzunehmen, daß sie oder ihre Schwester Cassandra oder auch ihre engste Freundin, Martha Lloyd, noch heiraten würden. Auch schien unwahrscheinlich, daß ihr je wieder ein richtiges Heim auf dem Lande zuteil werden würde, wie sie es, heraufbeschworen durch ihre sehnsuchtsvollen Erinnerungen an das Pfarrhaus in Steventon, mit solcher Liebe in den *Watsons* schildert. Reize, wie Bath sie früher einmal besessen hatte, waren jetzt schal geworden. Das größte Vergnügen im Leben der Austen-Schwestern schienen damals Besuche kleinerer Badeorte im Westen gewesen zu sein. So kamen sie 1804 nach Lyme Regis, und dort begann Jane – im Monat September, meine ich – *Die Watsons.* Diese Annahme stützt sich nur auf äußere Umstände – sie beruht zum Teil auf einem Brief, den sie in Lyme schrieb und in dem sie ihre Teilnahme an einem Ball schildert. Er fand an einem Donnerstag, nicht, wie in den *Watsons,* an einem Dienstag statt, und die Austens erschienen, genau

* Sie starb mit 42 Jahren.
** Stadt im Südwesten Englands, mit Mineralquellen.

wie die Edwards auf dem Dorking-Ball, etwas nach acht. In Lyme fand Jane eine Gefährtin, die »auf eine natürliche Art sehr unterhaltsam« war, die »gesunden Menschenverstand und einen recht guten Geschmack« hatte und Manieren besaß, die »sehr einnehmend« waren, wenn »sie sich auch zu leicht mit Menschen anzufreunden schien«. In Dorking entdeckt Emma Watson in Mary Edwards, ihrer neuen Freundin, »die Zeichen gesunden Menschenverstandes, einen unaufdringlichen, lauteren Charakter und ein großes Bestreben, behilflich zu sein«. Für die ersten beiden Tänze hatte Jane keinen Partner. Emma wurde, dank ihres schönen Gesichts und der Anwesenheit von Offizieren, nicht so vernachlässigt. In Lyme war Jane froh, daß ihr leidender Vater bereitwillig bis halb zehn geblieben war, während sie und ihre Mutter noch eine Stunde länger bleiben konnten. Dann geschah etwas, das ihr, wie ich glaube, vorgeschwebt haben mußte, als sie das Verhalten Lord Osbornes und Tom Musgraves auf dem Dorking-Ball schilderte. Wären sie länger geblieben, hätte sie vielleicht mit »einem unbekannten, ungewöhnlich aussehenden Mann getanzt, der mich schon eine ganze Weile angeschaut hatte und mich schließlich, ohne mir vorgestellt worden zu sein, fragte, ob ich wieder tanzen wolle«. Er gehörte zu einer Gesellschaft, die dem höchsten Adel von Lyme angehörte: Hon. John Barnwall, Sohn eines irischen Viscounts und seiner Frau. Jane erschienen sie als »arrogante, kurios aussehende Menschen« von merkwürdigem Benehmen – wie der Osborn-Kreis für Emma Watson.

Der Brief, aus dem ich zitiert habe, trägt das Datum vom 14. September. Von da an, glaube ich, arbeitete Jane intensiv an den *Watsons* und hatte wahrscheinlich bei Ende des Jahres alles geschrieben, was wir davon besitzen. Dann unterbrachen zwei tragische Ereignisse ihre schöpferische Konzentration. Am 16. Dezember, Janes Geburtstag, erlitt Mrs. Lefroy aus Ashe, eine ältere Frau, die sie sehr bewunderte und die ihr schon früh viel Ermutigung hatte zuteil werden lassen, einen tödlichen Sturz von ihrem Pferd. Kaum zwei Monate später war ihr Vater tot.

Die Watsons brechen gerade an einem Punkt ab, da ihre Heldin ihren ganzen Reichtum an Frohsinn aufbieten muß, um gegen bedrückende Lebensumstände anzukämpfen. Wir wissen von Cassandra, daß das nächste, von der Autorin zu schildernde Geschehen der Tod des leidenden Familienoberhauptes und dessen katastrophale Auswirkung auf die Watson-Schwestern hätte sein müssen. Jane empfand eine tiefe Zuneigung zu ihrem Vater und mußte sich jetzt mit allem abfinden, was der Zusammenbruch ihres Familienlebens mit sich brachte. Wer, der mehr zur Unterhaltung als für seinen Lebensunterhalt schreibt, hätte eine solche Geschichte in einem solchen Moment wohl zu Ende schreiben mögen?

Einmal mußten freilich auch alle schmerzlichen Gefühle über den Verlust abklingen, und mit der Zeit führten auch die Austen-Schwestern und ihre verwitwete Mutter wieder ein ruhiges, zufriedenes Leben, doch Janes Arbeit an den *Watsons* wurde nicht wieder aufgenommen. Die dreizehn Jahre, die sie noch zu leben hatte, wurden durch andere literarische Projekte ausgefüllt, die auch von einem gewissen Erfolg gekrönt waren. Drei ihrer bereits vollendeten Geschichten wurden überarbeitet und veröffentlicht, drei neue Bücher, *Mansfield Park, Emma* und *Anne Elliot* (Persuasion) wurden geschrieben und *Sanditon* begonnen. In zweien dieser Bücher ist eine tiefer empfundene Grundstimmung erkennbar. Leid, Kummer, Not und Enttäuschung treten in diesen späteren Büchern in verschiedener Gestalt zutage: Sie nehmen schärfere, bestimmtere Konturen an und hinterlassen einen tieferen Eindruck im Gemüt des Lesers. Das heißt aber nicht, daß die düsteren Aspekte des Lebens nun überbetont waren; die meisterhafte Ausgewogenheit der Romane ist so deutlich spürbar wie immer, und auch sie schließen mit einen Happy-End, nur, daß der Strom menschlicher Zuneigung tiefer empfunden ist: Das Leben spielt Fanny Price und Anne Elliot böse mit, aber obgleich es den Bennet- und den Watson-Mädchen ähnliche Schicksalsschläge auferlegt, unterscheiden sie sich völlig durch den Grad der Intensität, mit dem sie aufgenommen werden. Ich finde in den Ereignissen in Jane Austens Leben und der neuen Wendung, die ihre schöpferische Entwicklung genommen hatte, genügend Grund, um ihre Abneigung gegen eine Fortsetzung des Romans *Die Watsons* zu verstehen. Erstens spiegelte dieser Roman auf zu tragische Weise ihre eigene Lebenslage wider, und später stand anscheinend die Art der Fortführung, die seine Vollendung verlangt hätte, nicht mehr im Einklang mit der reiferen Einstellung der Autorin zur Erzählkunst.

Die Watsons gehören in Janes erste Phase als Romanschriftstellerin, über die sie hinauswuchs. Es ist ein Werk in der Art von *Stolz und Vorurteil* und sehr ähnlich in seinem Aufbau. Im wesentlichen handelt es von den Schicksalen einer Familie, deren Hauptfigur die jüngste Tochter ist. Unser Interesse ist ungleich auf die anderen fünf, drei Tochter und zwei Söhne, verteilt. Das ist eine Nachbildung der Austen-Familie, nur daß die Geschlechter umgekehrt verteilt waren und zwei Söhne nicht mitzählten – George, ein Invalide, und Edward, der adoptiert worden war. Das Hauptinteresse des Buches sollte eindeutig auf den Unterschieden zwischen den drei oder vier Gesellschaftsschichten liegen, in denen die Heldin sich zu bewegen hatte. Das Fragment läßt uns nicht im Zweifel darüber, welcher Art sie sein werden – da ist die ehrenwerte Armut von Stanton, der bescheidene Komfort der Pfarrei von Wickstead, der arrogante Adel von Schloß Osborne und das großspurige Spießertum im Hause des Rechtsanwalts in Croydon. Die Story läßt nicht nur den ihr entsprechenden Verlauf schon vorausahnen, auch die Hintergründe, vor denen die Handlung stattfinden soll, sind bereits markiert.

Ein Jahr nach Janes Tod erschienen (1818) die letzten

Bände ihrer Werke: *Die Abtei von Northanger* und *Anne Elliot*. Zur selben Zeit wurde ihrem Bruder, Kapitän Francis Austen von der Königlichen Marine, eine vierte Tochter geboren, welche die Namen der beiden Heldinnen des neuen Buches, Catherine und Anne, erhielt. Sie wuchs in einer großen, lebhaften Familie von Brüdern und Schwestern heran und lebte ein ereignisreiches Leben in England und in Amerika, wo sie 1877 starb.

Catherine Anne Austen verlor ihre Mutter im frühen Alter von fünf Jahren, und ihr Vater, später Admiral Sir Francis Austen, K. C. B.*, heiratete in zweiter Ehe Martha Lloyd. Cassandra war viel und lange zu Besuch in seinem Hause in Portsdown, und so wurden die jüngeren Kinder größtenteils von den beiden Frauen erzogen, die Jane am nächsten gestanden hatten. Sie führten Gespräche im Stil von Janes Charakteren, lasen laut aus ihren Romanen vor und diskutierten mit den intelligenten jungen Menschen, aus denen die Familie bestand, über Charaktere und Stoffe. *Die Watsons* müssen ein unerschöpfliches Unterhaltungsthema und Anlaß zu manchen Spekulationen für sie gewesen sein. Besonders der Anfang der Geschichte wurde so oft gelesen und wiederholt, daß noch Jahre später einer der jungen Leute die Anfangsseiten fast auswendig gekonnt zu haben scheint. Diese frühen Erinnerungen sollten noch von großem Vorteil für sie sein.

Catherine heiratete einen Barrister** namens John Hubback. Er machte sich frühzeitig einen Namen, erlitt dann aber einen Nervenzusammenbruch, der ihn lebensunfähig machte. Catherine begegnete dieser Tragödie mit einer für ihren Vater und ihre Tante Jane charakteristischen Beherztheit und Tapferkeit. Sie war eine temperamentvolle junge Frau, voller Energie und Willenskraft. Sie hatte drei junge Söhne, die sie erziehen mußte. Ihre künstle-

* Knight Commander (of the Order) of the Bath, hoher britischer Orden.

** Ein vor den höheren Gerichten plädierender Rechtsanwalt, im Unterschied zu einem Anwalt, der nur vor bestimmten niederen Gerichten plädieren darf.

rischen Begabungen waren sowohl bildnerischer als auch literarischer Art, und sie wählte die letztere, um, wie es ihre Tante getan hatte, Romane zu schreiben, deren erster 1850 unter dem Titel *The Younger Sister (Die jüngere Schwester)* veröffentlicht wurde. Neun weitere sollten folgen und auf beiden Seiten des Atlantik einen schönen Erfolg erzielen. Die Konstruktion einer Fabel für einen ersten Roman ist normalerweise ein großes Problem, doch Catherine hatte keine der üblichen Schwierigkeiten und nutzte einfach ihre lebhaften Erinnerungen an *Die Watsons*. Sie baute auf ihnen die spätere Handlung auf, die Jane Cassandra erzählt, und die Catherine dann ihrerseits in der Familie weitererzählt hatte.

Das Manuskript war nicht in ihrem Besitz, da Cassandra es einer ihrer anderen Nichten vermacht hatte, die Jane selber noch gekannt hatte. Doch die Anfangskapitel von ›Die jüngere Schwester‹ sind dem *Watsons*-Text außerordentlich ähnlich. Viele Formulierungen und tatsächlich ganze Dialoge werden wieder aufgenommen. An die Namen erinnerte sie sich nicht mehr genau, hingegen fehlen wenige der Details, und wenn man sie nebeneinanderlegt, sind die Seiten von *Die Watsons* kaum von ihrem Gegenstück in ›Die jüngere Schwester‹ zu unterscheiden.

Die vorliegende Fortsetzung von den *Watsons* ist die zweite, die auf Catherines Roman basiert. Die erste, obzwar von Catherines Enkelin verfaßt, preßte den Ablauf der Fabel so zusammen, daß sie Janes eigenem Werk alles andere als gerecht wurde, indem alles, was neu hinzukam, nur einem ganz mechanischen Zum-Abschluß-bringen diente.

Der Verfasser dieser Version, ein Leser Jane Austens seit seiner Kindheit, hat Catherine Austens Leben und Schriften sorgfältig studiert. Das hat zu der Erkenntnis geführt, daß zwischen Tante und Nichte Ähnlichkeiten des Charakters und des Temperaments bestanden haben müssen. Die Überzeugung, daß Cassandra und Martha mehr über *Die Watsons* wußten, als bisher angenommen worden war, und daß Catherine durch sie ein genaues Bild von den Absichten der Autorin in sich aufgenommen hatte, ist meiner Ansicht nach durchaus begründet. Alles Wesentliche in der vorliegenden Fassung des Romans beruht auf dieser Überzeugung.

Eine wichtige Danksagung muß ich noch hinzufügen: Ohne die Starthilfe einer der Urgroßnichten Jane Austens und die fortgesetzte Hilfe einer anderen hätte dieses Buch nicht herausgebracht werden können.

Klassische Autorinnen der englischen und amerikanischen Literatur im dtv

Jane Austen
Stolz und Vorurteil
Neu übersetzt von
Helga Schulz
Roman
dtv 12350
Die Watsons
Aus dem Englischen von
Elizabeth Gilbert
dtv 12541
Sanditon
Vollendet von Marie Dobbs
dtv 12666

Harriet Beecher Stowe
Onkel Toms Hütte
Neu erarbeitet von
S. Althoetmar-Smarczyk
auf der Grundlage einer
anonymen Übersetzung
dtv 2330

Mary Elizabeth Braddon
Lady Audley's Geheimnis
Criminal-Roman
Neu übersetzt von
Sylvia Oeser
Mit Nachwort und
Anmerkungen
dtv 20144

Charlotte Brontë
Jane Eyre
Neu übersetzt von
Gottfried Röckelein
Roman
dtv 12540

Emily Brontë
Sturmhöhe
Neu übersetzt von
Michaela Meßner
Roman
dtv 12348

Elizabeth Gaskell
Das Leben der Charlotte Brontë
Eine Biographie
Aus dem Englischen von
Irmgard und Peter Schmitt
unter Mitwirkung von
Gottfried Röckelein
dtv 20048